古典文獻研究輯刊

十八編

曾永義 主編

第1冊

〈十八編〉總目

編輯部編

莊子與骷髏：敘事文學中的多重對話

洪 菁 著

國家圖書館出版品預行編目資料

莊子與骷髏：敘事文學中的多重對話／洪菁 著 — 初版 — 新
北市：花木蘭文化事業有限公司，2018〔民107〕
目 2+242 面；19×26 公分
（古典文學研究輯刊 十八編；第1冊）
ISBN 978-986-485-502-5（精裝）
1. 莊子 2. 研究考訂
820.8　　　　　　　　　　　　　　　　107011616

ISBN- 978-986-485-502-5

9 789864 855025

古典文學研究輯刊
十八編　第一冊　　　　ISBN：978-986-485-502-5

莊子與骷髏：敘事文學中的多重對話

作　　者　洪菁
主　　編　曾永義
總 編 輯　杜潔祥
副總編輯　楊嘉樂
編　　輯　許郁翎、王筑　美術編輯　陳逸婷
出　　版　花木蘭文化事業有限公司
發 行 人　高小娟
聯絡地址　235 新北市中和區中安街七二號十三樓
　　　　　電話：02-2923-1455／傳真：02-2923-1452
網　　址　http://www.huamulan.tw 信箱 hml 810518@gmail.com
印　　刷　普羅文化出版廣告事業
初　　版　2018 年 9 月
全書字數　164142 字
定　　價　十八編 15 冊（精裝）新台幣 29,000 元

〈十八編〉總目

編輯部　編

《古典文學研究輯刊》十八編　書目

《古典文學研究輯刊》
十八編各書作者簡介・提要・目次

第一冊　莊子與骷髏：敘事文學中的多重對話

作者簡介

　　洪菁，臺灣大學戲劇研究所畢業，畢業論文為《莊子與骷髏：敘事文學中的多重對話》。曾任《戲劇研究》期刊兼任助理，林鶴宜教授「臺灣歌仔戲即興戲劇研究專書出版計畫」、「新馬地區在地歌仔戲職業劇團幕表戲調查研究」之研究助理。劇本《渡河遊戲》、《傀儡幻戲圖》曾獲臺大文學獎，2015年國光劇團【小劇場・大夢想Ⅲ】《幻戲》編劇。

提　要

　　長久以來，《莊子》被歷代人們所推崇，在於其豐富的哲理思想與高超的文學表現手法。這些思想，對生命和死亡有深刻的詮釋和理解，並藉由「三言」來傳遞給讀者，而「三言」，就是與讀者對話的語言。「蝴蝶夢」與「骷髏夢」是《莊子》當中經常被取材的寓言，也唯有二者是莊子本人所做的夢；「蝴蝶夢」已有較多專文討論，在此故以「骷髏夢」的重寫文本為主要的研究對象。

　　「骷髏夢」寓言，本身就是莊子和骷髏之間的對談，其後代的重寫文本，也不斷地與原文本交錯對話。本論文從文人和通俗大眾兩大脈絡進行論述，試圖探討歷代人們藉由「骷髏夢」的重寫，表達他們對莊子思想的詮釋，以及對生死的看法，人們從中獲得身心之安頓，作品更反映了時代背景和創作

者的主體精神。在這個過程中，我們能看到雅俗文化駁雜共處，並持續與宗教交匯融合對話，使得這個主題始終保持著獨特的生命力，「髑髏夢」的重寫與創造，將永不休止。

目　次

第二冊　蘇門詞人「主體意識」與詞作「文人化」現象研究

作者簡介

　　林玉玫，淡江大學中國文學系博士，現任淡江大學中國文學系兼任助理教授、大華科技大學通識中心兼任助理教授。主要研究中國古典詩詞。碩士論文爲《宋代戰爭詞研究》，博士論文爲《蘇門詞人「主體意識」與詞作「文

人化」現象研究》，並有〈宋代使金詞研究〉與〈蘇門唱和詞初探〉等文章發表。另 2015 年曾出版大眾讀物《宋詞背後的秘密》一書。

提　要

　　詞本是一種民間文學，後來開始有許多文人創作，並產生了漸進式的變化。像這樣一種文體進入到文人手中，而產生變化的過程，我們往往稱之爲「文人化」。然在過去相關詞體的研究中，「文人化」之意義往往不甚明確。本文欲先闡明「文人化」之範疇與定義，並回到文人本身的「創作主體」，以及共時性的「文人群體」，探究他們的階層意識對於創作，有何深刻影響。

　　本文以顏崑陽教授所提出的「創作主體復位」與「文學家的三重情境」理論作爲基礎，以及在詞史中，詞作不斷變化的關鍵之處等，定義詞體之文人化。這是一種漸進的過程，首先詞初步之文人化，作者不僅要是文人，還必須能以詞抒情言志，自敘經驗，但此時之經驗多爲常民意識的發用。而後發展到第二個層次，是不僅書寫常民意識，也有文人階層意識的題材與經驗。最後，第三個層次是形成有關詞體的文體理論，呈現出文人審美觀。而蘇軾與黃庭堅、晁補之、秦觀、李之儀、張耒等蘇門詞人，正是將詞發展到第二階段與促成最終階段的關鍵。

　　此一關鍵主要表現在三個部分：一是蘇軾與蘇門詞人創作的題材或主題，從過往代言或自敘性質的豔情類型化題材，轉向自敘身爲文人階層才有的經驗，包含「貶謫不遇」、「隱逸」、茶禪等「生活美學」部分；二是較爲明顯的改變詞體之用途，使詞一開始多爲「娛賓遣興」之用，擴大爲應酬交流、抒情言志等功用；三是注意到詞體之應然與本質的定位，於是產生了相關的詞評或詞論，對詞體採「尊體」的態度，也讓詞體成爲文人正式肯定的文學。

目　次

第三、四冊　青樓青山青史──河東君與《柳如是別傳》新論

作者簡介

　　李栩鈺，中央大學中文研究所博士、清華大學文學所碩士，嶺東科技大

學通識教育中心博雅學群副教授。授課科目:《紅樓夢》與藝術人生、古典小說的藝想視界、明清文學與小品人生、中文閱讀與鑑賞、中文應用書寫表達、群己人倫與生命關懷、南湖社區大學生命教育課程等。專著:《《午夢堂集》女性作品研究》、《文學女性與女性文學——不離不棄鴛鴦夢》。與林宗毅合編:《中國文學名篇選讀》、《2009 秋・百家藝談》、《2010 春・百家講藝》、《紅樓・文化記藝》。建國百年創辦臺中市紅樓西廂創藝學會,主編《藝見學刊》。

　　主辦「BOOK 思藝:2018 科技・設計・經典學術研討會」2018.9.29、「2017文化技藝・城市設計學術研討會」2017.9.22、「2016 山水・經典・設計 學術研討會」2016.9.10、「2015 生命教育與人文經典學術研討會」2015.9.19、「2015經典・閱讀・書寫 學術研討會」2015.3.7、慈青社愛灑講座、翔恩游藝社百家講座、982 教育部優質通識教育「臺灣紅學的文化記憶」計畫主持人,並主辦跨校性(嶺東、靜宜)文物展及校內三場講座:2011.3.17 康來新教授—從講臺到舞臺的臺灣紅學、2011.3.31 陳萬益教授—1. 林黛玉與薛寶釵 2. 寶玉出家、2011.4.14 陳益源教授—情色紅樓,建置「本國語文——臺灣紅學的化記憶」教學網站:http://web.ltu.edu.tw/~982red/。 配合行政執行教學卓越計畫「106.1 藝文沙龍」、「105.2 藝文沙龍」、「104.2 文藝寫作營」、「103.1 本國語文會考」、「100.2 送愛到社區—執行 12 梯:服務 4 縣市(臺北、臺中、彰化、苗栗)、9 個社區(士林、南屯、大肚、西屯、龍井、彰化、南庄、獅潭、銅鑼)、3 機構(創世基金會、慈濟東大園區、慈愛教養院)」、「100.2 送愛到山區—南投鐘靈國小」、「99.1 送愛到山區—東勢東華國中」。

提　要

　　本書共分三編,分別從「河東君」、「我聞居士」、「柳如是」的三層文化記憶,以「接受美學」的觀點論述。上編為「河東君」論述——以《柳如是別傳》為中心,起自「壹、青樓中的盛澤才女——地緣人緣」,先描繪柳如是的出身地吳江與所處的「明清之際」那個時代,再說明秦淮的風貌及國士名姝情誼。繼之「貳、青山裏的浪漫演出——改姓易裝」一文,重點在考察柳如是改名換姓及易裝初訪半野堂的文化意義。「參、青史上的才命相妨——愛情政治」描述柳如是婚前的文藝創作與婚後的政治活動,在青史上各有不同讀者作不同系統的評價。中編「我聞居士」論述——以常熟地區的文化記憶為中心,從接受史的觀點:「尤物論」人格——分析錢柳墓塋距離顯現的家族認同與「氣節」、「紅妝頌」陳氏——既結合史實考察復亦完成文學箋證,探

討出現在陳寅恪晚年生命中的奇女子；並從「我聞室」、「絳雲樓」的常熟文化地理座標，探討柳如是如何開拓自己的文化知識分子的身分，並在《聊齋》與《紅樓》中形成了「狐女」和「金釵」的分身。下編的「柳如是」論述——則以文物、題詠、小說戲曲為中心，針對錢氏家族、明末清初時人與跨入民國以後的文化遺老，對「柳如是」形成的題詠與筆記，並綜合探述當代的影視文本與改編小說，以對照歷史人物在小說戲曲上的變遷，釐清其分野。反映了傳主柳如是從「他稱」到「自稱」，自我主體呈現與掘發，並考察撰述者的文化關懷。

目　次

上　冊

第五冊　由志士到文士——辛棄疾在宋孝宗朝（1162～1189）的「政」與「文」

作者簡介

　　黃全彥，男，四川德陽人，1970 年 11 月生，畢業於四川大學中文系，文學博士，教授。主要研究方向：中國古典文學與中國文化。出版著作四部，發表論文四十餘篇，分別見於《文化中國》〔加拿大〕、《東亞文獻研究》〔韓國〕、《中州學刊》、《天府新論》、《文藝評論》、《孔學堂》、《文史雜誌》、《語文建設》、《文史知識》、《古典文學知識》等刊物。

　　著作目錄：

　　《水滸，那個江湖》（獨著，四川人民出版社，2009 年 1 月）

《最愛讀國學書系——唐詩三百首》（獨著，四川文藝出版社，2012 年 3 月）

《雅魅——行走在中國熊貓之都》（獨著，四川人民出版社，2011 年 3 月）

《唐詩鑒賞辭典》（參編，商務印書館，2012 年 1 月）

提　要

　　本書是對辛棄疾的個案研究，著重以宋孝宗一朝（1162～1189）為立足點，就辛棄疾政治與文學作一雙向考察。對「事功」的辛棄疾與「文學」的辛棄疾二者角色的轉換以及互動的關係，給予了某種解答。

　　第一章為總論。辛棄疾進取精神頗為強烈，在那樣一個時代，他的一切努力只會是一場悲劇，但這一悲劇，高度體現了辛棄疾的士人風骨精神。

　　第二章與第三章，著重從時代和個人兩個方面展開，孝宗時代被稱作南宋的「中興」，卻並沒帶來南宋真正意義的崛起。從當時的具體環境入手，對孝宗由起初的懷抱雄心到後來的壯志消泯，進行了闡釋。在這一形勢下，辛棄疾的悲情更為濃烈，主要體現在一種孤獨上，這種孤獨，導致他不可能展現自己懷抱。

　　第四章到第七章，旨在對辛棄疾孝宗朝文學創作（詞、詩、文）成就和特徵進行深入研究。首先探討了辛棄疾的文藝觀，見出辛棄疾文學旨趣所在。辛棄疾詞作，本文放棄了慣用的「豪放」提法，而改用「稼軒體」來作涵蓋，找出其「特質」所在，並就「稼軒體」的超越性作了詳盡探討。同時對辛棄疾文章和詩作給予充分關注，它們於辛棄疾情志的承載，進行了解讀。

　　第八章，為把握全面的辛棄疾，對辛棄疾後期文學進行了論述。光宗、寧宗兩朝，國家悲劇無可避免，個人命運充滿悲愴。辛棄疾整個文學都是這一悲劇籠罩下的敘說，文章、詩歌、詞作，這一時期呈現出高度一致性，都是和國勢緊密相關，對辛棄疾的理解，提供了縱深的視角。

目　次

第六冊　古典小說品論

作者簡介

　　張健，一九三九年生，浙江人，台灣師大國文系、台大中文研究所畢業，為著名詩人、散文家、評論家、小說家、國學學者，著有專書一百二十餘種，曾任教台大五十年、文化大學九年，現已退休。

提　要

　　本書論述中國古典小說《世說新語》、《水滸傳》、《今古奇觀》、《水滸後傳》、《聊齋志異》、《兒女英雄傳》、《儒林外史》、《鏡花緣》、《老殘遊記》、《中國歷代極短篇一百則》、《連城訣》諸書之主題、涵義、人物、情節及版本等，條分縷析，屢見新義。文字則深入淺出，雅俗同賞。讀此一卷，可識半部中國古典小說史。

　　另外附錄部分，《戰國策》雖為史書，但內容實似短篇小說集；大陸名小說家余華之《活著》乃著名的現代小說。

　　〈中國的神〉雖為介紹數百位中國神明之專文，卻因為祂們時常出現於中國古典小說中，故亦附入本書。

　　本書之撰寫，前後約八年。

目　次

第七冊　宋代「說話」伎藝的商業化運作模式研究

作者簡介

李啓潔，女，漢族，1970 年 1 月出生於北京。師從於首都師範大學文學院張燕瑾先生，於 2010 年 7 月獲博士學位。現任首都師範大學國際文化學院副教授。

主要從事中國古典文學元明清戲曲小說研究，先後發表學術論文十餘篇。自 1999 年起於首都師範大學從事教學科研工作，並於 2005 年及 2011 年兩次赴美訪學，分別於杜克大學和明尼蘇達大學從事研究工作。2014 年回國後繼續在首都師範大學從事教學科研工作。

提　要

兩宋時期，經濟持續發展，城市中消費性人口數量逐漸增加，文化政策相對寬鬆，爲通俗文藝的發展提供了契機。本書的前兩章追溯了從北宋到南宋，娛樂市場緩慢成長的過程，以「說話」爲代表的娛樂業也經歷了一個商品化程度由低到高的發展歷程。

本書的第三章考察了話本小說生產、傳播和消費過程中體現出來的文化商品供求關係。「說話」伎藝最初只是口耳相傳，隨著「說話」市場的繁榮，書商將「說話」資料搜集、整理推向市場。但由於市場規模小，缺乏版權的意識，作者創作的趨動力不足。此外，對於觀眾來說，「說話」表演比故事本身更具吸引力，藝人更願意在表演上下工夫，而不是創作新的故事。這些因素使得話本的生產過程顯得過於漫長。

本書第四章是研究「說話」的題材來源、審美傾向、價值觀念。作爲娛樂大眾的文化商品，「說話」在選材上遵循經濟性原則按聽眾的喜好來選擇題材，虛構故事。

第五章和第六章是研究「說話」的結構模式和程式化的創作手法。話本小說在文本層面上爲讀者提供了可靠的敘事形式，作品的結構、敘事手法、

敘事語言具有標準化、公式化、符號化的特點。

　　本文的最後一章討論「說話」所獨有的「書外書」結構，及「現掛」表演手段存在的可能性。

目　次

第八、九冊　《夢影緣》與《精忠傳彈詞》研究

作者簡介

　　邱靖宜，1977 年生，臺灣高雄人。國立臺灣師範大學國文系學士，國立中山大學中國文學研究所碩士、博士。曾任教於高雄市立右昌國民中學，現任教於高雄市立中山高級中學。以明清女性彈詞小說為研究領域，著作有：碩士論文《邱心如及其《筆生花》研究》及博士論文《《夢影緣》與《精忠傳彈詞》研究》。

提　要

　　由於清代女性文學在彈詞小說方面的研究，多以個人作家為研究對象，並未站在同一家族的視角研究作品之主題思想。因此，本論文擬以鄭澹若《夢

影緣》與周穎芳《精忠傳彈詞》為題，在清代才女家族化、群體化、地域化的特點下，從母女二人之作品探討主題思想、寫作手法之承襲衍變。研究方法則採取文本細讀分析，配合作者本人或親友之詩文集、史書、地方志、軍中機密檔之資料，先釐清家族人事，再分別細究兩部彈詞小說，在家國觀、性別觀及宗教觀等方面進行比較，以呈現作品之異同，及其所反映之文化內涵、時代意義。此外，由於周穎芳《精忠傳彈詞》一書反對錢彩《說岳全傳》因果輪迴之說，故亦針對《精忠傳彈詞》對《說岳全傳》之接受與反應進行比較，以補岳飛研究之空白。希望能藉由本論文之作品異同比較，不僅抉發出《夢影緣》與《精忠傳彈詞》之主題為推崇忠孝，更能凸顯母女二人承傳鄭氏義門家族精神之用心。

目　次
上　冊

第十冊　元雜劇娛樂功能研究

作者簡介

　　康相坤，漢族，1971 年 3 月出生，內蒙古赤峰人，文學博士，中國少數民族文學學會會員，元代文學學會（籌）會員，內蒙古民族大學文學院副教授，主要從事中國古代文學、古代小說戲劇和古代文論的教學與研究。近年來，在《中央民族大學學報》《蘭州學刊》《內蒙古民族大學學報》等學術期刊發表了《元雜劇觀演的商業化模式解析》《從觀眾接受看元雜劇創作的利他性》《雜劇的娛樂性本質特徵論析》等多篇論文，與人合著《中國戲曲理論與發展史研究》學術著作一部，主持完成自治區哲學社會科學項目一項，參與完成各類科研項目多項。

提　要

　　今人重視對劇本、劇場的研究，忽視了觀眾和演員的在整個表演系統中的動態作用，從實踐來說，觀眾才是戲劇的終極消費者，「沒有觀眾就沒有戲劇」。文章從戲劇的四要素及其關係出發，分四章進行闡釋。

　　第一章重點探討娛樂功能與元雜劇成熟興盛的關係。元雜劇的娛樂功能

來源於孕育其成長的各門藝術。蒙古族政權的建立，多種因素合力使元雜劇「化繭成蝶」，繁榮興盛，其紐帶就是「娛樂」。

第二章主要從創作角度挖掘元雜劇的娛樂功能。元雜劇寫作主要供舞臺演出之需，作家一方面是「自娛」，最主要的是「娛人」，因此作家善於選擇容易引起觀眾興奮點的題材。在寫作劇本時，作家必須考慮觀眾的理解力和欣賞水平，注重迎合觀眾的審美需求。

第三章主要從演出角度論述元雜劇的娛樂功能。《青樓集》中的雜劇演員（藝人）技藝精湛，各有所長，尤其是一些女演員色藝俱佳，深受歡迎。元雜劇表演充滿競爭，對演員形貌和演技的要求都很高。舞臺演出的程序化、虛擬化，滲透著取悅和娛樂觀眾的戲劇理念。

第四章主要從消費角度闡釋元雜劇的娛樂功能。劇場的改易變遷是以適應觀眾更好觀看為特點的。元代遍佈城鄉的勾欄瓦舍和戲臺就是元雜劇繁榮興盛的歷史見證。元雜劇的觀眾成分複雜，各民族喜愛雜劇，他們看戲、點戲、評戲，成為劇場中的「上帝」。元雜劇大團圓結局是其娛樂功能典型而集中的體現。

目　次

第十一冊　天理與人欲的流動：理學在南戲中的呈現

作者簡介

　　周麗楨，台灣省嘉義縣人。國立高雄師範大學國文研究所碩士。東海大學中國文學系博士。南開科技大學通識教育中心副教授。

　　碩士論文：《陳乾初思想之研究》。博士論文：《天理與人欲的流動：理學在南戲中的呈現》。學術專長以明清思想及宋元南戲為主軸。

　　著作：《學思集》（高雄復文）、《天理與人欲的流動：理學在南戲中的呈現》（花木蘭）。合編《五專國文》（文史哲）、《大專國文選》（廣懋）

提　要

　　本篇論文共分七章，第一章緒論，陳述中心議題及研究方法。理學思想之主要修身議題是「存天理去人欲」，但天理與人欲並不是絕然對立，而是呈現流動的狀態。本文以五大南戲為討論文本，以天理與人欲之流動作為切入點，分析理學如何在南戲中展現戲劇張力。

　　第二章探討南戲發展的脈絡，並確認南戲與理學交會的關鍵性。第三章討論理學之發展及其與戲曲之交互影響。第四章到第六章分別從生與死、貧與富，情與欲三個面向檢視天理與人欲的糾結拉扯。第四章分析五娘、蔡婆、蔡公在面對生死困境時的反應與行動。第五章主要檢視貧困書生一舉成為狀元，如何安住在貧與富的處境中。第六章研討五齣南戲中情與欲的流動，合於禮的即是合於天理的情；反之，則界定為欲。最後一章總結，確定理學在南戲中呈現的是活潑的生命力。

目　次

第十二冊　清代組劇研究

作者簡介

　　金雯，世新大學中文博士，專長爲戲曲與俗文學，曾任世新大學兼任講師。撰有孟稱舜《節義鴛鴦塚嬌紅記》研究（碩士論文）、清代組劇研究（博

士論文）；並曾陸續發表〈孟稱舜劇作對明末社會的反映〉、〈孟稱舜《貞文記》傳奇成書年代考〉、〈綜論自述劇組劇〉等論文。

提　要

「組劇爲戲曲作家刻意創作之合集形式，具有共通主題性，並冠以一個總名」。最初的雛型階段始於元雜劇時期，已見「組」的概念；至明代成化、弘治間方可稱得上正式出現「組劇」一形式，爾後自清初至雍正年間，體製規律統一成熟，歷經諸多變革後，終沒於民國初年新文化運動前後，歷經元、明、清、民國四代，其存在之價值與意義不可小覷。其不但爲南雜劇及短劇盛行的主要推手之一，在內容上更是時代的映鏡，從組劇當中可以依序看到清初文人多半遭受到麥秀黍離之痛，但在異族高壓懷柔的政策下，只能無奈接受，轉而面臨出仕或出世的艱難抉擇；康、雍時期，帝王皆醉心於宮廷戲曲，編制了不少節慶劇本。但在文字獄的鉅變環境下，此時期的劇作家轉而怒罵對社會及科舉制度之不公、朝廷奸佞當道，且多以嬉笑怒罵之筆觸來呈現出內心之不平，同時也對於女性的認知和觀點開始有所改變，並開始出現自我抒發情懷之作；清中葉後期魏長生等人攜秦腔進京後，花部完全獲得了壓倒性的勝利，故此時期文風轉向俚鄙、通俗，缺乏個人特色及文采，成就不高；清末爲大變革時代，舊有體制規範近乎崩壞；內容轉以陳述、反映現實爲主。思想上亦呈現出新舊之間相互推移的現象。

故據以體製和內容風格爲基準，可將組劇分爲（1）孕育期（元代）。（2）初始期（明中葉至末年）。（3）成熟期（清初順治、康熙、雍正年間）。（4）轉變期（自乾隆至道光年間）。（5）衰落期（自咸豐年間至民國初年）五個階段來歸納呈現。

目　次

第十三冊　京劇開蒙戲研究

作者簡介

　　黃琦，擁有絕對戲曲的形體訓練，以自身為研究對象，探尋藝術身／聲的啓蒙與傳承傳統，致力於京崑藝術的推廣傳承、表演創作活動。

　　國立中央大學中文系戲曲組博士、碩士；中國文化大學中國戲劇學系、國光藝校國劇科，工小生。京劇師承孫麗虹、高蕙蘭、曹復永、萬裕民、喻國雄、李義利，崑曲曾向周雪雯、龔世葵、張毓雯請益，南管及學術研究師從李國俊。習演劇目甚多，發表多篇戲曲相關論著。

　　現任職國立臺灣戲曲學院研究發展處、京崑藝術教師。

提　要

　　本研究以「京劇開蒙戲」為題，探討京劇基礎教育中劇目教學安排的進程。流傳幾代京劇人的開蒙劇目，有其重要性與傳承脈絡的延續性。狹義的開蒙戲僅指演員初接觸京劇時所學的第一齣戲，廣義則指訓練演員各種基礎的戲群組。

　　本研究以訪查當今戲曲學校、訪談京劇演員及文獻傳記之記載，梳理開蒙戲自科班時期到劇校體制的傳承脈絡，以各行當開蒙戲劇目的演變，從現代劇校所選用之劇目教材回溯至科班，探討演員從初學習京劇的歷程，理出開蒙戲劇目的脈絡和開蒙戲變化的因素，從中探究京劇演員養成教育的演化。

　　論文分為兩大部分。第二、三章以京劇教育之回顧，自富連成科班歷時四十四年教育經驗，其對十九世紀的京劇科班之承襲，以及其所建立之科班運行模式；1950 年代至今逾六十年現代化的京劇教育學校，以臺灣戲曲學院、中國戲曲學院、北京戲曲藝術職業學院和上海市戲曲學校的教育狀況及開蒙

劇目作一概述，探究開蒙戲的流變。第四、五、六章從生旦淨丑開蒙劇目之
變遷、劇目訓練內容、實際教學現場的教材情況、各劇目類型所訓練演員的
身段功法之析論等討論，探究劇目之間存在的共同性和劇目的可替代性成
因。希冀開蒙戲論題的開展，對人類表演如何逐步精緻化與精緻藝術保存於
當代文化傳承，做一紀錄「正在進行式」的範例，並對當代京劇教育教學方
法和教材編排有所助益。

目　次

第十四、十五冊　六朝志怪筆記中動物故事研究

作者簡介

陳曉蓁，國立臺灣師範大學國文學系學士，中國文化大學中國文學研究所碩士，中國文化大學中國文學研究所博士。國中教師。

提　要

自古以來，動物與人之生活息息相關，而六朝志怪筆記盛行，有關動物情節之敘事已可見及，人們口耳相傳的談資、文人耳聞目見而執筆隨錄之文，在傳聞來源及記錄者之地域、背景各異的情形下，使六朝關注於動物敘事之筆記，呈現多樣風貌。本論文以六朝志怪筆記之動物故事為觀察面向，涉及二十五本書目，四百○六則敘事，以「民間故事」角度切入，由「情節單元」及「故事類型」兩方面進行觀察研究，探其意義及價值。

論文分八章論述：第一章緒論；第二章為六朝志怪筆記動物故事相關書目與情節單元之分析；第三章、第四章乃就情節之「奇貌殊能」、「人情互動」方面研探；第五章就「故事類型」論之，敘六朝志怪筆記動物類型故事；第六章探六朝志怪筆記動物故事所呈現之民俗信仰與社會現象，研析內在之深層意涵；第七章述六朝志怪筆記動物故事在後世的流傳與影響；第八章結論，總結研究成果。

目　次

上　冊

莊子與骷髏：敘事文學中的多重對話

洪菁　著

作者簡介

洪菁,臺灣大學戲劇研究所畢業,畢業論文爲《莊子與骷髏:敘事文學中的多重對話》。曾任《戲劇研究》期刊兼任助理,林鶴宜教授「臺灣歌仔戲即興戲劇研究專書出版計畫」、「新馬地區在地歌仔戲職業劇團幕表戲調查研究」之研究助理。劇本《渡河遊戲》、《傀儡幻戲圖》曾獲臺大文學獎,2015年國光劇團【小劇場・大夢想III】《幻戲》編劇。

提　　要

　　長久以來,《莊子》被歷代人們所推崇,在於其豐富的哲理思想與高超的文學表現手法。這些思想,對生命和死亡有深刻的詮釋和理解,並藉由「三言」來傳遞給讀者,而「三言」,就是與讀者對話的語言。「蝴蝶夢」與「髑髏夢」是《莊子》當中經常被取材的寓言,也唯有二者是莊子本人所做的夢;「蝴蝶夢」已有較多專文討論,在此故以「髑髏夢」的重寫文本爲主要的研究對象。

　　「髑髏夢」寓言,本身就是莊子和髑髏之間的對談,其後代的重寫文本,也不斷地與原文本交錯對話。本論文從文人和通俗大眾兩大脈絡進行論述,試圖探討歷代人們藉由「髑髏夢」的重寫,表達他們對莊子思想的詮釋,以及對生死的看法,人們從中獲得身心之安頓,作品更反映了時代背景和創作者的主體精神。在這個過程中,我們能看到雅俗文化駁雜共處,並持續與宗教交匯融合對話,使得這個主題始終保持著獨特的生命力,「髑髏夢」的重寫與創造,將永不休止。

謝　辭

　　終於到了這一天，不曉得為何會來得那麼快，也不曉得為何會走那麼久。我要感謝我的指導教授林鶴宜老師，引導我找出論文觀點，更針對每個章節給予詳盡的建議和指導，並給我很大的空間和時間，還不時給予我心靈上的支持和鼓勵；感謝兩位口試委員王安祈教授、沈惠如教授對我論文諸多精闢的意見，使我獲益良多。感謝徐紫芸同學對英文題目與摘要的鼎力相助。還有，我最重要的家人，姊姊和我是論文上的戰友，我們一同為各自的學位論文奮鬥，讓我在寫作的途中並不孤單；妹妹則一直以來呵護我這條脆弱敏感的神經；爸爸、媽媽無論在精神或物質上都給我最大的支持和鼓勵，使我感受到深深的愛和溫暖；老公和他們一家人對我無限的包容，我才能夠沒有後顧之憂的書寫論文；以及，我最可愛的兩個小寶貝，他們的誕生，讓我的生命更加豐富和完整。沒有你們，這本論文，就無法完成，真的謝謝你們。

　　這本論文對我來說有雙重意義，它不僅做為學位論文，同時也是戲曲劇本《傀儡幻戲圖》的創作發想，而這一切的靈感來源就是莊子與髑髏。我要感謝與莊子和髑髏的相遇，謝謝他們陪我走過無數個白晝與黑夜，陪我走過創作和研究的過程。在此暫且與他們分手，然後朝著人生的道路緩緩前進。不用感傷，相信在未來的某一天，我們很快就會見面，或許擦肩而過，或許促膝暢談，或許逍遙乎寢臥其下。或許，他們一直在我身旁，不曾遠去。

2017.8.15

目
次

第一章　緒　論

第一節　研究動機

　　一切都從一幅畫開始──南宋李嵩《骷髏幻戲圖》（圖一）。〔註1〕一個大骷髏操縱著小骷髏，一旁的小兒正饒富興味地向小骷髏前進，其中生與死的強烈對照，使得畫面呈現了極大的張力，而引起了筆者的注意。往前溯源，有許多研究顯示這幅畫與莊子「齊生死」的思想相關，〔註2〕而《莊子》書中，即有一則關於骷髏的寓言：「莊子髑髏夢」。這則寓言，本於莊子與髑髏之間的對話，而本論文的對話便以此為起始點。但是，死去的人類頭蓋骨怎麼會說話呢？這顯然是莊子用最荒謬的形式來闡述他對生死觀點的一個手法。然也引發筆者思考，如果自己在路旁見到了一個空枯的髑髏，或是一具白骨，到底會怎麼做？在驚嚇恐懼之餘，接著按照現世的程序處理之外，絕對不可能跟莊子一樣，能夠自然地把髑髏當枕頭，枕著它而睡著，甚至在夢中與髑髏侃侃而談，論辯生死。這種出自對於死亡本能的「恐懼感」，也讓筆者產生了很大的興趣，與我們日夜相伴的骨骼，和自身的關係那麼密切，一旦變成白骨，卻讓人難以直視，甚至被邊緣化、隱諱不談，實在弔詭。這股對死亡恐懼的源頭究竟為何？是有感於生命的消逝，或者是人死後變為屍體，那不

〔註1〕　有關南宋李嵩《骷髏幻戲圖》詳見本論文第二章第三節第一小節〈繪畫中的骷髏形象〉。

〔註2〕　馬卿：〈如幻如戲生與死──再看李嵩《骷髏幻戲圖》〉，《藝苑》第 8 期，2009年第 8 期，頁 16～18。

堪入目的腐敗過程？〔註3〕人類對死亡的態度是相當複雜和矛盾的，表現在對死者的愛以及對屍體的恐懼。〔註4〕法國哲學家巴代伊（Georges Bataille, 1897～1962）認爲，人們埋葬死者，除了是避免我們所愛之人的遺體遭破壞之外，最大的原因乃是害怕死者的危害：

> 古代人從乾枯的白骨中看到死亡暴力的威脅已然平息的證明。在生者眼中，被暴力所害的死者本身通常也加入這股暴力中，造成自身的腐爛，而最後的白骨則顯示這股暴力終於平息。〔註5〕

屍身腐敗的過程可能會使人染病、染上死亡的氣息，直到變爲白骨爲止。而事實上，變爲白骨後，這股暴力仍沒有終結，人們對死亡的恐懼並未消解。不過，在莊書中，卻對此看得相當豁達：

> 生也死之徒，死也生之始，孰知其紀！人之生，氣之聚也；聚則爲生，散則爲死。若死生爲徒，吾又何患！故萬物一也，是其所美者爲神奇，其所惡者爲臭腐；臭腐復化爲神奇，神奇復化爲臭腐。故曰：「通天下一氣耳。」〔註6〕

生死不過是氣的聚散，而死亡不過是生命的另一種形式，人厭惡醜惡而喜好美善，此乃人之常情，然而，最爲人所惡者、所下者，卻能滋養蘊育出無窮無盡的生命。這也意謂著，我們平常自以爲是的觀點，往往只是一偏之見，而沒有站在全面的角度來觀照這世間的一切，因此才會產生無窮盡的是非及好惡之心，才有無法止息的爭端，或者是因情緒所帶來的芒昧與苦痛，而人心即爲戰場。事實上，身爲人，很難從固有的成見、框架當中跳脫；也正因爲身爲人，跟萬物有所不同，讓我們有機會去進一步反省與思考，能在心靈精神的境界有所提升。筆者以爲莊子與髑髏的對話，〔註7〕其實就是藉由打破

〔註3〕 來自佛教的「九相觀」即是人死後對屍身的觀想，從肉身的腐敗到變爲白骨的過程。在日本，《九相繪卷》相當的流行，可參見小野小町《九相圖詩繪卷》，蕭麗華：〈髑髏文學：空海和尚的九相詩〉，《東亞漢詩及佛教文化之傳播》，臺北：新文豐，2014年，頁95～98。

〔註4〕 郭于華：《死的困擾與生的執著：中國民間喪葬儀禮與傳統生死觀》，北京：中國人民大學出版社，1992年，頁34。

〔註5〕 〔法〕喬治・巴代伊（Georges Bataille），賴守正譯注：《情色論》，臺北：聯經，2012年，頁98。

〔註6〕 《莊子》〈知北遊〉，陳鼓應注譯：《莊子今注今譯》，北京：中華書局，2013年，頁597。

〔註7〕 參見本論文第二章第一節〈「莊子髑髏夢」原文解析〉。

人對生死之成見，來說明生命與死亡只是形體的轉變，生死乃物化之理；再者，更可以說是莊子與自我的對話。而莊書中的哲理，即是用其高超的文學表現技巧——「三言」來傳遞給他的讀者，與他當代和後代的讀者對話。

歷代有許多取材自「莊子髑髏夢」的作品，有許多不同的角度和詮釋，當中最受到關注的便是莊子對骷髏的提問，這個提問流傳了兩千年之久，正是人類對生命與死亡最大的困惑之展現。在這其中更體現了不同時代、不同階層的人們對死亡的看法：道家的生死觀主要見於《莊子》，《老子》一書中對死亡的著墨不多，莊子認為生命為一連續之整體，故無真正的死亡，無死後的世界；儒家重現世之精神，不論鬼神之說，對於死亡，則表現在生者對死者的敬意和情感——「禮」當中，亦不論及死後的世界；而殷人重鬼神，死後的世界往往是現世的真實反映，〔註8〕這樣的觀念，早深植在庶民的信仰和文化當中；一直到西漢末年佛教傳入了中國，更加強了死後輪迴以及地獄審判的觀念；產生自中國的道教繼承原始鬼神信仰與巫儀方術，發展了生動的道教儀式，更從佛教汲取吸收了養份，製造出最為龐大的神鬼譜系，對死者世界的關注不在話下，具有超脫救渡生者和死者的精神；到了宋明時期，理學興起，儒學儼然成為「儒教」，將佛教的因果循環和懲惡揚善的觀點與封建道德、三綱五常等結合在一起，成為了一個扭曲而怪異的合成體。死亡觀的演變，也清楚地反映在以廣大庶民為基礎的戲曲和說唱藝術當中，一般百姓基本上沒有能力、也沒有興趣去區分三教的異同，對他們而言，老子、孔子、佛祖同龕而居而不足不奇，拜什麼對他們並不重要，只希望能夠求得現世的安穩溫飽和榮華富貴。〔註9〕我們發現，中國傳統中對死亡的觀點和解釋，無論是文人、庶民信仰，或是任何形式的文學藝術創作，最終的指向仍是生者的世界。

本論文的寫作動機，可以說是出自於對死亡的「恐懼」和「疑惑」。死亡對人類來說卻永遠是一個解不開的謎題，沒有一個經歷過死亡的人還能活著述說他對死亡的體驗，因此，我們對死亡，永遠只是一種想像，始終無法觸及它真正核心，死亡，畢竟是屬於生者的習題。對生命和死亡的困惑，如同

〔註8〕　杜正勝：〈生死之間是連繫還是斷裂——中國人的生死觀〉，《當代》第58期，1991年2月，頁29。

〔註9〕　郭英德：《世俗的祭禮——中國戲曲的宗教精神》，北京：國際文化出版公司，1988年，頁97～127。周育德：《中國戲曲與中國宗教》，北京：中國戲劇出版社，1990年，頁33～47。

歷代莊子對髑髏的提問、感嘆，沒有一個確切和絕對的答案，這股複雜而難解的情感，將伴隨著自身的生命起伏，直到死亡來臨的這一天。所幸，一路上還有莊子的陪伴，其實並不孤單。〔註10〕

第二節　研究範圍與文獻回顧

一、研究範圍

　　本論文主要的研究範圍是以「莊子髑髏夢」為主題的重寫文本，其中包括賦文、戲曲和說唱文學等，這些文本又可以分為兩個方面來探討：其一，單獨針對「莊子髑髏夢」寓言的重寫，如漢魏之交文人「髑髏賦」的系列創作，以及間接受影響的無名祭文；明清時期「莊子嘆骷髏」散曲、戲曲、道情，以及近代魯迅的新編歷史小說《起死》等；其二，附屬在「蝴蝶夢」之下，「髑髏夢」只做為故事內容當中的一個片段，以明清《蝴蝶夢》傳奇和後代以「試妻」為主軸的戲曲為代表。此外，宗教「嘆骷髏」科儀曲目與「莊子嘆骷髏」有很深的淵源，也在本文的研究範圍之內。

　　附帶一提，本論文名為〈莊子與骷髏：敘事文學中的多重對話〉，乃是因為「髑髏」是「骷髏」的一部分，故而選擇使用「骷髏」做為標題，以涵蓋本文的研究範圍。〔註11〕

〔註10〕又，本文不僅作為個人的學位論文，同時也是自我創作發想之梳理——《傀儡幻戲圖》，這是在王安祈教授「戲曲編劇」課所寫下的作品，於 2015 年 8 月國光劇團製作演出，劇名更改為《幻戲》。創作與論文的寫作動機，皆是出自李嵩的《骷髏幻戲圖》，也深受「莊子髑髏夢」寓言的影響，這是自我對這個主題的體認，也算是對這系列作品的迴響與重寫。有關《幻戲》演出的研究，可參見吳淑慧：〈戀物、招魂與幻滅——國光劇團實驗劇《幻戲》〉，第十屆「兩岸韻文學學術研討會」，2017 年。邱子謙：〈現代劇場導演與傳統戲曲演員的碰撞與結合：《賣鬼狂想》、《幻戲》〉，《臺灣京劇小劇場研究：以國光劇團四部作品為例》，臺北：中國文化大學戲劇學系碩士論文，2017 年，頁 66～84。

〔註11〕伊維德點出「髑髏」和「骷髏」的不同，「髑髏」指的是人的頭骨，「骷髏」則是指人的整副白骨骨架。莊子與髑髏的對話，流傳至後世漸漸轉為莊子嘆「骷髏」。詳見〔荷〕伊維德：〈繪畫和舞臺中的髑髏和骷髏〉，張廣保編，宋學立譯：《多重視野下的西方全真教研究》，濟南：齊魯書社，2013 年，頁 579。Idema, Wilt L. *The Resurrected Skeleton: From Zhuangzi to Lu Xun*. New York: Columbia University Press, 2014, 14.

二、文獻回顧

　　專論「莊子髑髏夢」故事的研究數量並不多，目前所見的專書有荷蘭漢學家伊維德（Wilt L. Idema）所作 *The Resurrected Skeleton: From Zhuangzi to Lu Xun*（《被復活的骷髏：從莊子到魯迅》）〔註12〕，梳理了「莊子髑髏夢」作品的流變，正文主要包含了五個部分：明清道情「莊子嘆骷髏」、明雜劇《逍遙遊》、清代子弟書《蝴蝶夢》、《莊子蝶夢骷髏》寶卷、魯迅《起死》；單篇論文方面，首先，直接對莊子原文進行解讀的有徐春根〈試解莊周髑髏夢〉〔註13〕一文，探討了莊子所處的背景以及寓言中所蘊含的生死哲理；接著，包含了漢魏之交文人「髑髏賦」的相關研究：蔣文燕〈形骸爾何有　生死誰所戚——張衡和他的《骷髏賦》〉〔註14〕；宗明華〈張衡《髑髏賦》解析——莊子對漢魏抒情賦的影響〉〔註15〕；宋圓圓〈漢魏髑髏賦所反映的士人心態〉〔註16〕；林童照：〈曹植《髑髏說》之創作時期考辨〉〔註17〕；而魯亮〈生為附贅縣疣　死為決肌潰癰——從髑髏作品的流變看道家的生死觀〉〔註18〕一文中，討論了「髑髏賦」系列作品與明代《乞者賦》當中所展現的道家生死觀；宇文所安所著《追憶：中國古典文學中的往事再現》中的〈骨骸〉一文，〔註19〕則從骨骸、記憶與祭奠的角度出發，探討了「莊子髑髏夢」原文、張衡《髑髏賦》、謝惠連《祭古塚文》、王守仁《瘞旅文》，在文本的詮釋上提供了嶄新的視角。

　　再者，「莊子髑髏夢」的故事漸漸衍變為以「莊子嘆骷髏」為主，儼然成

〔註12〕 Idema, Wilt L. *The Resurrected Skeleton: From Zhuangzi to Lu Xun*. New York: Columbia University Press, 2014.

〔註13〕 徐春根：〈試解莊周髑髏夢〉，《廣西大學學報（學學社會科學版）》第34卷第6期，2012年12月，頁102～108。

〔註14〕 蔣文燕：〈形骸爾何有　生死誰所戚——張衡和他的《骷髏賦》〉，《古典今讀》，2004年12月，頁80～84。

〔註15〕 宗明華：〈張衡《髑髏賦》解析——莊子對漢魏抒情賦的影響〉，《煙台大學學報（哲學社會科學版）》第21卷第4期，2008年10月，頁64～67。

〔註16〕 宋圓圓：〈漢魏髑髏賦所反映的士人心態〉，《內蒙古農業大學學報（社會科學版）》2011年第6期（第13卷總第60期），頁291～293。

〔註17〕 林童照：〈曹植《髑髏說》之創作時期考辨〉，《石油大學學報（社會科學版）》，第21卷第3期，2005年6月，頁82～85。

〔註18〕 魯亮：〈生為附贅縣疣　死為決肌潰癰——從髑髏作品的流變看道家的生死觀〉，《蒙自師範高等專科學校學報》第3卷第3期，2001年6月，頁23～26。

〔註19〕 〔美〕宇文所安著，鄭學勤譯：〈骨骸〉，《追憶：中國古典文學中的往事再現》，北京：生活·讀書·新知三聯書店，2014年，頁40～57。

為中國文學創作中一種主題類型，姜克濱〈試論「莊子嘆骷髏」故事之嬗變〉〔註 20〕一文即是討論此主題的流變；程章燦〈莊子見鬼：鬼話連篇之十一〉〔註 21〕以輕鬆幽默的筆調述說了「莊子嘆骷髏」故事的演變，其中亦有許多新穎的觀點值得參考。有關「莊子嘆骷髏」戲曲和說唱藝術方面的研究有王燮〈明刊戲曲散齣《周莊子嘆骷骸》新探〉〔註 22〕，主要是說明《周莊子嘆骷骸》和「莊子嘆骷髏」道情之間的淵源關係；王宣標〈明王應遴原刻本《衍莊新調》雜劇考〉〔註 23〕，即為《逍遙遊》雜劇的考證，論證了雜劇承襲自道情的脈絡。道情為道教宣揚教義的說唱藝術，「莊子嘆骷髏」故事被吸收成為道情的創作題材，在民間流傳甚廣，探討道情的研究有張澤洪〈道教唱道情所見的老莊思想——以《莊子嘆骷髏》道情為中心〉〔註 24〕；全婉澄〈日本藏稀見明刊道情《莊子嘆骷髏》考述〉〔註 25〕。「嘆骷髏」與宗教的淵源頗深，康保成《骷髏格》的真偽與淵源新探〉〔註 26〕論述了《骷髏格》應來自佛教、道教儀式中的「嘆骷髏」，亦把梳了「莊子嘆骷髏」故事的流變；謝易真〈論道教度孤曲目〈嘆骷髏〉的宗教意涵——由道情《莊子嘆骷髏》展開〉〔註 27〕，文中解析了「莊子嘆骷髏」道情和宗教之間的關係，「莊子嘆骷髏」道情的源頭可能是來自於道教度孤曲目〈嘆骷髏〉；朱建明〈上海正一派道教嘆骷髏科儀及存魂法術〉〔註 28〕、黎志添〈道教施食煉度科儀中的懺悔思想：

〔註 20〕 姜克濱：〈試論「莊子嘆骷髏」故事之嬗變〉，《北京化工大學學報（社會科學版）》，2010 年第 2 期（總第 70 期），頁 29～33。

〔註 21〕 程章燦：〈莊子見鬼：鬼話連篇之十一〉，《文史知識》2009 年第 11 期，頁 131～136。

〔註 22〕 王燮：〈明刊戲曲散齣《周莊子嘆骷骸》新探〉，《安徽大學學報（哲學社會科學版）》第 2963 卷第 1 期，2005 年 1 月，頁 121～125。

〔註 23〕 王宣標：〈明王應遴原刻本《衍莊新調》雜劇考〉，《文化遺產》2012 年第 4 期，頁 33～37。

〔註 24〕 張澤洪：〈道教唱道情所見的老莊思想——以《莊子嘆骷髏》道情為中心〉，《商丘師範學院學報》第 29 卷第 7 期，2013 年 7 月，頁 11～19。

〔註 25〕 全婉澄：〈日本藏稀見明刊道情《莊子嘆骷髏》考述〉，《曲藝》2013 年第 5 期，頁 20～21。

〔註 26〕 康保成：《骷髏格》的真偽與淵源新探〉，《文學遺產》2003 年第 2 期，頁 99～106。

〔註 27〕 謝易真：〈論道教度孤曲目〈嘆骷髏〉的宗教意涵——由道情《莊子嘆骷髏》展開〉，《慈濟技術學院學報》第 13 期，2009 年，頁 213～244。

〔註 28〕 朱建明：〈上海正一派道教嘆骷髏科儀及存魂法術〉，《民俗曲藝》第 118 卷，1999 年 3 月，頁 235～254。

以當代四種廣東與江浙道教科本作爲中心考察〉〔註29〕皆有道教「嘆骷髏」
科儀的紀錄。

　　有關魯迅《起死》的研究頗可觀：鄧國偉〈《起死》：荒誕的遊戲及所諷
喻〉〔註30〕一文提出魯迅作《起死》的動機乃是出自諷喻20、30年代「無是
非」以及面對現實無能爲力的文人，更進一步批判中國社會的道教根柢；姜
克濱〈荒誕與隱喻的重構——論《故事新編·起死》〉〔註31〕一文對「嘆骷髏」
故事做了梳理；楊芝明〈《起死》與《漆園吏遊梁》細讀〉〔註32〕，比較了魯
迅《起死》和郭沫若《漆園吏遊梁》兩篇小說，兩者在作品中皆運用了「骷
髏」的元素。

　　「莊子髑髏夢」的內容，亦包含在以莊子故事爲創作題材的作品當中，
相關研究有：呂蓓蓓的碩士論文《莊周夢蝶之戲曲研究》，追溯了莊周戲曲故
事的源流以及分析八個莊周戲曲劇本，並論及戲曲舞臺呈現；〔註33〕另外還
有以「莊子試妻」〔註34〕爲主題研究的論文：張芬蘭的碩士論文《當代「莊
子試妻」故事之研究——以奚淞、魏子雲、吳兆芬、高行健的劇本爲例》，聚
焦於「莊子試妻」的故事，以當代四個劇本進行深入的探討；〔註35〕沈惠如
的博士論文《現代戲曲編劇舉例探討》中第四章〈論戲曲題材的「再創造」

〔註29〕 黎志添：〈道教施食煉度科儀中的懺悔思想：以當代四種廣東與江浙道教科本
　　　　 作爲中心考察〉，《中國文化研究所學報》第57期，2013年7月，頁277～298。
〔註30〕 鄧國偉：〈《起死》：荒誕的遊戲及所諷喻〉，《中山大學學報（社會科學版）》
　　　　 第48卷（總214期），2008年4期，頁48～52。
〔註31〕 姜克濱：〈荒誕與隱喻的重構——論《故事新編·起死》〉，《沈陽師範大學學
　　　　 報（社會科學版）》第34卷，2010年第4期（總第160期），頁84～87。
〔註32〕 楊芝明：〈《起死》與《漆園吏遊梁》細讀〉，《郭若沫學刊》，2013年第4期（總
　　　　 106期），頁50～52。
〔註33〕 此八個劇本，依時代先後順序爲：1、元雜劇·史九敬先《老莊周一枕蝴蝶夢》；
　　　　 2、明雜劇·王應遴《逍遙遊》；3、明傳奇謝國《蝴蝶夢》；4、傳奇《四大癡：
　　　　 色卷》；5、崑劇《蝴蝶夢》綴白裘；6、京劇《大劈棺》；7、京劇·魏子雲《新
　　　　 編蝴蝶夢》；8、崑劇·陳西汀《新蝴蝶夢》。呂蓓蓓：《莊周夢蝶之戲曲研究》，
　　　　 臺北：中國文化大學中文研究所碩士論文，1996年。
〔註34〕 以「試妻」爲主題的論文可參考：林芷瑩《試／戲妻戲曲的演出發展及其意
　　　　 涵研究——以京劇盛行年代爲主要析論範圍》，新竹：清華大學中文所碩士論
　　　　 文，2002年。
〔註35〕 張芬蘭：《當代「莊子試妻」故事之研究——以奚淞、魏子雲、吳兆芬、高行
　　　　 健的劇本爲例》，屏東：國立屏東教育大學中國語文學系碩士論文，2007年。
　　　　 論文中所研究的四個劇本爲：奚松《蝴蝶夢》、魏子雲《新編蝴蝶夢》、吳兆
　　　　 芬《新蝴蝶夢》、高行健《冥城》。

——以莊周戲曲為例〉，整理了歷代莊周戲曲的資料，從「再創造」的角度著手探討，對作品有極精闢的觀點和剖析，對本文有很大的啟發。〔註36〕徐扶明〈崑劇《蝴蝶夢》的來龍去脈〉，詳細考究了《蝴蝶夢》的來源和流變。〔註37〕沈不沉：〈明王朝最後一樁文字獄（代前言）——陳一球與《蝴蝶夢傳奇》〉〔註38〕，針對了作者生平和作品內容思想作全面的探討。

此外，亦有關於莊周故事主題流變的研究：李雙芹〈試論莊周故事劇的發展流變〉〔註39〕一文中，將莊周故事的演變分為三個階段，比較了不同時代作品的創作精神；李良子〈舊瓶新酒：淺談《三言》與戲曲之敘事關係——以《莊子休鼓盆成大道》故事流變為例〉〔註40〕、謝易真〈試探莊周喪妻鼓盆寓言故事的變異與發展——由「妻死」到「試妻」展開〉〔註41〕、張怡微〈三言小說中承衍敘事研究——以莊子休鼓盆成大道等為例〉〔註42〕，皆著重話本小說對莊子故事的影響，是莊子故事走向通俗化的原因；李生龍〈後世對莊子形象之解讀和重構〉〔註43〕一文則從歷代文本所形塑的莊子形象做解析，探討了後世人們對莊子不同的詮釋與解讀。

「莊子髑髏夢」寓言亦涉及了髑髏／骷髏的形象的研究，相關的論文有衣若芬〈骷髏幻戲——中國文學與圖象中的生命意識〉〔註44〕，從南宋李嵩

〔註36〕 沈惠如：〈論戲曲題材的「再創造」——以莊周戲曲為例〉，《現代戲曲編劇舉例探討》，臺北：東吳大學中國文學系博士論文，2005年，頁127～185。

〔註37〕 徐扶明：〈崑劇《蝴蝶夢》的來龍去脈〉，《崑劇史論新探》，臺北：國家出版社，2010年，頁358～375。

〔註38〕 沈不沉：〈明王朝最後一樁文字獄（代前言）——陳一球與《蝴蝶夢傳奇》〉，〔明〕陳一球著，沈不沉編注：《蝴蝶夢傳奇》，《樂清文獻叢書》第3輯，北京：線裝書局，2013年，頁1～11。

〔註39〕 李雙芹：〈試論莊周故事劇的發展流變〉，《湖北社會科學 人文視野》，2006年第2期，頁120～123。

〔註40〕 李良子：〈舊瓶新酒：淺談《三言》與戲曲之敘事關係——以《莊子休鼓盆成大道》故事流變為例〉，《渭南師範學院學報》第25卷第3期，2010年5月，頁38～40。

〔註41〕 謝易真：〈試探莊周喪妻鼓盆寓言故事的變異與發展——由「妻死」到「試妻」展開〉，《慈濟技術學院學報》第18期，2012年，頁103～126。

〔註42〕 張怡微：〈三言小說中承衍敘事研究——以莊子休鼓盆成大道等為例〉，《靜宜中文學報》第5期，2014年6月，頁123～150。

〔註43〕 李生龍：〈後世對莊子形象之解讀和重構〉，《湖南師範大學社會科學學報》2013年第6期，頁91～98。

〔註44〕 衣若芬：〈骷髏幻戲——中國文學與圖象中的生命意識〉，《中國文哲研究集刊》第26期，2005年3月，頁73～125。

《骷髏幻戲圖》分繹出兩個脈絡，包含了以傀儡為主的「悲歡之線」，和以骷髏為主的「生死之原」，更往前追溯出莊子的生死觀，以及歷代以髑髏／骷髏為主題的文藝作品；伊維德〈繪畫和舞臺中的髑髏和骷髏〉〔註45〕一文整理了以髑髏／骷髏為主的繪畫，更指出全真教與骷髏之間的連繫，而骷髏舞臺形象亦與「莊子髑髏夢」戲曲和說唱藝術緊密相關；易永姣〈論古代文學作品中骷髏意象之嬗變〉〔註46〕，從骷髏形象的流變中，發掘出與道家思想和宗教、世俗的關係；李建民〈屍體、骷髏與魂魄：傳統靈魂觀新論〉〔註47〕一文中，則側重筆記小說中所形塑的骷髏形象，反應了死者如生的世界。

　　有關「莊子髑髏夢」的研究較缺乏系統性的專著，目前所見只有伊維德的專書，詳細地梳理出此故事的流變；其他的研究則以「髑髏賦」、「莊子嘆骷髏」為主題或是針對單個作品作探討；除此之外，「髑髏夢」的內容更散落在莊子戲曲和故事的研究當中，並不是主要的論述對象。因此，筆者試圖從莊子與髑髏、文人和庶民的多重對話中，探討歷代人們對生死的看法，以及藉由作品所反映出來的時代特質，和莊子思想在歷史中的流變過程，希望能在前人研究的基礎之上，對「莊子髑髏夢」的主題作出更全面性的觀照和意義。

第三節　研究方法與論述架構

一、研究方法

　　王璦玲認為：「『敘事』作為人類認識、反映世界與自身的一條基本途徑，其歷史可追溯至遠古社會。」〔註48〕羅蘭‧巴特（Roland Barthes, 1915～1980）曾言：「有了人類歷史本身，就有了敘事。」可知人的生命與敘事緊密相關。本論文以莊子和髑髏二者的「對話」展開，而「對話」本身就是一種「雙向

〔註45〕　〔荷〕伊維德：〈繪畫和舞臺中的髑髏和骷髏〉，張廣保編，宋學立譯：《多重視野下的西方全真教研究》，濟南：齊魯書社，2013年，頁573～601。

〔註46〕　易永姣：〈論古代文學作品中骷髏意象之嬗變〉，《湖南大學學報（社會科學版）》第27卷第3期，2013年5月，頁92～96。

〔註47〕　李建民：〈屍體、骷髏與魂魄：傳統靈魂觀新論〉，《當代》第90期，1993年10月，頁48～65。

〔註48〕　王璦玲：〈導言：有關「明清敘事理論與敘事文學」研究之開展──從近年敘事學研究之新趨談起〉，《中國文哲研究通訊》17卷3期，2007年9月，頁113。

的敘事」。〔註49〕首先，我們注意到「莊子髑髏夢」即是由對話體所構成的寓言，而之後衍生的敘事文本〔註50〕更以戲曲為大宗，戲曲為代言體，在劇中多方對話、敘事的面向又更加錯綜複雜；除了狹義的對話之外，本論文更著重「對話性」關係。何為「對話性」？俄國的思想家巴赫金（Mikhail Bakhtin, 1895～1975）〔註51〕給「對話性」下了定義：「對話性是具有同等價值的不同意識之間相互作用的特殊形式。」董小英在《再登巴別塔：巴赫金與對話理論》一書中則針對「對話性」作了補充：

> 對話性是對話向獨白、向非對話形式滲透的現象，它使非對白的形式，具有了對話的「同意或反對關係、肯定和補充關係，問和答的關係。」……比對話更複雜。首先，對話者就不只是文本中人物與人物的對話，還包括作者與人物、作者與讀者、人物與讀者的對話關係；其次，對話的內容就不只是引號內的內容，文字上的內容，還包括文字之外的畫外音以及空白；另外對話的方式，由於擺脫了引號的束縛更是自由自在，尤其是作者與讀者的對話性形式變化最多。〔註52〕

而同一個題材在不同作者、不同時代反覆被重新敘述的現象，也是「對話性」的一種，這種現象在中國的文學史上相當常見。以中國戲劇為例，周貽白於《中國戲劇本事取材之沿襲》一文中曾深入的分析戲曲故事取材皆「有所本」的現象：

> 中國戲劇的取材，多數跳不出歷史故事的範圍。很少是專為戲劇這

〔註49〕 董小英：「用巴赫金的話說，對話『是同意或反對關係、肯定和補充關係，問和答的關係。』應該補充說，對話還有雙向敘事或多方敘事關係。」董小英：《再登巴別塔：巴赫金與對話理論》，北京：生活、讀書、新知三聯書店，1994年，頁3。

〔註50〕 Mieke Bal 對「敘事文本」的定義：「敘事文本是敘述代言人用一種特定的媒介，諸如語言、形象、聲音、建築藝術，或其混合的多媒介敘述故事的文本。」可知「敘事文本」不再侷限以文字語言為主的媒介當中。轉引自王瓊玲：〈導言：有關「明清敘事理論與敘事文學」研究之開展——從近年敘事學研究之新趨談起〉，《中國文哲研究通訊》17卷3期，2007年9月，頁114。

〔註51〕 巴赫金重要的理論尚有「眾聲喧嘩」，原本是用來分析小說，套用於戲曲之中可產生新的研究視角。沈惠如：《現代戲曲編劇舉例探討》，臺北：東吳大學中國文學系博士論文，2005年，頁20。

〔註52〕 董小英：《再登巴別塔：巴赫金與對話理論》，北京：生活、讀書、新知三聯書店，1994年，頁7。

一體制聯繫到舞臺表演而獨出心裁來獨運機構。甚至同一故事作而
又作，不惜重翻舊案，蹈襲前人……而雜劇沿襲南戲，傳奇複取材
雜劇。皮黃劇更從雜劇傳奇而改編，在戲劇史的演進上，即憑這些劇
本，也可以覘知其間的嬗變。這風氣，直到近代還活躍著……〔註53〕
「莊子髑髏夢」為戰國時期固有的哲理寓言，後代的賦文、戲曲、說唱藝術
都不斷複述、傳唱這個故事，就現有資料所及，本論文主要從下列的研究方
法得到啓發和借鑑：

（一）主題學（Thematics／Thematology）研究法

　　主題學雖源於西方，〔註54〕然與中國敘事文學的研究相契合。在陳惇、
劉象愚《比較文學概論》一書當中為「主題學」所下的定義：

> 作為主題學研究的對象，並不是個別作品中的題材、情節、人物、
> 母題和主題，而是不同作品中，同一題材、同一人物、同一母題的
> 不同表現以及它們之間的聯繫。因此主題學經常研究同一題材、同
> 一母題、同一傳說人物在不同民族文學中流傳的歷史，研究不同作
> 家對它們不同處理，研究這種流變與不同處理的根源。〔註55〕

本論文試著追溯主題最原初的出處——《莊子・至樂》篇中的「莊子嘆骷髏」
故事原文，深入剖析原典的內涵。接著，透過整理歸納歷代「莊子髑髏夢」
作品的故事內容，希望能更深入了解不同作者的創作意圖，以及作品在流變
中所反映出的文化背景和歷史意義。

〔註53〕周貽白：《中國戲劇史長編》，北京：人民文學出版社，1960 年，頁 647～648。
〔註54〕王立：「主題學（Stoffkunde 德文），英語國家常用的是『題材史』（Stoffgeschichte），
　　　　是產生於 19 世紀中葉德國民間故事研究領域的一種理論方法。它在中國文學
　　　　研究中較自覺地應用，是在 20 世紀的早期，直至成為 20 世紀最重要的文學
　　　　研究方法之一。」王立：〈20 世紀主題學研究的價值定位〉，《廣東社會科學》，
　　　　2011 年第 1 期，頁 185。
〔註55〕陳惇、劉象愚：《比較文學概論》，北京：北京師範大學出版社，1998 年，頁
　　　　247。轉引自劉杰：〈主題學對中國敘事文學研究方法創新的借鑒意義〉，《東
　　　　方論壇》2011 年第 5 期，頁 76。此外，國內學者陳鵬翔也對「主題學」作了
　　　　界定：「主題學研究是比較文學的一部門，它集中在對個別主題（theme）、母
　　　　題（motif），尤其神話（廣義）人物主題做追溯探源的工作，並對不同時代作
　　　　家（包括無名氏作者）如何利用同一個主題或母題來抒發積愫以及反映時代，
　　　　做深入的探討。」陳鵬翔：〈主題學研究與中國文學〉，收入《主題學研究論
　　　　文集》；臺北：東大圖書，2004 年，頁 16。

（二）重寫（rewriting）（亦稱為「改寫」）

中國文學史上，同樣的故事、人物在不同時代反覆被摹寫的現象也稱爲「重寫」，祝宇紅認爲：「重寫的獨特性使其成爲連接過去與當下、傳統與現代的橋樑。」〔註56〕。荷蘭的學者杜威・佛馬克（Douwe Fokkema）對「重寫」的定義如下：

> 所謂重寫（rewriting）並不是什麼新時尚。它與一種技巧有關，這就是複述與變更。它複述早期的某個傳統典型或者主題（或故事），那都是以前的作家們處理過的題材，只不過其中也暗含著某些變化的因素——比如刪削，添加，變更——這是使得新文本獨立的創作，並區別於「前文本」（protext）或「潛文本」（hypotext）的保證。重寫一般要比潛文本的複製要複雜一點，任何重寫都必須在主題上具有創造性。〔註57〕

而重寫文本受到了前文本、作者、寫作語境所制約，也因此在做研究之時，以上四者都必須列入考察的範圍。〔註58〕除此之外，卡林內斯庫（Matei Calinescu）〔註59〕和黃大宏〔註60〕兩人對「重寫」（或「改寫」）的定義，以

〔註56〕 祝宇紅：《「故」事如何「新」編——論中國現代「重寫型」小說》，北京：北京大學出版社，2010年，頁1～2。

〔註57〕 〈中國與歐洲傳統中的重寫方式〉，《文學評論》1999年第6期，轉引自祝宇紅：《「故」事如何「新」編——論中國現代「重寫型」小說》，北京：北京大學出版社，2010年，頁3。

〔註58〕 同上註，頁7。

〔註59〕 卡林內斯庫（Matei Calinescu）對「改寫」的定義：「『改寫』（rewriting，或譯爲「重寫」）囊括了一些傳統詩學的概念和批評性的注解（critical commentary）。前者指模仿（imitation）、戲仿（parody）、置換（transposition）、拼貼（pastiche）、改編（adaptation），甚至包括翻譯（translation），後者包括對於源文本的描述（description）、概要（summary）、有選擇地引用（selected quotation）。」Matei Calinescu, "Rewriting", in International Postmodernism: Theory and Literary Practice, Hans Bertens, Douwe Fokkema（eds.）, p.243.，轉引自李玉平：《互文性：文學理論研究的新視野》，北京：商務印書館，2014年，頁214。

〔註60〕 黃大宏對「重寫」的定義：「在各種動機作用下，作家使用各種文體，以複述、變更原文本的題材、敘述模式、人物形象及其關係、意境、語辭等因素爲特徵所進行的一種文學創作。重寫具有集接受、創作、傳播、闡釋與投機於一體的複雜性質，是文學文本生成、文學意義積累與引申，文學文體轉化，以及形成文學傳統的重要途徑與方式。」黃大宏：《唐代小說重寫研究》，重慶：重慶出版社，2004年，頁79，轉引自李玉平：《互文性：文學理論研究的新視野》，北京：商務印書館，2014年，頁214。

及董上德提出的「敘事的重釋性」〔註61〕、沈惠如提出的「再創造」〔註62〕也可供參考。本論文主要採用杜威・佛馬克「重寫」的定義，著重在「莊子髑髏夢」在不同時代流變的「創造性」，文人筆下的「髑髏夢」，展現了創作者的主體精神，而流傳在民間的「髑髏夢」，顯示了庶民對莊子思想的吸收接納和轉化，背後更與人類生命渴望安定的欲求相關。

二、論述架構

「莊子髑髏夢」的主題受到歷代人們的關注，累積了為數不少的重寫文本，這個主題的重寫橫跨了長久的時空，以及不同的文體，直到今日仍持續增加中，筆者已盡其所能將目前所見文本納入其中討論，但無法將全部的文本蒐羅殆盡始終是本文所必然遭遇到的困境；然而，如何把這些眾多紛雜的文本理出頭緒，更是筆者必須積極解決的問題。本論文試圖找出新的切入點，不直接從時間順序或是文體的角度來討論文本，而是從「文人」和「民間」兩大脈絡的對話性來進行論述，其對話主要見於以下四個部分：首先，是原文本中莊子與髑髏的對話，為本論文第二章「對話的起點：莊子髑髏夢」；其二為文人與莊子的對話，當中亦包含了文人與髑髏之間的對話，為本論文第三章「文人髑髏夢」；其三為民間與莊子的對話，也包括了民間與髑髏的對話，為本論文第四章「集體的髑髏夢」；其四為文人與民間的對話，也就是第三章與第四章所論文本之間的對話。可參見以下的對話關係圖：

〔註61〕 董上德：「在戲曲、小說裡，歷代相傳的故事總是引人注目的。這樣的故事屬於整個民族，我們可以稱之為集體共享型故事。而代代相傳的故事最基本的特點是可以重述，不過，這種『重述』不是簡單的複述，而往往是一種重釋性敘述；不同的時代，不同的人，在『重述』一個家喻戶曉的故事時總會或多或少的以特定的人生體驗為背景去重新闡釋故事的要義。……具有集體認同的可重複性的故事，必定與人們的生命歷程中較為普遍的生存困惑與逆境相關。他們不僅過去有，現在有，而且將來也還會出現。所以，故事一再『重述』，人們一再品味。」董上德：《古代戲曲小說敘事研究》，廣州：廣東高等教育出版社，2007年，頁123～124。

〔註62〕 「再創造」一詞出自於張庚：「改編可以說是一種再創作。」沈惠如在〈論戲曲題材的「再創造」——以莊周戲曲為例〉一文當中，將針對傳統劇目的改編，稱為戲曲題材「再創造」。沈惠如：〈論戲曲題材的「再創造」——以莊周戲曲為例〉，《現代戲曲編劇舉例探討》，臺北：東吳大學中國文學系博士論文，2005年，頁127。

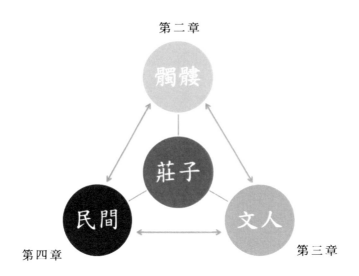

進之，再從這四者當中往外延伸出多重對話的觸角，如原文本和重寫文本的對話，不同文體間的對話，不同生死觀的對話，宗教和世俗的對話，傳統與當代的對話，台上與台下的對話等等。

不過，這樣的分類始終有其侷限性，如明代傳奇與新編戲曲的部分，因屬於劇作家的創作，有強烈的個人色彩，筆者將之歸於第三章「文人髑髏夢」的範圍之內，但後代的莊周戲曲多以「試妻」的內容為主軸，「試妻」的情節主要是受到話本小說《莊子休鼓盆成大道》的影響，乃是莊子世俗化的內容，但筆者於第四章深論之，因此在章節的安排上會出現前後次序矛盾的情形；再來，明代傳奇中的「髑髏夢」，通常出現在命名為《蝴蝶夢》的作品中，「髑髏夢」只占全篇幅的一小部分，其中夢的內容並非貫串全劇，夢的元素甚至已不存，傳奇針對這個主題重寫，能討論的地方有限；限於本文的研究範圍和篇幅，故未再將「髑髏夢」與以夢為主題的傳奇（如「南柯記」、「邯鄲記」）延伸討論，因此，比起「髑髏賦」賦文作品集中改寫這個題材，甚至一直到無名祭文的探討，在這個架構之下，呈現了論述比重詳略不一的現象；此外，「文人髑髏夢」的「儒學化」傾向，與「集體的髑髏夢」所呈現的「宗教化」和「世俗化」特質，其實也交錯出現在這兩大脈絡之下的作品中，無法絕然畫分。然而，這是本文選擇用「文人」和「民間」兩大架構來論述的情況之下，所無法周全之處，囿於筆者的能力，唯有在此架構之下，才能將眾多的文本仔細耙梳，這是目前處理資料最為清楚的方法；此分類的不足，恰恰也反映了「文人」和「民間」的「莊子髑髏夢」作品，彼此重疊而互相涵容、

無法分割的現象，更加映證了雅俗文化在流傳散布的過程當中，其中辯證、對話和創造的精神。

而道教度孤曲目「嘆骷髏」隸屬於民間宗教信仰的範圍，不屬於文學的部分，因此筆者在結語時延伸討論，從形式和內容上可發現它與「莊子嘆骷髏」作品之間有很深的淵源。

《莊子》的「三言」轉變為不同形式、文體、媒介，向這個世界不斷重述「莊子髑髏夢」的故事，然而，《莊子》原文中真正要傳遞的物化與生死如一的觀點，反而在文人與民間、宗教和世俗的迷宮當中隱沒了。因此，我們只能一再回歸到莊子和髑髏對話的原點，藉由重新閱讀和詮釋這個寓言，與生命和死亡進行一場沒有終點的對話。

第二章　對話的起點：莊子髑髏夢

第一節　「莊子髑髏夢」原文解析

> 莊子之楚，見空髑髏，髐然有形，撽以馬捶，因而問之，曰：「夫子
> 貪生失理，而爲此乎？將子有亡國之事，斧鉞之誅，而爲此乎？將
> 子有不善之行，愧遺父母妻子之醜，而爲此乎？將子有凍餒之患，
> 而爲此乎？將子之春秋故及此乎？」於是語卒，援髑髏，枕而臥。
> 夜半，髑髏見夢曰：「子之談者似辯士。視子所言，皆生人之累也，
> 死則無此矣。子欲聞死之說乎？」莊子曰：「然。」髑髏曰：「死，
> 無君於上，無臣於下；亦無四時之事，從然以天地爲春秋，雖南面
> 王樂，不能過也。」莊子不信，曰：「吾使司命復生子形，爲子骨肉
> 肌膚，反子父母妻子閭里知識，子欲之乎？」髑髏深矉蹙頞曰：「吾
> 安能棄南面王樂而復爲人間之勞乎！」〔註1〕

這個充滿魔幻色彩故事是這樣的：莊子到了楚國，看到了空髑髏。在夜
裡，髑髏到莊子的夢中和他進行一場「生死之辯」。莊子和髑髏的對話，是怎
麼展開的呢？從文本中我們可以看出，這場對話成立的兩個要素：一、莊子
到了楚國。二、莊子進入了夢鄉。

「莊子之楚」，他必須透過空間的位移才能夠打開與髑髏對話的契機，而
這個動態的歷程，便是離開他所處的中心，到楚國。

〔註1〕　《莊子》〈至樂篇〉，陳鼓應注譯：《莊子今注今譯》，北京：中華書局，2013
年，頁488～490。

　　《莊子》一書中，「莊子之楚」的動作只在此處出現，然而，書中有其他
人前往楚國而展開的寓言，特別是孔子，在書中共有四處前往楚國的動作：「孔
子適楚」（〈人間世〉）、「仲尼適楚」（〈達生〉）、「仲尼之楚」（〈徐無鬼〉）、「孔
子之楚」（〈則陽〉），〔註2〕其內容多半是透過與他人對話的形式，而聞得或訴
說更高深的道以及獲得精神上的提升為主之寓言，由此可知，前往楚國的動
作與莊子道的傳遞有密切的關係；再者，孔子是儒家文化的代表人物，以此
身份聞道、說道，這個訊息也值人注意。此外，何以莊子到了「楚國」才見
髑髏？為何獨是楚國，而不是戰國時期其他國家呢？楚國在戰國時代究竟占
據了怎麼樣的位置？已有許多研究論證莊子與楚國文化有深厚的淵源。莊子
為宋之蒙人，然而，他的籍里歷來有爭議，〔註3〕有的人主張莊子宋人說，有
的主張莊子楚人說，不管莊子為何國人，春秋戰國時期宋楚緊鄰，從文獻可
看出當時宋楚交往頻繁。此外，《莊子》原文中含有濃厚的原始宗教、神話的
元素，富有奇幻的色彩，莊子又承繼了老子的思想，老子為楚國人，因此，
莊子思想深受楚文化影響是可以確定的。〔註4〕

　　楚國處於相對於中原正統文化的一個去中心位置，中原飽經戰亂，正統
的文化在改朝換代中不斷的更動、流逝，禮失求諸於野，殷王朝的命脈血液
反而保留在相對偏安的南方文化當中。如果說禮樂制度、儒家思想真能帶給
社會安定，為什麼這個世界上有這麼多人假藉禮義道德之名而做亂，而世間
的烽火沒有止息的一日？這讓身處戰亂的人們感到疑惑。

　　從《莊子》書中，我們能看出莊子藉由楚狂接輿唱出了亂世的心聲：

　　　　鳳兮鳳兮，何如德之衰也！來世不可待，往世不可追也。天下有道，
　　　　聖人成焉；天下無道，聖人生焉。方今之時，僅免刑焉。福輕乎羽，

〔註2〕　四個孔子前往楚國的寓言其內容分別為：1、「孔子適楚」：楚狂唱出亂世之景
　　　　象（〈人間世〉）；2、「仲尼適楚」：痀僂者承蜩，論凝神之道（〈達生〉）；「仲
　　　　尼之楚」：楚王宴孔子，論「不言」之義（〈徐無鬼〉）、「孔子之楚」讚市南宜
　　　　僚隱居之恬淡（〈則陽〉）。另有孔子見老聃的寓言，皆集中於《莊子》〈外篇〉，
　　　　雖未明言「之楚」，亦可與前往楚國的動作相參照，如「忘己」（〈天地〉）、「孔
　　　　子西藏書於周室」（〈天道〉）、「采真之遊」（〈天運〉）、「仁義憯人心」（〈天運〉）、
　　　　「六經乃先王之陳跡」（〈天運〉）、「遊心於物之初」（〈田子方〉）、「至道」（〈知
　　　　北遊〉）。
〔註3〕　有關莊子籍里的問題已有非常詳盡的論證，參見方勇：《莊子學史》第1冊，
　　　　北京：人民出版社，2008年，頁36～69。本文採此說：莊子為「宋國之蒙人」。
〔註4〕　孫克強：〈莊子的母體文化與楚文化的關係〉，孫克強、耿紀平主編：《莊子文
　　　　學研究》，北京：中國文聯出版社，2006年，頁36～43。

莫之知載；禍重乎地，莫之知避。已乎已乎，臨人以德！殆乎殆乎，

畫地而趨！迷陽迷陽，無傷吾行！郤曲郤曲，無傷吾足！〔註5〕

　　楚狂是打破「俗儒」價值的一個代表，這段話，恰恰是孔子到楚國時，楚狂在孔子門前唱出的。這段文字同樣出現在《論語》中，〔註6〕幽微的表現了莊子對儒家思想反省和對話的姿態。〔註7〕

　　莊子到楚國的其中原因之一，或許就是離開中心，探索有別於中原文化的世界，是否在別的地方，真有他一心所嚮往的「至德之世」，也或許是追尋自己心中永恆失落的原鄉，找到自己生命的答案。離開，才有進一步對話的可能。因此，莊子來到了楚國。「莊子之楚」仍保留在後代的改編文本當中，然而這樣的空間位移已經模糊化，有的以「遊」取代，〔註8〕有的改寫文本甚至直接從莊子的籍貫著手，並結合了楚王聘莊的寓言（〈秋水〉），將「莊子之楚」的動作轉變為「莊子為楚國人」的身份。〔註9〕

　　莊子到了楚國，在眼前出現的是一具空枯的髑髏。一個人類的頭蓋骨，空空洞洞的，裡頭什麼都沒有。他用馬鞭敲了敲這個髑髏，這個動作耐人尋味，以現在的角度看來，人死後鞭屍，豈不是對死者不敬？「撽以馬捶」像是種刻意的挑釁，也像是一種莊子與髑髏之間私密的儀式，甚或是一場神秘的表演，其觀眾是誰？是髑髏？是莊子？亦或是他所假設的讀者？〔註10〕

　　接著，莊子問髑髏是怎麼死的，何以曝屍荒野，淪落致此？但這個髑髏是無語的。照常理來推斷，死人的頭蓋骨怎麼會說話呢？莊子的詢問彷彿是一根針掉入大海中渺無聲息，就如同一個人在荒野中寂寞地喃喃自語。他枕著髑髏就這樣睡著了，暫時離開所處的「現實」世界，進入了「夢」這個異質的空間。透過「夢境」，他穿過了幽冥的界線，跨越了生死忘川。或許是莊

〔註5〕　《莊子》〈人間世〉，陳鼓應注譯：《莊子今注今譯》，北京：中華書局，2013年，頁154～156。。

〔註6〕　狂接輿歌而過孔子曰：「鳳兮！鳳兮！何德之衰？往者不可諫，來者猶可追。已而，已而！今之從政者殆而！」孔子下，欲與之言。趨而辟之，不得與之言。（《論語》〈微子〉）

〔註7〕　有關莊子與儒家的淵源，詳見楊儒賓：〈儒門內的莊子〉，《儒門內的莊子》，台北：聯經，2016年，頁125～171。

〔註8〕　「遊」多以改寫的賦為主，用以背景的鋪排陳列；戲曲小說則多改為行至荒郊野外而見髑髏。

〔註9〕　如現今台本綴白裘版的《蝴蝶夢》，莊子自報家門即言：「卑人姓莊，名周，字子休，乃楚國蒙邑人也。」

〔註10〕　「撽以馬捶」的探討詳見下文。

子真切地希望骷髏回應，而將骷髏召喚到了夢中。賴錫三對此有相當精闢的見解：「利用夢意象能穿時空、踰物類的流通、變形特性，來促成原本在現實界不可能發生的遭遇與對話，重新在夢空間和異類相遇對話。」〔註11〕莊子使用夢的寓言不少，如「社樹夢」（〈人間世〉）、「神龜夢」（〈外物〉），都是因現實中無法交流，而在「夢」的空間打開跨界的對談。「夢」，就是開啓莊子與骷髏對話的第二把鑰匙。

我們可以說，莊子若不離開中心，若不遠離現實，這場與骷髏精彩而奇幻的對話就無從展開。經過「之楚」、「見夢」這兩層的關卡：骷髏終於開口說話了。〔註12〕然而，莊子讓骷髏現身說法，藉著與骷髏的交談，這個超現實的寓言，到底要傳遞給讀者怎麼樣的訊息呢？根據研究顯示：首先，這個寓言了反應戰國時期戰亂頻仍的現象，是人民處於水深火熱的最真實寫照；其次，這段「生死之辯」，主要是闡發《莊子》的「物化」思想，生與死不過是形體的轉換，一切又融入大自然生發創造之中；再者，可進一步與生命自身作連結，莊子在這個朝不保夕的時代背景下，面對外在環境的威脅以及生命的芒昧與未知，而開啓了這場探尋自我的問答。簡言之，我們可從反應時代背景、莊子思想、生命自身這三個方面來探討「骷髏夢」，而這三點並非彼此孤立，而是互相滲透交錯：〔註13〕

一、生人之累：反應戰國時局的紛亂

首先，莊子來到楚國，看到暴露在荒郊野外的骷髏，這個景像應該會讓人怵目驚心，但是，莊子的反應非常淡然，這當中包含了兩種可能，其一，莊子完全置生死於肚外，其二，「白骨露於野」在當時並不是什麼新鮮事。接著，骷髏來到了莊子夢中，說莊子所言像是個「辯士」，所謂「貪生失理、亡

〔註11〕 賴錫三：〈《莊子》的夢寓書寫與身心修養：魂交、無夢、夢中夢、蝶夢、寫夢〉，《中正漢學研究》，第 1 期（總第 19 期），2012 年 6 月，頁 103。

〔註12〕 「楚國」、「夢境」兩者皆具有奇幻浪漫的特質，或許這是開啓超自然情景的條件——骷髏開口說話。

〔註13〕 有關「莊子骷髏夢」的詮解，亦可參照徐春根：〈試解莊周骷髏夢〉，《廣西大學學報（學學社會科學版）》第 34 卷第 6 期，2012 年 12 月，頁 102～108。徐春根認為「骷髏夢」的深意如下：一、視死為「王樂」乃是對現實的詛咒；二、想象一個理想世界；三、生死達人：死亡是生命整體的一部分。

國之事、不善之行、凍餒之患、春秋命限」皆「生人之累」〔註14〕、「人間之勞」，死了則沒有生前的擔憂和困苦。髑髏更進一步向莊子闡發「死之說」：「死，無君於上，無臣於下；亦無四時之事，從然以天地爲春秋，雖南面王樂，不能過也。」然而，所謂的「死之樂」，其實是相對於免除「生之累」而來的，莊子並沒有爲我們描繪出一個具體的死亡世界，「生人之累」才是莊子聚焦的內容。然而，無論是由時代和環境所造成的苦難（「亡國之事」、「斧鉞之誅」、「凍餒之患」）；或是人生命有限之無奈（「春秋命限」）；亦或是人心芒昧而造成的惡果（「貪生失理」、「不善之行」），都會因人的死去而解除。〔註15〕因此，當莊子詢問髑髏是否要復活回到人世時，髑髏深深皺著眉頭，一口拒絕了莊子的提議：「吾安能棄南面王樂而復爲人間之勞乎？」他用這麼曲折的方法來表現，在這個年代，人們寧可選擇死亡，也不願活著。這究竟是一個怎樣的年代，能讓人這麼痛心和失望呢？

　　莊子生存於戰國中期，據《史記》記載，約與梁惠王、齊宣王、楚威王同時。此時社會動蕩不安，戰火連天，舊的價值體系已被摧毀殆盡，新的社會制度尚未建立，〔註16〕我們從《莊子》原文中可找到時代的縮影：「輕用民死，死者以國量乎澤若蕉。」「方今之時，僅免刑焉。」（〈人間世〉）；「今世殊死者相枕也，桁楊者相推也，刑戮者相望也。」（〈在宥〉）；「相與爭地而戰，伏尸數萬。」（〈則陽〉）；與莊子約爲同時期的孟子〔註17〕筆下亦寫出：「庖有肥肉，廄有肥馬，民有飢色，野有餓莩，此率獸而食人也。」（〈梁惠王上〉）；「凶年饑歲，君之民老弱轉乎溝壑，壯者散而之四方者，幾千人矣。」（〈梁惠王下〉）；「爭地以戰，殺人盈野；爭城以戰，殺人盈城。」（〈離婁上〉）；以上，皆反應了戰國時期戰爭規模的巨大和慘烈，以及國君的昏庸和暴虐。此外，社會結構巨烈變化，新舊價值更迭，文明的進程使人心日漸沉淪，劉向於《戰國策書錄》中更血淋淋的描繪出這個黑暗的時代：「夫篡盜之人，列爲

〔註14〕有關「生人之累」的闡述請參見陳鼓應：《老莊新論》，北京：商務印書館，2008 年，頁 316〜317。賴錫三：〈《莊子》的死生隱喻與自然變化〉，《漢學研究》第 29 卷第 4 期，2011 年 12 月，頁 12〜14。

〔註15〕莊子透過「否定式」的書寫，表面上讚美「死」，實際上是爲了凸顯「生之累」。賴錫三：〈《莊子》的死生隱喻與自然變化〉，《漢學研究》第 29 卷第 4 期，2011 年 12 月，頁 12〜13。

〔註16〕方勇：《莊子學史》第 1 冊，北京：人民出版社，2008 年，頁 2。

〔註17〕莊子與孟子雖爲同時代之人，但在《莊子》、《孟子》書中，卻從未提及彼此，這已成一齣公案。

侯王，詐謔之國，興立爲強。是以傳相放效，後生師之，遂相吞滅，并大兼小，暴師經歲，流血滿野，父子不相親，兄弟不相安，夫婦離散，莫保其命，潛然道德絕矣。……兵革不休，詐僞并起……」；《莊子》筆下更點出「仁義」在此時已變成了統治者的工具：「彼竊鉤者誅，竊國者爲諸侯，諸侯之門而仁義存焉。」(〈胠篋〉)，多少諸侯打著仁義的大旗只爲滿足自己的野心欲望？莊子更流露出他對「至德之世」的嚮往，進而反省「仁義」如同加諸於人身上的枷鎖，違反人自然的天性：「及至聖人，蹩躠爲仁，踶跂爲義，而天下始疑矣；澶漫爲樂，摘僻爲禮，而天下始分矣。」(〈馬蹄〉)，「仁義禮樂」在這個意義底下被重新檢討了。然而，在亂世和暴政底下最無辜的受害者還是社會最底層的人民。

福光永司對「髑髏夢」做了很精闢的說明：

> 因骷髏以贊美死人世界之自由與安樂，其實是在爲生人世界之絕望的不自由與痛苦慟哭——爲在壓制者統治下受苦，成爲侵略戰爭的犧牲，迫於飢饉，脅於刑戮，生爲一塵，死似一芥的戰國民眾之苛酷的現實慟哭者。……在莊子，骷髏是戰國時代死與恐怖所充斥的苛酷現實之象徵，是生活於戰國的如此現實之中的人的悲慘與痛苦之無聲的代辯者。〔註18〕

要之，莊子透過暴露在路旁髑髏的可怖景象，以及與髑髏對談反襯出的「生人之累」、「人間之勞」，才是莊子真正要呈現的核心內容，這是莊子寄寓髑髏寓言對所處時代最沉重的批判和諷刺。

二、生死之辯：死亡與物化

「生人之累」，反應出具體的時代景況，戰國的戰亂和社會價值的失序帶給人民極大的痛苦，然而，在這最黑暗的時代中，卻造就了思想的飛越和百家爭鳴的黃金時代，「士」人階層就在此時興起，莊子的思想就在這個背景下產生了。〔註19〕我們回過頭來看，莊子與髑髏的對話一直圍繞在生與死的問題上，所謂的「生死之辯」，乃是莊子思想的闡發。何爲「生死之辯」？就是討論「生死孰爲至樂」之理。髑髏所言，表面上是要傳達「死爲至樂」，這恰

〔註18〕 福光永司著，陳冠學譯：《莊子》，轉引自陳鼓應：《老莊新論》，北京：商務印書館，2008年，頁316～317。

〔註19〕 方勇：《莊子學史》第1冊，北京：人民出版社，2008年，頁2。

恰與一般人的價值觀相反，一般人都「樂生惡死」，認為「生為至樂」。《莊子》〈至樂〉開篇即探討人生中有無至樂的問題：「天下有至樂無有哉？」這脈絡與「髑髏夢」中討論的「生死孰為至樂」是一致的；接著，莊子說出世俗之人追求外物以「生為至樂」的價值觀：「夫天下之所尊者，富貴壽善也；所樂者，身安厚味美服好色音聲也；所下者，貧賤夭惡也；所苦者，身不得安逸，口不得厚味，形不得美服，目不得好色，耳不得音聲。……人之生也，與憂俱生，壽者惛惛，久憂不死，何苦也！」(〈至樂〉)人的一生，總是欲求「富貴」等等外加的條件，若求不得，則苦不堪言；然而，髑髏卻認為，不管是富貴貧賤，一切都是「生人之累」，死了就能免除這些煩憂。在這個世界上，究竟是一般人認為的「生為至樂」，還是髑髏所言的「死為至樂」呢？在此，莊子已在〈至樂〉開篇給了我們這場「生死之辯」的答案：「至樂無樂」，也就是說，「至極的歡樂，在於無樂」〔註20〕，此之謂「無樂之樂」〔註21〕。〈至樂〉通篇基本上延續〈齊物論〉的生死觀，「至樂無樂」雖沒有出現在髑髏夢的寓言中，但因全篇思想的一貫性，彼此之間可相參照，因此可以用來解釋髑髏寓言的生死觀。〔註22〕現代的學者賴錫三則說明莊子並不是要我們對生死做一個絕對的價值判斷，而是試圖打破一般人對「樂生／惡死」的執著偏見，生未必樂，死未必惡，如〈齊物論〉中所言：「予惡乎知說生之非惑邪！予惡乎知惡死之非弱喪而不知歸者邪！」或許讓人害怕排拒的死亡，其實是人回到了自己真正的家，〔註23〕這也說明了髑髏寓言確實與〈齊物論〉精神

〔註20〕《莊子》〈至樂〉，陳鼓應注譯：《莊子今注今譯》，北京：中華書局，2013年，頁483。

〔註21〕賴錫三：〈《莊子》的死生隱喻與自然變化〉，《漢學研究》第29卷第4期，2011年12月，頁14。

〔註22〕張默生將《莊子》分為文體分為四等，〈至樂〉屬於第一等甲類的作品，先總論，次分論，無結論。第一等的作品中，總論已將全篇的中心思想說完，分論只是用「寓言」或「重言」論證總論之觀點。拆開來看各自成章，組合起來又是篇妙文。又如「莊子妻死鼓盆而歌」、「列子見百歲髑髏」等寓言皆牽涉到生死問題，又可與「髑髏夢」相互參照。詳見張默生：《莊子新釋》，濟南：齊魯書社，1993年，頁7～8，403～404。

〔註23〕賴錫三：〈《莊子》的死生隱喻與自然變化〉，《漢學研究》第29卷第4期，2011年12月，頁12。然而，學者對生與死的解讀持有不同的看法，劉榮賢認為外雜篇與內篇的生死觀不同，「髑髏夢」便是由《莊子》內篇的「齊生死」觀轉為「悅死惡生」觀的證明。劉榮賢：《莊子外雜篇研究》，台北：聯經，2004年，頁151～153。

相符合。歷代的注家亦指出：「欲明死生之理均齊，故寄髑髏寓言答問也。」
〔註 24〕「舊說云莊子樂死惡生，斯說謬矣！若然，何謂齊乎？所謂齊者，生
時安生，死時安死，生死之情既齊，則無爲當生而憂死耳。此莊子之旨也。」
〔註 25〕生死既無差別，何必「樂死惡生」或「樂生惡死」？〔註 26〕換言之，
莊子與髑髏的這場「生死之辯」，也可以說是莊子「齊生死」觀的體現。

　　「齊生死」的思想是從莊子內篇〈齊物論〉〔註 27〕而來。所謂「齊」，並
非是指「相同」之意，而是指萬物能保有自我的特色，融入自然中，自在和
諧地生存。而〈齊物論〉之主旨在於「天地與我並生，萬物與我爲一」，人若
能放下我執偏見（吾喪我），而達到「物我合一」的境界，那麼世上所有的衝
突及對立均能化解，連人生當中最難的生死問題也能泰然處之。換言之，「齊
生死」也可以說是莊子的「物化」思想。「物化」在字面上是「萬物的轉化」
〔註 28〕，在此引申爲，泯除物我之間的界線，與萬物融爲一體。對莊子而言，
死亡不過是形體的改變，正所謂「其死也物化」（〈天道〉）〔註 29〕，用「物化」
兩字來解釋「死亡」再自然不過了。〔註 30〕故此，世上無眞正的死亡，死亡
只是變化爲另一種形式而存在，面對死亡，也無需哀傷。

〔註 24〕　成玄英：《莊子疏》，出自〔清〕郭慶藩撰，王孝魚點校：《莊子集釋》，北京：
　　　　　中華書局，1961 年，頁 617。

〔註 25〕　郭象：《莊子注》，轉自〔清〕郭慶藩撰，王孝魚點校：《莊子集釋》，北京：
　　　　　中華書局，1961 年，頁 619。

〔註 26〕　程章燦：〈莊子見鬼——「鬼話連篇」之十一〉，《文史知識》2009 年第 11 期，
　　　　　頁 131。

〔註 27〕　有關「齊物論」三字，大約有兩種解釋：（1）「齊物」論：將「齊物」二字連
　　　　　續，「論」字是文章的體裁……其意義是說萬物的形色性質雖至不同，但在莊
　　　　　子看去卻是齊一的。（2）齊「物論」：將「物論」二字連續，「物論」成了一
　　　　　個名詞……其意義是把百家爭鳴的學說當作「物論」，莊子以道的觀點，來齊
　　　　　一這些「物論」。詳見張默生：《莊子新釋》，濟南：齊魯書社，1993 年，頁
　　　　　92～94。另見王叔岷：《莊子校詮》，臺北：中央研究院歷史語言研究所，1988
　　　　　年，頁 39～40。吳光明：《莊子》，臺北：東大圖書，2015 年，頁 180～182。
　　　　　有研究顯示《莊子》內篇之篇名乃是由後人所擬定，才有如此結構嚴謹的篇
　　　　　名體系。劉榮賢：《莊子外雜篇研究》，台北：聯經，2004 年，頁 29～30。

〔註 28〕　《莊子》〈齊物論〉，陳鼓應注譯：《莊子今注今譯》，北京：中華書局，2013
　　　　　年，頁 102。

〔註 29〕　「其死也物化」也同時出現在《莊子》〈刻意〉。

〔註 30〕　康韻梅：《中國古代死亡觀之探究》，臺北：國立臺灣大學出版委員會，國立
　　　　　臺灣大學中國文學研究所博士論文，1994 年，頁 21。

演繹「物化」最佳的寓言爲「莊周夢蝶」〔註31〕，〈齊物論〉便是以「蝶夢」做爲總結：

> 昔者莊周夢爲胡蝶，栩栩然胡蝶也，自喻適志與！不知周也。俄然覺，則蘧蘧然周也。不知周之夢爲胡蝶與，胡蝶之夢爲周與？周與胡蝶，則必有分矣。此之謂物化。

「周蝶互化」謂之「物化」，人死變爲髑髏也謂之「物化」，皆達到「物我合一」的境界，我們又可以進一步地說，「覺夢」和「生死」其實就是一體兩面〔註32〕，「夢覺所喻爲生死，莊周夢（死），胡蝶覺（生）；莊周覺（生），胡蝶夢（死）」〔註33〕。「蝶夢」與「髑髏夢」，皆藉由「夢境」觸發，跨越了真實與虛幻，進而超越生死。

《莊子》〈至樂〉篇中，還有「列子見百歲髑髏」〔註34〕的寓言：

> 列子行食於道從，見百歲髑髏，攓蓬而指之曰：「唯予與汝知而未嘗死，未嘗生也。若果養乎？予果歡乎？」種有幾，得水則爲𩽾，得水土之際則爲䵷蠙之衣，生於陵屯則爲陵舄，陵舄得鬱棲則爲烏足。烏足之根爲蠐螬，其葉爲胡蝶。胡蝶胥也化而爲蟲，生於竈下，其狀若脫，其名爲鴝掇。鴝掇千日化而爲鳥，其名曰乾餘骨。乾餘骨之沫爲斯彌，斯彌爲食醯。頤輅生乎食醯；黃軦生乎九猷；瞀芮生乎腐蠸。羊奚比乎不筍，久竹生青寧；青寧生程，程生馬，馬生人，人又反入於機。萬物皆出於機，皆入於機。〔註35〕

〔註31〕 參見本章第二節第三小段〈夢的書寫：覺夢與真幻的隱喻〉，「蝶夢」與「物化」進一步的探討。

〔註32〕 郭象：「夫覺夢之分，無異於死生之辯。」成玄英：「託夢覺於死生，寄自他於物化。」轉引自〔清〕郭慶藩撰，王孝魚點校：《莊子集釋》，北京：中華書局，1961 年，頁 112～114。

〔註33〕 康韻梅：《中國古代死亡觀之探究》，臺北：國立臺灣大學出版委員會，國立臺灣大學中國文學研究所博士論文，1994 年，頁 21。

〔註34〕 列子爲春秋時代鄭國思想家，此寓言同樣出現在《列子》〈天瑞篇〉，〈天瑞篇〉多了前往的地點衛國，以及列子徒弟百豐，其餘內容大同小異。近人多論證現存《列子》爲晉人所作之僞書，值得玩味的是，列子本人年代早於莊子，但《列子》成書卻晚於《莊子》。《列子》〈天瑞篇〉，見蕭登福注譯：《列子古注今譯》，臺北：新文豐，2009 年，頁 35～36。陳鼓應注譯：《莊子今注今譯》，北京：中華書局，2013 年，頁 19～20。

〔註35〕 《莊子》〈至樂〉，陳鼓應注譯：《莊子今注今譯》，北京：中華書局，2013 年，頁 493～498。陳鼓應將「列子見百歲髑髏」和「種有幾」分爲兩個不同的段落，張默生、王叔岷與《列子》〈天瑞篇〉則將兩段併爲同一文，在此做一文解。

　　骷髏又再次出現在莊子的寓言中，然而，這次的主角換成了列子。他撥開蓬草指著骷髏說，我們兩人好像莫逆於心，知道「未嘗死、未嘗生」之理。對人而言，骷髏是死，但對骷髏而言，卻是新生，〔註36〕沒有真正的生與死，一切都歸於萬物的變化，因此，更無生死所帶來的「養（憂）、歡」。列子已明生死之情，就不需再藉骷髏之口說出了。

　　接著，文中又提出生命的變化形式有多少的問題（「種有幾」），以下陳列出一連串物種變化的情形，便是承續人死變為骷髏的物化思想。〔註37〕最後一句即為此段主旨：「萬物皆出於機，皆入於機」，「機」可解釋為自然或造化，說明事物在不斷的變動當中，只有「出入」而無「死生」，一切都在大宇宙當中自生自化、共存共榮。而莊書中的「死生」、「出入」、「來去」、「成毀」、「聚散」其實都是同義詞。〔註38〕此外，莊子在〈至樂〉篇的其他段落中，將「死生」比喻為「春秋冬夏」以及「晝夜」，都是對莊子「物化」觀的闡發；再者，以下這兩個段落更是「物化」的最佳註解：「物之生也若驟若馳，無動而不變，無時而不移。何為乎？何不為乎？夫固將自化。」（〈秋水〉）「萬物皆種也，以不同形相禪，始卒若環，莫得其倫，是謂天均。」（〈寓言〉）可知「物化」思想幾乎貫穿整部《莊子》。〔註39〕

　　以上，我們從莊子與骷髏的「生死之辯」到「蝶夢」、「列子見百歲骷髏」這三個寓言中可看出：「生死」、「惡樂」與「物化」三者之關係，人的生死是最難看破的，在於人不可解於心的情感，因而有隨之產生的樂與惡，莊子用「物化」的思想來調合此不能解的死亡，死亡並未真正離去，而是轉換為另一種生命形式而存在，生命又回歸於不斷循環變化的宇宙之流中，與萬物融為一體，就這個意義而言，也撫慰了人面臨死亡的無奈與傷痛。

　　在此，就以《莊子》〈知北遊〉這段話做為小結：

〔註36〕 李谷鳴：〈莊子與波特萊爾幻想中的骷髏世界〉，《安慶師範學院院報》1991年第2期，頁100。

〔註37〕 這些演化，在今日看來不見得正確，然而，重點不在於資料的正確性，而在於強調不同物種之間的變換之物化思想。

〔註38〕 郭象：「一氣而萬形，有變化而無死生也。」引自〔清〕郭慶藩撰，王孝魚點校：《莊子集釋》，北京：中華書局，1961年，頁629。

〔註39〕 莊子的思想主要都由〈逍遙遊〉和〈齊物論〉衍生而來。其「物化」思想，最早可以追溯至中國古代變形神話，詳見樂蘅軍：〈中國原始神話變形試探（上）、（下）〉，《中國古典文學論叢——冊三：神話與小說之部》，臺北：中外文學月刊社，1976年，頁1～29。

人生天地之間，若白駒之過郤，忽然而已。注然勃然，莫不出焉；
油然漻然，莫不入焉。已化而生，又化而死，生物哀之，人類悲之。
解其天弢，墮其天袠，紛乎宛乎，魂魄將往，乃身從之，乃大歸乎！

〔註40〕

三、生命自身：死亡與自我對話

「生人之累」不僅反應了外在世界的攪擾，其實內在的紛亂才是人心無
法安定的根源；再者，以莊子的物化思想來詮釋此寓言，似乎又與人真實的
生命有段距離。因此，讓我們來重新探討這個寓言的深層內涵，從最根本的
地方開始，找尋生命自身的答案。

回到「髑髏夢」，一切又將焦點集中在「髑髏」上。這個髑髏沒有名字，
沒有身份，莊子不知道他從何處來，為什麼會待在這裡？更不知道他生前是
一個怎麼樣的人，莊子試圖拉近與這個髑髏的距離，問髑髏是怎麼死的：「夫
子貪生失理，而為此乎？將子有亡國之事，斧鉞之誅，而為此乎？將子有不
善之行，愧遺父母妻子之醜，而為此乎？將子有凍餒之患，而為此乎？將子
之春秋故及此乎？」這些問題的答案將永恆的失落，因死人是不語的，即便
在此寓言中，髑髏並未正面回答。然而，這一連串的問題，正反應了人生的
芒昧〔註41〕與現實的苦痛，這不禁讓我們聯想到《莊子》〈天下〉篇所言：「芒
乎何之，忽乎何適，萬物畢羅，莫足以歸。」我們人茫茫然的不知從何處而
來，恍恍惚惚地又不知走向何方，這世間包羅萬物，卻不知道歸宿，我是誰？
髑髏又是誰？這「千古之問」將永遠的在我們的心中迴響著。〔註42〕

髑髏，乃人類的頭蓋骨，「我們到今天一直是帶著頭蓋骨活著的」〔註43〕，
每天與它相依相存，原來我們與死亡是那麼地靠近，活著當下的每一分每一
秒都在體驗死亡。這個曾經為人的髑髏，曾經被人的血肉肌膚所包裹著，與

〔註40〕 《莊子》〈知北遊〉，陳鼓應注譯：《莊子今注今譯》，北京：中華書局，2013
年，頁608。

〔註41〕 有關人生的芒昧不安，心外逐於物的迷失和疲憊，請參見《莊子》〈齊物論〉：
「大知閑閑，小知閒閒……一受其成形，不亡以待盡。……人之生也，固若
是芒乎？其我獨芒，而人亦有不芒者乎？」莊子的思想正是由此開展。

〔註42〕 「我是誰」這個主題也成為了許多文學作品創造和生發的養份，如莊子這段
問髑髏的話，在後來的文本中有更多的改寫和發展，其中「莊子嘆骷髏」道
情更是將這串提問發展到淋漓盡致。

〔註43〕 吳光明：《莊子》，臺北：東大圖書，2015年，頁20。

人的關係是那麼的親近、那麼地密切。然而，如今被棄置在路旁，這個空枯髑髏，還可以稱爲一個人嗎？或僅僅只是一個物呢？〔註44〕莊子很自然地「援髑髏，枕而臥」，這景像讓人駭然失色，但我們每天晚上何嘗不是枕著自己的頭蓋骨睡覺呢？〔註45〕因此，我們可以這麼詮釋，莊子枕髑髏，事實上枕的就是自己的頭蓋骨，與夢中髑髏的交談只是一個隱喻，髑髏就是莊子，莊子就是髑髏，「髑髏夢」就是莊子的自我問答，是一場與自己生命的對話。〔註46〕莊子很清楚自己終需一死，在不久的將來也會加入髑髏的行列。〔註47〕這個寓言，是莊子爲自己而寫的，也是爲他所期待的讀者而寫的——「這故事本是爲了我們活人寫的，針對我們這樣帶死活著的人。這故事究竟還是屬乎此世，深深入俗。」〔註48〕而生命的本質，就在於邁向死亡的事實。〔註49〕

　　既有「生中帶死」之說，也有「死中帶生」之理。進一步的說，在這個寓言中，髑髏不僅僅做爲一個人死去的殘骸，一個無生命的物，他自有屬於他自己的活法，「以天地爲春秋」就是髑髏的「生」，「天地」爲「空間」，「春秋」爲「時間」，〔註50〕時間和空間與髑髏彼此交融，他的壽命與天地相始終，世間的紛亂或四季的遞嬗不會傷害到他，當風輕輕吹過髑髏，從他空枯的身體發出陣陣的樂音，迴盪在天際之間，他的快樂就是與天地同活。〔註51〕因此，莊子向髑髏提出復活的提議時，髑髏不禁「深矉蹙頞」，然而，皺眉是屬於人表情，髑髏皺眉，無非是莊子自己內心的投射和想像，在這裡又再一次暗示了莊子和髑髏合而爲一的訊息。

　　「我是誰」是人類千古以來的呼喊，我們能從「自我的對話」中找到存在的歸宿，即在我們生命自身。與髑髏的對話，正是活著的人對不可抗拒的死亡的回應，人接受死亡爲生命之本質，自然地與死亡同存於天地之間。

〔註44〕 王新民：《莊子傳》，石家莊市：花山文藝出版社，1992 年，頁 35～42。第二章〈南遊楚越 探訪古風〉，即爲對「髑髏夢」的重寫。

〔註45〕 吳光明：《莊子》，臺北：東大圖書，2015 年，頁 22。

〔註46〕 此外，夢具有下列的特色：「夢中之象是主體經驗世界的投影，那麼，做夢便具有了某種自我訴說的性質。」譚學純：《人與人的對話》，合肥：安徽教育出版社，2000 年，頁 160。

〔註47〕 「今日莊周，明日骷髏」之意。

〔註48〕 吳光明：《莊子》，臺北：東大圖書，2015 年，頁 20。

〔註49〕 類同於海德格（Martin Heidegger）主張：「向死亡的存在。」（Being-towards-death）。

〔註50〕 「春秋」可解釋爲「時間」，或從「將子之春秋故及此乎？」之意，「春秋」即「命限」。

〔註51〕 吳光明：《莊子》，臺北：東大圖書，2015 年，頁 22～24。參見《莊子》〈齊物論〉「天籟」。

　　以上，所探討的核心在於莊子和髑髏之間的對話，然而，在這個寓言中，除了「之楚」、「入夢」兩把進入對話之門的鑰匙外，莊子有兩個對話前的戲劇動作著實引人深思：「撽以馬捶」、「援髑髏，枕而臥」。而這兩個動作，以現代的角度來看，是恐怖、不敬且不可思議的。其一，「撽以馬捶」這四字，意指莊子看到暴露的髑髏，用馬鞭從旁敲了敲它，這個動作的動機究竟是為何？在後世的戲曲作品中，甚至筆者目前所蒐集到重寫「嘆骷髏」的文學作品，除了魯迅小說《起死》外，並沒有見到莊子「撽以馬捶」這個動作；被刪除或被忽略，是否有其深意？〔註52〕另外，這個動作或許與宗教儀式相關，《經律異相》卷第四十六有「魂還自鞭其屍」的記載，《敦煌變文集》所載之《地獄變文》〔註53〕中，有鐵棒打死屍的情節出現，在明葉憲祖《北邙說法》〔註54〕雜劇當中，亦有「餓鬼鞭死屍」的情節，以上三者皆有呵責死屍生前不為善的內容出現，或許與莊子鞭打及詢問髑髏相關。

　　其二，「援髑髏，枕而臥」意指莊子感嘆完骷髏後，把骷髏拿來當枕頭睡覺，接而進入夢鄉，在明代謝弘儀的《蝴蝶夢》傳奇第十一齣〈夢疑〉與俗文學叢刊所載《莊子遊春》、陳西汀新編之崑劇《新蝴蝶夢》尚可見此情節，在其餘的改編作品當中，已不復見；像是至今仍活躍在戲曲舞台上的清代無名氏《蝴蝶夢》傳奇第一齣〈嘆骷〉中，莊子只有「在樹陰之下打睡片時」，而無「援髑髏，枕而臥」的動作。很有可能是因為一般民眾對髑髏有所忌諱，故被刪除了。

　　從時代背景、莊子思想、生命自身這三方面，皆為《莊子》「髑髏夢」原文所傳達的內涵，讀者可以有更多屬於自己的詮釋和創造，畢竟，我們不是莊子本人，再也不可能還原他的本意，就如同我們不了解死亡，人們對死亡的描述，終究只是一種「詮釋」，我們只能透過詮釋讓我們更加理解莊子，更深入的思考生命與死亡的意義。歷代有許多的文本取材自莊子與髑髏的對

〔註52〕　明道情《莊子嘆骷髏南北詞曲》則有牧童鞭打骷髏天靈蓋的動作；明雜劇《逍遙遊》、京劇《敲骨求金》則分別有道童和路人欲碎骷髏，取走口中含錢的情節，這個情節，有可能受到《莊子》〈外物〉篇「儒以詩禮發塚」寓言影響，此寓言意在諷刺假仁義盜天下之事。

〔註53〕　〔唐〕《地獄變文》，收入王重民等篇：《敦煌變文集》，北京：人民文學出版社，1957年，頁761～763。

〔註54〕　〔明〕葉憲祖：《北邙說法》，收入〔明〕沈泰輯：《盛明雜劇》初集，《續修四庫全書》1764冊集部戲劇類，上海：上海古籍，2002年，據民國十四年董氏誦芬室刻本影印，頁468～472。

話，在重寫時，不同的作者有不同的詮釋與改編的重點，其實也反映出他們對人生的價值觀，以及寄寓此主題所抒發的情志。這些作者也藉由作品進一步與莊子深入的對話，在這個時候，莊子變成了死去的髑髏，這是莊子的「寓言」，也是莊子的「預言」。

第二節　《莊子》的敘事手法和生死夢寓

莊子之前，先秦諸子百家的散文多以記言為主，如《論語》便是由孔門弟子記載孔子之言的作品。《莊子》的散文已從記言體中脫離出來，用對話的方式論說，在敘事的形式上有很大的突破與創新，而「寓言」正是莊子擅長使用的一種敘事手法，如「髑髏夢」寓言，便是藉著莊子與髑髏對話，來傳達他對現世的批判以及對生死的看法。司馬遷在《史記》中記載：「故其著書十餘萬言，大抵率寓言也。」根據今人的統計，《莊子》書中約有近 200 則寓言，〔註 55〕數量可謂不少，可見「寓言」在《莊子》書中佔有很大的比例及不可忽視的地位。然而，「寓言」只是莊子敘事手法的其中之一，除了「寓言」之外，尚有「卮言」及「重言」，這三者合稱為「三言」，「三言」是開啟研究《莊子》的一把很重要的鑰匙，能夠明白「三言」的運用，就能對《莊子》有更進一步理解。〔註56〕而莊子的生死觀，就在這「三言」當中體現。此外，莊書中的夢的書寫，多半以「寓言」的形式完成，夢中寄寓著莊子的哲思，如莊子最有名的「蝴蝶夢」，在夢覺之間，蘊含著無窮的生死之理，更對自我內在有更進一步的探索和對話，無論形式和內容，都對後代的文學藝術有很深的影響和啟發。

一、三言：傳遞道的語言

有關「三言」的文字，見於〈寓言〉和〈天下〉兩篇。〈寓言〉和〈天下〉雖是在《莊子》雜篇，但他的重要性並不亞於內篇的文章，一般認為〈寓言〉是莊書中的凡例，〈天下〉為後序。〔註57〕〈寓言〉篇道出了莊書的寫作手法，

〔註55〕陳蒲清統計《莊子》書中共有 181 則寓言，葉程義統計為 192 則。陳蒲清：《中國古代寓言史》，臺北：駱駝出版社，1987 年，頁 45。葉程義：《莊子寓言研究》，臺北：文史哲出版社，1993 年，頁 4。

〔註56〕張默生：《莊子新釋》，濟南：齊魯書社，1993 年，頁 10～18。

〔註57〕張默生：《莊子新釋》，濟南：齊魯書社，1993 年，頁 8。

而〈天下〉篇則是中國第一篇學術思想總評，當中對莊子的評價很精闢。

> 寓言十九，重言十七，卮言日出，和以天倪。寓言十九，藉外論之。
> 親父不爲其子媒。親父譽之，不若非其父者也：非吾罪也，人之罪
> 也。與己同則應，不與己同則反；同於己爲是之，異於己爲非之。
> 重言十七，所以已言也，是爲耆艾。年先矣，而無經緯本末以期年
> 耆者，是非先也。人而無以先人，無人道也；人而無人道，是之謂
> 陳人。卮言日出，和以天倪，因以曼衍，所以窮年。不言則齊，齊
> 與言不齊，言與齊不齊也，故曰言無言。言無言，終身言，未嘗言：
> 終身不言，未嘗不言。有自也而可，有自也而不可；有自也而然，
> 有自也而不然。惡乎然？然於然。惡乎不然？不然於不然。惡乎可？
> 可於可。惡乎不可？不可於不可。物固有所然，物固有所可，無物
> 不然，無物不可。非卮言日出，和以天倪，孰得其久！萬物皆種也，
> 以不同形相禪，始卒若環，莫得其倫，是謂天均。天均者，天倪也。
> （〈寓言〉）〔註58〕

> 以謬悠之說，荒唐之言，無端崖之辭，時恣縱而不儻，不以觭見之
> 也。以天下爲沈濁，不可與莊語，以卮言爲曼衍，以重言爲眞，以
> 寓言爲廣。獨與天地精神往來，而不敖倪於萬物，不譴是非，以與
> 世俗處。（〈天下〉）〔註59〕

（一）寓言

　　中國「寓言」二字最早見於《莊子》。何謂「寓言」？根據陳蒲清的定義：
「寓言必須具備兩條基本要素：第一是有故事情節；第二是有比喻寄託，言
在此而意在彼。」〔註60〕我們回過頭來看，莊子將寓言定義爲「藉外論之」，
意即「寄託之言」，主要藉此來表達其言論及思想。在此，莊子並未強調寓言
一定需要有故事情節，然而他的寓言中多半都已具備故事的條件。接著，莊
子舉「親父不爲其子媒」爲例來解釋寓言的特性，也就是說，必須透過間接
的方式才能取信於人，因爲直接說出事實的眞相沒有人相信，只能選擇使用

〔註58〕《莊子》〈寓言〉，陳鼓應注譯：《莊子今注今譯》，北京：中華書局，2013 年，
　　　　頁 774～779。「卮」同「卮」。
〔註59〕《莊子》〈天下〉，陳鼓應注譯：《莊子今注今譯》，北京：中華書局，2013 年，
　　　　頁 939～942。
〔註60〕陳蒲清：《中國古代寓言史》，臺北：駱駝出版社，1987 年，頁 4。

迂迴的策略來傳達自己的論說，這就是莊子在沉淪的人世中，不得不使用「寓言」的無奈，「以天下為沈濁，不可與莊語」，這正是〈天下〉篇所發出的慨嘆。

《莊子》寓言中有許多虛構的人物和地點，其中的對話內容亦為作者所編造，這說明了莊子寓言的另一個特質——「虛構性」。〔註61〕《史記》記載：「故其著書十餘萬言，大抵率寓言也。作漁父、盜跖、胠篋，以詆訿孔子之徒，以明老子之術。畏累虛、亢桑子之屬，皆空語無事實。」〔註62〕劉熙載言：「莊子寓真於誕，寓實於玄，於此見寓言之妙。」（《藝概》）「空語無事實」、「誕、玄」二者，皆點出莊子寓言的「虛構性」，《莊子》〈天下〉篇：「謬悠之說，荒唐之言，無端崖之辭，時恣縱而不儻，不以觭見之也。」更是說出莊子虛空悠遠，沒有界線及束縛的寫作手法。以上，我們可以歸結出莊子寓言有三個特質：「故事性」、「寄託性」、「虛構性」，而這三個特質，也影響了後代文學的創作。〔註63〕

（二）重言

重言則是指藉由歷史上的先賢或時代的名人來宣揚莊子的思想，以停止世上的爭辯。最明顯的就是莊子常常藉由孔門人物來傳達他的論說。在此，這些先賢是歷史上真實的人物，然而莊書中所呈現的情節則為莊子所杜撰，真實的人物於虛構的情節當中，欲傳達的目的又是「真」，正說明了是「虛實相生」之理。〔註64〕

「寓言十九，重言十七」在此是指寓言和重言在莊書中所佔的比例。根據張默生的研究：「《莊子》書中，往往寓言裡有重言，重言裡也有寓言，是交互錯縱的，因此寓言的成分，即便占了全書的十分之九，仍無害於重言的占十分之七。」〔註65〕由此可知，莊子的「寓言」和「重言」彼此是互相包涵重疊的。

〔註61〕 劉榮賢：《莊子外雜篇研究》，台北：聯經，2004年。頁440～442。

〔註62〕 魯迅：「著書十餘萬言，大抵寓言，人物土地，皆空言無事實，而其文則汪洋闢闔，儀態萬方，晚周諸子之作，莫能先也。」（《漢文學史綱要》）魯迅對莊子的評價亦說明莊子寓言的「虛構性」。

〔註63〕 直接影響了文人的寓言創作以及啟發了後代小說的產生，後代從莊子寓言所取材的作品更是不勝枚舉。

〔註64〕 劉榮賢：《莊子外雜篇研究》，台北：聯經，2004年。頁440～441。

〔註65〕 張默生：《莊子新釋》，濟南：齊魯書社，1993年，頁17。

（三）巵言

有關「巵言」的說法眾說紛紜，莊子在〈寓言〉和〈天下〉篇中並沒有很明確的解釋。學者對「巵言」有以下幾種見解：1、「巵」作「酒器」解，莊子的話語就像酒自然地從酒杯的滿溢出來，是「無心之言」；2、「巵」作「支」解，爲「支離之言」；〔註66〕3、「巵」作「漏斗」解，漏斗無底，莊子的言論如同注入漏斗一樣沒有窮盡，是「無成見之言」。〔註67〕4、「巵」作「圓器」解，即「渾圓之言」。〔註68〕我們回到《莊子》原文：「巵言日出，和以天倪，因以曼衍，所以窮年。」意指巵言每日出現，生生不息，符合自然的分際，綿延不絕，而無止盡。而「言無言，終身言，未嘗言；終身不言，未嘗不言」即說明所謂的「巵言」是「無成見之言」，符合天然運行之法則，莊子現在說的話，其實說了也跟不說一樣；大自然看似沉默不語，然而又不間斷地向我們傳遞四季更迭的信息；〔註69〕此外，〈寓言篇〉對「巵言」的詮解而亦散落在〈齊物論〉當中，闡釋如何泯除主觀的意見，這也說明了「巵言」與〈齊物論〉的思想緊密連結。〔註70〕「萬物皆種也，以不同形相禪，始卒若環，莫得其倫，是謂天均。天均者，天倪也。」這段話乃是莊子物化生死觀的大旨，所有的變化漫衍就在天地的往復循環中，而「巵言」正符合了自然的運行。

〔註66〕　成玄英：「夫巵，滿則傾，空則仰，非持故也。況之於言，因物隨變，唯彼之從，故曰日出。日出，謂日新也，日新則盡其自然之分，自然之分則盡和也。」成玄英：「巵，酒器也。日出，猶日新也。天倪，自然之分也。和，合也。夫巵滿則傾，巵空則仰，空滿任物，傾仰隨人。無心之言，即巵言也，是以不言，言而無係傾仰，乃合於自然之分也。又解：巵，支也。支離其言，言無的當，故謂之巵言耳。」轉引自〔清〕郭慶藩撰，王孝魚點校：《莊子集釋》，北京：中華書局，1961年，頁947。

〔註67〕　張默生：《莊子新釋》，濟南：齊魯書社，1993年，頁15～16。

〔註68〕　「說文：『巵，圓器也。圓，天體也。』朱駿聲云：『渾圓爲圓，平圓爲圓。』然則「巵言」即渾圓之言，不可端倪之言。」王叔岷：《莊子校詮》，臺北：中央研究院歷史語言研究所，1988年，頁1091。

〔註69〕　楊儒賓對「巵言」的看法：「最好的語言確實是包括言默兩面，說與不說，皆落環中。」楊儒賓：〈莊子的巵言論〉，《儒門內的莊子》，台北：聯經，2016年，頁264。

〔註70〕　〈寓言〉和〈齊物論〉重覆的段落羅列於下，〈寓言〉：「惡乎然？然於然。惡乎不然？不然於不然。惡乎可？可於可。惡乎不可？不可於不可。物固有所然，物固有所可，無物不然，無物不可。」；〈齊物論〉：「可乎可，不可乎不可。道行之而成，物謂之而然。惡乎然？然於然。惡乎不然？不然於不然。物固有所然，物固有所可。無物不然，無物不可。故爲是舉莛與楹，厲與西施，恢恑憰怪，道通爲一。」

因此，可以說「寓言」和「重言」是莊子文學表達的「形式」，而「卮言」則是其「精神」。〔註71〕更進一步地說，整部莊書都是「卮言」，「寓言」和「重言」也包含在內，可謂之「三位一體」，「三言」皆爲「天倪」，皆是傳遞「道」的語言。〔註72〕而所謂的傳達分爲兩種：傳遞信息與喚起體驗，從《莊子》一書不斷強調「道之不可言傳性」〔註73〕中可以得知，莊書的著重點不在於隱喻背後的知識內容，而在於能激起生命力的深刻體驗。吳光明認爲「卮言」是喚醒法的傳達，是間接喚醒作者與讀者的創造性語言，也就是「天籟」，萬物因其自己的自然狀態而自鳴，在宇宙的迴響與靜寂中共振共榮，這便是藉由「卮言」所喚醒讀者的生命體驗。〔註74〕換句話說，「三言」不僅是傳遞道的語言，更是莊子用來與自我、讀者與世界對話的語言。

二、死亡敘事：深刻的生命觀照

人只要活著，就無時無刻不面臨死亡的威脅，死亡是命定，乃人無可遁逃之終點，從一個人對死亡的態度，就能反應了他的生之在場。〔註75〕我們從莊子「三言」的寫作技巧和精神可以看出與物化生死觀隱然相對應。然而，莊子的生死觀不在於高妙玄深的理論，而是落實在人面對死亡的每一個向度。在此，莊子用許多寓言來呈現他對生命與死亡全面且深入的看法，這些寓言包含了人面臨與老師、朋友、父母、伴侶、自己、路邊的髑髏等的死亡，莊子將人生可能面臨死亡的情境無微不至地觀照到了。〔註76〕這些生死相關的寓言，可分爲以莊子爲主角的故事，和以虛構或歷史人物爲主角的故事。

〔註71〕「三言俱是爲參合道體流變所發展出的流變之言，只是寓言和重言著重在形式的呈現，而卮言則是精神原則的強調，三者俱是「道言」之開顯。」賴錫三：〈從《老子》的道體隱喻到《莊子》的體道敘事——由本雅明的說書人詮釋莊周的寓言哲學〉，《清華學報》新 40 卷第 1 期，2010 年 3 月，頁 90。

〔註72〕有關《莊子》一書皆爲「卮言」的說法請參見張默生：《莊子新釋》，濟南：齊魯書社，1993 年，頁 16。楊儒賓：〈莊子的卮言論〉，《儒門內的莊子》，台北：聯經，2016 年，頁 248～249。

〔註73〕如《莊子》〈知北遊〉藉老龍吉之死說明道之不可言傳性：「所以論道，而非道也。」

〔註74〕吳光明：《莊子》，臺北：東大圖書，2015 年，頁 71～102。

〔註75〕譚學純：《人與人的對話》，合肥：安徽教育出版社，2000 年，頁 146。

〔註76〕賴錫三：〈《莊子》的死生隱喻與自然變化〉，《漢學研究》第 29 卷第 4 期，2011 年 12 月，頁 3。

以莊子爲主角的生死寓言，全部出現在外、雜篇，撇除上一節已談過的「莊子見空髑髏」寓言，包括了「莊妻之死」（〈至樂〉）、「惠子之死」（〈徐無鬼〉）、「莊子之死」（〈列禦寇〉），正是莊子面臨摯愛、摯友、自己死亡的切身情境，恰巧的是，這三個寓言的篇章順序，正好按時間順序排列。我們先從莊子妻子的死亡來說明：

> 莊子妻死，惠子弔之，莊子則方箕踞鼓盆而歌。惠子曰：「與人居，長子、老、身死，不哭，亦足矣，又鼓盆而歌，不亦甚乎！」莊子曰：「不然。是其始死也，我獨何能無概然！察其始而本無生，非徒無生也而本無形，非徒無形也而本無氣。雜乎芒芴之間，變而有氣，氣變而有形，形變而有生，今又變而之死，是相與爲春秋冬夏四時行也。人且偃然寢於巨室，而我噭噭然隨而哭之，自以爲不通乎命，故止也。」〔註77〕

莊子妻子死了後，惠子前往弔喪，看到莊子竟然蹲坐著，敲擊瓦盆而大聲歌唱。惠子看了非常不解，認爲其妻跟他廝守一輩子，爲他生兒育女，直到老死，不哭就算了，竟然還放聲大歌，這不是太過份了嗎？然而，莊子回應：「是其始死也，我獨何能無概然」，說明了一切，莊子面臨最親密伴侶的離世，第一個反應是非常哀傷的。可是，他後來想通了，死亡不過是自然的一部分，人之生死乃形與氣之間的變化，就像是四季的運行一樣。現在她安安靜靜地躺在天地之間，就像是安然地睡著一樣，我竟然還在那哭哭啼啼，實在是太不了解生命之理，所以就停止悲傷了。莊子深深明白生命有限，死亡正爲自然之理，因而消解了他對死別的哀傷。

然而，一般的民眾似乎對莊子面對妻子死亡時的豁達感到不解，認爲事出必有因，他們關心的不再是莊子的思想，反而是莊子與妻子的相處情況，最屬於世俗人情的部分，他們開始推測莊妻一定做了什麼，才會使莊子做出「鼓盆而歌」這麼違反人情的舉動。也因此，這個寓言由「妻死」後來被改編爲有名的「試妻」故事等等，已完全脫離《莊子》寓言的原意了。

接著，是莊子唯一的好友的死亡——「惠子之死」。這次惠子由見證好友之妻的死亡變爲眞正的亡者，而莊子則是見證了摯愛之死，又再度面臨摯友之死：

〔註77〕 《莊子》〈至樂〉，陳鼓應注譯：《莊子今注今譯》，北京：中華書局，2013 年，頁 484～486。

> 莊子送葬，過惠子之墓，顧謂從者曰：「郢人堊漫其鼻端，若蠅翼，
> 使匠石斲之。匠石運斤成風，聽而斲之，盡堊而鼻不傷，郢人立不
> 失容。宋元君聞之，召匠石曰：『嘗試爲寡人爲之。』匠石曰：『臣
> 則嘗能斲之。雖然，臣之質死久矣。』自夫子之死也，吾無以爲質
> 矣，吾無與言之矣。」〔註78〕

在《莊子》當中，有關莊子言行的記載約莫有三十段，與惠子的對話就占了三分之一，〔註79〕其中有三場非常著名的論辯：「魚樂之辯」（〈秋水〉）、「有用無用之辯」（〈逍遙遊〉）、「有情無情之辯」（〈德充符〉）〔註80〕，這兩人的對話，即爲道家與名家思想精彩的交鋒，同時也反映出兩人處在一個友好同時又競爭的狀態之中。〔註81〕莊子面對摯友之死，他用了一個寓言做比喻：郢國的人在鼻子塗一層薄如蠅翼的白土，匠石揮動斧頭如風，隨手就把郢人鼻子上的白土削得乾乾淨淨，而郢人面不改色。宋元君請匠石再爲他做一次，匠石說，我還是能揮舞斧頭成風，但是，我的對手早就死了，這世上再沒有能夠面對我揮過去的斧頭而神色自若，不閃不躲的人。這寓言中「斲泥」是非常高超的技術，稍有不愼，郢人的鼻子就會被砍掉，可謂之生死一瞬間，除了匠石要削得精準外，還需要郢人的配合，這不僅是一場冒險，也是兩人之間的默契和信任。因此，莊子才說自從惠子死後，他再也沒有對手了，世界上就只有惠子這麼一個人能夠同他論辯，因爲，兩人即使在唇槍舌劍、攻伐交戰中，也絲毫不能動搖彼此之間的友誼，換作是一般人早就翻臉了。然而，惠子不同，因爲他明白莊子，雖然他們的想法天差地遠，但兩人都非常珍惜彼此之間的交流和思想上的激盪。可見惠子的離去，莊子是多麼地落寞。不過，即使是面臨畢生摯友之死，莊子還是不免調侃惠子這位老友，從「匠石斲泥」這個意象上面看來，惠子可是被他削鼻子呢。

走到人生的最後，莊子面臨了自己的死亡：

> 莊子將死，弟子欲厚葬之。莊子曰：「吾以天地爲棺槨，以日月爲連
> 璧，星辰爲珠璣，萬物爲齎送。吾葬具豈不備邪？何以加此！」弟

〔註78〕 《莊子》〈徐無鬼〉，陳鼓應注譯：《莊子今注今譯》，北京：中華書局，2013年，頁685～686。

〔註79〕 筆者統計在《莊子》中，惠子與莊子的對話及互動共有十次。

〔註80〕 「惠莊三辯」詳見賴錫三：〈論惠施與莊子兩種差異的自然觀〉，《臺灣東亞文明研究學刊》第8卷第2期，2011年12月，頁129～176。

〔註81〕 賴錫三：〈「格格不入」的鷗鷉與「入遊其樊」的庖丁──《莊子》兩種回應「政治權力」的知識分子〉，《政大中文學報》第19期，2013年6月，頁160。

子曰：「吾恐烏鳶之食夫子也。」莊子曰：「在上爲烏鳶食，在下爲螻蟻食，奪彼與此，何其偏也！」〔註82〕

　　在他臨死之前，弟子想要厚葬他。在此時，聽到別人談論如何安排自己的葬禮是多麼無奈的一件事。然而，莊子告訴弟子他「以天地爲棺槨，以日月爲連璧，星辰爲珠璣，萬物爲齎送」，他的葬禮已經很完備了，還有什麼比這些更好呢？弟子擔心若不厚葬，恐有烏鴉和老鷹吃他的遺體，莊子卻說，在地面上被老鷹吃和埋地下被螞蟻吃又有什麼分別？這牽涉到一個問題，人死了，又是怎麼看待自己的身體？會不會對這個肉體還有一絲的眷戀與不捨呢？而所謂「厚葬」，是出自於死者的願望，還是生者的希冀？莊子弟子希望能夠愼重的對待老師的遺體，除了想要符合當時的禮俗外，更是出自情感上的不捨，因爲喪禮〔註83〕，不僅僅是死者告別人世的儀式，更能夠撫慰生人之情感，使人們從死亡的斷裂中平復，因爲在這個舉行儀式的時空當中，能讓生人和死者再度產生了連結。

　　但對莊子來說，這一切都不重要了，他在死前，或許想起了路旁的髑髏吧！人死後，經過腐化分解的過程，成了髑髏，他想起髑髏「從然以天地爲春秋」之樂，還有妻子「偃然寢於巨室」的安然，或是像〈逍遙遊〉裡所說的「逍遙乎寢臥其下」，死亡就跟活著一樣，人總是枕著自己的髑髏，自由自在地躺在樹下休息，就像是睡著了一般，又再度回歸到天地的懷抱當中，是這麼自然的一件事。

　　接下來，則是莊書底下以非莊子爲主要角色的生死寓言，其中包含了面臨生命中敬愛師長的死亡，如「老聃之死」（〈養生主〉）、「老龍吉之死」（〈知北遊〉）；與我們血脈相親的父母之死，如「孟孫才之母死／孟孫才善處喪」（〈大宗師〉）、「演門之親死」（〈外物〉）；生命中心心相印的摯友之死，如〈大宗師〉裡面的兩組好友：「子祀、子輿、子犁、子來」、「子桑戶、孟子反、子琴張」；還有「死生無變於己」的至人、眞人看待死亡的態度（〈齊物論〉、〈大宗師〉）。〔註84〕

〔註82〕《莊子》〈列禦寇〉，陳鼓應注譯：《莊子今注今譯》，北京：中華書局，2013年，頁903～904。

〔註83〕喪禮象徵一個人的死亡，是人死亡到出殯埋葬（如何處理屍體）的一種儀式。康韻梅：「由禮事生死是儒家人倫思想的重心」。康韻梅：《中國古代死亡觀之探究》，頁200。

〔註84〕這個分類參考自賴錫三：〈《莊子》的死生隱喻與自然變化〉，《漢學研究》第29卷第4期，2011年12月，頁3。

「老聃之死，秦失弔之，三號而出。」（〈養生主〉）；「子桑戶之死」，孟子反、子琴張「臨尸而歌」，子貢問禮（〈大宗師〉）；「孟孫才其母死，哭泣無涕，中心不戚，居喪不哀。」（〈大宗師〉），這三個段落都是探討喪禮之事，〔註85〕除了對世俗之禮的批判外，最主要乃是莊子生死觀的闡發，如莊子藉由「秦失弔老聃」這寓言來說明，人若能「安時而處順」，則「哀樂不能入」，就是所謂的「帝之懸解」（〈養生主〉）。人活著有如倒吊般朝向著死亡，有著粉身碎骨與茫然未知的雙重恐懼，〔註86〕而死亡即為自然地解除倒懸，正如髑髏所言，人死後再也「無君於上，無臣於下，亦無四時之事」，免除了所有的「生人之累」。「懸解」二字同樣出現在〈大宗師〉中，也同樣強調了「安時而處順」，並說明「夫大塊載我以形，勞我以生，佚我以老，息我以死。故善吾生者，乃所以善吾死也。」正是以生為安樂，以死為安息之理。〈大宗師〉裡的真人「不知說生，不知惡死；其出不訢，其入不距；翛然而往，翛然而來而已矣。」更表現了莊子所寄寓的生死觀。

莊子藉由一個又一個與生命切身的死亡的敘事，來呈現他對生命與死亡的觀照。寓言即為其寫作的形式，生死觀則是所寄託的內容，然而形式與內容為一個不可分割的整體，敘事手法本身也跟生命的本質一樣，符合了自然運行的規則，正所謂「與天地精神往來」的三言敘事，以及「上與造物者遊，下與外死生無終始者為友」的終極精神，皆順應萬物的變化而解脫於外物之束縛（「應於化而解於物」）。莊子巧妙地運用三言來傳遞了不可言說的死亡。

然而，我們會有疑問，莊子是否真的完全超脫生死，為何能這麼淡然的看待死亡？這在一般人眼中看來甚至是冷酷無情了。莊子的確贊成「人而無情」，然而，莊子所謂的「無情」，並非是一般人所認為的冷酷無情，乃是說人「不以好惡內傷其身」（〈德充符〉）〔註87〕。從莊子面對妻子和惠子死亡的哀痛中，我們能看到莊子所流露出來真實情感，胡文英《莊子獨見》說得極好：「莊子眼極冷，心腸極熱。眼冷，故是非不管，心腸熱，故感慨萬端。雖知無用，而未能忘情，到底是熱腸掛住；雖不能忘情，而終不下手，到底是冷眼看穿。」正因「彼其充實不可以已」（〈天下〉），莊子的情感充實澎湃而

〔註85〕 喪弔的情節也出現在「莊子試妻」的故事和戲曲當中：莊子化身為楚王孫弔唁自己。

〔註86〕 賴錫三：〈《莊子》的死生隱喻與自然變化〉，《漢學研究》第 29 卷第 4 期，2011年 12 月，頁 4～8。

〔註87〕 此乃和惠子有名的三辯之一：「有情無情之辯」。

不能遏止，乃欲訴諸文字，訴諸三言，將他的思想與世間之人分享，「以與世俗處」（〈天下〉）。莊子雖是超脫生死，最終仍是回歸於人間的。

三、夢的書寫：覺夢與眞幻的隱喻

夢與我們自身和日常生活息息相關，「日有所思，夜有所夢」是我們耳熟能詳的一句話，其意謂著，夢是白晝思維活動與夜間睡眠相交會的場域，更是彼此交流對話的一座橋梁。西方的心理學家認爲，夢是人願望的滿足，是溝通潛意識與意識的主要管道，〔註88〕透過對夢的研究，能更深入地探索人類未知的心靈世界，對自我有更進一步的認識。原始時期的人們認爲夢擁有超自然的力量，能與神靈、鬼魂溝通，透過夢境，能夠預知未來。中國古代即有占夢的傳統，在《左傳》中記載了大量的占夢文獻，是最早有關夢的記錄。而《莊子》中「夢」出現地如此頻繁，值得讓人注意。

根據統計，《莊子》一書中，總計有十一處關於夢的書寫，〔註89〕而莊夢究竟具備何種特性，能讓人一再討論與品味？首先，《莊子》將「夢」和「寓言」兩種形式結合，並且發揮至淋漓盡致，夢的故事充滿著戲劇性及趣味性，展現了高度的文學技巧，無論在形式和內容上都有所突破，顯然已脫離了中國古代占夢的傳統，是用來表現思想的手法，〔註90〕除了最根本地對人生命的思索和身心的陶養之外，還有著豐富多元的面貌，成爲了文學藝術創作的

〔註88〕 榮格（Carl Gustav Jung, 1875～1961）主張，夢是潛意識的一種表現的方式，其呈現的方法爲象徵形象，並非理性的思維。然而，夢充滿著抽象性、神秘性，人的表面意識難以理解夢的語言。〔瑞〕卡爾・榮格（Carl G. Jung）主編，龔卓軍譯：《人及其象徵》，臺北：立緒文化，1999年，頁5。

〔註89〕 本文採用陳靜文中夢的簡稱，如「大聖夢」等等。陳靜一文中對莊書中夢的分類如下：一、以夢覺喻指迷悟的說夢方式：「大聖夢」、「蝴蝶夢」、「孟孫才善處喪」、「師金諷孔子做夢」。二、以夢境作爲表達思想的寓言：「杜樹夢」、「髑髏夢」、「儒者夢」。三、舊夢紀錄：「文王夢」、「神龜夢」。四、「其寢不夢」：〈大宗師〉、〈刻意〉。陳靜：〈夢迷與覺悟：《莊子》的夢〉，《諸子學刊》第三輯，上海：上海古籍出版社，2009年，頁113～127。
賴錫三將莊子的夢分爲五個類別討論：一、情識之夢：「其寐也魂交，其覺也形開。」二、至人無夢：「其寢不夢」。三、弔詭之夢：「大聖夢」。四、物化之夢：「蝴蝶夢」。五、虛構之夢（文學夢）：「髑髏夢」、「社樹夢」。賴錫三：〈《莊子》的夢寓書寫與身心修養：魂交、無夢、夢中夢、蝶夢、寫夢〉，《中正漢學研究》，第1期（總第19期），2012年6月，頁77～110。

〔註90〕 陳靜：〈夢迷與覺悟：《莊子》的夢〉，《諸子學刊》第三輯，上海：上海古籍出版社，2009年，頁113。

泉源。在《莊子》中，完整呈現夢境的寓言共有六個，羅列如下：〔註91〕「蝴蝶夢」（〈齊物論〉）、「社樹夢」（〈人間世〉）、「骷髏夢」（〈至樂〉）、「文王夢」（〈田子方〉）、「神龜夢」（〈外物〉）、「儒者夢」（〈列御寇〉）。其中最常見的乃是透過夢境以達到跨界對談的創作手法，將無生命之物加以擬人化，創造出更加生動活潑的對話場景，以傳遞其哲思，如「社樹夢」中所申論「無用為大用」，「骷髏夢」暢談「死之樂」，「神龜夢」表達的「知有所困，神有所不及也」之理；或是塑造了亡者與生者交流的空間，如「文王夢」以夢作為達到政治目的的手段，「儒者夢」則反應出儒墨之爭；以上五者皆是使用「托夢」的形式來呈現，而夢中的社樹與骷髏，都是站在較高的角度來對入夢者闡釋生命的哲理，兩者差別在於「社樹夢」寓言中，有匠石「覺而診其夢」的情節安排，但「骷髏夢」則終止在夢境，沒有莊子「覺」的後續發展，因此無法確定作夢者的觀點是否有所轉變。

「蝴蝶夢」和「骷髏夢」是莊書中最為人熟悉的兩個夢寓，也唯有二者是莊子本人所做的夢，而這個兩個素材，正好最受到戲曲創作者的青睞，不斷地被改編和重寫，這個現象，凸顯了夢境與真實、戲劇和現實人生、生命與死亡之間相互對應的交錯關係，因此，筆者將兩者並置討論。「骷髏夢」在前一節已有說明，故不再重複，在此則重新梳理「蝴蝶夢」，除了以覺夢喻生死之外，還有更多值得探討的部分，可與「骷髏夢」做一參考與對照。

首先，我們注意到「蝴蝶」這個符號所代表的意涵，牠與「骷髏」呈現兩極的對比，一個是最生動美麗的形象，一個是最讓人避之唯恐不及的死亡象徵。〔註92〕最美麗與最醜惡的兩個極端，呈現了莊子相依相生、相對相成的思想——生死、成毀、聚散，萬物在相對的兩端中變化創發生長，這是〈齊物論〉當中不斷往覆盤旋的一個主題，這個思想，顯然承繼自老子：「有無相

〔註91〕 此處所謂「完整呈現夢境的寓言」，要有作夢者以及完整的夢境，並不包含以夢作為論述的文字，如「其寢不夢」（〈大宗師〉、〈刻意〉），也不包括單純以夢作為譬喻的部分，如「大聖夢」（〈齊物論〉）、「孟孫才善處喪」（〈大宗師〉）、「師金諷孔子做夢」（〈天運〉）。

〔註92〕 愛蓮心將蝴蝶歸納出五個特質，整理如下：一、隱喻之美；二、變形的形象化比喻，從醜到美、低級到高級的轉化；三、從蛹到蝶的單向轉化，蛻皮和新生，是一種自我的轉化；四、短暫易逝的生物；五、好玩的、無憂無慮的生物。〔美〕愛蓮心著，周熾成譯：《嚮往心靈轉化的莊子：內篇分析》，南京：江蘇人民出版社，2010年，頁80～84。

生，難易相成，長短相形，高下相盈，音聲相和，前後相隨」（〈二章〉）。〔註93〕
「蝴蝶夢」寓言前面還有一個很精彩的影子寓言——「罔兩問景」，它本身的
光彩被「蝴蝶夢」的燦爛所掩蓋，寓言中影子與影外微陰相依相待的關係，
說明的正是這個道理。〔註94〕

　　讓我們回到《莊子》「蝴蝶夢」寓言：有一天莊子夢見自己變為蝴蝶，一
隻翩翩然飛舞的蝴蝶，他非常地自在快樂，覺得這正是自己原來的樣子，而
不知道自己是莊周。他突然醒來，猛然驚覺，原來自己不是蝴蝶，而是莊周。
他不知道究竟是莊周作夢變成蝴蝶，還是蝴蝶作夢變成莊周？莊周和蝴蝶必
定有所分別，這就是「物化」。

　　莊子的蝶夢之境，已泯除主客體的界線，達到物我合一、渾然忘我的狀
態。但是，這個寓言最饒富興味之處在於莊子的「覺」。他醒來之後，反而得
到了「不確知」的結果，他分不清自己究竟是蝴蝶還是莊周，身處於現實還
是夢境？換個角度來說，「蝴蝶夢」寓言其實發出了「我是誰？」、「何謂真實
的自我？」的疑問和吶喊，但是，這樣的呼喚始終得不到答案，這是人類長
久以來揮之不去的生命習題。然而，就是因為莊子的清醒，才能得到這份「不
知之知」，〔註95〕知道我們是活在不斷流轉變化的世界當中，知道我們無法確
知任何事情的這份清醒。

　　此外，「大聖夢」、「孟孫才善處喪」當中有關夢的敘述和「蝴蝶夢」又有
著隱然對話的關係。「大聖夢」透過瞿鵲子和長梧子的交談帶出莊子覺與夢的
哲思：

> 夢飲酒者，旦而哭泣；夢哭泣者，旦而田獵。方其夢也，不知其夢
> 也。夢之中又占其夢焉，覺而後知其夢也。且有大覺而後知此其大
> 夢也。而愚者自以為覺，竊竊然知之。君乎，牧乎，固哉！丘也與
> 女，皆夢也；予謂女夢，亦夢也。是其言也，其名為弔詭。萬世之
> 後而一遇大聖，知其解者，是旦暮遇之也。〔註96〕

〔註93〕陳鼓應：「說明一切事物在相反關係中，顯現相成的作用：他們互相對立而又
　　　　相互依賴、相互補充。」陳鼓應注譯：《老子詮釋及評介》，北京：中華書局，
　　　　2013年，頁65。滕守堯認為：「道家哲學體本質上是一種對話哲學。」「所謂
　　　　對話，就是指對立兩極遭遇時相互作用，最後達到一種具有再生能力的和諧
　　　　狀態。」滕守堯：《對話理論》，臺北：揚智文化，1995年，頁59、62。
〔註94〕吳光明：《莊子》，臺北：東大圖書，2015年，頁198。
〔註95〕吳光明：《莊子》，臺北：東大圖書，2015年，頁199～200。
〔註96〕《莊子》〈齊物論〉，陳鼓應注譯：《莊子今注今譯》，北京：中華書局，2013
　　　　年，頁94～98。

　　我們可以發現「蝴蝶夢」與「大聖夢」皆具備了以下三個層次：（一）現實中的我；（二）夢中的我，不知身在夢中；（三）醒來後的我，知道自己剛剛在做夢。然而，我們能從「覺」之後認知到，人無論處在哪種狀態，其實都在夢中，而這個「弔詭」，只能期盼萬世之後有一「大聖」能夠為我們解開。〔註97〕「孟孫才善處喪」除了再度提出了生死與覺夢的相關性外，更言及：「吾特與汝，其夢未始覺者邪！……孟孫氏特覺……不識今之言者，其覺者乎，夢者乎？」這與「蝴蝶夢」和「大聖夢」相同，皆是透過「覺」而得到的「不知之知」。〔註98〕

　　最後，「蝴蝶夢」的結論，又回歸至「周與胡蝶，則必有分矣。此之謂『物化』。」〈齊物論〉通篇便結於此。在夢境中，物我界線消融，既已合而為一，又為何要特別強調莊周和蝴蝶之間的不同呢？我們發現〈齊物論〉開篇與「蝴蝶夢」首尾呼應，無論是從「吾喪我」到「天籟」（「吹萬不同、咸其自取」），或是從「物我合一」到「有分」，其實講的都是同一件事情：萬物既合為一體，且又保有各自豐盈的差異性，這就是莊子所謂的「物化」。賴錫三為「物化」做了非常精彩的說明：「何謂『物化』？透過莊周夢蝶的『合一無別』（不知周也，不知蝶也）與『差異有別』（周與蝶，必有分矣）的統合，『物化』呈現出『一』與『多』的共融與共榮。」〔註99〕值得一提的是，「物化」的境界必須要靠「覺」才能到達，我們要清醒後方明白莊周和蝴蝶確實是不同的個體，而彼此能融合為一體，相互轉化新生；人在萬物的流轉中活著，我們不知道自己是莊周、是蝴蝶？是人、是骷髏？是夢、是醒？是生、是死？我們不確定自己是誰、自己處在哪一端，唯有透過「覺」，我們才能明白，這世間「有分」及「物化」具為事實。〔註100〕

〔註97〕　賴錫三：〈《莊子》的夢寓書寫與身心修養：魂交、無夢、夢中夢、蝶夢、寫夢〉，《中正漢學研究》，第 1 期（總第 19 期），2012 年 6 月，頁 97～98。

〔註98〕　此外，有關「覺」的敘述尚有〈大宗師〉裡的「成然寐，蘧然覺」，可與「蝴蝶夢」中「俄然覺，則蘧蘧然周也。」做參照。

〔註99〕　賴錫三：〈道家的自然體驗與冥契主義——神秘・悖論・自然・倫理〉，《臺大文史哲學報》第 74 期，2011 年 5 月，頁 39。有關「物化」更加詳盡的說明可參見賴錫三：〈論先秦道家的自然觀——重建老莊為一門具體、活力、差異的物化美學〉，《文與哲》第 16 期，2010 年 6 月，頁 1～44。

〔註100〕　吳光明：「我們知道世上有實在、有幻想，而且兩者相分相反，這是世情。我們不確實知道我們現在屬乎實有還是幻想，永遠在這兩者中間來回彷徨著。」吳光明：《莊子》，臺北：東大圖書，2015 年，頁 200～201。
　　　　　愛蓮心則對「覺」和「物化」有著不同的觀點，對他而言，「物化」就是從無

在《莊子》夢的書寫中，還有更高一層次的境界，也就是真人、至人的無夢境界：「其寢不夢，其覺無憂」（〈大宗師〉、〈刻意〉），這個境界或許讓人覺得遙不可及，但換個角度來看，這是相對於世俗之人「其寐魂交，其覺形開」（〈齊物論〉）而言，始終與我們的生活相關。〔註101〕我們在這些繽紛的夢寓中，看到《莊子》中所閃爍的深刻思想，不管是內容和形式都給後人很大的啟發，特別是「蝴蝶夢」和「髑髏夢」，直至今日仍富有生命力，不斷出現和重生。要之，在《莊子》中，無論是「三言」手法、生死寓言或是夢的書寫，始終不離人世，正因為《莊子》與我們的生命有深刻的連結，我們能從中感到共鳴，回應自我靈魂的呼喚，正是其歷久不衰的魅力所在。

第三節　中國傳統所形塑的「骷髏」形象：宗教與庶民特質

莊子與髑髏的對話開啟了我們對生命的省思，然而，我們對莊子的形象有基本的輪廓，從《莊子》原文看來，他是一個哲人，從道教的角度看來，他是一個得道高人，從最常上演的「試妻」戲曲中來看，他又是一個有情欲的凡夫俗子，莊子的形象是多樣化的。〔註102〕但是，髑髏從來不是敘事文學中的主體，其形象始終是一個謎，除了空洞的殘骸之外，幾乎是一無所知，長久以來，人們究竟是怎麼看待髑髏呢？

「《說文》曰：髑髏，頂也。《廣雅》曰：額顱謂之髑髏。」〔註103〕字義

知到明的轉化，與人心靈的轉化提昇相關。〔美〕愛蓮心著，周熾成譯：《嚮往心靈轉化的莊子：內篇分析》，南京：江蘇人民出版社，2010年，頁88。這也映證了「大聖夢」中的一段話：「予惡乎知說生之非惑邪！予惡乎知惡死之非弱喪而不知歸者邪！」（〈齊物〉）而或許我們害怕的死亡，其實才是我們真正的歸宿。而此其「不知之知」則著重於覺後所「知」的明見，與相對主義又有所不同。

〔註101〕 賴錫三：〈《莊子》的夢寓書寫與身心修養：魂交、無夢、夢中夢、蝶夢、寫夢〉，《中正漢學研究》，第1期（總第19期），2012年6月，頁78。

〔註102〕 李生龍將後世所解讀的莊子形象分為下述四種：一、高尚不仕、栖遲丘壑的隱者；二、獨立特行、憤世嫉俗的傲吏；三、萬物一齊、覺生如夢的哲人；四、勘破生死、皈依虛無的宗教徒。詳見李生龍：〈後世對莊子形象之解讀和重構〉，《湖南師範大學社會科學學報》2013年第6期，頁91～98。

〔註103〕 《髑髏》，唐《藝文類聚》卷一十七，人部一，參考自徐華龍：〈骷髏考〉，《中國鬼文化》，上海：上海文藝出版社，1991年，頁301。

上解釋爲「頂」或「額頭」，可知「髑髏」指的是人的「頭骨」，然而，我們現在看到的戲曲等作品爲「莊子嘆骷髏」，卻不是「莊子嘆髑髏」，究竟「髑髏」與「骷髏」的分別爲何呢？又是從何時開始從「髑髏」轉變爲「骷髏」的？首先提出要注意這兩者的不同的爲伊維德教授，我們在翻譯時，通常會將「髑髏」譯爲「skull」，指的是人的頭骨；「骷髏」則譯爲「skeleton」，意指人的整副骨骼，然而，「骷髏」與「髑髏」這兩個詞在古代並沒有區分的那麼清楚，更多的資料是以「骷髏」爲主。〔註104〕因此，以下將會就「髑髏」與「骷髏」這兩者一起探討，分別從繪畫與筆記小說來說明。

一、繪畫中的骷髏形象

以「骷髏」爲題材的繪畫並不多見，所見的骷髏的形象與大多與宗教相關，以佛教爲例，在莫高窟第 254 窟南壁前部中層，有北魏《降魔變》壁畫（圖二）〔註105〕，左下角的三位魔女迷惑佛祖，右下角則是佛祖運用法力將他們變成「面皺如皮裹髑髏」〔註106〕的老嫗；其右側的魔軍則是骷髏的形象（圖三），口吐火焰，作威赫狀；此外，在新疆奎則爾（Qizil）的海員窟（Cave of the Navigator）中發現南北朝壁畫（圖四），畫面中描繪盤腿而坐的僧人面對著一具髑髏沉思。〔註107〕然而，這些髑髏的形象都以西域的文化爲主，跟中國的思想文化仍有差距。

說到中國骷髏畫，就不得不提及南宋宮廷畫家李嵩（光宗到理宗期間，約 1190～1264）的《骷髏幻戲圖》（圖一）。〔註108〕畫面中，一個大骷髏提著

〔註104〕 〔荷〕伊維德：〈繪畫和舞臺中的髑髏和骷髏〉，張廣保編，宋學立譯：《多重視野下的西方全真教研究》，濟南：齊魯書社，2013 年，頁 579。

〔註105〕 施莉亞：《李嵩《骷髏幻戲圖》研究》，南京：南京師範大學美術學碩士論文，2012 年，頁 43。

〔註106〕 原文爲：「魔女不信世尊之言，譚發強詞，輕惱於佛。於是世尊垂金色臂，指魔女身，三箇一時化作老母。且眼如珠盞，面似火曹，額闊頭尖，胸高鼻曲，髮黃齒黑，眉白口青，面皺如皮裹髑髏，項長一似筋頭鎚子……渾身笑具，甚是屍骸，三箇相看，面無顏色。心中不分（忿），把鏡照看，空留百醜之形，不見千嬌之貌。」引自《破魔變文》，王重民等篇：《敦煌變文集》，北京：人民文學出版社，1957 年，頁 32～35。

〔註107〕 莊申：〈羅聘與其鬼趣圖——兼論中國鬼畫之源流〉，《中央研究院歷史語言研究所集刊》1972 年 44（3）期，頁 423。

〔註108〕 李嵩所畫的「骷髏圖」其實不止一幅，另有《骷髏拽車圖》、《錢眼中坐骷髏》二圖，然已失傳。參見衣若芬：〈骷髏幻戲——中國文學與圖象中的生命意識〉，《中國文哲研究集刊》第 26 期，2005 年 3 月，頁 75。

一個小髑髏傀儡，對面一個幼兒似乎對小髑髏很好奇，伸手向前，幼兒身後的年輕女子急忙阻止；大髑髏背後則是一名哺乳女子，她的眼神正望向大髑髏。「髑髏」與「幼兒」相對應，我們能從這幅畫看出強烈的生死對比。然而，這幅畫的中心意涵究竟為何？根據研究可歸為以下幾個方向：（一）宋代傀儡戲演出的紀實；〔註109〕（二）宣教的目的；（三）表現莊子思想；（四）幻化手法。

首先，宋代城市經濟繁榮、工商業發達，這個時期產生了大量的風俗畫，呈現了整個社會文化的風貌。宋代《東京夢華錄》、《夢粱錄》、《都城紀勝》、《武林舊事》等宋人的著作中，都有傀儡戲演出的記錄，反映出宋代時傀儡戲演出的興盛，因此，《髑髏幻戲圖》可視為江湖賣藝求生的寫生。此外，莊申認為《髑髏幻戲圖》也可能是表現了宋代《太平廣記》〈李僖伯〉的表演場景：「短女人方坐，有一小兒突前，牽其冪首布，遂落。見三尺小青竹，掛一髑髏翹然。」〔註110〕

再者，有學者認為《髑髏幻戲圖》跟全真教關係密切，全真教有畫髑髏圖傳教的事跡，年代較晚的李嵩可能受了全真教的影響，而創作了《髑髏幻戲圖》。全真教的創辦人王重陽（1112～1170）曾畫過很多髑髏圖，至今皆已失傳，然而能從他傳世的詩詞中看出，他曾畫髑髏圖的紀錄，如《自畫髑髏》〔註111〕，其內容為：

> 此是前生王害風，因何偏愛走西東。任你骷髏郊野外，逍遙一性月
> 明中。

另外，王重陽向馬鈺（1123～1183）傳教的這一場景，也出現在元代山西永樂宮重陽殿的壁畫（圖五）〔註112〕。畫面中王重陽手持一直立髑髏畫，向眼前

〔註109〕廖奔認為《髑髏幻戲圖》是「懸絲傀儡演出場景的模擬」，廖奔：〈髑髏幻戲圖與傀儡戲〉，《文物天地》，2002年第12期，頁25。莊申：〈羅聘與其鬼趣圖——兼論中國鬼畫之源流〉，《中央研究院歷史語言研究所集刊》1972年44（3）期，頁424～426。衣若芬：〈髑髏幻戲——中國文學與圖象中的生命意識〉，《中國文哲研究集刊》第26期，2005年3月，頁77。〔荷〕伊維德：〈繪畫和舞臺中的髑髏和骷髏〉，張廣保編，宋學立譯：《多重視野下的西方全真教研究》，濟南：齊魯書社，2013年，頁578。

〔註110〕〔宋〕李昉等編：《太平廣記》鬼二十八，北京：中華書局，1986年，頁2722。莊申：〈羅聘與其鬼趣圖——兼論中國鬼畫之源流〉，《中央研究院歷史語言研究所集刊》1972年44（3）期，頁424～426。

〔註111〕〔金〕王重陽：《重陽全真集》卷二，收入白如祥輯校：《王重陽集》，濟南：齊魯書社，2005年，頁42。

〔註112〕《永樂宮壁畫選集》，北京：文物出版社，1958年，頁109。

的馬鈺夫婦傳教說法。王重陽另有兩首《畫骷髏警馬鈺》〔註113〕的詩，第一
首詩被銘刻在此壁畫下〔註114〕：

> 堪嘆人人憂裡愁，我今須畫一骷髏。生前只會貪冤業，不到如斯不
> 肯休。
> 爲人須悟塵勞泔，清淨眞心眞寶物。奪得驪龍口內珠，便教走入昆
> 侖窟。

馬鈺以【滿庭芳】詞牌做了一首《師父畫骷髏相誘引稍悟》〔註115〕做爲答應，
說明悟道之可貴，並勉人學道需及時。

除了元代永樂宮的壁畫之外，洛陽有金代《崑崙山白骨圖并詩》碑（圖
六），根據拓片的資料，碑上的日期爲金世宗大定二十三年十一月十六日
（1183.12.2）〔註116〕，爲全眞弟子皇甫道淵等人立石，其詩爲王重陽的弟子
譚處端（1123～1185）所作：

> 我今傷感嘆枯髏，艷女嬌兒戀不休。留意勤勤貪賄賂，無心損損做
> 持修。生前造下無邊罪，死後交誰替孽因。精血盡隨情慾去，空遺
> 骸骨臥荒丘。

畫面中似有一個道人指著右下角的骷髏，藉此對身後的弟子說法。我們能從
碑中的文字和圖像得知，全眞教藉骷髏的形象以警世與宣教應屬確實，骷髏
乃是全眞教詩文和繪畫創作的一個不可或缺的主題。〔註117〕

到了元代，以畫骷髏爲題的作品仍流行，吳鎮（1280～1354）【沁園春】
《題畫骷髏》：

〔註113〕 〔金〕王重陽：《重陽全眞集》卷十，收入白如祥輯校：《王重陽集》，濟南：
齊魯書社，2005 年，頁 153。

〔註114〕 詩前有一段文字紀錄：「昔祖師在全眞庵，自畫一骷髏，以示丹陽夫婦。復贈
之詩云」出於朱希元：《永樂宮壁畫題紀錄文》，《文物》第 154 期，1963 年 8
月，頁 76。轉引自〔荷〕伊維德：〈繪畫和舞臺中的髑髏和骷髏〉，頁 589。

〔註115〕 「風仙化我，無限詞章。仍懷猶豫心腸。見畫骷髏省悟，斷制從長。欲待來
年學道，恐今年、不測無常。欲來日，恐今宵身死，失卻佳祥。　管甚兒孫
不了，脫家緣，街上恣意猖狂。遣興雲遊水歷，別是風光。經過無窮勝景，
更那堪、得到金方。專一志，煉丹陽，須繼重陽。」〔金〕馬鈺：《丹陽神光
燦》，收入趙衛東輯校：《馬鈺集》，濟南：齊魯書社，2005 年，頁 235～236。

〔註116〕 作者不詳：（金世宗大定二十三年十一月十六日），主要題名：〈金崑崙山白骨
圖并詩〉，《數位典藏與數位學習聯合目錄》。http://catalog.digitalarchives.tw/
item/00/1b/91/df.html，讀取日期：2016/04/16。

〔註117〕 〔荷〕伊維德：〈繪畫和舞臺中的髑髏和骷髏〉，張廣保編，宋學立譯：《多重
視野下的西方全眞教研究》，濟南：齊魯書社，2013 年，頁 595。

漏洩元陽，爹娘搬販，至今未休。吐百種鄉音，千般狃扮；一生人
我，幾許機謀。有限光陰，無窮活計，急急忙忙作馬牛。何時了，
覺來枕上，試聽更籌。　古今多少風流。想蠅利蝸名誰到頭。看昨
日他非，他朝我是，三回拜相，兩度封侯。采菊籬邊，種瓜園內，
都只到邙山土一丘。惺惺漢，皮囊扯破，便是髑髏。〔註118〕

　　作品要傳達的內容與譚處端《崑崙山白骨圖并詩》相似，皆說明人活得
如此芒昧庸碌，飽受「生人之累」，最終仍不免一死，宛如「活髑髏」。全真
詩除了常用「髑髏」來比喻人之外，亦常使用「傀儡」來比喻役於外物的人
生，〔註119〕如馬鈺的《傀儡喻》：「養贍渾家，貪求活路，身如傀儡當場。」
〔註120〕譚處端《髑髏歌》將「髑髏」和「懸絲」這兩個形象合用：「作髑髏，
爾聽取，七寶人身非易做。須明性命似懸絲，等閒莫逐人情去。故將模樣畫
呈伊，看伊今日悟不悟。」〔註121〕全真七子之一的丘處機（1148～1227）以
【無漏子】寫成的《假軀》，也是用傀儡來比喻人行屍走肉的生活：

　　　　一團膿，三寸氣。使作還同傀儡。誇體段，騁風流。人人不肯休。
　　　　白玉肌，紅粉臉。盡是浮華妝點。皮肉爛，血津乾。荒郊你試看。
　　　　〔註122〕

金元之際的全真道士姬翼（1192～1267），他的詩詞中也常以傀儡做為創作的
主題：「造物兒童作劇狂，懸絲傀儡戲當場。般神弄鬼翻騰用，走骨行屍晝夜
忙。」〔註123〕

　　回到《髑髏幻戲圖》中，畫家以表演者為髑髏，所操縱的傀儡也是髑髏，
這說明了造化無常，人活著如同偶一般被擺弄，「人」與「傀儡」、「髑髏」這

〔註118〕詳見丁若木：〈惺惺漢，皮囊扯破，便是髑髏——從吳鎮畫髑髏說起〉，《宗教
學研究》1996 年 01 期，頁 41～62。原文出自《梅花道人遺墨》卷下。

〔註119〕學者衣若芬和伊維德的論文皆將「髑髏」和「傀儡」這兩個意象並舉，衣若
芬從「悲歡之線」（傀儡）、「生死之原」（髑髏）來重新探討《髑髏幻戲圖》
之謎。

〔註120〕〔金〕馬鈺：《洞玄金玉集》，收入趙衛東輯校：《馬鈺集》，濟南：齊魯書社，
2005 年，頁 151。

〔註121〕〔金〕譚處端：《水雲集》，收入白如祥輯校：《譚處端、劉處玄、王處一、郝
大通、孫不二集》，濟南：齊魯書社，2005 年，頁 22。

〔註122〕〔金〕丘處機：《磻溪集》卷六，趙衛東輯校：收入《丘處機集》，濟南：齊
魯書社，2005 年，頁 90。

〔註123〕〔元〕姬翼：【鷓鴣天】其八，《雲山集》卷之六，《全金元詞》下冊，中華書
局，1979 年，頁 1214。

三者其實是相同的，終究是會回歸於塵土，「操縱者和被操縱者最終都將殊途同歸」〔註124〕，這可能就是畫家想要傳達的寓意之一。康保成則提出「傀儡」與「骷髏」為之一音之轉，共同來源為「髑髏」，皆與「鬼」字同源。「傀儡」前身為「俑」，「俑」做為殉葬品的性質與「骷髏」本身相呼應，可見兩者的雙重性。此外，康保成論證全真教用傀儡戲說法，應當是來自於佛教密宗，也間接說明了佛教與《骷髏幻戲圖》的關聯性。〔註125〕無論是佛教或是全真教，由以上可以得知，「骷髏」的形象與宗教脫離不了關係。

其三，《骷髏幻戲圖》中裡頭的生死意象，其實是表達了莊子「齊生死」的思想：〔註126〕「死生存亡之一體」（〈大宗師〉）。《骷髏幻戲圖》能做為中國骷髏畫的代表，而「莊子髑髏夢」則是做為中國第一個以髑髏為題材的寓言始祖，兩者皆是選用「骷／髑髏」為創作的主題，若將這幅畫和這個寓言並置，發現兩者有很大的對話空間。

其四，《骷髏幻戲圖》其實是要呈現出畫家所經營的幻化場景。〔註127〕元代的黃公望（1269～1354）為道士和畫家，他曾以【醉中天】的詞牌寫了《李嵩髑髏紈扇》：

> 沒半點皮和肉，有一擔苦和愁。傀儡兒還將絲線抽，弄一箇小樣子
>
> 把冤家逗。識破箇羞那不羞？呆兀自五里已單堠。〔註128〕

這說明了大骷髏為行走江湖演出的藝人，為了生活不得已到處奔波，一旁的哺乳女子則為他的妻子。然而貨郎以骷髏的形象出現，即代表了早已不在人世。多數的研究將主要敘述者放在畫面中央位置的大骷髏身上，馬卿則主張，試著改變我們的視角，將敘述者轉為正在哺乳的女子身上：這一切都是哺乳女子對丈夫的思念所幻化而生的一個場景，包括想伸手觸摸傀儡的幼

〔註124〕 廖奔：〈骷髏幻戲圖與傀儡戲〉，《文物天地》，2002 年第 12 期，頁 26。

〔註125〕 康保成：〈補說——兼說「骷髏」、「傀儡」及其與佛教的關係〉，《學術研究》2003 年第 11 期，頁 127～129。

〔註126〕 本論文視「髑髏夢」為莊子「齊生死」與「物化」思想的闡發，然衣若芬認為「髑髏夢」所傳達的「以死為樂」生死觀與莊子「齊生死」思想有所差異。有關莊子的生死觀已在第二章第一節〈《莊子》「髑髏夢」原文解析〉說明，在此不再贅述。詳見衣若芬：〈骷髏幻戲——中國文學與圖象中的生命意識〉，《中國文哲研究集刊》第 26 期，2005 年 3 月，頁 87～88。

〔註127〕「或許『骷髏幻戲圖』的構圖並無一個具體的文學文本或史料事件能夠相應，而是來自畫家的經營巧思。」衣若芬：〈骷髏幻戲——中國文學與圖象中的生命意識〉，頁 80。

〔註128〕 隋樹森編：《全元散曲》，北京：中華書局，1964 年，頁 1028。

兒和其身後的年輕女子，都是她所幻想出來的人物。〔註129〕場景雖爲畫家所
杜撰，然而所傳達的情感則爲「眞實」。人跟傀儡一樣，都是不自由的，就像
「罔兩問景」（〈齊物〉）一樣，無論是影子或影子外圍的陰影，皆爲「有待」，
受制於外物；然而，最大的束縛乃在於彼此之間的情感，人不可避免地面臨
與摯親摯愛的生離死別，此乃生命中最沉重之痛，人不得不被情感所控，難
以從彼此的羈絆中超然抽身。在此，《髑髏幻戲圖》隱隱透露了「懸絲」與「情
感」、「藝術」與「眞實」之間深入且幽微的關係。

　　然而，在李嵩之後，鮮少有以「髑髏」爲主題的繪畫，〔註130〕「髑髏」
一直不受到中國畫家的青睞，一直到了清代，才有羅聘（1733～1799）的《鬼
趣圖》問世。韓非所言，鬼是沒有形象的（〈外儲說〉），人們自然將髑髏視爲
鬼的化身。〔註131〕羅聘所畫的髑髏畫，均名爲《鬼趣圖》，分別爲南海霍氏本
（圖七）和香港虛白齋藏本（圖八）。霍氏本共有八段，第八段畫的是兩個髑
髏站在樹林和岩石之中，而虛白齋本畫的髑髏手持箭矢和沙漏。學者多主張
羅聘的《鬼趣圖》受到了《聊齋志異》的影響，所謂的「鬼趣」即「人趣」，
是藉「鬼」喻今，諷刺了大清皇朝的黑暗和人世間的醜惡。霍氏本《鬼趣圖》
成畫後廣爲流傳，很受文人的歡迎，據程章燦統計，霍氏本《鬼趣圖》的題
跋共有一百二十段，始於乾隆三十一年到民國七年（1766～1918），橫跨了一
個半世紀，可見影響之大。〔註132〕蔣士銓（1725～1784）的題跋將更《鬼趣

〔註129〕 馬卿：〈如幻如戲生與死——再看李嵩〉，《藝苑》第 8 期，2009 年第 8 期，
　　　　頁 16～17。此外，有學者提出不同的看法，施莉亞認爲哺乳女子和大髑髏的
　　　　衣著，對比起李嵩《貨郎圖》中的人物，實不似出自於貧賤之家，並說明哺
　　　　乳女子眼神看的不是大髑髏，而是望向伸手的幼兒，兩人應該爲母子關係；
　　　　幼兒身後的年輕女子應爲僕人，此圖爲一家人出遊之場景，並非藝人賣藝求
　　　　生的寫照。轟子健則提出，年輕女子非僕人，應爲其子女。這是一家出遊的
　　　　小憩之景，對照男主人髑髏的形象，形成了此圖的荒誕性。詳見施莉亞：《李
　　　　嵩《髑髏幻戲圖》研究》，南京：南京師範大學美術學碩士論文，2012 年，
　　　　頁 23。轟子健：《李嵩《髑髏幻戲圖》合理性與荒誕性研究》，西安：西安美
　　　　術學院美術碩士研究生學位論文，2014 年，頁 14。
〔註130〕 明代李昱有《髑髏挽車圖》（《草閣詩集》卷二）一詩，不知此畫出自誰人之手，
　　　　是否爲李嵩所繪《骷髏拽車圖》，然此圖今已亡佚，則不得而知。程章燦：〈畫
　　　　鬼容易嗎？——「鬼話連篇」之十二〉，《文史知識》，2009 年第 12 期，頁 126。
〔註131〕 有關骷髏爲鬼的形象的來源，參見葉舒憲：〈「鬼」的原型——兼論「鬼」與原
　　　　始宗教的關係〉，《淮陰師範學院學報》第 20 卷，1998 年第 1 期，頁 85～89。
〔註132〕 程章燦：〈一場同題競賽的百年雅集——讀南海霍氏藏本羅聘《鬼趣圖卷》題
　　　　詠詩文〉，《文藝研究》2011 年第 7 期，頁 70。

圖》和「莊子髑髏夢」做了連結：「莊生擊馬捶，列子擥枯蓬。陳人至樂有如此，孰爲鬼雌孰鬼雄？」〔註133〕我們可以看出，「骷髏」形象除了有宗教的意涵之外，羅聘的《鬼趣圖》中的「骷髏」還有濃厚的民間和文人趣味。

　　值得注意的是，無論是李嵩的《骷髏幻戲圖》還是羅聘的《鬼趣圖》，畫中的骷髏的骨骼架構都相當的精細，與後世受莊子寫意精神影響下的繪畫產生了強烈的對比。宋代宋慈（1186～1249）《洗冤集錄》爲驗屍之專著，當中已有對人體骨骼詳盡的記載，我們便不難理解《骷髏幻戲圖》中骷髏精細的描繪技巧。〔註134〕而《鬼趣圖》中骷髏的描繪又更加精進，從白骨骨架和畫面構圖，都能看出畫家深受西方文化的影響。〔註135〕

　　我們從以上的資料可得知，骷髏從來不是中國繪畫中主流的題材，更多時候是宗教的附屬品，不像西方和日本有以骷髏爲主題的繪畫傳統，〔註136〕中國人迴避死亡，除了本身對死亡的忌諱之外，這應與儒家文化關注現世的務實精神相關。藉由圖像與文字的對話中，我們能更進一步理解骷髏的形象在中國傳統當中的所代表的意涵。

二、筆記小說中的骷髏身影

　　以骷髏爲主題的繪畫在中國寥寥可數，然而，我們從筆記小說中發現不

〔註133〕全詩如下：「莊生擊馬捶，列子擥枯蓬。陳人至樂有如此，孰爲鬼雌孰鬼雄？落木陰森棺蓋舞，骷髏起立作人語。明眸雖滅皓齒存，白骨猶橕玉肌膚。生王死士辨者誰？兒女英雄吾與汝。烏鳶在天蟻在地，五尺豐碑一抔土。鬼中諸趣妙難尋，生人苦海自浮沉。不須普給瑜伽食，畫者眞存菩薩心。」除了「髑髏夢」寓言外，「列子擥枯蓬」、「烏鳶在天蟻在地」皆運用了《莊子》中的典故；「鬼雄」則出自於《楚辭》〈國殤〉；最後又將一切歸諸於畫家的「菩薩心」，題詩者深明羅聘本人篤信佛教，在此，佛教和莊子思想已然結合爲一體。參考自張啓文：《金農、羅聘、黃慎的神鬼魅像研究》，桃園：國立中央大學藝術學研究所碩士論文，2004年，頁11～12。

〔註134〕施莉亞：《李嵩《骷髏幻戲圖》研究》，南京：南京師範大學美術學碩士論文，2012年。

〔註135〕陳曉娟、肖豐：〈從羅聘《鬼趣圖》看異文化的圖像挪用〉，《文藝研究》2013年第3期，頁108。

〔註136〕〔荷〕伊維德：〈繪畫和舞臺中的髑髏和骷髏〉，頁576～577。有關西方和日本的骷髏畫，在此舉例說明：西方中世紀受戰爭、黑死病的影響下的「死亡之舞」主題繪畫，表達死亡之前人人平等；日本幕府末期以骷髏爲主題的浮世繪：如歌川國芳（1791～1861）所畫的《相馬舊王城》，河鍋曉齋（1831～1889）《地獄太夫》、《骸骨的生活》。

少鮮明的骷髏形象，其中「枯骨」、「白骨」、「骸骨」、「枯骸」在此皆等同於「骷髏」，故一併討論之。

　　「小說」一詞最早見於《莊子》〈外物〉篇：「飾小說以干縣令，其於大達亦遠矣。」在此指的是與「大道」相對的瑣碎議論，一直到漢代才是指所寫成的文章。〔註137〕筆記小說形式為短篇文言文，以「志怪」為大宗，而「志怪」一詞亦見於《莊子》：「齊諧者，志怪者也。」（〈逍遙遊〉）志怪小說在佛教和道教的影響下，於魏晉南北朝達到一個高峰。根據干寶《搜神記》的記載，其創作的目的在於「發明神道之不誣」，魯迅《中國小說史略》中亦載：「蓋當時以為幽明雖殊途，而人鬼乃皆實有，故其敘述異事，與記載人間常事，自視固無誠妄之別矣。」〔註138〕也就是說，人們是以認真的態度來看待鬼神，他們認為志怪小說筆下的神仙鬼怪全部都是真的，鬼神之事與人間之事一般無二。這投射了庶民看待鬼神的觀念，他們相信世上有鬼神，以及人們死後的世界——陰間。〔註139〕

　　魏晉南北朝是動蕩不安的時代，因現世的紛擾，人們將希望寄託在死後的世界。以「人死為鬼，鬼者為歸」之觀念見於《列子》〈天瑞〉篇：「精神者，天之分。骨骸者，地之分。屬天清而散，屬地濁而聚。精神離形各歸其真，故謂之鬼。鬼，歸也。歸其真宅。」「夫言死人為歸人，則生人為行人矣。」〔註140〕既以死為其歸宿，表示人們對死後的世界有很大的期待，希望能從中得到慰藉，然而，死者在陰間與人間相同，煩惱與苦難仍如影隨形，事實上並未獲得真正的解脫；人從人世逃到陰間，卻尋不遍一塊真正的淨土，找不到生命的出口，這正是悲劇性所在。〔註141〕此悲劇性，也一直影響後來的志怪小說的世界觀。

　　在志怪小說當中，未安葬的骷髏具有作怪的能力，《左傳》記載：「鬼有所歸，乃不為厲。」也就是強調「掩骴」這一觀念。「骴」在此泛指人的屍骨，

〔註137〕葉慶炳：《中國文學史（上）》，臺北：臺灣學生書局，1987年，頁261。

〔註138〕魯迅：《中國小說史略》，《魯迅全集》第九卷，北京：人民文學出版社，1973年，頁183。

〔註139〕這點其實承繼自殷人信鬼神的信仰，但在佛教傳入和本土道教產生後而更加強化。

〔註140〕《莊子》〈齊物〉中，亦有一段關於「惡死」與「不知歸」的論述：「予惡乎知說生之非惑邪！予惡乎知惡死之非弱喪而不知歸者邪！」這讓我們去思考，或許使我們恐懼的死亡，才是們我們真正的歸宿。

〔註141〕陳文新：《中國筆記小說史》，臺北：志一出版社，1995年，頁223～242。

為何要將屍骨加以掩埋？因為在當時人認為，死後的屍體若不安葬祭拜，死者就會侵擾活人的世界。〔註142〕然而，這一說法受到漢代王充（27～97）的駁斥，《論衡》〈論死〉篇言：

> 枯骨在野，時鳴呼有聲，若夜聞哭聲，謂之死人之音，非也。……人死口喉腐敗，舌不復動，何能成言？然而枯骨時呻鳴者，人骨自有能呻鳴者焉。或以為秋也，是與夜鬼哭無以異也。秋氣為呻鳴之變，自有所為，依倚死骨之側，人則謂之骨尚有知，呻鳴於野。草澤暴體以千萬數，呻鳴之聲，宜步屬焉。〔註143〕

王充認為「骨尚有知」乃無稽之談，枯骨之聲，乃是肅殺之「秋氣」所形成。然而，這段文字實反應了民間的信仰，映證一般人認為「枯骨」與生人一樣是有知覺的，甚至有屬於人的喜怒哀樂，人們需要透過「移其棺」、「徒骸骨」等安葬的方式使死者真正安息。「掩骴」的目的就在於「入土為安」，由這個觀點來看「莊子髑髏夢」，亦能說髑髏是因未妥善埋葬而作祟了。〔註144〕

晉代干寶《搜神記》與東晉陶潛（約365～427）《搜神後記》皆有關於「掩骴」的記載：「乃徒骸骨去城二十里埋之，無復疾病。」〔註145〕「移著高燥處，則恩及枯骨矣。」〔註146〕然而，有關「掩骴」最有趣的記錄，當是唐代戴孚《廣異記》〔註147〕所載之〈周濟川〉，在此茲錄如下：

> 周濟川，汝南人，有別墅在揚州之西。兄弟數人俱好學，嘗一夜講授罷，可三更，各就榻將寐。忽聞窗外有格格之聲，久而不已。濟川於窗間窺之，乃一白骨小兒也，於庭中東西南北趨走。始則叉手，俄而擺臂。格格者，骨節相磨之聲也。濟川呼兄弟共覘之。良久，

〔註142〕「掩骴，又稱『揭骼埋胔』，是指中央政府或地方政府處理因人為或自然災害棄置不放埋的屍骨。」李建民：〈屍體、骷髏與魂魄：傳統靈魂觀新論〉，《當代》第90期，1993年10月，頁51。更多「掩骴」的禮俗詳見李建民：〈中國古代「掩骴」禮俗考〉，《清華學報》新24卷第3期，1995年9月，頁319～343。

〔註143〕〔漢〕王充：《論衡》，劉盼遂《論衡集解》本，北京：古籍出版社，1957年，頁418～419。

〔註144〕李建民：〈屍體、骷髏與魂魄：傳統靈魂觀新論〉，頁52～53。

〔註145〕〔晉〕干寶：《搜神記》，臺北：木鐸出版社，1985年，頁34～35。

〔註146〕〔晉〕陶潛：《搜神後記》，臺北：木鐸出版社，1985年，頁39～40。

〔註147〕《太平廣記》註明「出《祥異記》。明抄本作出《廣異記》」，然筆者尚未尋找到《祥異記》中〈周濟川〉的資料，因從《廣異記》。《廣異記》為志怪過渡到傳奇的代表。

其弟巨川屬聲呵之，一聲小兒跳上堦，再聲入門，三聲即欲上床。巨川元呵罵轉急。小兒曰：「阿母與兒乳。」巨川以掌擊之，隨掌墮地，舉即在床矣，騰趠之捷若猿玃。家人聞之意有非，遂持刀棒而至。小兒又曰：「阿母與兒乳。」家人以棒擊之，其中也，小兒節節解散如星，而復聚者數四。又曰：「阿母與兒乳。」家人以布囊盛之，提出，遠猶求乳。出郭四五里，擲一枯井。明夜又至，手擎布囊，抛擲跳躍自得。家人輩擁得，又以布囊，如前法盛之，以索括囊，懸巨石而沉諸河，欲負趨出，於囊中仍云：「還同昨夜客耳。」餘日又來，左手攜囊，右手執斷索，趨馳戲弄如前。家人先備大木，鑿空其中，如鼓撲，擁小兒於內，以大鐵葉，冒其兩端而釘之，然後鏁一鐵，懸巨石，流之大江。負欲趨出，云：「謝以棺槨相送。」自是更不復來，時貞元十七年。（出《祥異記》。明鈔本作出《廣異記》。）〔註148〕

「白骨小兒」像猴子一般左騰右躍，大鬧周家，還不斷向人討奶喝：「阿母與兒乳」，周家人用盡方法，卻怎麼趕都趕不走，在百般無奈之下，將他鎖在大木中，流放大江，「白骨小兒」這時很有禮貌的回答：「謝以棺槨相送」，搞了半天，原來「白骨小兒」是因為沒有安葬而作怪，周家人則陰錯陽差的替它水葬了。「白骨小兒」的形象活靈活現，讓人不覺得它可怕，反而覺得既近於人情又可愛。文末還特別標明了年代：「貞元十七年」（801），強調這是唐德宗時發生的真實事件，帶有史料的性質。此外，這段文字中「白骨小兒」口口聲聲說「阿母與兒乳」的情節，也讓人不禁聯想到《骷髏幻戲圖》中的小骷髏和哺乳女子。

　　然而，從大量的骷髏作怪的筆記小說中可得知，人們對骷髏還是懷著恐懼的心情，枯骨不僅作怪，甚至會危害人的性命，如唐李冗《獨異志》〔註149〕

〔註148〕〔宋〕李昉等編：《太平廣記》鬼二十七，北京：中華書局，1986年，頁2715～2716。

〔註149〕原文為：「鄭之管城，有居人鄭虔章者，落魄杯酒間，年五十餘，無聞焉。日醉歸，寢賓署中。夕，引手取酒器，遂為鬼拽臂入坑，逡巡至肘，其人慌叫。親戚舉燭俱至，相與牽爭而不能制。漸入，至胸臆，頭遂入地，俄然全身陷沒，若墮水者。乃合眾將鍬鑊掘之，深丈餘，得一枯骨，可長八九寸，又復旁搜，無所見。因出而葬之。」〔唐〕李冗：《獨異志》，北京：中華書局，1983年，頁64。

和唐段成式（803～863）《酉陽雜俎》〔註150〕當中都有「鬼／枯骨拽生人」的記載，皆因飲酒而送命，小說乃利用人們的恐懼心理，奉勸世人莫貪杯，否則會遭遇到超自然力量懲罰，具有道德勸誡的意味。

　　有一類骷髏作怪的故事，是先透過一連串奇異事件的鋪陳，文末才點出一切都是骷髏作祟的原因，在敘述過程中則鮮少有對骷髏的描寫。如《搜神後記》的「髑髏百頭」，描寫鬼兵引燃山中之火，從中亦反應了時代的戰亂與大規模的死亡，〔註151〕；《驚聽錄》〈韋氏女〉是敘述韋氏女等待情郎赴約，卻遇鬼怪：「乃見一人，身長七尺，張口哆脣，目如電光，直來擒女。女奔走驚叫，家人持火視之，但見白骨委積，血流滿地。」〔註152〕這也間接傳達了未依禮而行的愛戀將會遭難；《靈異集》（《靈怪集》）〈王鑑〉：「長林下見一婦人，問鑑所往。請寄一襆，而忽不見。乃開襆視之，皆紙錢枯骨之類。」〔註153〕王鑑接下來一連串恐怖的遭遇，可說是他對鬼神態度輕蔑所導致的下場；《廣異記》〈李氏〉則記載李氏被丈夫死去的小妾所追趕，後為人所救，只見小妾的頭巾掉落，「其下得一髑髏骨焉。」〔註154〕；《酉陽雜俎》〈奉天縣民〉：「劉掘出一髑髏，戴赤髮十餘莖，其病竟愈。」原來是赤髮髑髏而使人發狂生病〔註155〕；唐代李隱《瀟湘錄》〈瀚海神〉則描述一場精彩的古墓鬼兵大戰：「塚傍有枯骨木人甚多。」〔註156〕；南宋洪邁（1123～1202）《夷堅志》〔註157〕〈化成寺〉也運用相同的敘事手法：「方啟帳伸首次，棺中之鬼亦揭棺伸首。客下一足，鬼亦下一足。客復收足，鬼亦然。如是數四。客惶駭，知不可留，急走出。鬼起逐之。客入殿環走，且大呼乞救，群僧共赴之。未至，客氣乏

〔註150〕　原文為：「永泰初，有王生者，住楊州孝感寺北。夏月被酒臥，手垂於床，其
　　　　　妻恐風射，舉之。忽有巨手出於床前，牽王臂墜床，身漸入地。其妻與奴婢
　　　　　共曳之，不禁。地如裂狀，初餘衣帶，頃亦不見。其家併力掘之，深二丈許，
　　　　　得枯骨一具，已如數百年者。竟不知何怪。（出《酉陽雜俎》）」〔宋〕李昉等
　　　　　編：《太平廣記》妖怪四，北京：中華書局，1986年，頁2880～2881。
〔註151〕　〔晉〕陶潛：《搜神後記》，臺北：木鐸出版社，1985年，頁55。
〔註152〕　〔宋〕李昉等編：《太平廣記》鬼十五，北京：中華書局，1986年，頁2621。
〔註153〕　〔宋〕李昉等編：《太平廣記》鬼十五，北京：中華書局，1986年，頁2622。
〔註154〕　〔宋〕李昉等編：《太平廣記》鬼二十一，北京：中華書局，1986年，頁2671。
〔註155〕　〔宋〕李昉等編：《太平廣記》鬼三十五，北京：中華書局，1986年，頁2776。
〔註156〕　〔宋〕李昉等編：《太平廣記》神七，北京：中華書局，1986年，頁2363～
　　　　　2364。
〔註157〕　書名取自《列子》〈湯問〉「夷堅聞而志之」，「夷堅」乃傳說之人名。

仆地，幾爲所及。」〔註158〕最後才發現「枯骨縱橫，碎於地矣」，原來一切都
是「枯骨」不安而擾人。〔註159〕

此外，直接以骷髏本身的形象作怪的如《夷堅志》中的〈趙令族〉：「趙
令族居京師泰山廟巷，僕人嘗入報，有髑髏在書臒外井旁。」〔註160〕髑髏跳
入井中，趙令族命僕人用石頭把井給封住，隔天還是跑到石頭上，其趕不走
的精神頗似〈周濟川〉裡頭的白骨小兒，然而這個髑髏卻對人造成危害，使
趙令族發狂，一直到舉家搬遷後，才逃過一劫；清代袁枚（1716～1797）《子
不語》中，也記載了數篇有關骷髏的軼事，如〈骷髏吹氣〉：「聞床下咈咈然
有聲，俯視之，一骷髏張口隔席吹我，不覺駭絕，遂仆於地。骷髏竟以頭擊
我。聞人來，始去。」〔註161〕

以上的骷髏作怪，其實是把骷髏當作鬼的代稱，還保有一點人的性質；
然而，有一種說法是白骨長期吸收了日月精華，已然成怪，與人截然不同，
如唐代薛用弱《集異記》〈于凝〉所載，人酒後遇巨大枯骨的故事：

> 凝則隨向觀之，百步外，有枯骨如雪，箕踞於荒塚之上，五體百骸，
> 無有不具，眼鼻皆通明，背肋玲瓏，枝節可數，凝即跨馬稍前，枯
> 骨乃開口吹噓，槁葉輕塵，紛然自出。……凝良久稍逼，枯骨乃竦
> 然挺立，骨節絕偉。凝心悸，馬亦驚走，遂馳赴旅舍。……久之，
> 枯骸欻然自起，徐徐南去。……自後凝屢經其地，及詢左近居人，
> 乃無復見者。〔註162〕

唐裴鉶《傳奇》的〈盧涵〉，記載了三個精怪欲謀害人之事，其中之一便是由
白骨變成的：「有一巨物，隱隱雪白處。……涵棄馬，潛跧於車箱之下。窺見
大漢徑抵門，牆極高，只及斯人腰跨。手持戟，瞻視莊內。遂以戟刺莊內小
兒，但見小兒手足撈空，於戟之巔，只無聲耳。良久而去。……尋夜來白物
而言者，即是人白骨一具。肢節筋綴，而不欠分毫。」〔註163〕到了清代，袁

〔註158〕 〔宋〕洪邁：《夷堅志》甲志卷十六，臺北：明文書局，1982 年，頁 144。

〔註159〕 〈化成寺〉的描寫手法，頗具現代感，讓筆者聯想到曾紅極一時的香港殭屍
電影——殭屍模仿人的動作，產生一種恐怖又好笑的效果。

〔註160〕 〔宋〕洪邁：《夷堅志》乙志卷十六，臺北：明文書局，1982 年，頁 322～323。

〔註161〕 〔清〕袁枚：《子不語》卷一，《袁枚全集》第 4 冊，江蘇：江蘇古籍出版社，
1993 年，頁 8。

〔註162〕 〔宋〕李昉等編：《太平廣記》妖怪六，北京：中華書局，1986 年，頁 2896。

〔註163〕 〔宋〕李昉等編：《太平廣記》精怪五，北京：中華書局，1986 年，頁 2956
～2957。〈盧涵〉中，三個精怪分別爲：婢女造型的陪葬物、送殯驅妖的神像

枚《子不語》直接以〈白骨精〉為題：「一夕，月色甚佳，主人閑步前山，忽見一白物躄踴而來，稜嶒有聲，狀甚怪。因急回寓，其物已追蹤而至，幸莊房門有半截柵欄，可推而進，怪不能越。主人進柵膽壯，月色甚明，從柵縫中細看，乃是一骷髏，咬撞柵門，腥臭不可當。」〔註164〕袁枚的《續子不語》更是直接說明了〈骷髏三種〉：「地中有游屍、伏屍、不化骨三種，皆無棺木外襲者。……不化骨乃其人生前精神貫注之處，其骨入地，雖棺朽衣爛，身軀他骨皆化為土，獨此一處之骨不化，色黑如瑿玉，久得日月精氣，亦能為祟。」〔註165〕不化骨在此應是指白骨精，可見白骨成怪之事已深植人心，流傳於民間的傳說中。

然而骷髏偶爾也會吃癟，有人類不懼怕骷髏的威脅，清末林琴南的《技擊餘聞》多記載閩中拳師之軼事，其中一篇〈徐安卿〉描述了人類用武功制服骷髏情形：「近視則一骷髏，骨幹全具，作人行，戴氈帽，下其簷，二目深綠，自帽簷射光而出。見徐則飛行前撲，徐聲色弗動，出二手挽枯骨之腕，力拗而折之，擲之橋下，乃嗚嗚作聲，徐推橋欄之石壓之，始無動。」

骷髏既做為人的殘骸、鬼的代表，除了作怪之外，仍具有人欲，它會打牌，也會大口喝酒，還會自己讚美自己。如清代鄧文濱（1811～1893）《醒睡錄》鬼神類所載之〈四骷髏拭牌〉〔註166〕；清樂鈞（1766～1814？）《耳食錄》〈骷髏〉〔註167〕，藉羅聘之口敘述，當中的骷髏就是一個不折不扣的酒鬼；《續子不語》〈枯骨自贊〉中的枯骨乃「前世作大官，好人奉承。死後無人奉承，故時時在棺材中自稱自贊耳。」〔註168〕

架子、白骨。〈盧涵〉雖從《傳奇》出，然內容為神異鬼怪，故在此一併探討。此情節和宋話本〈崔衙內白鷴招妖〉有些相同，話本內的三妖為：紅兔、大蟲、骷髏。

〔註164〕〔清〕袁枚：《子不語》卷十七，《袁枚全集》第4冊，江蘇：江蘇古籍出版社，1993年，頁314。

〔註165〕〔清〕袁枚：《續子不語》卷五，《袁枚全集》第4冊，江蘇：江蘇古籍出版社，1993年，頁77。

〔註166〕轉引自徐華龍：〈骷髏考〉，《中國鬼文化》，上海：上海文藝出版社，1991年，頁319～320。

〔註167〕〔清〕樂鈞：《耳食錄》卷十，濟南：齊魯書社，2004年，頁123～124。

〔註168〕〔清〕袁枚：《續子不語》卷二，《袁枚全集》第4冊，江蘇：江蘇古籍出版社，1993年，頁37。

　　髑髏也跟人一樣有恩報恩，有仇報仇，有的樂於助人，為人尋路〔註169〕，有的欺善怕惡，拿惡人沒輒〔註170〕。髑髏報恩如南朝祖沖之（429～500）《述異記》〈周氏婢〉〔註171〕，敘述髑髏托夢給周氏婢，請她拔出眼中的蓬草，爾後報答一雙金指環；《瀟湘錄》〈牟穎〉〔註172〕則是安葬了路旁的白骨，白骨為了報恩，願意為他驅馳，並偷來鄰家的女人與他為妻；類同的情節亦見於敦煌石室句道興版《搜神記》〔註173〕，侯霍拔除了髑髏眼中的雜草，並為之安葬，鬼為了感念他的恩德，為侯霍配得一門親事。以上見路旁髑髏，為之拔草之事，最早可溯源至「莊子髑髏夢」與「列子攓蓬」的典故，值得注意的是，髑髏還有具有托夢的能力，如〈周氏婢〉、〈牟穎〉，皆透過夢境與人溝通信息。

　　髑髏報仇多半是因人們無端之攪擾，比如說，筆記小說常出現人故意便溺在髑髏上的情節，〔註174〕如南朝劉義慶（403～444）《幽明錄》〔註175〕及紀昀《閱微草堂筆記》均有「戲溺髑髏」之事〔註176〕；《子不語》〈髑髏報仇〉則是讓髑髏「吞糞」〔註177〕；明代馮夢龍（1574～1646）《古今譚概》〈髑髏言〉〔註178〕乃故意餵髑髏吃大蒜，讓他呼辣不已。總而言之，捉弄髑髏之人非死即病。此外，《幽明錄》〈庾宏奴〉〔註179〕、《子不語》載〈擇風水賈禍〉

〔註169〕「髑髏尋路」見〔清〕紀昀：《閱微草堂筆記》第二十卷，灤陽續錄二，北京：中國華僑出版社，1994 年，頁 1137。

〔註170〕「誤踏骷髏」見〔清〕紀昀：《閱微草堂筆記》第十四卷，槐西雜志四，北京：中國華僑出版社，1994 年，頁 816。

〔註171〕〔宋〕李昉等編：《太平廣記》夢一，北京：中華書局，1986 年，頁 2188。

〔註172〕〔宋〕李昉等編：《太平廣記》鬼三十七，北京：中華書局，1986 年，頁 2784～2785。

〔註173〕句道興撰：《搜神記》行孝第一，收入王重民等篇：《敦煌變文集》卷八，北京：人民文學出版社，1957 年，頁 870～871。

〔註174〕參考自樂保群：〈骷髏的幽默〉，《捫風談鬼錄》，上海：上海文藝出版社，2010 年，頁 131～141。

〔註175〕「何參軍晨出，行於田野中，溺死人髑髏上⋯⋯其夜，趨穴欲溺，虎怒溺，斷陰莖，即死。」

〔註176〕〔清〕紀昀：《閱微草堂筆記》第四卷，灤陽消夏錄四，北京：中國華僑出版社，1994 年，頁 171。

〔註177〕〔清〕袁枚：《子不語》卷一，《袁枚全集》第 4 冊，江蘇：江蘇古籍出版社，1993 年，頁 8。

〔註178〕〔明〕馮夢龍編撰：《古今譚概》，《馮夢龍全集》第 6 冊，南京市：江蘇古籍出版社，1993 年，頁 73。

〔註179〕服用髑髏屑而遭報應。〔宋〕李昉等編：《太平廣記》報應十八，北京：中華書局，1986 年，頁 838。

〔註180〕、〈骷髏乞恩〉〔註181〕，亦爲骷髏報仇之事。

骷髏的人性還表現在它對人世的掛念，如唐代李復言《續玄怪錄》〈馬震〉描寫的就是馬震的母親已去逝了十一年，然而卻以活人的樣貌出現在人世：「馬生連呼，竟不動。遂牽其裾，卒然而倒，乃白骨耳。衣服儼然，而體骨具足。細視之，有赤脈如紅線，貫穿骨間。」〔註182〕彷彿紅線的赤脈，應是馬震母親能夠以人的形貌現身的原故，這讓人聯想到志怪小說常見的「復活」情節。「復活」情節表達了人死後對世間之眷戀，其中之一乃敘述「白骨生肉」，返回陽世：《獨異志》〈茶蘼香〉記載茶蘼香之妙用，「用薰枯骨，則肌肉再生。」〔註183〕；《廣異記》〈崔敏殻〉〔註184〕在陰間走一遭，吃了重生藥後，生肉復活；最有名的乃是魏曹丕《列異傳》〈談生〉，描摹了一個死者復活失敗的美麗悲劇：「夜伺其寢後，盜照視之。其腰已上生肉如人，腰下但有枯骨。婦覺，遂言曰：『君負我，我垂生矣，何不能忍一歲而竟相照也？』」〔註185〕就只差一步便能返回人世，應是白骨在重生的過程中不能被人看到所致。〈談生〉也影響後代文言小說的創作，如蒲松齡（1640～1715）《聊齋志異》〈連瑣〉〔註186〕，則是白骨成功復活爲人的故事。〔註187〕

除了〈談生〉外，有不少的作品關注在人與白骨的愛戀，或是白骨化爲一美麗女子引誘男子爲害，這就是「粉骷髏」的由來，人們認爲美女（性）和白骨（死亡）一樣，都隱藏著巨大的毀滅性，會對人類造成威脅，帶來生命的失序，因而對之戒愼恐懼。《集異志》〈金友章〉描述與枯骨精的愛情，然而也以悲劇收場，因爲他跟談生犯了同樣的錯誤：「友章秉燭就榻，即於被

〔註180〕骷髏不願遷墓使改葬者喪命。〔清〕袁枚：《子不語》卷十二，《袁枚全集》第4冊，江蘇：江蘇古籍出版社，1993年，頁230。

〔註181〕使五鬼搬運法之人遭報應。〔清〕袁枚：《子不語》卷十八，《袁枚全集》第4冊，江蘇：江蘇古籍出版社，1993年，頁336。

〔註182〕〔宋〕李昉等編：《太平廣記》鬼三十一，北京：中華書局，1986年，頁2741。

〔註183〕〔宋〕李昉等編：《太平廣記》草木九，北京：中華書局，1986年，頁3367～3368。

〔註184〕〔宋〕李昉等編：《太平廣記》神十一，北京：中華書局，1986年，頁2389。

〔註185〕〔宋〕李昉等編：《太平廣記》鬼一，北京：中華書局，1986年，頁2501～2502。〈談生〉、〈李仲文女〉、〈徐玄方女〉復生還魂的情節成爲湯顯祖《牡丹亭》的靈感來源。

〔註186〕〔清〕蒲松齡：《聊齋志異》，長沙：岳麓書社，1998年，頁101～103。

〔註187〕筆記小說中的「復活」情節，可能間接爲「莊子髑髏夢」演變到後來的「骷髏復活」，提供了創作的養份。

下，見其妻乃一枯骨耳。友章惋嘆良久，復以被覆之。須臾，乃復本形，因
大悸怖，而謂友章曰：『妾非人也，乃山南枯骨之精。』」〔註188〕兩人皆無法
克制好奇心的趨使，打破約定，以火光／秉燭照之，遂造成與愛人永恆的訣
別。元末明初瞿佑《剪燈新話》〈牡丹燈記〉就是典型人與粉骷髏之戀，「見
一粉骷髏與生並坐於燈下」，後來，生被粉骷髏擁入棺中而死，死後與之一同
作怪：「是後，雲陰之晝，月黑之宵，往往見生與女攜手同行，一丫鬟挑雙頭
牡丹燈前導，遇之者輒得重疾。」〔註189〕清代和邦額《夜譚隨錄》〈邵廷銓〉
的情節則與〈牡丹燈記〉類同：「見廷銓於床上，擁一紅衣骷髏，戲謔燈下」
〔註190〕；此外，骷髏化爲美女引誘人的情節，還見於清俞樾《右臺仙館筆記》
〈閩中陳生〉：「而玉骨冰肌，儼然在抱，審視之，乃枯骸一具也。」〔註191〕、
《夜譚隨錄》〈骷髏〉：「初以爲奇遇，才入門，即見骷髏也。」〔註192〕。由此
觀之，「白骨」與「美女」之間存在著辯證關係，再怎麼美麗的女子最後還是
會化爲一堆白骨，再怎麼依戀的情感最終仍會消逝，這深深地反應了人生命
的短暫和飄忽。「粉骷髏」的故事，多寓有道德勸誡的意涵在，勸人戒色、戒
貪淫，亦與佛教的「白骨觀」〔註193〕有更進一步對話的空間。〔註194〕

〔註188〕〔宋〕李昉等編：《太平廣記》妖怪六，北京：中華書局，1986 年，頁 2895
　　　　～2896。
〔註189〕〔明〕瞿佑著，周夷校注：《剪燈新話》卷二，上海：古典文學出版社，1957
　　　　年，頁 52～57。〈牡丹燈記〉同《情史》〈符麗卿〉，參見〔明〕馮夢龍評輯：
　　　　《情史》卷二十情鬼類，《馮夢龍全集》第 7 冊，南京市：江蘇古籍出版社，
　　　　1993 年，頁 785～789。
〔註190〕〔清〕和邦額著，王一工、方正耀點校：《夜譚隨錄》卷一，上海：上海古籍
　　　　出版社，1988 年，頁 27～30。
〔註191〕〔清〕俞樾：《右臺仙館筆記》卷十一，濟南：齊魯書社，2004 年，頁 217
　　　　～218。
〔註192〕〔清〕和邦額著，王一工、方正耀點校：《夜譚隨錄》卷十一，上海：上海古
　　　　籍出版社，1988 年，頁 312。
〔註193〕「白骨觀」是從觀想自身由某一點（如腳姆指）逐漸開始腐爛，直到全身腐
　　　　爛，以至於成爲一具白骨。接著觀想對方乃至於周遭的人皆成爲白骨，最後
　　　　發動內火，把所有的白骨都化爲灰燼，達到所謂「火光三昧大定」的解脫之
　　　　境。衣若芬：〈骷髏幻戲——中國文學與圖象中的生命意識〉，《中國文哲研究
　　　　集刊》第 26 期，2005 年 3 月，頁 91。
〔註194〕有關紅粉骷髏的書寫，可參見《西遊記》第二十七回〈尸魔三戲唐三藏　聖
　　　　僧恨逐美猴王〉中之「白骨夫人」，以及《紅樓夢》第十二回〈王熙鳳毒設相
　　　　思局　賈天祥正照風月鑒〉，當中的「風月寶鑑」反照是骷髏，正照則是王熙
　　　　鳳，其中暗示了性與死亡乃一體兩面。

　　除了白骨日久成精怪之外，還有動物頭戴髑髏變化成人的記載，當中更以「狐」為主，如《酉陽雜俎》〈劉元鼎〉：「舊說，野狐名紫狐，夜擊尾火出，將為怪，必戴髑髏拜北斗，髑髏不墜，則化為人矣。」〔註195〕；元末明初劉基（1311～1375）《郁離子》〈九尾狐〉：「青邱之山，九尾之狐居焉。將作妖，求髑髏而戴之，以拜北斗，而徼福於上帝。」〔註196〕這說明狐戴髑髏拜北斗在民間的傳說中已相當的普及。然狐戴髑髏多幻化為年輕貌美的女子，所做為以害人居多，如唐張讀《宣室志》〈韋氏子〉〔註197〕中，狐幻化為女子欺騙韋氏子飲酒，後來才發現酒杯乃人的髑髏，所飲之酒為牛尿，因而大病一場；《集異記》〈僧晏通〉生動地描繪出狐變成人的過程：「月夜，棲於道邊積骸之左，忽有妖狐跳踉而至。初不虞晏通在樹影也，乃取髑髏安於其首，遂搖動之。儻振落者。即不再顧，因別選焉。不四五，遂得其一，岌然而綴。乃褰擷木葉草花，障蔽形體。隨其顧盼。即成衣服。須臾，化作婦人，綽約而去。」〔註198〕後因騙行被僧晏通給識破，又化為狐狸逃走；《稗海》本《搜神記》「志亥僧」內容類同於〈僧晏通〉，都是狐化為女子來迷惑人，然僧施法使之現形：「女子悶絕而倒，化為老狐而死，鮮血交流，枯髑髏草葉尚滿其身。」〔註199〕；到了明代李昌祺（1376～1452）《剪燈餘話》〈胡媚娘傳〉，狐的形象更加立體，變得更有人性，楚楚可憐，然狐在本質上，終究是妖類，無法為世人所容，胡媚娘最後慘死於雷擊之下，連一句辯白的機會也沒有：「霹靂一聲，媚娘已震死闠闠矣。守率僚屬往視，乃真狐也，而人髑髏猶在其首。」〔註200〕除了狐之外，狗也能戴髑髏變化成人，《夷堅志》〈黃資深〉中記載了狗化身為一名婦人與黃生相好，東窗事發後，被人類殘忍地殺害。〔註201〕由以上可知，動物必須藉由戴上人類頭蓋骨，以及拜北斗或拜月的儀式才能變成人。

〔註195〕　〔宋〕李昉等編：《太平廣記》狐八，北京：中華書局，1986年，頁3709。
〔註196〕　〔明〕劉基著，傅正谷評注：《郁離子評註》，天津：天津古籍出版社，1987年，頁51～52。
〔註197〕　〔宋〕李昉等編：《太平廣記》狐八，北京：中華書局，1986年，頁3712。
〔註198〕　〔宋〕李昉等編：《太平廣記》狐五，北京：中華書局，1986年，頁3691。
〔註199〕　《稗海本搜神記》卷七，收入〔晉〕陶潛：《搜神後記》，臺北：木鐸出版社，1985年，頁106～107。
〔註200〕　〔明〕李昌祺：《剪燈餘話》卷三，臺北：世界書局，1959年，頁57～58。
〔註201〕　〔宋〕洪邁：《夷堅志》丁志卷二十，臺北：明文書局，1982年，頁701～72。之後還剖開它的肚子，發現它疑似懷有身孕，將所懷之物煮熟給黃生吃，黃食後即病癒，此情節令人不忍卒睹。

〔註202〕然而，不管是狐戴髑髏化成人或是粉骷髏，兩者皆反應了人們視紅顏若禍水的心態，以及對美色深層的欲望和恐懼。

筆記小說中的骷髏形象亦與宗教相關，主要是敘述僧人死後，骨枯而舌不壞，還能不斷唸頌佛經，如唐釋道世《法苑珠林》〈五侯寺僧〉〔註203〕記載僧人生前常唸誦法華經，死後「骸骨並枯，唯舌不壞」；明末清初趙吉士《寄園寄所寄》中所載，「聞誦《華嚴經》聲不絕……乃一骷髏，皮肉悉腐，獨唇舌鮮潤」〔註204〕。此外，「骷髏頌經」的故事也見於日本景戒的《日本靈異志》〈誦法華經者舌著曝髑髏中不朽之事〉〔註205〕。

我們能從中國傳統的繪畫與志怪小說中，大致可歸結出骷髏形象的幾個特點：〔註206〕首先，骷髏形象與宗教有密切關聯性，反應了全真教、佛教的思想，與庶民的信仰；再者，骷髏是人死後「鬼」的化身，若不妥善安葬則會作祟，凸顯了「掩骶」觀念的重要性；第三，骷髏亦為「人」的化身，用骷髏來比喻人活著如行屍走肉，擔負了無盡的「生人之累」，此外，骷髏有人的欲望且恩怨分明，更投射了對人世的留戀，如白骨生肉的復活情節，以及和人類的戀愛的故事；第四，骷髏日久會變為「精怪」，如白骨精，或是動物利用髑髏變成美麗的女子，而這些妖怪幾乎都會對人造成危害。

骷髏和髑髏從來不屬於主流文化的範疇，他是邊緣的，更不是歷代文人所關注的核心。因此，我們只能試著從繪畫和志怪小說中找到較多的線索，骷髏的形象反而和民間文化接軌，更與宗教、信仰有剪不斷的關係。〔註207〕當中需注意的是，筆記小說雖反應出庶民的信仰，寫作者仍是文人，用的是文人的視角，其實是「文人看世界眾生的文字記錄。」〔註208〕這些民間的傳說，依靠文人的記載而流傳下來，也說明雅俗文化之間的共構關係，是無法

〔註202〕李建民：〈屍體、骷髏與魂魄：傳統靈魂觀新論〉，《當代》第90期，1993年10月，頁63。

〔註203〕〔宋〕李昉等編：《太平廣記》報應八，北京：中華書局，1986年，頁743。

〔註204〕〔清〕趙吉士：《寄園寄所寄》上冊，卷五滅燭寄，上海：大達圖書供應社，1935年，頁172。出《西樵野記》。

〔註205〕林嵐：〈《日本靈異記》中骷髏誦經故事的源流及特色〉，《日本學論壇》，2001年01期，頁19～22。《日本靈異記》另有〈救收人‧畜所踏骷髏而得現報之事〉、〈拔除骷髏眼中笋而顯靈之事〉。

〔註206〕參考自李建民：〈屍體、骷髏與魂魄：傳統靈魂觀新論〉，頁63。

〔註207〕〔荷〕伊維德：〈繪畫和舞臺中的髑髏和骷髏〉，張廣保編，宋學立譯：《多重視野下的西方全真教研究》，濟南：齊魯書社，2013年，頁600～601。

〔註208〕王德威：《抒情傳統與中國現代性：在北大的八堂課》，北京：生活‧讀書‧新知三聯書局，2010年，頁225。

截然畫分的。在此只拉出繪畫與筆記小說這兩條線來討論骷髏的形象，而戲劇與文學的骷髏意象〔註209〕筆者將聚焦在與「莊子髑髏夢」的改寫與對話上，會在以下的章節中逐步探討。

「莊子髑髏夢」寓言中，莊子和髑髏這兩個角色是分庭抗禮的，因此，本章將焦點放在莊子的物化生死觀、夢的書寫與其文學表現手法（三言），另外一個探討的重心即為骷髏的形象，骷髏與日常生活息息相關，我們總是帶著自己的骨骼一同生活，延伸到死亡也是如此，我們活著朝向死亡，卻無法活著經歷死亡，對死亡的認識只是出自於想像，或是透過文學和藝術作品對死亡的詮釋。也因此，試著透過人們對骷髏的詮釋，讓我們對生命與死亡有更進一步的思考和討論，然而，這樣的解釋是沒有盡頭的。骷髏的形象多散落在稗官野史或宗教作品等零星記載當中，《莊子》已成為經典，其學說更有一個完整的系統，兩者雖有很大的落差，但也有更多探討的空間。從「髑髏夢」寓言一直到筆記小說中的骷髏，無論骷髏是人、是鬼、是怪的代表，其中所反應的乃是「骷髏有知」的形象，所牽涉到的是另一個世界，一個彷彿人世般喧嘩紛擾的世界。與此相對的是，影響中國至深遠的儒家和道家思想，卻未涉及死後的世界。莊子認為生命為一連續之整體，皆是自然萬物的變化，故無產生死後世界的思想；《論語》記載了孔子對鬼神和死亡的看法：「敬鬼神而遠之」（〈雍也〉）、「未能事人，焉能事鬼？……未知生，焉知死」（《論語》〈先進〉），〔註210〕儒家關注於現實人生、政治倫理，故不論神鬼之事。由骷髏的形象背後所代表的廣大的庶民文化信仰，與儒家、道家思想之間精彩的交會，已具象化在以莊子與髑髏對話為重寫主題的作品當中了，莊子和髑髏便在一次次的重寫中復活、重生，這場對話，將永不完結。

〔註209〕有關髑髏文學的書寫，詳見蕭麗華：〈髑髏文學：空海和尚的九相詩〉，《東亞漢詩及佛教文化之傳播》，臺北：新文豐，2014年，頁73～98。有關骷髏或髑髏的舞臺形象，亦載於《東京夢華錄》：〈駕登寶津樓諸軍呈百戲〉：「繼有二三瘦瘠、以粉塗身，金睛白面，如髑髏狀，繫錦繡圍肚看帶，手執軟仗，各作魁諧趨蹌，舉止若排戲，謂之『啞雜劇』。」〔宋〕孟元老：《東京夢華錄》，北京：中國商業出版社，1982年，頁47～48。此外，元代曾頒發「骷髏頭休穿戴者」之之禁令。王利器輯錄：《元明清三代禁毀小說戲曲史料（增訂本）》，上海：上海古籍出版社，1981年，頁4～5。

〔註210〕《說苑・辯物》中亦論及「死後有無知覺」的問題，亦反應了儒家看待死亡的態度：「子貢問孔子：『死人有知無知也？』孔子曰：『吾欲言死者有知也，恐孝子順孫妨生以送死也；欲言無知，恐不孝子孫棄而不葬也。賜欲知死人有知將無知也，死徐自知之，猶未晚也。』」這說明了要等到自己死亡後才能知道，死後究竟是有知或無知，故生前不需要憂慮這個問題。

第三章　文人髑髏夢：文人對時代巨變的回應

　　長久以來，中國傳統文人就面臨著「政統」與「道統」之間的矛盾，他們在統治階層的掌控之下，遇到政治局勢混亂黑暗，無法伸展自己的抱負及理想，有的被貶謫，有的被流放異鄉，懷才不遇，有志難申；有的拋頭顱灑熱血，犧牲了自己寶貴的生命；有的選擇退隱，寄情於山水之間，保全其身，然心中念茲在茲的，還是國家社稷與天下蒼生。「蝴蝶夢」與「髑髏夢」都討論到有關生死為一體的問題，更是《莊子》文本中最常被人改編的兩個題材。「蝴蝶」和「髑髏」，兩者皆含有人生短暫，稍縱即逝的意涵，乃是最美和最可怖的兩個極端，兩者看似對立實為一體。「髑髏夢」常常出現在時代巨烈變化下的文人作品當中，文人在其中抒發自我的情感和寄託對時代的不平之鳴，並且從中對生命和死亡有更深一層的思考與探索。

第一節　莊子與文人

　　文人，可說是中國古代知識分子的代名詞，最早可以追溯至春秋戰國時期的「士」。[註1] 士是古代貴族最低的一個階層，為「有職之人」，其上為「卿大夫」，下接「庶人」；封建制度崩壞後，造成階級異動，上層的貴族下降，

〔註 1〕「文人」與「士」這兩個詞上還是存在著一些差異，「士」所關注的乃經學與道統，而「由士入仕」幾乎是中國古代讀書人的天命；「文人」一詞則偏重文化的性質，所關注的重心為文學藝術，具有知識與心靈之獨立性，與統治階層保持了一定的距離。

下層的庶民上升，而交會在兩者當中的「士」階層便在此時興起，﹝註2﹞知識不再是貴族所獨有，「士」已從社會階層轉為知識、文化階層；孔子更提出「士志於道，而恥惡衣惡食者，未足與議也。」（〈里仁〉）的價值觀，與後來的孟子，樹立了中國知識分子的典範，士幾乎與儒者畫上了等號。然而，中國古代的知識分子不全然是儒者，道家以他獨特的态態參與及關懷政治社會，不只是「隱者」的代名詞。﹝註3﹞莊子可以說是中國文人的代表之一。莊子為宋之蒙人，同時代的君主為宋康王（前328～前286年在位），是宋的末代國君，更是一名殘暴的君主，世稱「桀宋」。莊子在宋國、在這個「世與道交相喪」（《莊子》〈繕性〉）的戰國時代，要有所做為是相當困難的。本節就莊子面對政治局勢所採取的態度，以及文人對莊子思想的吸收和轉化做一討論，後世文人以莊子為主題的文學創作中，多半烙印著深深的儒家色彩和痕跡。

一、莊子仕與不仕

（一）鷁鶵自喻：遠離政治的莊子﹝註4﹞

《史記》記載莊子曾為「蒙漆園史」；﹝註5﹞然而，《莊子》書中卻沒有任何莊子為官的紀錄，反是記載了莊子拒絕了所有出仕的機會：

> 莊子釣於濮水，楚王使大夫二人往先焉，曰：「願以境內累矣！」莊子持竿不顧，曰：「吾聞楚有神龜，死已三千歲矣，王巾笥而藏之廟堂之上。此龜者，寧其死為留骨而貴乎？寧其生而曳尾於塗中乎？」二大夫曰：「寧生而曳尾塗中。」莊子曰：「往矣！吾將曳尾於塗中。」
>
> ﹝註6﹞

﹝註2﹞ 余英時：《士與中國文化》，上海：上海人民出版社，1987年，頁12～13。

﹝註3﹞ 賴錫三：〈「格格不入」的鷁鶵與「入遊其樊」的庖丁——《莊子》兩種回應「政治權力」的知識分子〉，《政大中文學報》第19期，2013年6月，頁157～159。

﹝註4﹞ 參見賴錫三：〈「格格不入」的鷁鶵與「入遊其樊」的庖丁——《莊子》兩種回應「政治權力」的知識分子〉，《政大中文學報》第19期，2013年6月，頁159～167。

﹝註5﹞ 「漆園史」為管理自然鳥獸植屬相關的小官。見賴錫三：〈「格格不入」的鷁鶵與「入遊其樊」的庖丁——《莊子》兩種回應「政治權力」的知識分子〉，《政大中文學報》第19期，2013年6月，頁172。

﹝註6﹞ 《莊子》〈秋水〉，陳鼓應注譯：《莊子今注今譯》，北京：中華書局，2013年，頁474～475。

　　楚王派了兩位使者請莊子出仕，莊子在濮水釣魚，並且「持竿不顧」〔註7〕，從他的形象中已先建立了他的對政治的態度了，後又用楚國的神龜來比喻獻身於政治的生活，與其死而留骨被人尊重，他寧可自在地在泥巴中生存。〈列御寇〉中亦有莊子拒絕出仕的寓言，其中心內涵與神龜之喻類同：

> 或聘於莊子。莊子應其使曰：「子見夫犧牛乎？衣以文繡，食以芻叔，
> 及其牽而入於太廟，雖欲為孤犢，其可得乎！」〔註8〕

　　然而，我們從莊書中可看出莊子的生活是貧困的：「窮閭阨巷，困窘織屨，槁項黃馘」（〈列御寇〉），還窮到要跟別人借米（〈外物〉），然而，他卻拒絕了能夠脫離貧困生活的機會，放棄能夠讓他施展長才的舞台，拒不出仕，這是為什麼？莊子用了「廟堂神龜」和「太廟犧牛」來比喻為官的生活的虛華不實，這些表面上的富貴顯達，卻隱含著死亡的危機，他寧可貧窮而自在的活著，也斷不願犧牲自己的生命與自由。「方今之時，僅免刑焉」（〈人間世〉），處於這個政局紛亂、朝不保夕的時代，人能保存自己的生命已是難能可貴了，莊子深深明白這個道理，也因此用行動來抗拒為仕的誘惑，在這個浮沉的世間尋求另一條逍遙人生的道路。

　　《史記》中莊周列傳結合了「廟堂神龜」和「太廟犧牛」兩個典故：

> 楚威王聞莊周賢，使使厚幣迎之，許以為相。莊周笑謂楚使者曰：「千
> 金，重利；卿相，尊位也。子獨不見郊祭之犧牛乎？養食之數歲，
> 衣以文繡，以入大廟。當是之時，雖欲為孤豚，豈可得乎？子亟去，
> 無污我。我寧游戲污瀆之中自快，無為有國者所羈，終身不仕，以
> 快吾志焉。〔註9〕

　　亦說明位高權傾的生活就有如祭祀的貢品一般無二，強調莊子寧「無為有國所羈，終身不仕，以快吾志」的志向。除了「神龜」和「犧牛」外，莊書中還有另外一個寓言「祝宗人說彘」（〈達生〉），亦是用做為貢品的動物來比喻殉於名利的為官生涯。這個寓言點出了人的盲點：人明白彘寧可活在牢

〔註7〕　莊子在楚國使者面前「持竿不顧」的恣態頗耐人尋味，越是刻意強調、表演
　　　　卻越從中顯現出莊子對「出仕」一事的矛盾情懷，若真的不在意，書中就不
　　　　會一再出現同樣性質的寓言，如「太廟犧牛」和「彫俎之彘」等。

〔註8〕　《莊子》〈列御寇〉，陳鼓應注譯：《莊子今注今譯》，北京：中華書局，2013
　　　　年，頁903。

〔註9〕　〔漢〕司馬遷：《史記》（點校本二十四史修訂本），北京：中華書局，2014
　　　　年，頁2610。

笑也不願死於彫俎之上的道理，但自己選擇時，活著要乘高車大馬，死時要坐華美殯車，他們難道不清楚，自己的選擇豈不是跟祭祀用的神豬一樣嗎？莊子用「廟堂神龜」、「大廟犧牛」和「彫俎之犧」來形容獻身於政治權力的人，相對的，他用「鵷鶵」〔註10〕來比喻自己遠離政權、拒不出仕的形象：

> 惠子相梁，莊子往見之。或謂惠子曰：「莊子來，欲代子相。」於是惠子恐，搜於國中三日三夜。莊子往見之，曰：「南方有鳥，其名爲鵷鶵，子知之乎？夫鵷鶵，發於南海而飛於北海，非梧桐不止，非練實不食，非醴泉不飲。於是鴟得腐鼠，鵷鶵過之，仰而視之曰：『嚇！』今子欲以子之梁國而嚇我邪？」〔註11〕

我們對惠子的形象應不陌生，從「惠子之死」以及著名的惠莊三辯〔註12〕中，可看出惠莊之間交情匪淺。而惠子和莊子兩人正好是仕與不仕之最佳的代表，惠子從政，做到梁國之相，擁有極高的權位及尊榮，這是古代文人一生所追求的夢想和地位，然而，他的心還是處在一個極度不安的狀態，才會一聽到別人說莊子要取代他的相位時，大搜城中三天三夜，他深知莊子這位好友的能力，同時也忌憚著他的能力，害怕自己辛辛苦苦建立的地位一瞬間就被莊子剝奪。但是，對莊子而言，惠子所重視的權勢名利，正是他所摒棄的。「鵷鶵」是傳說中的鳥類，鸞鳳之屬，莊子以「鵷鶵」自喻，表明他立場和原則，對眼前的誘惑絲毫不爲所動；相對的，他將汲汲於功名成就的惠子比喻爲「鴟」〔註13〕，一個掠食者的形象；更用又臭又爛的「腐鼠」來比喻梁國的相位，惠子大搜城中三天三夜的行爲，不正是「鴟」爲了「腐鼠」而對「鵷鶵」所做的威嚇嗎？然而，吃慣了美味的「鵷鶵」，像腐鼠這種東西哪裡看得上眼呢？

莊子深深厭惡腐敗的政治權力，更表現在「曹商舐痔」這個寓言中：有一個名爲曹商的人，因替宋王出使秦國而得到了很多的賞賜，就到莊子面前

〔註10〕 莊書中「鵷鶵」的典故後來被郭沫若重新改寫爲歷史小說《漆園吏遊梁》（原名《鵷鶵》）。郭沫若：《漆園吏遊梁》，《郭沫若全集文學編第十卷》，北京：人民文學出版社，1985 年，頁 143～151。

〔註11〕 《莊子》〈秋水〉，陳鼓應注譯：《莊子今注今譯》，北京：中華書局，2013 年，頁 475～476。

〔註12〕 惠莊三辯：「魚樂之辯」（〈秋水〉）、「有用無用之辯」（〈逍遙遊〉〈外物〉）、「有情無情之辯」（〈德充符〉）。詳見賴錫三：〈論惠施與莊子兩種差異的自然觀〉，《臺灣東亞文明研究學刊》第 8 卷第 2 期，2011 年 12 月，頁 129～176。

〔註13〕 「鴟」則是貓頭鷹、禿鷹之類。

炫耀，莊子回覆：「秦王有病召醫，破癰潰痤者得車一乘，舐痔者得車五乘，所治愈下，得車愈多。子豈治其痔邪？何得車之多也？子行矣！」（〈列御寇〉）給予曹商貶低自己求得榮祿最大的諷刺。另外，還有人向莊子炫耀他得到宋王賞賜的寓言，莊子警告他的行為有如「龍頷取珠」（〈列御寇〉），此寓言說明了執政者的暴虐無道，現在所得的利祿只是暫時，國君隨時都能將他給的權力收回，包括了為臣者的性命。此外，莊子用「騰猿」（〈山木〉）來比喻當時的政治局勢，文人生不逢時，在「昏上亂相」之間而無法有所作為，乃「非遭時」、「處勢不便」之故。因此，莊子在這個政治局勢之下選擇拒不出仕，以「無用之用」的姿態，「乘道德浮遊」（〈山木〉）於人世之中。

　　鵷鶵摒棄腐鼠，莊子拒不出仕，髑髏拒絕復活，三者其實是相通的，「鵷鶵」是莊子的自喻，而「髑髏」就是莊子自己。程章燦對莊子不仕與「髑髏夢」做了很好的聯結：「髑髏拒絕復活之時那樣一副『深矉蹙頞』的表情，難道不就是莊子釣於濮水之上，聽到楚王邀請他出來主政時的表情嗎？」〔註14〕，而「非梧桐不止，非練實不食，非醴泉不飲」的「鵷鶵」，不也和「無君於上，無臣於下，亦無四時之事，從然以天地為春秋」的髑髏享有同樣的快樂嗎？

（二）「在方內中遊乎方外」〔註15〕

　　由以上可知，莊子刻意跟政治保持了一定的距離，那麼他是怎麼看待相對於「仕」的「隱者」？莊子嚮往遠古時期的至德之世〔註16〕，他感嘆世道淪落，德性下衰，聖人就算不隱於山林，他的光芒也被這個黑暗的世界所吞噬〔註17〕：

　　　　隱，故不自隱。古之所謂隱士者，非伏其身而弗見也，非閉其言而
　　　　不出也，非藏其知而不發也，時命大謬也。當時命而大行乎天下，

〔註14〕程章燦：〈莊子見鬼——「鬼話連篇」之十一〉，《文史知識》2009年第11期，頁133。

〔註15〕語出《莊子》〈大宗師〉：「彼遊方之外者也，而丘游方之內者也。」參考自賴錫三：〈「格格不入」的鵷鶵與「入遊其樊」的庖丁——《莊子》兩種回應「政治權力」的知識分子〉，《政大中文學報》第19期，2013年6月，頁172～176。

〔註16〕「至德之世」參見《莊子》〈馬蹄〉、〈胠篋〉、〈天地〉。

〔註17〕原文為：「由是觀之，世喪道矣，道喪世矣。世與道交相喪也。道之人何由興乎世，世亦何由興乎道哉！道無以興乎世，世無以興乎道，雖聖人不在山林之中，其德隱矣。」（〈繕性〉）

　　則反一無跡；不當時命而大窮乎天下，則深根寧極而待；此存身之
　　道也。〔註18〕

　　由此可知，所謂的「隱士」，不用特意深居簡出、不發表言論、不顯露智
慧，就已經如同隱身了，乃「時命大謬」之故，此時則修養自身以靜待時機
的來臨。莊子所講述隱士的存身之道，其實就是他自身的寫照。而在亂世中
的存身之道，更表現在莊子「無用之用」〔註19〕的思想：「山木自寇也，膏火
自煎也。桂可食，故伐之；漆可用，故割之。人皆知有用之用，而莫知無用
之用也。」(〈人間世〉) 〔註20〕世俗認為有實際效用的東西才有價值，正因為
如此，「有用」反而容易招致禍害；在亂世中，雖無用於天下，卻有用於自身
之保存；同時，莊子無用於世的姿態，也站在批判的角度，不與執政者同流
合汙。〔註21〕

　　流傳到後世，道家幾乎與「隱者」畫上了等號，一般人認為莊子拒絕出
仕是一種逃避現實的行為；更有人認為他所樹立「不為軒冕肆志，不為窮約
趨俗」(〈繕性〉) 的「鵷鶵」形象，未免過於孤傲不群，與現實世界脫軌；然
而，我們有理由相信莊子實際上是「在方內中遊乎方外」的，莊子在〈刻意〉
篇羅列了世間五種人格型態：「山谷之士」、「平世之士」、「朝廷之士」、「江湖
之士」、「導引之士」，但他並未給處於方外的「山谷之士」、「江湖之士」、「導
引之士」有較高的評價；此外，在莊書中處處透露著他對人間事及政治的關
懷，《史記》中記載莊周曾為漆園吏，應是出於生計而不得已為之，藉由漆園
吏這樣的小官莊子參與了政治，又對政治保持著一定的距離，所以，在他筆
下才會有對人這麼深刻的觀察和見解：「天下有大戒二：其一，命也；其一，
義也。子之愛親，命也，不可解於心；臣之事君，義也，無適而非君也，無
所逃於天地之間。是之謂大戒。」〔註22〕(〈人間世〉) 人活在命（倫理）與

〔註18〕　《莊子》〈繕性〉，陳鼓應注譯：《莊子今注今譯》，北京：中華書局，2013年，
　　　　　頁434～438。
〔註19〕　莊子「無用之用」的思想，參見〈逍遙遊〉「大瓠之種」、「大而無用」；〈人間
　　　　　世〉「櫟樹夢」、「不材之木」、「山木自寇」、〈山木〉「鳴雁」。
〔註20〕　明代謝弘儀《蝴蝶夢》傳奇第11齣〈夢疑〉，一開頭便安插了「無用之用」
　　　　　的寓言，將〈逍遙遊〉中「樗樹」與〈人間世〉「櫟樹夢」(「不材之木」)、〈山
　　　　　木〉「鳴雁」寓言巧妙地融入其中。詳見本章第三節第二小節〈謝弘儀《蝴蝶
　　　　　夢》傳奇：內儒外道〉。
〔註21〕　陳鼓應：《莊子哲學》，臺北：臺灣商務，1992年，頁61～62。
〔註22〕　值得注意的是，莊子這番話卻是由孔子的口中所說出來的，可印證莊子與儒
　　　　　家之間微妙的關係。

義（政治）的關係網絡中，這是無可逃離的事實，即使隱居深山，也斬不斷與血親的連繫，活在人世間，更免不了與社會有所接觸。既無法擺脫，就必須要慎重的對待人與命、義之間的關係。〔註23〕然而，這種關係常常成為限制及束縛人的枷鎖，讓人產生了無窮的痛苦，使人的心永遠處於一個不安穩的狀態之下，《莊子》指引我們一條明路：「是以夫事其親者，不擇地而安之，孝之至也；夫事其君者，不擇事而安之，忠之盛也；自事其心者，哀樂不易施乎前，知其不可奈何而安之若命，德之至也。為人臣子者，固有所不得已。行事之情而忘其身，何暇至於悅生而惡死！」（〈人間世〉）人無論是「事其親」、「事其君」，皆需明白人生於自然與社會之間的法則，然後「安之」；對待自己的心也相同（「事其心」），不被自己的情緒所綁架，了解生而為人的限制，安然的接受，這麼一來，忘記了自身的利害，哪有時間「悅生惡死」呢？「悅生惡死」為一般人根深蒂固的成見，在〈至樂〉篇當中，莊子藉由髑髏之口，再一次地嘲弄世俗人之所欲了。由此可知，莊子絕非棄絕人世之隱遁者，而是真正對人世深情的理解者。

二、文人對莊子思想的回應

　　莊子的學說思想影響中國文化相當深遠，在不同的背景之下，人們對莊子的重新解讀，以尋求自身的解答和歸宿。宋代思想家葉適曾言：「自周之書出，世之悅而好之者有四焉。好文者資其辭，求道者意其妙，泊俗者遣其累，好邪者濟其欲。」（《水心先生別集·莊子》）可知無論在文學、宗教、政治、修養身心等各方面都能夠在莊子的思想中有所獲得。西漢初年，因戰國時期的動亂，人們普遍希望能夠休養生息，統治者意識到百姓的期望，乃採用黃老無為思想為治國的方針。而黃老思想實際上為老莊思想，更吸收了儒、墨、法、名、陰陽等各家的學說，實是符合統治者治國安邦的需求。此外，莊書當中有假托黃帝求道的寓言，如「黃帝問至道」（〈在宥〉）、「象罔得玄珠」（〈天地〉）、「黃帝論樂」（〈天運〉）、「黃帝論不言之教」（〈知北遊〉）、「治天下若牧馬」（〈徐無鬼〉），更是便於統治者用來推行其政策。因此，漢初統治者所採取的莊子思想，其實是有強烈的政治目的的。到了漢武帝時獨尊儒術，罷黜百家，才結束了黃老思想治國的局面，老莊思想也漸趨沒落。東漢末年，群

〔註23〕　賴錫三：〈「格格不入」的鷗鷯與「入遊其樊」的庖丁——《莊子》兩種回應「政治權力」的知識分子〉，《政大中文學報》第19期，2013年6月，頁174。

雄割據，農民起義，社會動盪不安，傳統儒家價值日漸崩解，士大夫此時又再度對道家產生了興趣，到了魏晉南北朝時期，一種老莊思想融合儒家的新哲學思潮——玄學就此誕生。而竹林七賢的出現，對司馬氏集團所建立起的虛偽名教加以抨擊，顯然是對莊子批判精神發揚光大；然司馬氏建立王朝之後，玄學卻從原本對儒學的激烈的批判轉向與儒學合一。此外，這個時期的人們把《老子》、《莊子》、《易經》稱為三玄，用來解釋其玄學理論，可知，玄學家是依照其需要不同程度地修正了莊子的思想。宋明時期，儒釋道三家並立，以儒為尊，宋明的莊子學表現出明顯的儒學化的特色。〔註 24〕莊子思想歷經了「黃老思想」、「玄學化」、「儒學化」的過程已有所質變，而影響後世戲曲說唱藝術最為深遠的乃是莊子思想的「宗教化」和「世俗化」，這兩方面將會在本論文第四章〈集體的髑髏夢：宗教與世俗的「莊子嘆骷髏」〉深入探討。

　　莊子雖被歸為道家，然儒家幾乎是中國傳統文人的代名詞，便不能忽略儒家與文人、莊子之間的關係，以下試著追溯莊子與儒家的淵源，以及莊子思想日漸儒學化之過程、儒道互補的關係，最後試著歸納出文人在創作時，從莊子思想中所汲取出來的形象類型。

（一）莊子與儒家的淵源

　　在先秦時期，只有儒墨二家之名，道家之名，是被建構出來的，直到秦漢之後才出現，其內容並不一定是指老莊思想，而是統合了各家思想的「黃老」思想，莊子鮮少被提及。中國正式以老莊合稱道家，應是在魏晉玄學發展之後。〔註 25〕莊子在後世被歸於道家，是老子的繼承者，更對孔子有所詆毀，應是受到司馬遷《史記》〈莊子列傳〉的影響：「其要歸本於老子」、「以詆訿孔子之徒，以明老子之術」，這個說法影響中國相當深遠，然卻有疑議；此外，最能代表莊子思想的內七篇，有關於「老聃」的寓言僅有三處，〔註 26〕而無「老子」之名；「崇老抑孔」的思想，全部集中在外雜篇當中，縱觀《莊

〔註 24〕　資料來源自汪國棟：《莊子評傳——南華夢覺話逍遙》，南寧市：廣西教育出版社，1997 年，頁 145～151。方勇：《莊子學史》第一冊，北京：人民出版社，2008 年，頁 33、189～193、283～287。

〔註 25〕　楊儒賓：《儒門內的莊子》，台北：聯經，2016 年，頁 57。劉榮賢：《莊子外雜篇研究》，台北：聯經，2004 年，頁 9、48～49。

〔註 26〕　這兩個寓言為「秦失弔老聃」（〈養生主〉），「叔山無趾，踵見仲尼。……無趾語老聃」（〈德充符〉）、「陽子居見老聃」（〈應帝王〉）。

子》全書，也不見老莊對話的寓言；再者，〈天下〉篇總評戰國諸子百家，將老子和關尹歸爲一類，而莊子自成一類，可見在先秦時期，老莊乃是分屬於不同的學術源流。〔註27〕究竟在先秦時期，莊子未畫分學派之前，其思想的原點爲何？有不少研究向上追溯，肯定《莊子》與儒家的淵源。蔡璧名認爲，〈逍遙遊〉中的大鵬，就是先秦儒家之喻，〔註28〕而整部《莊子》就是與儒家的對話錄；楊儒賓在《儒門內的莊子》一書中提出莊子和儒家的關連性，他認爲《莊子》一書乃是回應了孔老之後的思想；〔註29〕孔子在莊書中大量出現值得讓人注意，且在內七篇中形象多爲正面，藉由孔子之口所闡發的理論層次都很高，如「心齋」、「乘物遊心」、「才全德不形」等，已不僅僅只是做爲重言，或單純做爲莊子思想的代言人；〔註30〕而評論諸子學說的〈天下〉篇唯獨不提儒家，此事亦費人疑猜，雖未提及儒家，卻賦予六經爲傳承「古之道術」的身份，楊儒賓更進一步說明：「〈天下〉篇的敘述有可能較接近莊子的立場：他同情儒家，在思想的淵源上與老子也有很深的關連，但基本上自立一宗。」此外，楊儒賓提出孔子與莊子出於同宗和同族，「宋國」、「殷商文化──東海海域神話」都在兩人身上產生了不同程度的影響。由上述可見，莊子與儒家的關係實爲密切，然而，莊子思想在秦漢後的發展，仍主要是以道家的姿態出現影響著整個中國文化。〔註31〕

（二）莊子的儒學化傾向

　　據陳鼓應言，因《莊子》文本的開放性，莊子思想有眾多不同的解讀詮釋方式，以道解莊、以佛解莊、以儒解莊者皆有之，眾說紛紜。而在宋明時期，以儒解莊蔚爲潮流，〔註32〕宋明的莊子學，呈現了明顯的「儒學化」傾向，如北宋王安石（1021～1086）〈莊周論〉及蘇軾（1037～1101）〈莊子祠堂

〔註27〕劉榮賢：《莊子外雜篇研究》，台北：聯經，2004年，頁10～12。
〔註28〕蔡璧名：〈大鵬誰屬──解碼〈逍遙遊〉中大鵬隱喻的境界位階〉，《中國文哲研究集刊》第48期，2016年3月，頁13，註55。
〔註29〕回應孔老思想只是其中之一，另外還回應了當時的政治局勢、巫教的文化風土。楊儒賓：《儒門內的莊子》，台北：聯經，2016年，頁451。
〔註30〕光是在內篇，「孔子」的設論有九則，「莊子」有四則，「老聃」僅有三則。楊儒賓：《儒門內的莊子》，台北：聯經，2016年，頁131～139。
〔註31〕楊儒賓：《儒門內的莊子》，台北：聯經，2016年，頁139～150、168～170。
〔註32〕方勇：《莊子學史》第一冊，北京：人民出版社，2008年，頁6（序）。

記〉。蘇軾的〈莊子祠堂記〉〔註33〕中反對了《史記》中莊子乃「詆訿孔子之徒」的說法，倡導了「莊子蓋助孔子者」之說，即使莊書中對孔子的言論有所「詆訾」，實是「陰擠而陽助之」，而〈天下〉篇唯獨不論孔子，乃「其尊之也至矣」。此外，王安石和蘇軾在政治與文壇上的地位舉足輕重，他們所提出「儒學化」傾向的莊子思想，又順應了當時社會儒釋道三教走向融合的趨勢，因此產生了深遠的影響。〔註34〕再者，在明代「三教合一」的影響下，明末清初還有將莊子歸於儒家的「莊子儒門說」〔註35〕，以覺浪道盛（1592～1659）、方以智（1611～1671）、王夫之（1619～1692）為代表。〔註36〕覺浪道盛在〈三子會宗論〉中主張「莊子為儒門別傳」，將他與屈原相提並論；〔註37〕方以智則提出了「莊子為孔門別傳之孤」、「莊是易之變」；王夫之強調了莊子與老子的分別，提出了莊子「自立一宗」之說。〔註38〕楊儒賓指出，明末清初的「莊子儒門說」與提出者的生平緊密相關，「他們看待莊子，多少有借他人酒杯澆自己胸中塊壘之意，他們眼中的莊子曲折的反映了自己思想的影子。」〔註39〕將此說用在以莊子為主題的創作亦然。要之，莊子和儒家早有淵源，且在莊子思想儒學化的思潮之下，深深地影響了文人的創作，而文人對「莊子髑髏夢」的重寫作品除了與個人的生命歷程相關之外，多半都具有儒學化的傾向和特質。

（三）儒道互補：儒與道、仕與隱的交互關係

先秦時期諸子百家的思想流傳到後世，只剩下儒家和道家的思想繼續發展，其他諸家的學說均已衰落。儒道兩家影響後世深遠，建構了中國文化的

〔註33〕 〔宋〕蘇軾：〈莊子祠堂記〉，孔凡禮點校：《蘇軾文集（全六冊）》卷11，北京：中華書局，1986年，頁347～348。這篇文章是宋神宗元豐元年（1078）蘇軾在徐州任上因蒙城縣令秘書丞王絉之求而寫。方勇：《莊子學史》第二冊，北京：人民出版社，2008年，頁31。

〔註34〕 方勇：《莊子學史》第二冊，北京：人民出版社，2008年，頁12。

〔註35〕 有關莊子與儒門的論述，詳見徐聖心：〈「莊子尊孔論」系譜綜述——莊學史上的另類理解與閱讀〉，《臺大中文學報》第17期，2002年12月，頁21～66。

〔註36〕 楊儒賓：《儒門內的莊子》，台北：聯經，2016年，頁126～131。

〔註37〕 所謂「三子」指的是孟子、莊子、屈原，「宗」指的是五經，「三子會宗」意即會通三人之學於儒門宗旨。徐聖心：〈「莊子尊孔論」系譜綜述——莊學史上的另類理解與閱讀〉，《臺大中文學報》第17期，2002年12月，頁43。

〔註38〕 方勇：《莊子學史》第二冊，北京：人民出版社，2008年，頁618～670。

〔註39〕 楊儒賓：《儒門內的莊子》，台北：聯經，2016年，頁130。

全貌，然而，彼此間又存在著巨大的矛盾，中國古代文人總是擺盪在儒家與道家之間，進（仕）則儒，退（隱）則道，極力捍衛封建價值的同時，也追求精神上的解放與自由，儒道兩者實際上關係密切，可謂之互相補充，相輔相成，李澤厚對「儒道互補」有非常精闢的解釋：

> 表面看來，儒、道是離異而對立的，一個入世，一個出世；一個樂觀進取，一個消極退避，但實際上它們剛好相互補充而協調。不但「兼濟天下」與「獨善其身」經常是後世士大夫的互補人生路途，而且悲歌慷慨與憤世嫉俗，「身在江湖」而「心存魏闕」，也成爲中國歷代知識分子的常規心理及其藝術意念。

此外，亦說明了儒家重視社會功用，提倡「文以載道」，文學只是用來宣揚儒家的「道」的工具，有深厚的教化意涵；道家則強調了超越功利的審美關係，重視藝術創造的精神。〔註40〕這也牽涉到莊書中的「有用」與「無用」之辯，莊子以「無用爲大用」做爲在亂世中的存身之道，這個觀念也被後世的文人所吸收接納，文人之隱、之寄情於創作，不僅僅只是做爲一種消極的逃避和慰藉，而是對於追求個人生命獨立自由的逍遙境界有積極和肯定的作用，文人從「獨與天地精神往來」（〈天下〉）的莊子思想中，試圖走出與儒家「修身、齊家、治國、平天下」之外另一條不同的道路。儒家與道家，是建構在文人血液中的兩套系統，兩者互相矛盾，兩者卻也並行不悖，使他們痛苦，也使他們平靜，文人內心複雜的雙重人格，便顯現在文學和藝術的創造上，更豐富了中國文化的內涵。

綜上所言，文人從莊子中所汲取的形象可以歸結如下：其一，精神無待者：眞正領會莊子思想而達到逍遙境界；但多數作品往往無法傳遞出莊子思想的箇中眞意；其二，出世的隱遁者、消極的逃避者：因現實生活受挫，轉而從莊子或神仙道化思想中尋得慰藉；文人的創作多半傾向這個類型；其三，遊離於世的批判者、諷刺者：反抗威權、體系與結構；然而，批判的力道有限，較難以全面觀照時代與作品本身；其四，潛藏在內心的儒者：以匡正時弊，撥亂反正，積極救世、勸世爲標的；這個類型又與宗教度化的熱忱所結合；此外，又隨著儒家思想的僵化，進而轉變爲以維護封建秩序、道德教條爲首的道學者，這已完完全全脫離了莊子的本意。〔註41〕

〔註40〕　李澤厚：《美的歷程》，桂林：廣西師範大學出版社，2000 年，頁 71～72。

〔註41〕　在明代人性解放思潮的衝擊下，使封建社會的價值觀受到巨大的挑戰，劇作家反而站在維護傳統倫理價值的角度，用「搧墳」、「試妻」、「劈棺」的情節

第二節　文人對「骷髏夢」之重寫（一）：以賦文爲例

　　從上一節可知莊子面對政治的態度，他以「鵷鶵」自喻，拒絕出仕，這就好比是莊子的另一面「骷髏」，拒絕復生。「莊子骷髏夢」在中國文學史上第一次被改寫爲文學作品的記載是東漢張衡（78～139）的《骷髏賦》，至此，「骷髏」與「文人」便結下了不解之緣，尤其是身處政治動盪和戰亂頻仍下的文人，構成了一系列以骷髏爲主題的賦。這些文人藉骷髏之口說出他們對生命和死亡的看法，以及對時代變化與自身遭遇有著深刻的反省：如東漢張衡《骷髏賦》、魏曹植《骷髏說》、呂安《骷髏賦》、金趙秉文《擷蓬賦》；而明代樊鵬《乞者賦》，主題雖從骷髏變爲乞者，但在形式和內容上都可看出明顯沿襲自「骷髏賦」。此外，歷代無名祭文的書寫，亦從「莊子骷髏夢」中汲取了養份，如南朝謝惠連《祭古塚文》、北宋蘇軾《祭古塚文》、《徐州祭枯骨文》、《惠州祭枯骨文》、明王守仁《瘞旅文》，這些祭文，在與死者的傾訴中，都能看到莊子向骷髏提問的影子。

一、直接改寫與繼承：「骷髏賦」的系列創作——「文人」與「骷髏」的不解之緣

　　「賦」這個文體對「莊子骷髏夢」主題的繼承與改寫其來有自。清代章學誠即清楚地點出賦與戰國諸子散文的關係：「古之賦家者流，原本詩騷，出入於戰國諸子，假設問對，《莊》《列》寓言之遺也。」（《校讎通義》）而漢賦中的設問手法，與莊子寓言中的對話問答有著承繼的關係。

　　張衡的《骷髏賦》正是文獻記載中第一個改寫自「莊子骷髏夢」的作品。張衡生存於東漢和帝至順帝末年，正是東漢由盛轉衰的時期，此時皇帝皆幼年繼位，大權落入外戚和宦官手中，因政治局勢的黑暗混亂，文人在此時並不積極進仕，〔註42〕張衡早年也多次拒絕入朝做官，直到安帝時，才不得不應承。〔註43〕根據張震澤的張衡年表，《骷髏賦》寫作的時間是在東漢順帝永

進行批判，以端正社會的「不良」風氣，因此，這時的莊子戲曲免不了蒙上一股封建色彩。李雙芹：〈試論莊周故事劇的發展流變〉，《湖北社會科學 人文視野》2006年第2期，頁120～123。

〔註42〕葉慶炳：《中國文學史》上冊，臺北：臺灣學生書局，1987年，頁70。

〔註43〕范曄《後漢書張衡傳》：「衡少善屬文，游於三輔，因入京師，觀太學，遂誦五經，貫六藝。雖才高於世，而無驕尚之情。常從容淡靜，不好交接俗人。永元中，舉孝廉，不行；連辟公府，不就。時天下承平日久，自王侯以下，

和二年（137），此時張衡已六十歲，過了一年後，張衡上書「乞骸骨」，告老還鄉，隔年便與世長辭。〔註44〕張衡可說是因對現實政治的失望而選擇了退隱，藉由《髑髏賦》的書寫，來抒發自我的心聲：

> 張平子將遊目於九野，觀化乎八方。星回日運，鳳舉龍驤。南遊赤岸，北陟幽鄉。西經昧谷，東極扶桑。於是季秋之辰，微風起涼。聊回軒駕，左翔右昂。步馬於疇阜，逍遙乎陵岡。顧見髑髏，委於路旁。下居淤壤，上負玄霜。
>
> 平子悵然而問之曰：「子將并糧推命，以夭逝乎？本喪此土，流遷來乎？爲是上智，爲是下愚？爲是女人，爲是丈夫？」
>
> 於是肅然有靈，但聞神響，不見其形。答曰：「吾宋人也，姓莊名周。游心方外，不能自修。壽命終極，來此玄幽。公子何以問之？」
>
> 對曰：「我欲告之於五嶽，禱之於神祇。起子素骨，反子四肢；取耳北坎，求目南離；使東震獻足，西坤授腹；五內皆還，六神盡復；子欲之不乎？」
>
> 髑髏曰：「公子之言殊難也。死爲休息，生爲役勞。冬水之凝，何如春冰之消？榮位在身，不亦輕於塵毛？飛鋒曜景，秉尺持刀，巢許所恥，伯成所逃。況我已化，與道逍遙。離朱不能見，子野不能聽。堯舜不能賞，桀紂不能刑。虎豹不能害，劍戟不能傷。與陰陽同其流，與元氣合其樸。以造化爲父母，以天墜爲牀褥。以雷電爲鼓扇，以日月爲燈燭。以雲漢爲川池，以星宿爲珠玉。合體自然，無情無欲。澄之不清，渾之不濁。不行而至，不疾而速。」
>
> 於是言卒響絕，神光除滅。顧盼發軔；乃命僕夫，假之以縞巾，衾之以玄塵，爲之傷涕，酹於路濱。〔註45〕

莫不踰侈。衡乃擬班固作二京賦，因以諷諫。精思傅會，十年乃成。文多，故不載。大將軍鄧騭奇其才，累召，不應。……安帝雅聞衡善術學，公車特徵，拜郎中，再遷爲太史令……」張衡最爲人所知的反而不是文學的成就，而是科學上的貢獻，他在擔任太史令期間發明了靠水利運轉的渾天儀和預測地震的候風地動儀等等。此外，張衡更是總結大賦，開創抒情小賦的一個代表。

〔註44〕〔漢〕張衡：《髑髏賦》，張震澤校注：《張衡詩文集校注》，上海：上海古籍出版社，2009 年，頁 386。

〔註45〕〔漢〕張衡：《髑髏賦》，張震澤校注：《張衡詩文集校注》，上海：上海古籍出版社，2009 年，頁 247～248。

　　張衡《髑髏賦》的場景和細節比莊書原文中更加清楚，情感也更加濃厚。首先，賦中第一段就建構了故事發生的確切時間：「季秋之辰」，並從見到髑髏的過程中有相當細緻的舖排和描寫。〔註46〕然而，當中最重要的是張衡給予筆下的髑髏一個確定的身份──「吾宋人也，姓莊名周。」髑髏就是莊子，此時的主客體已互換，成爲兩組對照的關係：莊子、髑髏與張平子、莊子，莊子眞的變成爲髑髏了。歷代改寫的作品中，髑髏通常是無名的，唯有張衡看穿了「髑髏夢」寓言，解開了莊子的啞謎，直接將髑髏與莊子連繫起來。〔註47〕他還從莊子的身上看到自己的身影，他是莊子幾百年後「旦暮遇之」（〈齊物論〉）的知音，更是一個莊子思想的承繼者。

　　也因此，彼此的關係如此親近，莊子之魂直接來到張衡面前，無需透過夢境開啓這場對話。〔註48〕然而，「但聞神響，不見其形」，髑髏之魂沒有清楚的形象，只有聲音迴盪在空氣中；其消逝也充滿了奇幻的色彩：「言卒響絕，神光除滅」，可知髑髏以靈魂現身說法時發出奇異的聲響以及閃爍著眩目的光芒。

　　髑髏對於復活的回覆是賦的主體，〔註49〕開頭就點出此賦的主旨：「死爲休息，生爲役勞」；而「榮位在身，不亦輕於鴻毛」，除了反襯出「生人之累」外，他更建立了一個美好的死亡世界，並一心嚮往之：「以陰陽同其流，與元氣合其樸。以造化爲父母，以天墜爲床褥。以雷電爲鼓扇，以日月爲燈燭。以雲漢爲川池，以星宿爲珠玉。合體自然，無情無欲。澄之不清，渾之不濁。

〔註46〕「於是季秋之辰，微風起涼……顧見髑髏，委於路旁。下居淤壤，上負玄霜。」
〔註47〕在後世的改寫中，髑髏通常是無名的，而重新給予髑髏姓名和身分，常常伴隨著「復活」的情節的出現，其身分多爲商人，如：明代無名氏《周莊子嘆骷骸》，張聰，襄陽人士；王應遴《逍遙遊》，武貞，福建人，販金珠；杜蕙《莊子嘆骷髏南北詞曲》，武貴，福州人，爲經商赴帝京；《續金瓶梅》48回中的道情，武貴，福州府人氏，來洛陽買貨；陳一球《蝴蝶夢》，第11出〈點破塵緣〉，尹喜，爲點化莊周，化石塊爲骷髏；綴白裘本《蝴蝶夢》〈嘆骷〉，白三，戰國無名氏；京劇《度白儉》，張聰，字骷髏，北鄉人氏，收帳回家；川劇《南華堂（胡琴）》，吳仁，晉國商人；魯迅《起死》，楊必恭，來自楊家庄，33歲，紂王時期人。有關「骷髏復活」的情節可參見本論文第四章第二節第三小節〈溢出《莊子》外的情節：「度脫」與「復活」〉。
〔註48〕程章燦：〈莊子見鬼──「鬼話連篇」之十一〉，《文史知識》2009年第11期，頁133。
〔註49〕宗明華：〈張衡《髑髏賦》解析──莊子對漢魏抒情賦的影響〉，《煙台大學學報（哲學社會科學版）》第21卷第4期，2008年10月，頁66。

不行而至，不疾而速。」張衡在莊子原文的基礎上更進一步發揮，使得這個寓言富有文學浪漫的色彩，蔣文燕對兩者的特質做了精彩的析論：「〈至樂〉中的莊子堪稱辯士，那麼《骷髏賦》中的張衡則可視爲文士；〈至樂〉中洋溢著的是思想者的清醒和銳利，而《骷髏賦》中則充斥著文人的無奈與感傷。」〔註50〕

在賦的最後，更多了張平子祭奠髑髏的行爲，〔註51〕並爲之傷感流淚：「假之以縞巾，衾之以玄塵，爲之傷涕，酹於路濱。」《莊子》〈至樂〉篇原文中，髑髏無名無姓，莊子沒有祭奠的行爲，並未流露出個人的情感，更無爲髑髏落淚；此外，〈至樂〉通篇所呈現的是「死生一體」（〈知北遊〉）、「外死生」（〈天下〉）的精神，而生人之所欲，與人世間林林總總的關係網絡，是髑髏所摒棄的。然而，在這裡張衡不只賦予髑髏姓名身份，末了更用祭奠的方式，將髑髏拉回人世間，這與髑髏先前所闡述的內容和拒絕重返人世的精神產生了極大的矛盾。〔註52〕對張衡而言，髑髏是跟他有同樣際遇的莊周，兩人同病相憐，他爲髑髏流下的眼淚，其實是對己身遭遇的感慨：「張衡所祭奠不僅僅是使其頓悟的骷髏，更是自己無力改變的生活。」〔註53〕因爲他筆下美好的死亡世界，是生者在世之時永遠無法企及的。值得注意的是，張衡之祭髑髏，之哭髑髏，完全將「髑髏夢」寓言拉至儒家的脈絡之下，而且是無意識的。〔註54〕儒家以禮事生死：「生，事之以禮，死，葬之以禮，祭之以禮。」（《論語》〈爲政〉）其重點不在於死後的世界，而在於生者的情感與人倫的精神，與莊子視生死如一的思想實有相當大的差異。〔註55〕

張衡《髑髏賦》後來也深深的影響了三國魏曹植（192～232）《髑髏說》和呂安（？～262）、李康《髑髏賦》的創作。東漢末年，群雄割據，漢室衰

〔註50〕 蔣文燕：〈形骸爾何有　生死誰所戚——張衡和他的《骷髏賦》〉，《古典今讀》，2004 年 12 月，頁 83。蔣文燕文中《骷髏賦》指的即爲《髑髏賦》。

〔註51〕 祭奠體髏和情感、記憶的關係，可參見〔美〕宇文所安著，鄭學勤譯：〈骨骸〉，《追憶：中國古典文學中的往事再現》，北京：生活・讀書・新知三聯書店，2014 年，頁 40～57。

〔註52〕 〔美〕宇文所安著，鄭學勤譯：〈骨骸〉，《追憶：中國古典文學中的往事再現》，北京：生活・讀書・新知三聯書店，2014 年，頁 44。

〔註53〕 蔣文燕：〈形骸爾何有　生死誰所戚——張衡和他的《骷髏賦》〉，《古典今讀》，2004 年 12 月，頁 82。

〔註54〕 林鶴宜教授指導。

〔註55〕 莊子認爲生命乃是連續的整體，故無眞正的死亡，自然也不需要隆重的葬禮與祭祀。

微，此時儒家思想已漸趨沒落，道家思想便乘勢崛起。〔註56〕曹操（155～220）《蒿里行》中所描述的「白骨露於野，千里無雞鳴」，正是此時因戰火摧殘下的人間苦景，然而，在這個混亂不安的時代中，也造就了魏晉南北朝的「文學自覺」〔註57〕，文學脫離政治與儒學的附庸地位，而保有自己獨立之價值，曹植便生長於這個背景之下。〔註58〕他的一生大致能以「曹丕（187～226）繼位」做爲界線，分爲前後兩個時期，其文學創作亦然：在前期，曹植自小跟隨父親南征北討，懷抱著建功立業的雄心壯志，更以出眾的文采深受曹操喜愛，曹操更有意將他立爲太子，然因他「任性而行，不自雕勵，飲酒不節」（《三國志・魏書・曹植本傳》）之性格，而與太子之位失之交臂；後期因受曹丕父子長期打壓，政治上的失意，使他的生活籠罩在悲傷當中。曹植在曹叡（204～239）繼位後，曾經多次請求曹叡重用，然而一再落空：「植每欲求別見獨談，論及時政，幸冀試用，終不能得。」（《三國志・魏書・曹植傳》）曹植對政治深感絕望，於太和六年，抑鬱而終，年僅 41 歲。《髑髏說》寫作時間不明，但從作品的思想，與作者後期倍受壓制的生活來看，有可能是屬於作者晚期的作品：〔註59〕

> 曹子遊乎陂塘之濱，步乎蓁穢之藪，蕭條潛虛，經幽踐阻。顧見髑髏，塊然獨居。於是伏軾而問之曰：「子將結纓首劍，殉國君乎？將被堅執銳，斃三軍乎？將嬰茲固疾，命隕傾乎？將壽終數極，歸幽冥乎？」
>
> 叩遺骸而嘆息，哀白骨之無靈；慕嚴周之適楚，儻託夢以通情。
>
> 於是仿若有來，怳若有存，景見容隱，屬聲而言曰：「子何國之君子

〔註56〕 葉慶炳：《中國文學史》上冊，臺北：臺灣學生書局，1987 年，頁 117。

〔註57〕 「文學自覺」觀最早由魯迅所提出，出自於〈魏晉風度及文章與藥及酒之關係〉。李澤厚將「人的覺醒」與「文的自覺」結合起來。「人的覺醒，即在懷疑和否定舊有傳統標準和信仰價值的條件下，人對自己生命、意義、命運的重新發現、思索、把握和追求。」參見李澤厚：〈魏晉風度〉，《美的歷程》，桂林：廣西師範大學出版社，2000 年，頁 126。

〔註58〕 以曹氏父子爲中心的文人集團爲「建安文學」之代表，其特色在於反應現實與慷慨悲涼的精神。

〔註59〕 〔魏〕曹植：《髑髏說》，曹海東注譯：《新譯曹子建集》，臺北：三民書局，2003 年，頁 561。林童照則認爲《髑髏說》應是曹植前期之作品。林童照：〈曹植《髑髏說》之創作時期考辨〉，《石油大學學報（社會科學版）》第 21 卷第 3 期，2005 年 6 月，頁 82～85。

乎？既枉輿駕，愍其枯朽，不惜咳唾之音，而慰以若言，子則辯於
辭矣！然未達幽冥之情，識死生之說也。夫死之爲言歸也。歸也者，
歸於道也。道也者，身以無形爲主，故能與化推移。陰陽不能更，
四時不能虧。是故洞於纖微之域，通於怳惚之庭，望之不見其象，
聽之不聞其聲；挹之不充，注之不盈，吹之不凋，噓之不榮，激之
不流，凝之不停，寥落冥漠，與道相拘，偃然長寢，樂莫是踰。」

曹子曰：「予將請之上帝，求諸神靈，使司命輟籍，反子骸形。」

於是髑髏長吟，廓然嘆曰：「甚矣！何子之難語也。昔太素氏不仁，
無故勞我以形，苦我以生。今也幸變而之死，是反吾眞也。何子之
好勞，而我之好逸乎？子則行矣！予將歸於太虛。」於是言卒響絕，
神光霧除。

顧將旋軫，乃命僕夫，拂以玄塵，覆以縞巾，爰將藏彼路濱，覆以
丹土，翳以綠榛。

夫存亡之異勢，乃宣尼之所陳，何神憑之虛對，云死生之必均。〔註
60〕

　　曹植的《髑髏說》，雖爲「說」，然實際上仍是賦體，在字裡行間可看出
他沿襲自張衡《髑髏賦》的痕跡。〔註 61〕「叩遺骸而嘆息，哀白骨之無靈；
慕嚴周之適楚，儻託夢以通情。」這裡直接點出了他運用了莊子〈至樂〉篇
的典故，他嚮往著莊周適楚，髑髏託夢對話之事。接著，髑髏之靈如同接收
到曹子的期望，隱隱約約地出現在曹子面前，也並未透過夢境而現身。賦的
主體，在於髑髏的回覆，〔註 62〕旨在說明「以死爲歸」之理：「夫死之爲言歸
也。歸也者，歸於道也。道也者，身以無形爲主，故能與化推移。……寥落
冥漠，與道相拘，偃然長寢，樂莫是踰。」當曹子提出使他重回人世的建言
後，髑髏反而嘆息：「昔太素氏不仁，無故勞我以形，苦我以生……」，他以

〔註60〕　〔魏〕曹植：《髑髏說》，趙幼文校注：《曹植集校注》，北京：人民文學出版
　　　　社，1998 年，頁 524～528。亦見於〔魏〕曹植：《髑髏說》，〔清〕嚴可均輯：
　　　　《全三國文（上）》卷 18，北京：商務印書館，1999 年，頁 183。

〔註61〕　髑髏的現身和隱身，以及尾聲祭奠髑髏之處，都能直接看到張衡《髑髏賦》
　　　　的影子。

〔註62〕　曹植《髑髏說》賦的主體是回覆曹子的詢問，接著闡發「死生之說」；張衡《髑
　　　　髏賦》的主體則是在拒絕復生之後，才開始發揮「死爲休息，生爲役勞」的
　　　　觀點。

死爲回歸自我的眞性，以生爲苦勞，拒絕了復生的提議。在賦的尾聲，延續張衡《髑髏賦》的敘事，除了祭奠髑髏之外，還更進一步埋葬了這個在野外的無名髑髏：「拂以玄塵，覆以縞巾，爰將藏彼路濱，覆以丹土，翳以綠榛。」

　　然而，文末「夫存亡之異勢，乃宣尼之所陳，何神憑之虛對，云死生之必均。」是最耐人尋味之處，前面一大段描述道家的思想，在此又突然涉汲儒家，著實讓人費解。所謂「存亡之異勢」，意指生與死是不同的，一般認爲指的是孔子所言「未知生，焉知死」（《論語》〈先進〉）；接著，曹植又拋出了疑問：「不知是何方的神靈和我談論『生死齊一』之理？」事實上，他對這個答案早就了然於心——這裡暗示著髑髏之靈就是莊子，就像是他召喚前來的。〔註 63〕曹植在賦的前半段嚮往著死亡的世界，看起來似乎是莊子思想的繼承者，然在結尾處又沿襲了張衡《髑髏賦》結尾祭奠髑髏的行爲，更搬出孔子來反襯出莊子「生死齊一」觀的荒謬性，最終仍是站在生者的角度，回歸到儒家重視現世生活的精神當中。

　　在曹植之後，又有呂安和李康的《髑髏賦》，也是對前人的繼承與改寫。李康的《髑髏賦》，今只存兩句：「幽魂仿佛，忽有人形。（《文選》謝惠連《祭古冢文》注）」〔註 64〕。呂安的《髑髏賦》則保存地較完整，然有闕文。呂安生活在司馬氏專擅曹魏政權之時，〔註 65〕面臨著政局的變動不安，他與竹林七賢的嵇康（223～262）、向秀（約 227～272）〔註 66〕友好，更和嵇康有「每一相思，千里命駕」（《晉書·嵇康傳》）的交情。呂安兄長呂巽玷汙了他的妻子，怕被告發，反而誣陷他不孝，嵇康上書爲他辯駁，卻因此觸怒了權臣司馬昭（211～265），景元三年（262），呂安與嵇康均被處死。呂安《髑髏賦》〔註 67〕的寫作時間不詳，可看出比先前改寫的作品更增添哀傷的氣氛：

　　　　躊躇增愁，言遊舊鄉，惟遇髑髏，在彼路傍。余乃俯仰咤嘆，告於
　　　　昊蒼：「此獨何人，命不永長？身銷原野，骨曝大荒。余將殯子時服，

〔註 63〕　「慕嚴周之適楚，儻託夢以通情」。
〔註 64〕　〔魏〕李康：《髑髏賦》，〔清〕嚴可均輯：《全三國文（下）》卷 43，北京：商務印書館，1999 年，頁 447。
〔註 65〕　公元 266 年，司馬炎篡魏立晉，結束曹魏 46 年歷經 5 帝的政權。
〔註 66〕　向秀曾注過《莊子》，至今已失傳，郭象（252～312）的《莊子注》，據說有大部分抄襲自向秀。
〔註 67〕　〔魏〕呂安：《髑髏賦》，戴明揚校注：《嵇康集校注》，北京：人民文學出版社，1962 年，頁 431。亦見〔魏〕呂安：《髑髏賦》，〔清〕嚴可均輯：《全三國文（下）》卷 53，北京：商務印書館，1999 年，頁 550。

與子嚴裝，殮以棺槨，遷彼幽堂。」

於是髑髏蠢如，精靈感應，若在若無，斐然見形，溫色素膚。〔註68〕

「昔以無良，行違皇乾，來遊此土，天奪我年，令我全膚消滅，白骨連翩，四支摧藏於草莽，孤魂悲悼乎黃泉，生則歸化，明則反昏，格於上下，何物不然。〔註69〕」

余乃感其苦酸，哂其所說，念爾荼毒，形神斷絕，今宅子后土，以爲永列，相與異路，於是便別。上奏元神，下告皇祇。

　　無論是莊子、張衡或曹植的作品，髑髏總是扮演著說「道」的角色，描寫了死亡的美好與安樂；然而，在呂安的筆下，髑髏卻變成一個訴苦的角色：「昔以無良，行違皇乾，來遊此土，天奪我年，令我全膚消滅，白骨連翩，四支摧藏於草莽，孤魂悲悼乎黃泉」，他感傷於自己曝屍荒野，肉體腐化變爲白骨，靈魂在九泉之下徘徊孤苦無依，明顯地表露了「以死爲悲」的思想。後四句「生則歸化，明則反昏，格於上下，何物不然。」傳達的是莊子的「物化」生死觀，與上文的脈絡明顯不同，讓人費解。此外，呂安並未詢問骷髏是否要復活，大概是因爲他認爲死雖然苦，然而生人的世界並不會比死亡更美好，於是直接讓他的骸骨得其所歸，他在賦的前後都提及安葬髑髏之事：「殯子時服，與子嚴裝，殮以棺槨，遷彼幽堂」、「宅子后土，以爲永列」，皆呼應了髑髏滿懷憂傷的自白，而生者憐憫死者飄泊之苦，故安葬之，使他們的靈魂眞正安息；這也說明了死者自身是沒有能力安息的，需要依靠外力——生者的幫忙，才能使他們從痛苦的狀態中抽離，這與莊子「齊生死」的思想有很大的出入。在賦的結尾，呂安「感其苦酸，哂其所說」，他能夠感受髑髏之苦，卻也嘲笑了髑髏的一番話，他笑髑髏已經夠凄慘了，卻還硬要講大道理，〔註70〕那是呂安的灑脫，或者是面對現實與生命最無奈的苦笑呢？我們從呂安的《髑髏賦》可看出改寫重點的轉移：從最初莊子生死觀的闡發到「以死爲悲」的觀點，除了反映了魏晉時期政局詭變混亂，文人的處境更加艱辛，他們對生命抱持著消極悲觀的態度之外，更將張衡祭奠髑髏的行爲，扭轉至徹底的儒家。〔註71〕

〔註68〕孫星衍《續古文苑注》云：「案此下有闕文，無以補之。」

〔註69〕孫氏注云：「以上四句，見《初學記》十四。」

〔註70〕指的是「生則歸化，明則反昏，格於上下，何物不然。」四句。

〔註71〕林鶴宜教授指導。

　　《莊子》〈至樂〉通篇論述的觀點一致，乃在於「至樂無樂」（無樂之樂），重點並非在「樂死惡生」；然張衡《髑髏賦》和曹植《髑髏說》都是單取「髑髏夢」這個寓言做發揮，皆用了最大的篇幅強調「死之樂」，以此襯托出「生之悲」；呂安《髑髏賦》則是明顯的表現了「死之悲」。在原文中，莊子面對髑髏始終未流露出任何強烈的情感，然而，我們可以看到改寫作者面對髑髏前後的不同反應：張衡是從「悵然」到「為之傷涕」，曹植是從「嘆」、「哀」到明白生死之理，呂安是從「俯仰咤嘆」到「感其苦酸」；戲曲、說唱道情的「嘆」骷髏，有可能是受到賦的啟發。值得注意的是，這三個作品，表面上像是闡發莊子的思想，尾聲對髑髏的祭奠埋葬，主要是用來安頓生者因死者所產生的哀傷情感，卻又回歸到了儒家以禮事生死的人倫思想當中。

　　然而，在曹魏後，再無以「髑髏」為題名的賦出現了，「莊子髑髏夢」的改寫出現了一個斷層，不僅是因為賦這個文體到了唐、宋已漸漸衰微，在唐詩中雖然有不少運用白骨意象的詩作，[註72] 但目前所見資料中，卻無直接重寫莊子與髑髏對話的作品。一直到唐代員峴《妄心賦》，才又出現莊子與髑髏的身影：「始吾有形，與憂俱生，形是幻器，憂為妄情。……噫以為生者物之可欽，死者人之可畏，方其髑髏之自得也，不異夫南面之至貴。謂死之為是，生之為非，何存沒之交戰，而彼我之相違。」[註73] 然而，《妄心賦》是一篇闡發莊子思想的作品，只提及莊子和髑髏的典故，卻沒有與髑髏的對話的故事情節。

　　過了近千年，莊子與髑髏的故事才又再度現身——金代趙秉文（1159～1232）《擬蓬賦》。趙秉文是金代晚期的文壇領袖，前後主文壇共三十年之久，史書稱之為「金士巨擘」；他「仕五朝，[註74] 官六卿」（《金史·趙秉文傳》），見證了金朝由盛轉衰的歷程，他積極入世，心繫國家社稷，然而文人生涯迍邅起伏，他曾遭杖責、貶抑之苦，又曾多次上書請命而被拒，面對著蒙古大軍的威脅，金朝日益衰微，卻無法力挽狂瀾，在儒家入世的理想受阻的情況

[註72]　唐代的白骨詩以李白為最，主題可分為「征戰白骨」、「歷史沉蹟」、「人生無常」。蕭麗華：〈髑髏文學：空海和尚的九相詩〉，《東亞漢詩及佛教文化之傳播》，臺北：新文豐，2014 年，頁 90～93。

[註73]　〔唐〕員峴：《妄心賦》，〔清〕董誥等編：《全唐文（全十一冊）》卷 405，北京：中華書局，1983 年，頁 4142。

[註74]　趙秉文前後仕世宗、章宗、衛紹王、宣宗、哀宗五朝。

下，便轉向道家和佛教以尋求心靈的慰藉。〔註75〕

「攓蓬」，也就是撥開蓬草之意，二字是來自於《莊子》〈至樂篇〉「列子行食於道從，見百歲髑髏，攓蓬而指之」的典故，這個寓言也同樣出現在《列子》〈天瑞篇〉，〈天瑞篇〉多了列子前往的地點（「適衛」），以及「弟子百豐」，其餘內容大同小異。〔註76〕《攓蓬賦》可以說是揉合了「莊子髑髏夢」和「列子攓蓬」兩個寓言而成，並將莊子齊物的生死觀與佛教思想融爲一體，這應和當時全眞教盛行，其教義主張儒、釋、道三教合一相關：

> 釋世累而遠遊兮，聊逍遙以徜徉。行乎荼渺之野兮，壓榛蕪之蒼蒼。攓髑髏以睨視兮，嗟游魂之何方？貴賤榮辱杳莫訊兮，奚氏族之能詳？豈結纓齒劍以身殉難兮，將嬰疾之適當？宵正身守道怡宮庭兮，抑貪生徇欲以自戕？

> 以天地爲衾枕兮，豈必厚螻蟻而薄豺狼。上無君長下無臣僕兮，豈必賤奴隸而尊侯王。將蟲臂鼠肝無不可兮，抑一氣頓盡死灰之不揚。萬物皆出入於機兮，其孰爲之主張。聞風仙之高論兮，曰死生之未嘗。噫造化之無窮兮，何大塊之茫茫。千變萬化未始有極兮，如宿債之須償。老栽松而祖忍兮，李探環而姓羊。指後期於圓澤兮，悟前生于邢房。曾易世而不知兮，矧億劫之能量。壓萬世而一遇大聖兮，然後知大夢之何傷。黃帝孔子不可問兮，將質之於玉皇。溢哀風予上征兮，覿金闕而朝寥陽。紅雲翁其嬰音兮，聞天語之琅琅。曰道非有物兮，物物以彰。其上無始兮，其大無旁汩而眞兮，道將汝昌。吾以爲道兮，寄浩劫于延康。聞至言而遂徂兮，蹇予將造乎中黃。仍羽人于丹邱兮，留不死之異鄉。聆古先王之高風兮，屹法海之津梁。促千劫於一念兮，統萬有於毫鋩。涉流沙而經西極兮，尋白毫之相光。曰五蘊非汝宅兮，四大非汝床。毋棄溟渤兮，認一浮囊。觀恒河之不變兮，知見性之不亡。逮皮膚之脫落兮，露法身之堂堂。塵根盡而性空兮，泯知見而無體常。悟形骸之非我兮，中有不化其存者長。惟至人之達觀兮，超宇宙而高驤。以陰陽爲晝夜

〔註75〕 陶子珍：〈泰山北斗斯文權──金代趙秉文詞之情感意涵及創作心態析論〉，《淡江中文學報》第27期，2012年12月，頁91～118。

〔註76〕 「攓蓬」之意，尚能與《莊子》〈逍遙遊〉中所喻惠子「蓬心」做連結，有撥開蓬草，以見其明心之意。

> 分，以死生爲康莊。知身外之有身分，亦忙中之不忙。混牆壁與瓦
> 礫分，遍法界而不藏。於是體妙心元，辭喪慮忘，充以法喜之食，
> 薰以知見之香，散以象外之説，暢以聲前之章。逍遙乎無爲之業，
> 遊戲乎寂滅之場。普天壤以返觀，吾又安知大小之與彭殤也。亂曰，
> 是身虛空以爲量分，堅固不壞如金剛分，孰爲夭壽孰否臧分，翠竹
> 真如非青黃分，枯木龍吟非宮商分，眼如鼻口道乃將分。〔註77〕

《擾蓬賦》大致可以分爲兩個區塊：主體的提問與髑髏的回覆，無〈至樂〉篇當中所敘述的故事情節，沒有復活的提議與拒絕的描寫。作者以第一人稱來書寫，並未說明遇見髑髏之人是誰，髑髏也沒有姓名和身份，然與作者爲一體兩面。從賦體可以看出深受楚辭的影響，作者第一句「釋世累而遠遊兮」即點出「遠遊」之旨，頗與楚辭《遠遊》相呼應：「悲時俗之迫阨兮，願輕舉而遠遊」，皆是爲擺脫現實之累患而開啓遠遊之途，下文中「仍羽人于丹邱兮，留不死之異鄉」亦整句出自於屈原的《遠遊》。〔註78〕屈原在寫作《遠遊》時，大勢已去，他對現實與政治已不抱任何的希望，寧可堅守著自己的理想高潔地死去。趙秉文藉由與屈原的《遠遊》連結，來抒解他對俗世失望的心情。

賦的主體乃在於髑髏的回覆，從「以天地爲衾枕兮」到結束，都是作者藉髑髏之口闡發生死之道，以從浮沉的世俗中求得一己心靈之安定。當中引用大量《莊子》的典故，更將死生如自然的變化而沒有窮盡的物化思想（「萬化而未始有極」〔註79〕）與佛教前世今生的輪迴思想相連結（「宿債之須償」）：

〔註77〕 〔金〕趙秉文：《擾蓬賦》，《閑閑老人釜水文集二十卷，補遺一卷》，上海：商務印書館，1937 年，頁 19～20。《擾蓬賦》的寫作時間待考。

〔註78〕 原文爲：「仍羽人于丹邱兮，留不死之舊鄉」。「溘哀風子上征兮」則出自屈原《離騷》，原文爲「溘埃風余上征」。《遠遊》與《離騷》兩者的思想和創作方法是相同的：「屈子一生坎坷，初仕見疏作《離騷》，繼而見放作《遠遊》。在《離騷》中，還有釋階登天的思想，還希望能訪求得賢材，共輔懷王。但蘭蕙化芳，賢材求不到，乃遠遊崑崙而往見先人發祥之地，但僕悲馬懷，只能想著遠一點的先人舊鄉，最終則是逃隱！而到了《遠遊》，國事已無望，悲憂愁哀以至於想到了死。得仙而上升爲死之歸宿是戰國以來的民間習俗，故遠遊以求王喬也是在見到西土後發僕愁馬懷時的感嘆，也仍不能不思及祖國（此之所以爲愛國詩人）。既不能不死，則當死個「清白」，這也真是忠臣宗子之心了。故《離騷》是中年前後的《遠遊》；而《遠遊》則是垂老將死時的《離騷》。」姜亮夫：《姜亮夫全集（八）楚辭學論文集》，昆明：雲南人民出版社，2002 年，頁 483～484。

〔註79〕 語出《莊子》〈大宗師〉和〈田子方〉。

如唐代禪宗五祖弘忍大師（601～675），前世是栽松的修行者（「老栽松而祖忍兮」）；晉朝羊祜（221～278）前身是李氏之子，識得他上輩子的金環（「李探環而姓羊」）；〔註80〕唐代圓澤禪師轉世爲牧童後，再一次與好友李源相逢。（「指後期於圓澤兮」）〔註81〕……接下來，又回到莊書中「大聖夢」的典故：萬世之後，遇到了的了悟此理的聖人，方知浮浮載載的人生是大夢一場，又有什麼關係呢？（「壓萬世而一遇大聖兮，然後知大夢之何傷。」）繼之，出現了飛上天宮質問玉皇的轉折，〔註82〕琅琅之天語則說出何謂「道」，這裡又與道教、神仙思想相關，而「溘哀風予上征兮」一句出自屈原《離騷》，頗與《莊子》中姑射神人「乘雲氣，御飛龍」（〈逍遙遊〉）的飛天景況相似。

作品中處處可見佛教的思想，如：「宿債」、「億劫」、「千劫一念」、「白毫相光」、「五蘊」、「四大」、「浮囊」、「見性」、「法身」、「塵根」、「性空」、「知見」、「身外有身」、「牆壁瓦礫」、「法界」、「辭喪慮忘」、「法喜」、「寂滅場」、「虛空」、「金剛」等皆爲佛教的典故或專有名詞。賦的尾聲，結於佛教禪宗與道家的思想：「枯木龍吟」〔註83〕典出唐代香嚴智閑禪師（？～898），所謂的「道」是「枯木裡龍吟」，「道中人」則是「髑髏裡眼睛」，作者用「枯木龍吟」的典故又巧妙的回歸到了髑髏身上；「眼如鼻口道乃將兮」乃是出自於《列子》〈皇帝〉篇：「而後眼如耳，耳如鼻，鼻如口，无不同也。心凝形釋，骨肉都融；不覺形之所倚，足之所履，隨風東西，猶木葉幹殼。」也就是說，人的五官漸漸地沒有彼此之分，達到「形如槁木，心若死灰」（〈齊物〉）的境界，與天地自然合而爲一，此時，已與道同在，道就在枯木中、在髑髏裡，充塞在宇宙萬物之間。

從《撄蓬賦》中可得知，莊子和佛教的思想都並存於趙秉文的心中，對他而言，這是一種能夠調和在仕與隱、進與退之間矛盾的一種安定的力量。

此後，以莊子和髑髏爲改寫主題的賦就此沉寂。然而，明代中葉樊鵬（1491～1538）〔註84〕的《乞者賦》，從形式和內容而言，都是對這個主題的摹擬。

〔註80〕「羊祜探環」的典故出自《晉書》34卷〈羊祜傳〉。
〔註81〕見蘇軾〈僧圓澤傳〉。
〔註82〕「質之于玉皇」其實也是作者對現世所發出的不滿和質疑。
〔註83〕「枯木龍吟」意指在一片靜寂聲中能聽到巨大的聲響。滌除一切妄念，到達不死不生的大自在境界。
〔註84〕樊鵬生平：「樊鵬，字南溟，一字少南。正德十一年中鄉舉，嘉靖五年進士，授安州知州，官至陝西按察僉事。著有《樊氏集》（一名《少南集》）。」引自丁三省：〈何景明與明弘正信陽作家群〉，《信陽師範學院學報（哲學社會科學版）》，1991年第3期，頁51。

樊鵬隸屬於弘正時期的信陽作家群之一，政局的變化對他們有著深刻的影響，其詩文均反應了現實社會的情形，具有強烈的憂患意識及愛國情操。〔註85〕樊鵬的《乞者賦》寫作時間不明，與先前改寫作品最大的差別在於由「髑髏」轉變為「乞者」，「復活」變為「入仕」的提議：〔註86〕

> 樊子昔遊西秦，至於太原，南過連雲，北阻岢嵐，東登華嶽，西陟臯蘭，千里三宿，百里一餐，晝弗安坐，夜或不眠，用是罷倦，攬轡東旋。時維霜飈嚴肅，萬物凋殘，至於洛陽之野，周道之邊，見一乞者，枕塊而眠，不如懸鶉百結，不完帽，不蔽頂，履下則穿，繫瓢於腰，橫杖於肩，霜露侵體，草壤相連。

> 樊子惻然憫之，呼而問曰：「今聖人在上，雨順風和，百穀用成，品庶繁多，庸曰：斗麥酒食委錯，人人獲所，禽鳥不羅，子丈夫也，獨何行乞而苦如是乎？」

> 乞者乃伸肱延頸，舉頭張目，若不聞也者，而答曰：「吾乞者也，大夫貴客，何得下問之？」

> 樊子曰：「吾欲命於有司，責之閭長，加女冠履，製女衣裳，授女田宅，歸女妻房，止供賦役，不為獲藏，子欲之乎？」

> 乞者曰：「嘻嘻，大夫所言，何其德也。人生太虛，百年寄客，役智勞形，均可哀惜，故黃鵠高舉，良驥羈的，麋鹿遠害，牸牛祀禰。堯舜誠愚，巢許信知，周孔以虛，莊老則實，自然合道，禮法牽制，嗟彼眾庶，惟日匇匇，身應百役，心有萬營，呴喻喔咿，常若悸驚，精氣耗竭，魂夢沸騰，富貴貧賤，異類齊名，垂老不寤，乃殞厥生。今我方視宮室為囹圄，冠蓋為樊籠，妻子為債負，禮樂為嚴刑，將以宇宙為室，日月為燈，大地為蓆，玄天為屏，清風為食，甘露為羹，一身有餘，萬事為輕，無所繫累，喜樂雍雍，時遊廛市，取醉不醒，所餘盡棄，用之不窮，不知其辱，不知其榮，不知其死，不

〔註85〕明代弘治（1488～1505）年間，孝宗勵精圖治，革除敝政，政局尚為清平穩定，史稱「弘治中興」；然而至正德（1506～1521）一朝，武宗「耽樂嬉游，暱近群小」（《明史・武宗本紀》），朝政日益衰敗。丁三省：〈何景明與明弘正信陽作家群〉，《信陽師範學院學報（哲學社會科學版）》，1991年第3期，頁50～57。

〔註86〕或者說樊鵬在重寫時，直接把「髑髏夢」與莊子垂釣於濮水拒絕出仕的寓言做了一連結。

—86—

知其生，雖南面之樂，視猶病疵，方哀眾庶之癡拙，咸莫望吾之高隆，大夫乃反欲汙我高潔，卑我垣墉，非有仇怨，何至苦楚而相仍？」於是樊子瞿然加慚，惘然自失，傷今昔之所為，遂為之長嘆而趨去。〔註87〕

　　從賦的結構、用字遣詞與場景的安排，能直接看出《乞者賦》深受張衡《髑髏賦》的影響，以下試舉幾例說明：從開頭即可得知，「張平子將遊目於九野……南遊赤岸，北陟幽鄉。西經昧谷，東極扶桑」與「樊子昔遊西秦，至於太原，南過連雲，北阻岢嵐，東登華嶽，西陟皋蘭」，兩者同樣以「遊」為起始，並且歷經南北東西四個方位；此外，故事發生的時間都是深秋，在於「季秋之辰」與「時維霜颸嚴肅」，而其他的作品並未描繪出確切的時間；在兩者筆下，髑髏與乞者出現的形象頗有相似之處，「顧見髑髏，委於路旁。下居淤壤，上負玄霜。」「周道之邊，見一乞者……，霜露侵體，草壤相連。」；賦的主體皆在於莊子復活／樊子為官的提議之後，由髑髏／乞者所回覆的部分，基本上仍是道家生死觀的闡揚，所謂的「死之樂」，在樊鵬的筆下演變為「乞者之樂」：「將以宇宙為室，日月為燈，大地為蓆，玄天為屏，清風為食，甘露為羹……不知其辱，不知其榮，不知其死，不知其生，雖南面之樂，視猶病疵。」髑髏和乞丐一虛一實，一死一生，然而，兩者有著共通點，他們同樣是道家思想的代言者，同樣是相對於俗世的存在，一無所有，卻也擁有了全世界。魯亮提出：「髑髏文學向乞丐文學的演變過程，正體現了道家思想在傳播中的流變。」〔註88〕宣傳形式的改變，也或多或少地影響了所承載的內容意涵，將原本帶有奇幻色彩的故事，更趨近現實人生。〔註89〕

　　值得讓人深究的是，樊子在詢問乞者時，特別強調了當今盛世的清平：「今聖人在上，雨順風和，百穀用成，品庶繁多，庸曰：斗麥酒食委錯，人人獲所，禽鳥不羅，子丈夫也，獨何行乞而苦如是乎？」既然聖君在朝，國泰民安，又豈會在路旁見到「懸鶉百結」的乞者呢？這是否是樊鵬的反諷，反諷

〔註87〕〔明〕樊鵬：《乞者賦》，〔清〕黃宗羲編：《明文海》卷37，北京：中華書局，1987年，頁273。

〔註88〕魯亮：〈生為附贅縣疣　死為決肬潰癰——從髑髏作品的流變看道家的生死觀〉，《蒙自師範高等專科學校學報》第3卷第3期，2001年6月，頁26。

〔註89〕其不同之處尚有：面對亡者骨骸，在中國傳統的禮俗的影響之下，少不了為之祭奠，如張衡《髑髏賦》、曹植《髑髏說》、呂安《髑髏賦》，面對乞者，則沒有這個問題。

當局者不知民間疾苦的眞實寫照？明代中葉雖不似戰國、三國時期戰火連天，白骨遍地，然而，民生凋敝，貧富不均的社會現況，以及現實世界所帶來無窮盡地累患疲役，也在《乞者賦》當中間接地反應出來。

東漢張衡《髑髏賦》首先確立了「髑髏」和「文人」之間的連繫，到了漢末三國，政局從統一到分裂，儒家的價值體系日漸崩解，文人的心靈也被時代的巨變所割傷，內在產生極大的衝擊與矛盾，如曹植《髑髏說》、呂安《髑髏賦》等，都是這個時期創作的作品，「髑髏作爲文學的意象，不僅只是生死之說，更是文士們此時精神困境的生動再現。」〔註90〕魏晉之後，以莊子和髑髏改寫的作品，漸漸不受到文人的青睞，沉寂了很長一段時間，直到金代趙秉文的《擽蓬賦》才重見天日，然而當中揉雜了大量的佛教思想，形式內容也與先前的作品有較大的差異；到了明代中葉樊鵬的《乞者賦》，將髑髏的角色替換爲乞者，更具有現實的精神，爲這系列改寫的文人賦畫下了句點，「髑髏賦」就此銷聲匿跡。上述這些作品雖是對「莊子髑髏夢」主題的摹寫，皆不同程度的表達了莊子的生死觀，然而，作品中的儒家思想卻始終如影隨形。

二、間接影響：無名祭文的書寫──生者對死者單向的傾訴

莊子與髑髏的對話發展到後來，還間接地影響了中國古代無名祭文的書寫。人們假設「死後有知」，透過喪葬儀式，跨越了生死的界線，再度將離開的死者與人間連繫起來，祭文便是一種生者對死者最終訴說的文體。〔註91〕王人恩先生在《古代祭文精華》的前言中，對祭文做了以下的定義：「所謂祭文，即指以散文（包括駢賦）形式出現的告祭死者或天地山川等神祇時所誦讀的文章。我們所說的祭文，主要就祭人者而言，它略等於現代的悼詞……在一定意義上講，祭文是一種至情至性的藝術作品，情之所鍾，莫過於此。」〔註92〕祭文不僅是對於死者的不捨與思念，更是人探索生命價值和宣洩自我

〔註90〕 宋圓圓：〈漢魏髑髏賦所反映的士人心態〉，《內蒙古農業大學學報（社會科學版）》2011年第6期（第13卷總第60期），頁293。

〔註91〕 譚學純：《人與人的對話》，合肥：安徽教育出版社，2000年，頁175。

〔註92〕 王人恩：《古代祭文精華》，蘭州：甘肅教育出版社，1993年，頁2～3。「祭文與墓誌不同，墓誌屬以記述死者的生平、贊頌死者的功業德行爲主，且多爲請人代筆之作；而祭文則偏重於對死者的追悼哀痛，且是作者爲亡親故友所作，雖也追記生平、稱頌死者，但感情色彩比較濃厚。」褚斌杰：《中國古代文體概論（增訂本）》，北京：北京大學出版社，1990年，頁415。

情感的一種抒情作品。中國古代祭文歷史悠久，早在南朝梁昭明太子蕭統（501
～531）所編纂的《文選》中，即專設有「祭文」一類，〔註93〕底下收錄三篇
作品，當中包括了謝惠連（407～433）《祭古塚文》。〔註94〕

　　謝惠連（407～433）為南朝宋人，謝靈運（385～433）之族弟。謝惠連
一生仕途不甚順遂，在父喪期間，因贈詩於男寵杜德靈，為世人所非議，進
仕之路就此受阻。然宋文帝惜才，謝惠連於元嘉七年（430）又出仕為劉義康
（409～451）的法曹參軍。然而，過了三年，謝惠連即殞落，年僅27歲，結
束他短暫的一生。就在謝惠連任職法軍參軍這年，劉義康修城時挖到了一座
古塚，命謝惠連作祭文，以贊誦劉義康改葬古塚之功德，此為《祭古塚文》
之由來。〔註95〕謝惠連《祭古塚文》與一般的祭文不同，所祭的對象並不是
有姓名身份的人，而是無名之古塚，在歷代的祭文當中獨樹一格，開啟了「祭
奠無名古塚」的先河，〔註96〕其敬薦古塚之辭，深受莊子與髑髏對話的影響，
將其二棺改葬，更與中國古代的「移其棺」、「徙其骨」的「掩骴」〔註97〕信
仰密不可分。《祭古塚文》全文如下：

> 東府掘城北塹，入丈餘，得古冢，上無封域，不用塼甓。以木為槨，
> 中有二棺，正方，兩頭無和。明器之屬，材瓦銅漆，有數十種。多
> 異形，不可盡識。刻木為人，長三尺，可有二十餘頭，初開見，悉
> 是人形，以物根撥之，應手灰滅。棺上有五銖錢百餘枚，水中有甘
> 蔗節及梅李核瓜瓣，皆浮出不甚爛壞。銘誌不存，世代不可得而知
> 也。公命城者改埋於東岡，祭之以豚酒。既不知其名字遠近，故假
> 為之號曰冥漠君云爾。

〔註93〕《文選》是中國最早的詩文總集，收入周代至六朝的文學作品。《文選》除了
　　　　設有「祭文」一類外，還設有性質相似的「吊文」、「誄」、「哀」。「吊文」：偏
　　　　重祭吊古人、古跡之作；「誄」：有定「謚」的功能，累記人一生的功過德行，
　　　　通常為身分顯赫之人，先秦之祭文大體稱「誄」；「哀」：多用於夭逝者、意外
　　　　死者。
〔註94〕另外兩篇為：顏延之（384～456）《祭屈原文》、王僧達（423～458）《祭顏光
　　　　祿文》。
〔註95〕謝惠連之生平參見《宋書‧謝惠連傳》（附於《謝方明傳》後）、《南史‧謝惠
　　　　連傳》。《祭古塚文》寫作背景，出自《宋書‧謝惠連傳》：「是時義康治東府
　　　　城，城塹中得古塚，為之改葬，使惠連為祭文，留信待成，其文甚美。」
〔註96〕王人恩：〈試論謝惠連的《祭古塚文》〉，《龍岩學院學報》第25卷第5期，2007
　　　　年10月，頁11。對後來作品的影響詳見下文。
〔註97〕參見本論文第二章第三節第二小節〈筆記小說中的骷髏身影〉中的「掩骴」
　　　　部分。

元嘉七年九月十四日，司徒御屬領直兵令史、統作城錄事、臨漳令亭侯朱林，具豚醪之祭，敬薦冥漠君之靈：

忝摠徒旅，板築是司。窮泉爲塹，聚壤成基。一槨既啓，雙棺在茲。捨畚悽愴，縱鍤漣而。鬽靈已毀，塗車既摧。几筵糜腐，俎豆傾低。盤或梅李，盎或醢醓。蔗傳餘節，瓜表遺犀。

追惟夫子，生自何代？曜質幾年？潛靈幾載？爲壽爲夭？寧顯寧晦？銘誌湮滅，姓字不傳。今誰子後？曩誰子先？功名美惡，如何蔑然？

百堵皆作，十仞斯齊。壙不可轉，塹不可迴。黃腸既毀，便房已頹。循題興念，撫俑增哀。射聲垂仁，廣漢流渥。祠骸府阿，掩骼城曲。仰羨古風，爲君改卜。輪移北隍，窀穸東麓。壙即新營，棺仍舊木。合葬非古，周公所存。敬遵昔義，還祔雙魂。酒以兩壺，牲以特豚。幽靈髣髴，歆我犧樽。嗚呼哀哉！〔註98〕

《祭古塚文》主要由序言及正文兩個部分所組成，序言由散文書寫，交代了事情發生的過程，包含了塚中無名的二棺，與其陪葬物品。因不知是何人之塚，故假托爲「冥漠君」。正文則是由四言的句式構成，〔註99〕先是再次敘述了古塚與棺槨之事，接著展開一連串對「冥漠君」的疑問：「追惟夫子，生自何代？曜質幾年？潛靈幾載？爲壽爲夭？寧顯寧晦？銘誌湮滅，姓字不傳。今誰子後？曩誰子先？功名美惡，如何蔑然？」《祭古塚文》雖爲祭文，然而「銘志不存」，最多只能從古塚與棺槨、陪葬物的形式，推測出此塚中二人的身份地位不凡，〔註100〕作者只能用問句來取代他對死者的無知。這一串的提問，讓人有似曾相識之感，豈不是跟〈至樂篇〉中，莊子詢問無名髑髏「爲何淪落至此」〔註101〕有相通之處？到了東漢張衡《髑髏賦》，更將問句改

〔註98〕 〔南朝宋〕謝惠連：《祭古塚文》，〔梁〕蕭統編，〔唐〕李善等注：《六臣注文選（全三冊）》卷60，北京：中華書局，1987年，頁1122~1124。

〔註99〕 王人恩：〈試論謝惠連的《祭古塚文》〉，《龍岩學院學報》第25卷第5期，2007年10月，頁11。

〔註100〕 從古代的墓葬中，可看到中國古代「死後如生」的觀點，人們相信死爲生的延續，因此將生前所需用品攜至死後的世界，死者生前的社會地位也將延續至死後。康韻梅：《中國古代死亡觀之探究》，臺北：國立臺灣大學出版委員會，國立臺灣大學中國文學研究所博士論文，1994年，頁128~130。

〔註101〕 《莊子》〈至樂〉：「夫子貪生失理，而爲此乎？將子有亡國之事，斧鉞之誅，而爲此乎？將子有不善之行，愧遺父母妻子之醜，而爲此乎？將子有凍餒之患，而爲此乎？將子之春秋故及此乎？」

變為「你是誰？」：「子將幷糧推命，以夭逝乎？本喪此土，流遷來乎？爲是上智，爲是下愚？爲是女人，爲是丈夫？」〔註102〕這些都出自一連串對無名骸骨的複雜心理：對無名死者的不安、恐懼、疑惑、憐憫、同理。在莊子與髑髏的寓言中，髑髏回應了莊子的提問，並對他曉以生死之理，張衡更進一步發揮，原來他遇到的髑髏就是莊周。謝惠連將死者命名爲「冥漠君」，有了名字，似乎才能與死者更加親近；但是，「冥漠君」三字卻已暗示著死者是隸屬於另一個黑暗空曠的未知世界，與生人形同陌路。祭文與莊子髑髏寓言最大不同處在於，祭文乃是生者單方面的訴說，我們對於死者的回應，又有什麼期待呢？《祭古塚文》中的兩位無名死者，對於這些探問，沉默無語，無寧說他們對生者的世界一點興趣也沒有，而爲他們舉行的喪葬祭儀，只是生者一廂情願的想法，他們實際上一點都不在乎，死者，終歸遠離了人世。〔註103〕

　　然而，正文第三段，作者又回歸到祭奠儀式當中，祭儀雖對死者而言毫不相干，但對生人而言，卻具有某種程度的意義存在。張衡《髑髏賦》是首先將祭奠儀式帶入敘事中的作品，後來的曹植的《髑髏說》與呂安《髑髏賦》都沿襲了這一點。謝惠連則運用東漢曹褒、陳寵的典故：「射聲垂仁，廣漢流渥。」來歌誦劉義康改葬無名古塚的善行。〔註104〕在這個命題作文當中，或許多少寄託了他對政治生涯的期望。

　　從問題的內容、最後回歸祭奠儀式的書寫來看，《祭古塚文》應受到莊子〈至樂〉篇「髑髏夢」原文與其改寫作品——張衡《髑髏賦》、曹植《髑髏說》

〔註102〕 曹植《髑髏說》又將問題回歸到「爲何淪落至此」上面：「子將結纓首劍殉國君乎？將被堅執銳斃三軍乎？將嬰茲固疾命隕傾乎？將壽終數極歸幽冥乎？」

〔註103〕 〔美〕宇文所安著，鄭學勤譯：〈骨骸〉，《追憶：中國古典文學中的往事再現》，頁43～47。

〔註104〕 「射聲垂仁」典出《後漢書・曹褒傳》：「褒在射聲營舍，有停棺不葬者百餘所。褒親自履行，問其意，故吏對曰：『此等多是建武以來絕無後者，不得埋掩。』褒乃愴然，爲買空地，悉葬其無主者，設祭以祀之。」「廣漢流渥」出於《後漢書・陳寵傳》：「（寵）後轉廣漢太守。……先是，洛縣城南每陰雨常有哭聲聞於府中，積數十年。寵聞而疑其故，使吏案行。還言：『世亂亂時，此下多死亡者，而骸骨不得葬，儻在於是。』寵愴然矜嘆，即勅縣盡收斂葬之，自是哭聲遂絕。」類同筆記小說「掩骴」之記載。王人恩：〈試論謝惠連的《祭古塚文》〉，《龍岩學院學報》第25卷第5期，2007年10月，頁11。

之影響。〔註105〕此外，明代張溥（1602～1641）評曰：「謝法曹集，文字頗少，惟祭古塚文簡而有意。曹子建伏軾而問髑髏，辭不逮也。」〔註106〕當中除了對《祭古塚文》的稱許外，亦顯示和《髑髏說》之間的關連性。尾聲之「幽靈髣髴，歆我犧樽。」明顯與呂康《髑髏賦》中僅存的兩句「幽靈髣髴，忽有人形。」〔註107〕有類同之處。然最大的不同處在於，莊子／張平子／曹子與髑髏的對話是建立在虛幻的空間之上，屬於個人自發性的書寫；《祭古塚文》則立足於現實，是官方的命題作文，其中對古塚的描寫如同考古文獻般精確細緻，從這些陪葬物的殘骸反映出，所有生前的功名地位、富貴榮華，終將灰飛湮滅。由此可知，兩者雖一虛一實，然而都蘊含著對生命深刻的探索和反思。

後代無名古塚的祭文深受謝惠連《祭古塚文》之影響，如南朝梁任孝恭（？～548）《祭雜墳文》，唐代薛稷（649～713）《唐杳冥君銘》、陳子昂（661～702）《窅冥君古墳記銘序》，以及北宋蘇軾（1037～1101）《祭古塚文》，皆在敘事手法和內容都有相同之處。〔註108〕蘇軾以其雄渾的文采，對無名古塚身份的疑問推展到了極致。蘇軾《祭古塚文》全文如下：

> 閏十二月三日，予之田客，築室於所居之東南，發一大塚，適及其頂，遽命掩之，而祭之以文，曰：

> 茫乎忽乎，寂乎寥乎，子大夫之靈也。子豈位冠一時，功逮宇內，福慶被于子孫，膏澤流于萬世，春秋逝盡而託物於斯乎？意者潛光隱耀，卻千駟而不顧，祿萬鍾而不受，巖居而水隱，雲臥而風乘，忘身徇義而遺骨於斯乎？豈吾固嘗誦子之詩書，慕子之風烈，而不知其謂誰歟？子之英靈精爽，與周公、呂望遊於豐、鎬之間乎？抑其與巢由、伯夷相從於首陽、箕潁之上乎？磚何爲而華乎？壙何爲

〔註105〕 孫玉珠亦提及謝惠連《祭古塚文》受莊子〈至樂〉中「莊子問髑髏」一節與張衡《髑髏賦》、曹植《髑髏說》的啟發。孫玉珠：《謝惠連研究》，山東：山東大學中國古典文獻學碩士學位論文，2010 年，頁 64～65。

〔註106〕 〔明〕張溥著，殷孟倫注：《漢魏六朝百三家集題辭注》，北京：中華書局，2007 年，頁 232。

〔註107〕 呂康《髑髏賦》兩句，僅存於《文選》謝惠連《祭古塚文》注。

〔註108〕 唐代薛稷（649～713）《唐杳冥君銘》、陳子昂（661～702）《窅冥君古墳記銘序》當中的「杳冥君」和「窅冥君」，明顯受到謝惠連《祭古塚文》「冥漠名」的影響。王人恩：〈試論謝惠連的《祭古塚文》〉，《龍岩學院學報》第25卷第5期，2007 年 10 月，頁 11～13。

而大乎？地何爲而勝乎？子非隱者也，子之富貴，不獨美其生，而
又有以榮其死也。子之功烈，必有石以誌其下，而余莫之敢取也。
昔子之姻親族黨，節春秋，悼霜露，雲動影從，享祀乎其下。今也，
僕夫樵人，誅茅鑿土，結廬乎其上。昔何盛而今何衰乎？吾將徙吾
之宮，避子之舍，豈惟力之不能，獨將何以勝夫必然之理乎？安知
百歲之後，吾之宮不復爲他人之墓乎？今夫一歲之運，陰陽之變，
天地盈虛，日星殞食，山川崩竭，萬物生死，欻吸飄忽，若雷奔電
掣，不須臾留也，而子大夫，獨能遺骨於其間，而又惡夫人之居者
乎？嗟彼此之一時，邈相望於山河。子爲土偶，固已歸於土矣。余
爲木偶漂漂者，未知其如何。魂而有知，爲余媿阿。〔註109〕

蘇軾的《祭古塚文》一樣有序言和正文。序言簡略地交代其佃戶在住所
處東南建造房屋時，挖到一座古塚，才挖到頂端，蘇軾便馬上命人重新掩埋，
並寫下祭奠古塚的文章。這與謝惠連《祭古塚文》中發塚時的情形有很大的
差異：官方當時正挖掘護城河，意外發現古塚，古塚的位置與防禦用的護城
河產生了衝突，在這個狀況之下，改葬古塚勢在必行；然而，蘇軾決定讓古
塚留在原地，甚者，還打算將自己的住所遷離，（「吾將徙吾之宮，避子之舍」），
讓死者在地底安眠。正因爲「適及其頂，遽命掩之」，蘇軾文中並沒有任何對
古塚內部的描寫，因此，正文在謝惠連《祭古塚文》的基礎上，又用更多的
問題來抒發他對死者的疑問和感嘆，其文筆縱橫、跌宕動人：「茫乎忽乎，寂
乎寥乎，子大夫之靈也。子豈位冠一時，功逮宇內，福慶被于子孫，膏澤流
于萬世，春秋逝盡而託物於斯乎？……磚何爲而華乎？壙何爲而大乎？地何
爲而勝乎？」一開頭「茫乎忽乎」出自《莊子》〈至樂〉篇「芒乎芴乎，而無
從出乎！」，首先拋出了古塚之靈是從何而來的問題。接著，他開始推敲死者
的身份，是功名顯赫之人，或者是一個避世的隱者等等，又從古塚佔地頗大，
墓磚華貴判斷出：〔註110〕「子非隱者也，子之富貴，不獨美其生，而又有以
榮其死也。」這裡確定了死者身份的尊貴。然而，世事變幻無常，往日的繁
華尊榮也隨著人的逝去而隱沒，作者對於世間的興衰變化有著深深的感慨
（「昔何盛而今何衰乎？」）。文章最後，除了表現了莊子的思想之外（「萬物

〔註109〕　〔宋〕蘇軾：《祭古塚文》，孔凡禮點校：《蘇軾文集（全六冊）》卷63，北京：
　　　　　中華書局，1986年，頁1962～1963。
〔註110〕　「磚何爲而華乎？壙何爲而大乎？地何爲而勝乎？」這是唯一對古塚的描寫。

生死，欻吸飄忽，若雷奔電掣，不須臾留也」），又將自身的情感投射於死者身上：「安知百歲之後，吾之宮不復爲他人之墓乎？」，蘇軾認知到生命總是不斷地交替遞嬗著，百年之後，自己的居所也會消失，而變爲他人之墳；「子爲土偶，固已歸於土矣。余爲木偶漂漂者，未知其如何。」他更用「土偶」比喻爲死者，「土偶」爲陪葬用的人俑，已安然地回歸於土中；而用「木偶」自比，「木偶」即爲傀儡，以比喻自己殘存於世，卻身不由己的生活，至今，仍茫茫然地飄泊於天地之間，不知走向何方。〔註 111〕當中流露出對自身遭遇的感傷之情。王人恩評論：「蘇文在祭悼古塚的同時，又加進了自己的身世之感，悼人而自悼的成分充沛而濃郁，文學的因子大大增強，這是蘇文的發展創新。」〔註 112〕《祭古塚文》寫作時間不詳，然蘇軾自比爲「木偶漂漂」，有可能是在蘇軾流放異地時寫成的。

除了《祭古塚文》之外，蘇軾尙有二篇爲無名枯骨而寫的祭文，分別爲《徐州祭枯骨文》〔註 113〕與《惠州祭枯骨文》〔註 114〕，這兩篇祭文，也與謝惠連《祭古塚文》和莊子髑髏寓言有著隱然的關聯性。這兩篇祭文，應是在徙於徐州和貶謫至惠州期間所作，很明顯的是受朝廷命令安葬無名枯骨而寫下的文章，其目的是讓這些無名的死者得到安息。

祭「枯骨」文和祭「古塚」文有本質上的不同：祭「枯骨」文，所祭者屬爲戰亂離散之人；祭「古塚」文，多爲身分地位顯赫之人。此外，無論是祭「枯骨」文或祭「古塚」文，多半站在官方的立場，呈現了「官」與「民」的關係；莊子髑髏寓言和其改寫作品，則較注重「自身」與「死者」的關係。

〔註 111〕 有關「土偶／俑」和「木偶／傀儡」之間的關聯性，可參見康保成：〈補説——兼説「髑髏」、「傀儡」及其與佛教的關係〉，《學術研究》2003 年第 11 期，頁 127～129。

〔註 112〕 王人恩：〈試論謝惠連的《祭古塚文》〉，《龍岩學院學報》第 25 卷第 5 期，2007 年 10 月，頁 13。

〔註 113〕 「嗟爾亡者，昔惟何人。兵耶、氓耶？誰其子孫。雖不可知，孰非吾民。暴骨纍纍，見之酸辛。爲卜廣宅，陶穴寬溫。相從歸安，各反其眞。」〔宋〕蘇軾：《祭古塚文》，孔凡禮點校：《蘇軾文集（全六冊）》卷 63，北京：中華書局，1986 年，頁 1962。

〔註 114〕 「爾等暴骨于野，莫知何年。非兵則民，皆吾赤子。恭惟朝廷法令，有掩骼之文；監司舉行，無吝財之意。是用一新此宅，永安厥居。所恨犬豕傷殘，螻蟻穿穴。但爲聚冢，罕致全軀。幸離居而靡爭，義同兄弟；或解脱而無戀，超生人天。」〔宋〕蘇軾：《祭古塚文》，孔凡禮點校：《蘇軾文集（全六冊）》卷 63，北京：中華書局，1986 年，頁 1961。

然而，蘇軾《祭古塚文》將己身的遭遇和自我的情感與祭文融為一體，在形式和內容上別開生面，令人讀之動容。值得一提的是，「蘇軾這一生並未退隱，也從未真正『歸田』，但他通過詩文所表達出來的那種人生空寞之感，卻比前人任何口頭上或事實上的『退隱』、『歸田』、『遁世』要更深刻更沉重。」〔註115〕從中可看出蘇軾在進仕和退隱之間所產生巨大的矛盾與衝突。

歷代祭祀無名死者的祭文不多，明代尚有王守仁（1472～1529）《瘞旅文》。瘞，指的是埋葬之意，然而，與上述的祭文不同，所祭者並非是年代久遠的遺骸，而是作者曾親眼所見之人；《瘞旅文》即為埋葬無名旅者的祭文。在武宗正德元年（1506），王守仁因反對宦官劉瑾專權，受廷杖四十，被貶於貴州龍場驛丞，〔註116〕而在這個轉折之下，成就了他人生最關鍵的時刻——「龍場悟道」。《瘞旅文》便是他來到龍場第三年所做之文，時年38歲：

> 維正德四年秋月三日，有吏目云自京來者，不知其名氏。攜一子一僕，將之任，過龍場，投宿土苗家。予從籬落間望見之，陰雨昏黑，欲就問訊北來事，不果。明早，遣人覘之，已行矣。薄午，有人自蜈蚣坡來云：「一老人死坡下，傍兩人哭之哀。」予曰：「此必吏目死矣。傷哉！」薄暮，復有人來云：「坡下死者二人，傍一人坐哭。」詢其狀，則其子又死矣。明早，復有人來云：「見坡下積屍三焉。」則其僕又死矣。嗚呼傷哉！

> 念其暴骨無主，將二童子持畚鍤往瘞之，二童子有難色然。予曰：「噫！吾與爾猶彼也！」二童憫然涕下，請往。就其傍山麓為三坎，埋之。又以只雞、飯三盂，嗟吁涕洟而告之曰：

> 嗚呼傷哉！繄何人？繄何人？吾龍場驛丞餘姚王守仁也。吾與爾皆中土之產，吾不知爾郡邑，爾烏為乎來為茲山之鬼乎？古者重去其鄉，遊宦不逾千里。吾以竄逐而來此，宜也。爾亦何辜乎？聞爾官吏目耳，俸不能五斗，爾率妻子躬耕可有也，烏為乎以五斗而易爾七尺之軀？又不足，而益以爾子與僕乎？嗚呼傷哉！爾誠戀茲五斗而來，則宜欣然就道，烏為乎吾昨望見爾容蹙然，蓋不勝其憂者？

〔註115〕李澤厚：《美的歷程》，桂林：廣西師範大學出版社，2000年，頁215。

〔註116〕《明史》卷195：「正德元年冬，劉瑾逮南京給事中御史戴銑等二十餘人。守仁抗章救，瑾怒，廷杖四十，謫貴州龍場驛丞。龍場萬山叢薄，苗、僚雜居。守仁因俗化導，夷人喜，相率伐木為屋，以棲守仁。」

夫衝冒霧露，扳援崖壁，行萬峰之頂，饑渴勞頓，筋骨疲憊，而又瘴癘侵其外，憂鬱攻其中，其能以無死乎？吾固知爾之必死，然不謂若是其速；又不謂爾子爾僕亦遽然奄忽也！皆爾自取，謂之何哉！吾念爾三骨之無依而來瘞耳，乃使吾有無窮之愴也。嗚呼傷哉！縱不爾瘞，幽崖之狐成群，陰壑之虺如車輪，亦必能葬爾於腹，不致久暴爾。爾既已無知，然吾何能爲心乎？自吾去父母鄉國而來此三年矣，歷瘴毒而苟能自全，以吾未嘗一日之戚戚也；今悲傷若此，是吾爲爾者重，而自爲者輕也，吾不宜復爲爾悲矣。吾爲爾歌，爾聽之！

歌曰：連峰際天兮飛鳥不通，遊子懷鄉兮莫知西東。莫知西東兮維天則同，異域殊方兮環海之中。達觀隨寓兮奚必予宮，魂兮魂兮無悲以恫！

又歌以慰之曰：與爾皆鄉土之離兮，蠻之人言語不相知兮，性命不可期！吾苟死於茲兮，率爾子僕來從予兮！吾與爾遨以嬉兮！驂紫彪而乘文螭兮，登望故鄉而噓唏兮！吾苟獲生歸兮，爾子爾僕尚爾隨兮！無以無侶悲兮。道旁之塚累累兮，多中土之流離兮，相與呼嘯而徘徊兮。餐風飲露，無爾饑兮！朝友麋鹿，暮猿與棲兮。爾安爾居兮，無爲厲於茲墟兮！〔註117〕

《瘞旅文》可分爲散文和韻文兩個部分。散文的部分說明了寫作此文的動機以及祭奠無名屍骸的情形：作者被謫貶至人生地不熟、語言不相通的貴州龍場，聞知有位來自京城的吏目，帶著兒子和僕人將要上任。王守仁人身在異鄉，知有同鄉前來，便對吏目多增添了分親切感，本欲向他詢問北方之事，但因「陰雨昏黑」而作罷，他對吏目的認識只不過是透過籬笆縫的匆匆一瞥（「予從籬落間望見之」），連姓名都不曉得。不幸的是，吏目與其子、其僕三人在兩天內相繼死亡，他永遠錯過與吏目建立關係的機會。

王守仁帶著二個童子前往埋葬，感嘆著：「噫！吾與爾猶彼也！」並爲之愴然涕下，他對吏目頗有「同是天涯淪落人」之感，認爲自己可能同吏目一

〔註117〕 〔明〕王守仁：《瘞旅文》，收入王人恩：《古代祭文精華》，蘭州：甘肅教育出版社，1993 年，頁 293～302。《瘞旅文》亦收錄於《古文觀止》，參見〔明〕王守仁：《瘞旅文》，〔清〕吳楚材、吳調侯選：《古文觀止》，北京：中華書局，1959 年，頁 556～559。

樣，再也回不到中原，落得客死異鄉，曝屍荒野的下場。〔註 118〕吏目的姓名及其來歷均不詳，王守仁便用了長篇問句的形式以祭告之，這與前述祭告無名死者祭文使用了相同的手法。文中連用了九個問句：「嗚呼傷哉！繄何人？繄何人？……爾既已無知，然吾何能爲心乎？」在此，王守仁反而責備起死者來了，他認爲死者爲了五斗之俸的小官客死異鄉，甚至賠上了兒子、僕人之命，這樣的結果自己造成的。（「皆爾自取」）在他急於撇情的背後，其實也呈現了內心的不安與歉疚：如果他與吏目見上一面，結局是否會有不同？接著，他又怪起死者來，這三年來，他在險惡的環境之下，不曾憂傷度日，因此能保全自身；然而，如今卻爲了吏目三人之死而悲傷不已。（「吾爲爾重，而自爲者輕也。」）作者本想藉著與死者對話，與死者建立一種關係（或者說是彌補他的錯失），然而，死者並不領情，對死者而言，這些都與他無關，他就此長眠、沉默。若是如此，作者爲死者的悲痛又算什麼呢？我們明白，生人對死者有著複雜的情感，一方面因死亡的事實而更害怕失去，一方面更怨懟死者對於生命的背離。因此，作者利用了一連串的問句來抒發他對死者的情緒。〔註 119〕而後，作者明白，他不應該繼續沉浸在憂傷中（「吾不宜復爲爾悲矣」），試圖超脫生命的無奈，從另外一個角度展開與死者的對話，爲死者高歌，此爲後半段韻文的部分。

後半段韻文包括兩個段落，第一段主旨在於「達觀隨寓兮奚必予宮」，表示了達觀之人隨寓而安的豁達心態，正如同蘇軾所言「此心安處是吾鄉」，追求心靈之獨立自主，不因外在事物的變化而受影響。第二段與前一段不同，在句式的結構上，「兮」字從句中移到了句尾，有加快速度的感覺，更能宣洩作者之情感。〔註 120〕王守仁處於語言不通的偏遠異鄉，環境險惡，最感慨的乃爲「性命不可期」：若死於此，則與吏目三人共同遨遊，一起登高眺望故鄉；若得回歸中土，吏目尚有其子僕相隨相伴，不至於孤單無依。更且，道旁有流離之魂相陪，「餐風飲露」更不會挨餓，朝暮與麋鹿猿猴棲息生活，這是一

〔註 118〕林雲銘說明：「掩骼埋胔，原是仁人之事，然其情未必悲哀若此。此因有同病相憐之意，未知將來自己必歸中土與否，觸景傷情，雖悲吏目卻是自悲也。」（《古文析義》卷十六）

〔註 119〕〔美〕宇文所安著，鄭學勤譯：〈骨骸〉，《追憶：中國古典文學中的往事再現》，北京：生活‧讀書‧新知三聯書店，2014 年，頁 51～54。

〔註 120〕〔明〕王守仁：《瘞旅文》，收入王人恩：《古代祭文精華》，蘭州：甘肅教育出版社，1993 年，頁 302。

個多麼熱鬧而生氣勃勃的死亡世界啊。〔註121〕這可說是作者含淚而引吭高歌之辭。最後，又從欣欣向榮的死亡世界回歸於現實，願死者安息，不要作祟於世間：「爾安爾居兮，無為厲於茲墟兮！」從文中可以看出，王守仁雖為死者與己身遭遇感到悲傷，然心中念茲在茲的，乃是生者——即在龍場生活的老百姓。

無名祭文受莊子髑髏夢寓言影響，在於莊子詢問髑髏「為何淪落至此」的一連串問句，起源於與死者對話的衝動，然而，死者無語，其實都是藉由對話來折射出自我訴說的欲望。也因為有後世讀者的存在，作者對無名死者的話語，不致於落得如此孤冷清淒了。

南朝宋謝惠連的《祭古塚文》開啟了祭祀無名死者的先河，其中對死者的探問，可以看到莊子髑髏夢寓言以及其改寫作品的痕跡；然而，髑髏在此皆回應了生人，並闡揚了其生死觀，祭文則是生者單方的訴說，死者已遠離世間，並未有任何回應。無名祭文的書寫多與官方連結，其中心主旨，除了告慰死者之魂之外，最後關注的重點仍是生者，在祭奠儀式的背後，願死者能安息，不危害於世間。此外，雖無「髑髏」現身說法，然當中所表達的內涵，歸結起來，皆與其文人生涯密不可分，多是在困頓的狀態下，面對現實人生的真實寫照。

第三節 文人對「髑髏夢」之重寫（二）：以晚明戲曲為例

在賦的重寫中，文人以「髑髏」這個符號，做為己身之喻。在戲曲當中，亦有不少對「莊子髑髏夢」的重寫，「髑髏」的形象，卻與前者截然不同，然而，也都與文人的創作思想和所處的背景息息相關。在戲曲中，已由「髑髏」發展為「骷髏」，不再與文人自身連結，通常只是做為度化的一種工具，反映了文人想從神仙道化思想中得到安慰和解脫的傾向。

歷代有不少莊子戲曲，有的直接從莊書中取材，有的只是附會為莊子故事的創作。〔註122〕元代因科舉廢弛，文人進仕無望，被迫流向社會底層，為

〔註121〕 林雲銘指出：「及轉出歌來，仍以己之或死或歸兩意生發，詞似曠遠，而意實悲愴，所謂長歌可以當哭也。」（《古文析義》卷十六）
〔註122〕 徐扶明：〈崑劇《蝴蝶夢》的來龍去脈〉，《崑劇史論新探》，臺北：國家出版社，2010年，頁363。

了生存，不得不致身於勾欄，從事雜劇的創作。明初寧獻王朱權著《太和正音譜》，始分雜劇爲十二科，將「神仙道化」、「隱居樂道」劇列爲其首，〔註123〕可見在元雜劇中占有重要的地位，其內容多與道教的內容相關，文人現實之途受挫，轉而向宗教求仙或是隱逸生活尋求慰藉，而搬演悟道歸仙過程的戲曲，也稱爲「度脫劇」。莊子被道教視爲神仙，以及中國隱者之代表人物，很自然便成爲元雜劇創作的素材，如《老莊周一枕蝴蝶夢》，便是以莊子爲主題的雜劇，然內容不離度脫模式，與《莊子》原文內容沒有太大的關連。到了明代，統治者雖對戲曲有所抑制，然對於「神仙道扮」類的戲曲則不在此禁限當中，〔註124〕反而有所鼓勵，有關神仙道化的雜劇仍很流行。〔註125〕晚明戲曲興盛，也產生了一系列的莊子戲曲，並在雜劇和傳奇的領域都有所開展，這些作品，一方面較接近莊子的思想，也內含了劇作家的情感和寄託。

而莊子戲曲主要又分爲兩個路線：「蝴蝶夢」與「髑髏夢」。然而，莊書中共有二百多個寓言，爲何戲曲創作者卻獨獨對莊子的夢〔註126〕情有獨鍾？「蝴蝶夢」衍伸出人生飄忽似幻的感慨，早就受到歷代創作者的注意，「髑髏夢」更是滿滿的「生人之累」、「人間之勞」，劇作家在時代的變動之下，從中擷取並放大了其中消極悲觀的元素，因而選擇「蝴蝶夢」和「髑髏夢」當創作的題材，以抒發個人之情志。〔註127〕由此可見，「寓言」、「戲曲」、「夢」三者產生了緊密的連繫，戲曲偏好從莊夢中取材，便不足爲奇了。

〔註123〕 雜劇十二科：一、神仙道化，二、隱居樂道，三、披袍秉笏，四、忠臣烈士，五、孝義廉節，六、叱奸罵讒，七、逐臣孤子，八、鏺刀趕棒，九、風花雪月，十、悲歡離合，十一、煙花粉底，十二、神頭鬼面。〔明〕朱權：《太和正音譜》，《中國古典戲曲論著集成（三）》，北京：中國戲劇出版社，1959年，頁24。

〔註124〕 《大明律》：「凡樂人搬做雜劇戲文，不許妝扮歷代帝王后妃、忠臣烈士先聖先賢神像，違者杖一百；官民之家，容令妝扮者與同罪；其神仙道扮及義夫節婦、孝子順孫勸人爲善者，不在禁限。」出自《大明律》〈講解〉卷二十六《刑律殺犯》，王利器輯錄：《元明清三代禁毀小說戲曲史料（增訂本）》，上海：上海古籍出版社，1981年，頁11。

〔註125〕 有關莊子戲曲的脈絡，整理自沈惠如：〈論戲曲題材的「再創造」──以莊周戲曲爲例〉，《現代戲曲編劇舉例探討》，臺北：東吳大學中國文學系博士論文，2005年，頁149～153。

〔註126〕 指的是莊子「本人」做的夢，而非僅是莊書裡的夢。

〔註127〕 徐扶明：〈崑劇《蝴蝶夢》的來龍去脈〉，《崑劇史論新探》，臺北：國家出版社，2010年，頁360～361。

　　「蝴蝶夢」的作品包含範圍較廣，除了有專以夢蝶爲主軸的戲曲〔註128〕，也有由多個《莊子》寓言組合而成的傳奇，其中有「蝴蝶夢」、「嘆骷」、「鼓盆而歌」等，此外，這些傳奇多半受話本《莊子休鼓盆成大道》所影響，從「鼓盆歌」衍伸到後來的「試妻」，已漸漸脫離了《莊子》文本，充滿了世俗的色彩；換言之，「髑髏夢」的內容，只做爲傳奇情節的一環，包涵在名爲《蝴蝶夢》的傳奇裡，如謝弘儀、陳一球、綴白裘本《蝴蝶夢》。而單純以「髑髏夢」做爲改編的作品，大都將重寫的焦點放在「嘆骷髏」的部分，同時受到民間、宗教、說唱道情流傳等的影響，而逐漸走出了自己獨有的生命。〔註129〕

　　本節主要討論的材料以文人創作的雜劇和傳奇爲主，除了比較「髑髏夢」的改寫與原文本的異同外，同時也著重在文人創作時的思想和主體精神的反映，在此選擇王應遴（？～1644）《逍遙遊》雜劇、謝弘儀（約 1573～1647以後）《蝴蝶夢》傳奇、陳一球（1601～1654）《蝴蝶夢》傳奇做爲代表，這三個文本皆爲晚明時期的創作，創作的時間相當接近，〔註130〕作品皆以「度脫」的內容爲主題，《逍遙遊》是莊子度人，兩個《蝴蝶夢》則是結合了被度及度人；此外，這些作品皆反應了當時社會的現況。值得讓人注意的是，三個作者爲同時期之人，他們面對明王朝的覆亡卻採取了不同的行動，王應遴殉節而死，謝弘儀歸降仕清，陳一球則選擇退隱山林。而「髑髏夢」在他們的作品中究竟占有怎麼樣的位置？和他們身爲文人的選擇是否有隱然的關係？

一、王應遴《逍遙遊》雜劇：戲劇性情節與三教合一思想

　　《逍遙遊》〔註131〕，明天啓間原刻本標名爲《衍莊新調》，從名稱「新調」二字和劇末下場詩「漫將舊譜翻新調」〔註132〕推論，《逍遙遊》應有所本，

〔註128〕 如元雜劇史九敬先的《老莊周一枕蝴蝶夢》，即是以夢蝶爲主要題材的作品，內容多爲作者自創，並非取材自《莊子》。
〔註129〕 詳見本論文第四章〈集體的髑髏夢：宗教與世俗的「莊子嘆骷髏」〉。
〔註130〕 王應遴《逍遙遊》雜劇寫於天啓六年（1626）秋；謝弘儀《蝴蝶夢》寫作時間大約落於天啓六年至崇禎四年（1626～1631）；陳一球《蝴蝶夢》大約作於天啓五年至崇禎六年（1625～1633）。
〔註131〕 〔明〕王應遴：《逍遙游》，收入〔明〕沈泰輯：《盛明雜劇》2 集，《續修四庫全書》1765 冊集部戲劇類，上海：上海古籍，2002 年，據民國十四年董氏誦芬室刻本影印，頁 265～275。
〔註132〕 四句下場詩爲：「偶向蒙城勒去聰，夢回蝴蝶曉窗紅。漫將舊譜翻新調，實理休嗤是撮空！」

然所本爲何？明代冶城老人有《衍莊》雜劇，因此，一般學者認爲《逍遙遊》（《衍莊新調》）是在《衍莊》之後重寫新編的作品，故而名爲「新調」。〔註133〕但《衍莊》雜劇今已佚，故無法比較兩者的異同，然從《劇品》對《衍莊》的評價中可見，「長嘆數調」所指的應是指「嘆髑髏」的部分，而「雲來道人」，指的即是王應遴，可知二者皆取材自「莊子髑髏夢」。〔註134〕然而，王宣標則持不同的看法，他主張《逍遙遊》是受到說唱道情的影響，並非來自《衍莊》，根據《王應遴雜集》《自題衍莊新調》：「散步街衢，得舜逸山人《骷髏嘆》寓目焉。訝然曰：莊之爲莊，全在變化神奇，不可端倪，願爲是銖銖之稱，寸寸之度耶？因就肩輿中腹稿，盡竄全文，獨摛新調。……今子衍莊乎？抑莊衍子乎？……」，舜逸山人即爲杜蕙，《骷髏嘆》指的是道情《莊子嘆骷髏南北詞曲》，可知王應遴創作《逍遙遊》是在道情《嘆骷髏》的基礎上敷演新調的。〔註135〕

本劇內容描述莊周帶著道童到淮安府鹽城縣，要度化夙有仙緣卻「名」根纏身的縣尹梁棟。在途中，道童欲打破骷髏以取得其口中之含錢，莊周見道童「利」慾薰心，決定要做個伎倆來點撥他，於是命道童將骷髏的骸骨依生人之形排列，再用枯楊三枝補足肋骨，從葫蘆中取出一丸仙丹置於骷髏齒縫中，向他噴水，骷髏便立即復活。骷髏復活後，口中含錢掉出，道童馬上撿錢，骷髏則搶走他的雨傘包裹，大喊有賊，兩人扭打成一團，梁縣尹恰巧路過，便將一行人帶回衙中升堂審問（圖九）。骷髏一口咬定莊周和道童是強盜，莊周見他忘恩負義，又向骷髏噴水，將他再度打回一具骷髏。梁棟見此則悟道，更趁機點化了道童，末了，莊周向他們闡釋「名利」之義，更從中領會了生死之道，原來一切又回歸儒釋道「三教合一」之途（圖十）。

本劇由末開場，以一闋【西江月】說明創作思想和主旨，接著，又以四句詩說明劇情大要：

> 何事無中生有，無端實裡談空。栩栩蝴蝶入花叢，攪醒邯鄲一夢。
>
> 生死關頭逐逐，利名窠內憧憧。誰能片雪墮爐紅？試看逍遙撮弄！

〔註133〕如曾永義《明雜劇概論》、徐子方《明雜劇研究》、傅惜華《明代雜劇全目》中都持此說。

〔註134〕祁彪佳將《衍莊》評爲能品：「長嘆數調，於生死關頭，幾於勘透矣。而脫離之道安在，當問之雲來道人。」〔明〕祁彪佳：《遠山堂劇品》，《中國古典戲曲論著集成（六）》，北京：中國戲劇出版社，1959年，頁185。

〔註135〕王宣標：〈明王應遴原刻本《衍庄新調》雜劇考〉，《文化遺產》2012年第4期，頁33～37。

小道童挖含錢惹禍，刁骷髏奪包傘成空。

梁縣尹撥利名楔子，莊周子透生死關中。

可知其劇名「逍遙遊」三字意在勘破「名利」與「生死」，從俗世的夢中醒來，就此了悟超脫。本劇不分齣，大致分為三個段落，由越調引子【浪淘沙】10 支、商調【黃鶯兒】4 支以及北般涉【耍孩兒】帶 7 支煞曲組合而成。〔註136〕

在「髑髏夢」原文中，夢中莊子與骷髏的對話，是最具魔幻色彩的部分，然而，「入夢」的元素，在「髑髏夢」改編戲曲當中漸漸被淡化，已鮮少出現。〔註137〕在《逍遙遊》雜劇中，骷髏未曾見夢，〔註138〕取而代之的，乃是「骷髏復活」的情節，此為王應遴改編的關鍵點。「骷髏復活」情節在明代「嘆骷髏」模式作品中已見：呂景儒《莊子嘆骷髏》散套，以及無名氏《皮囊記》散齣《周莊子嘆骷骸》、杜蕙《莊子嘆骷髏南北詞曲》道情。〔註139〕「骷髏復活」究竟來源為何？衣若芬為認為，骷髏起死回生，吸收了佛教「放焰口」、道教「嘆骷髏」的科儀的影響。〔註140〕除了宗教的因素外，有可能是受到六朝的志怪小說的啟發，如《列異傳》〈談生〉、《搜神後記》〈李仲文女〉、〈徐玄方女〉中皆有死者復活的故事，湯顯祖《牡丹亭》中杜麗娘死而復活的情節，便是受到志怪小說的影響。〔註141〕而「還陽重生的傳說，也就是另一種意義上的招魂。」〔註142〕伊維德則提出，「骷髏復活」的情節可能來自於「老

〔註136〕曾永義：《明雜劇概論》，臺北：學海出版社，1979 年，頁 375。

〔註137〕以明清的傳奇為例，目前尚在明代謝國《蝴蝶夢》第 11 齣〈夢疑〉和綴白裘版《蝴蝶夢》第 1 齣〈嘆骷〉中可見，算是較接近原始「髑髏夢」的改寫，而其餘作品多省略了「入夢」的情節。

〔註138〕《逍遙遊》雜劇此處所提到的「夢」（包含「蝶夢」），都是用來比喻現實人生如夢似幻，乃虛假不實，而真實之境在於悟道超脫，如：「邯鄲一夢」、「夢醒黃粱」、「喚醒他三更沉睡夢」、「戀戀火宅，何異夢中」、「官職恍如春夢」、「財主恍如春夢」、「無常一到都成夢」、「可敲得醒你這些糊塗夢麼」。

〔註139〕可參照本論文第四章第二節第三小節〈溢出《莊子》外的情節：「度脫」與「復活」〉。

〔註140〕衣若芬：〈骷髏幻戲——中國文學與圖象中的生命意識〉，《中國文哲研究集刊》第 26 期，2005 年 3 月，頁 89。

〔註141〕《牡丹亭記題詞》：「傳杜太守事者，彷彿晉武都守李仲文，廣州守馮孝將兒女事，予稍為更而演之。至於杜守收拷柳生，亦如漢睢陽王收拷談生也。」陳多、葉長海選著：《中國歷代劇論選注》，長沙市：湖南文藝出版社，1987年，頁 144。然當中只有〈徐玄方女〉復活成功，前二者都以失敗收場。

〔註142〕盧潤祥、沈偉麟主編：《歷代志怪大觀》，上海：三聯書店，1996 年，頁 129。

子和徐甲」傳說。〔註143〕這個傳說，見於宋代《太平廣記》〈神仙一〉〈老子〉：

> 老子有客徐甲，少賃於老子，約日雇百錢，計欠甲七百二十萬錢。甲見老子出關遊（明鈔本「遊」作「遠」。）行，速索償不可得，乃倩人作辭，詣關令，以言老子。而為作辭者，亦不知甲已隨老子二百餘年矣。唯計甲所應得直之多，許以女嫁甲。甲見女美，尤喜，遂通辭於尹喜。得辭大驚，乃見老子。老子問甲曰：「汝久應死，吾昔賃汝，為官卑家貧，無有使役，故以《太玄清生符》與汝，所以至今日。汝何以言吾？吾語汝到安息國，固當以黃金計直還汝，汝何以不能忍？」乃使甲張口向地，其太玄真符立出於地，丹書文字如新，甲成一聚枯骨矣。喜知老子神人，能復使甲生，乃為甲叩頭請命，乞為老子出錢還之。老子復以太玄符投之，甲立更生。喜即以錢二百萬與甲，遣之而去。並執弟子之禮，具以長生之事授喜。喜又請教誡，老子語之五千言，喜退而書之，名曰《道德經》焉。
> 〔註144〕

徐甲傳說對比當中有「骷髏復活」情節的「髑髏夢」文本，故事內容多有重覆之處，但人物已由老子變成莊子，尹喜變成梁縣主，而復活後的骷髏都有名字，還陽後卻忘恩負義，又向復活他的人索錢，甚至告官，之後骷髏又從人被變回一堆白骨，縣令見到骷髏的形變而悟道。兩者情節雷同應不僅僅只是巧合，而是有其承繼的關係。〔註145〕可知王應遴《逍遙遊》的改編並非憑空而來。

〔註143〕〔荷〕伊維德：〈繪畫和舞臺中的髑髏和骷髏〉，張廣保編，宋學立譯：《多重視野下的西方全真教研究》，濟南：齊魯書社，2013 年，頁 583。此外，杜穎陶在〈莊周的故事〉一文（《華北日報・俗文學周刊》第 46、47 期）中提及杜蕙《莊子嘆骷髏南北詞曲》一書，認為這個故事是據《神仙傳》中老子一事變化而來。轉引自全婉澄：〈日本藏稀見明刊道情《莊子嘆骷髏》考述〉，《曲藝》2013 年第 5 期，頁 20。

〔註144〕〔宋〕李昉等編：《太平廣記》神仙一，北京：中華書局，1986 年，頁 1～4。此傳說又見於《閭山徐真人記》，徐甲再一次復活後，潛心修道，老子度化他成為神仙。

〔註145〕而傳說與之不同處在於，徐甲一開始被老子復活後，便受雇於他，而徐甲向老子要的，是他辛苦兩百年應得的「工錢」，此外，還出現一位替徐甲寫狀子的人，知道徐甲索回工錢後會成為富翁，一心要將女兒嫁給他。最後，還多了尹喜為徐甲求情，並替老子償債，徐甲又再一次復活離去的情節。

試看《逍遙遊》雜劇中「骷髏復活」的過程：

> （生）我看這道童利心沉錮，如病入膏肓。不免做伎倆喚轉他。……
> 道童，你可將骷髏的骸骨，照生人排將起來。……（丑排骨介）師
> 父，少了肋骨三根。……（生）這怎麼處？（仰看介）有處了！將
> 這枯楊折三枝湊成罷。（做折湊成介）道童，你可把道袍脫下，將這
> 骷髏蓋了。……（丑）師父，還有一件，要說得過。這骷髏若活了，
> 他定開口，開口時，這含錢必然跌落！這一文須還是我的！……（生）
> 休得胡說！且待我將葫蘆中仙丹取一丸來，從他齒縫中插將進
> 去。……你且往溪中取一瓢水來與我。（丑取水介）（生持水盂介）

**【浪淘沙】【前腔】設法顯神通，為化愚蒙。略施伎倆奪天功，頃刻
還魂非是哄**，試看他舊日形容。

「骷髏復活」的過程基本上是根據杜蕙《莊子嘆骷髏南北詞曲》道情的
敘事而來：「排列骸骨」、「枯楊三枝」、「道袍」、「仙丹」、「噴水」，而「祝告」
的部分用【浪淘沙】唱詞呈現，中間穿插了道童的插科打諢，比前三個文本
更加豐富活潑。此外，骷髏在劇中由淨扮演，其形象相當生動立體，他有名
字以及身份——武貞，福建商人；他復活後反誣陷復活他的莊子為強盜，因
此，又再度被打回原形，此為骷髏在舞台上的第二次形變：莊子向武貞噴水，
武貞又再度變為「零零白骨」、「枯楊三段」。骷髏變為人，最後又變為骷髏，
在表演上應該相當具有可看性，這都加強了《逍遙遊》的戲劇效果。在此，
可看出這一連串「嘆骷髏」作品到《逍遙遊》改寫重心的轉移——從「嘆骷
髏」為主的抒情曲詞，漸漸到戲劇性的情節發展。

《逍遙遊》雜劇的主旨在於「度化」，而「骷髏復活」推動了「度脫」的
過程。在劇中所度之人包括了道童和縣尹梁棟，此二人個性鮮明，為劇情增
色不少。早在明代無名氏《皮囊記》散齣《周莊子嘆骷骸》中，已出現「梁
縣主」，然僅在最後簡單的交代他棄職求道的內容，其重點都在「嘆骷髏」曲
詞的發揮上；道情《莊子嘆骷髏南北詞曲》亦增加了道童和梁棟，上卷以「嘆
骷髏」為核心，下卷則是「骷髏復活」後的度脫情節，已較《周莊子嘆骷骸》
的內容豐富許多；而《逍遙遊》承繼《莊子嘆骷髏南北詞曲》的故事架構，
在劇作家重新「衍莊」之下，道童和梁棟的角色更加立體，劇作家更藉由他
們的口中諷刺了明代社會與政治的現實景況。此兩人皆為晚明社會的縮影，
道童為貪「利」之代表，梁棟則為戀「名」之代表。

首先，「道童」這個角色由丑所扮，他在劇中時不時地吐槽莊子，一再強調他師父「一味撮空」，他說的話，看似無稽，實則又蘊含了許多道理。道童一出場，就以一段精彩的念白，調侃了莊子的身份，並質疑和諷刺了他的寓言與思想：

> 偏我造化低，做了莊周子的盛價。他既沒有威權富貴，又不做士農商工。且無論光景寂寞，只是這家道實欠從容。吃的是黃齏淡飯，那曾見臘醉糟烘。穿的是破衣衲襖。那曾見段匹裁縫？這到也罷了。身子全無著落，口中一味撮空。口還是風，筆卻是蹤。幾曾見五十隻牛做的釣餌？幾曾見三隻腳的雞公？幾曾見蔭庇千里的樹？幾曾見翼若泰山的鵬？幾曾見五十一歲不聞道的孔子？幾曾見五個月會說話的孩童？幾曾見長於蛇的烏龜？白于雪的黑狗？又幾曾見燒不熱的火？能與蛇兩個講話的風？那裡捱經傍註？真個有影無蹤。後來那這些文人才子、秀才相公，偷得他幾句殘言剩語，一嵌嵌在那文字之中。便道筆力遒勁，稱他是詞匠文宗。咳！不知教盡了世間多少人荒唐為志，又不知變盡了普天下多少人狂誕成風。

從一連串「幾曾見」的疑問開始，便用了許多《莊子》中的典故，[註146] 雖然是用懷疑嘲諷的方式，但這些典故實際上都不離《莊子》文本，若非劇作家對莊書有深入的理解，自然無法將這些典故不著痕跡地融入念白中。

莊周前往淮安府鹽城縣，為的是要度化梁棟，然而在道童眼中，認為他師父是要去「打抽豐」[註147]，連度化梁棟的計畫也被他調侃一陣。接著，骷髏的出場也相當有意思，過去的作品，都是莊子看到曝屍荒野的骷髏，自然地發出對骷髏的慨嘆和疑問，而《逍遙遊》中的骷髏，則是由道童背著骷髏，遮遮掩掩地出場，而原本大段「莊子嘆骷髏」的曲詞則被刪除了。[註148] 骷髏新穎的出場方式，更成功的引起觀者的注意：

〔註146〕 方勇將出自《莊子》的典故整理如下：「任公子為大鉤巨緇，五十犗以為餌」（〈外物〉）、「雞三足」（〈天下〉）、「南伯子綦遊乎商之丘，見大木焉有異，結駟千乘，隱將芘其所藾。」（〈人間世〉）、「有鳥焉，其名為鵬，背若泰山，翼若垂天之雲」（〈逍遙遊〉）、「孔子行年五十有一而不聞道」（〈天運〉）、「子生五月而能言」（同上）、「龜長於蛇」（〈天下〉）、「白狗黑」（同上）、「火不熱」（同上）、「蛇謂風曰」（〈秋水〉）、「風曰」（同上）等。參見方勇：《莊子學史》第二冊，北京：人民出版社，2008年，頁711。

〔註147〕 「打抽豐」，又稱「打秋風」，指的是依靠關係而謀取利益。

〔註148〕 劇末，王應遴向我們交待他這樣處理的原因，詳見下文。

（丑背將衣袂裏骷髏介）（生回頭看見，奪驚問介）這是什麼東西？

（丑不與看介）（生）莫不是那園裡偷來的西瓜麼？（丑搖頭介）（生）
你這小廝！決定是市店中偷來的豬頭了！（丑又搖頭介）（生奪取，
看見骷髏驚介）呀！原來是個骷髏。你這小廝，骯髒的取他來何用？

（丑扳骷髏口與看介）師父！你不看見他口中含著一個銅錢。我如
今要挖他出來。（丑取石塊，欲打碎介）（生喝止介）小廝！你要這
一文錢何用？（丑）師父，銅錢說要他何用！天地間那一件東西，
好得他過？古往今來，自天子以至於庶人，壹是皆以銅錢為本。有
本有利，那一個不要他？且無論活人，便是死去的鬼，便是做了神
道，也是要他的。……我如今償挖了這一文錢，送與他的子孫，豈
不歡喜我！

透過莊子和道童一往一來的問答，增添了喜劇效果及諷刺性，這都是《逍遙
游》雜劇所獨有的情節。此外，道童欲打碎骷髏，以取得骷髏口中含錢的行
為，以及他一番對金錢的論述中，〔註149〕更襯托出他見錢眼開，嗜財如命的
性格。《逍遙遊》中道童「碎骨取錢」的情節應有所本，往上回溯，應與「髑
髏夢」原文裡「撽以馬捶」，以及道情《莊子嘆骷髏南北詞曲》中，牧童鞭打
骷髏和「一棒打開天靈蓋，要取青文錢二文」的情節相關。另外，「碎骨取錢」
有可能受到《莊子》〈外物〉篇的寓言影響：

儒以詩禮發冢。大儒臚傳曰：「東方作矣！事之何若？」小儒曰：「未
解裙襦，口中有珠。」「詩固有之曰：『青青之麥，生於陵陂。生不
布施，死何含珠為？』接其鬢，壓其顪，儒以金椎控其頤，徐別其
頰，無傷口中珠！」〔註150〕

寓言中的儒者口說詩禮，實則盜墓，這與〈胠篋〉篇中假仁義盜天下的諸侯
並無二致；而劇中的道童，與用「詩禮發塚」的儒者相同，都是用冠冕堂皇
的話來合理化自己的行為。〔註151〕

〔註149〕 當中道童的金錢觀乃是自《莊子嘆骷髏南北詞曲》的牧童口中改寫而來。
〔註150〕 《莊子》〈外物〉，陳鼓應注譯：《莊子今注今譯》，北京：中華書局，2013年，
頁 755～757。而屍體含珠的葬禮，具有再生的意義。康韻梅：《中國古代死
亡觀之探究》，臺北：國立臺灣大學出版委員會，國立臺灣大學中國文學研究
所博士論文，1994年，頁 140。
〔註151〕 「碎骨取錢」的情節並未廣泛流傳，目前京劇《敲骨求金》還可以看到，應
是受到《逍遙遊》雜劇的影響。

　　梁棟，是《逍遙遊》雜劇當中推動情節發展的一個關鍵人物，莊子的目的就是要度化他，因此才會來到淮安府鹽城縣，才會遇到骷髏，才有骷髏復活、梁棟升堂審案之事。然而，梁棟的形象有所不同，他在《莊子嘆骷髏南北詞曲》當中是一個「居官清正」的好官，莊子度化他的原因是他「自幼好道，久訪明師」，屬於自發性的求道之心；而在《逍遙遊》當中，梁棟則是一個不折不扣的貪官，莊子點化他則只是因爲他「夙世是仙宗」，梁棟在此是被動的。〔註152〕

　　梁棟在劇中由小生所扮，他出場即言：「我想做官的妙訣，只要獲上，何必治民。只要圖赫赫之名，何必爲悶悶之政。」透過梁棟之口，可看出官場的腐敗和陋習，只求討好上位者，而不必勤政治民；只求爲官的「虛名」，而不重其實。升堂後，梁棟想的不是如何公正的斷案，而是想要把握這千古難得之「奇政」，希望能從中撈些好處：「本縣這一宗案卷，莫說是三年未有的奇政，便是千古來普天下也是罕見罕聞的！快哉快哉！本縣考滿，得此一段，不怕科道不在我手中了！」以上的描述，應與劇作家的親身經歷有關，他藉由梁棟之口反映了晚明官場的現實。〔註153〕

　　而王應遴是如何重新塑造莊子的形象呢？莊周由生扮，並穿道服自報家門，〔註154〕當中運用了許多出自《莊子》的典故，如「威王幣聘」、「蝶夢醒來」、「自鼓盆」等，分別出自〈秋水〉、〈齊物論〉、〈至樂〉，這都是戲曲作品經常取材的典故。〔註155〕而其身世背景：「姓莊名周，表字子休，道號南華眞

〔註152〕王宣標：〈明王應遴原刻本《衍庄新調》雜劇考〉，《文化遺產》2012 年第 4 期，頁 37。

〔註153〕呂蓓蓓：《莊周夢蝶之戲曲研究》，臺北：中國文化大學中文研究所碩士論文，1996 年，頁 36。

〔註154〕原文爲：「威王幣聘枉臨門，蝶夢醒來自鼓盆。勘破利名如幻泡，《南華》著就百千言。自家姓莊名周，表字子休，道號南華眞人。本貫睢陽蒙城人氏。裔出楚莊，以謚爲氏。身爲楚吏，職司漆園。慨嘆世情，逍遙物外。目今春秋之後，世道陵夷。七雄啓疆，功利相尚。因崇有而大盜，飾禮訓奸；緣主法以爲邪，任智速亂。哀哉純素不體，惜矣玄珠頓亡！遂致堯舜之德無所行，甚且孔孟之說無所用。貧道心懷憤嫉，勸化無由，因而著就《南華》，寓言有意。奈人皆以異端黜我，然我不以同流望人。不知我言雖反經，陰實衛正。惡流之濁，故澄其源。譬之入山適河，均之期於抵越，亦如鳥頭鐘乳。總之只要病瘥。咳！世間人百病纏身，最難醫是名利兩字。」

〔註155〕出於莊子的典故，尚有「崇有而大盜，飾禮訓奸」、「逍遙物外」、「純素不體」、「玄珠頓亡」，分別出自《莊子》〈胠篋〉、〈逍遙遊〉、〈刻意〉、〈天地〉。以上資料出自方勇：《莊子學史》第二冊，北京：人民出版社，2008 年，頁 712。

人。本貫睢陽蒙城人氏。裔出楚莊，以諡爲氏。身爲楚吏，職司漆園。」〔註156〕
顯然受到《莊子嘆骷髏南北詞曲》道情的影響：「姓莊名周，字子休，道號南
華眞人，世稱莊子先生，乃楚莊王之後，以諡爲氏，本貫睢陽蒙縣人也，自
幼學問淵源，曾爲漆園吏。」從《王應遴雜集》《凡例八則》可見其承襲的動
機：「是編所用姓名，籍貫，并原載世所刊行本中，明知杜撰架空，乃倚壁靠
牆，非此無以措手，不得不仍之耳。」〔註157〕方勇認爲：「《逍遙遊》雜劇在
這裡對莊子的闡釋已表現出了較爲明顯的儒學化傾向。」〔註158〕如「心懷憤
嫉，勸化無由」，「言雖反經，陰實衛正」等等，接著，又論及「名利」乃是
世人最難醫之病，可看出莊子度世的動機是相當積極的。以上，皆與儒家欲
撥亂反正以匡時弊的救世情操雷同，這不僅是劇中莊子的心聲，同時也洩露
出劇作家內心的理想和抱負。

　　此外，在散套、散齣、道情中占有大篇幅的「莊子嘆骷髏」卻在《逍遙
遊》雜劇中缺席了，究竟是爲何呢？王應遴在此透過莊子之口給了我們答案：

> 骷髏生業男女，世本嘆骷髏的都已說盡了。若論他的究竟，適才奪
> 包裹雨傘的事，是我要點化你二人做出來的伎倆。若論這骷髏，生
> 前是爲善的，此時定生天去了。是爲惡的，此時定在地獄中受苦！
> 我那裡知道他。

也就是說，這些世本的「嘆骷髏」已將所有關於骷髏的提問、感嘆都道盡，
便不再重覆，更何況，這一切都是莊子有意爲之的「伎倆」，目的是「點化」
道童和梁棟二人，而骷髏生前的身份背景，是好人是壞人，其實不是那麼重
要了。因此，在《逍遙遊》中，看不到長篇的「嘆骷髏」，取而代之的則是「名
利之義」與「三教合一」之理，從原來對死者（骷髏）說的話，轉爲向生人
闡發的義理，而這些內容與「嘆骷髏」系列作品〔註159〕一樣，所用的曲牌皆
爲【耍孩兒】。從莊周出場時向道童強調「漁鼓簡板」的功用來看，可看出王

〔註156〕「姓莊名周」、「本貫睢陽蒙城」、「職司漆園」，皆是本於司馬遷《史記》中的
　　　　記載：「莊子者，蒙人也，名周。周嘗爲蒙漆園吏。」方勇：《莊子學史》第
　　　　二冊，北京：人民出版社，2008 年，頁 712。
〔註157〕王宣標：〈明王應遴原刻本《衍莊新調》雜劇考〉，《文化遺產》2012 年第 4
　　　　期，頁 35。
〔註158〕方勇：《莊子學史》第二冊，北京：人民出版社，2008 年，頁 712。
〔註159〕「嘆骷髏」系列作品，包含了前所述之明代散套、散齣、明清道情。

應遴對道情的來歷有深入的了解，更對其感化人心的功能相當的推崇，〔註160〕因之，作者用【耍孩兒】帶七支煞曲來發揮這段論述，可見作者對它的重視。《劇論》中所言：「而脫離之道安在，當問之雲來道人。」〔註161〕此段話爲對《衍莊》的評論，雲來道人指的是王應遴，此處所言的「脫離之道」，便是脫離「生死關頭」、「利名窠內」的方法，也就是劇末以【耍孩兒】曲牌所演唱「三教合一」的思想內容。

「三教合一」是指儒、釋、道三者之融合，從莊了自報家門中，便可見其「儒學化」之傾向。而佛法明顯出現在兩處：其一，梁棟見武貞又變回骷髏，乃從中悟道：「我想人爲骷髏、骷髏爲人、人又復爲骷髏。生死輪迴，只在轉盼。《楞嚴經》人羊之說，信不我欺！我想人生在世，何殊石火電光？碌碌浮名，眞如蝸角！戀戀火宅，何異夢中？」莊子的物化生死思想，在此被詮釋爲佛教的生死輪迴觀了。其二，莊子在道童的提問中了悟佛法：

> （作沉思頓足介）是了是了！我省得了。長生不若無生。此是佛教
> 超於道教。欲免輪迴，須了生死。修持有法，解脫有門。若論捷徑，
> 無如專持名號。一念皈依，求生淨土。是於生死海中，撈個津筏，
> 並將名利分外拋卻荃蹄矣！……咳！我只爲勸化你們，所以做這個
> 骷髏的伎倆。只爲究竟你們，所以指這個淨土的路頭。釋道雖分二
> 途，與儒門總歸一理。但做心性工夫，三教豈分同異？

由此可見，莊子不僅度人，也自度。他從原本道裝上場，到儒學化的傾向，更進一步悟得佛法，最後又貫通三教之理，可知莊子的形象與前文本有很大的不同，他不再只是一個道家的哲人，或是道教的宣揚者，儼然成爲了「三教合一」的代言人，他所了悟的生死之理，與「髑髏夢」中髑髏所闡發的生死物化思想已有所不同。王應遴的《逍遙遊》，與莊子原文中〈逍遙遊〉的意境是不一樣的。〔註162〕

〔註160〕 參見《逍遙遊》內文：「這一副漁鼓簡板呵！是軒轅皇帝製成，廣成仙子習玩。能敲醒極愚癡的昏昧，能敲息極伶俐的無明，能敲動極得意的我見，能敲破極失意的窮愁！上而三十三天，下而十八重地獄，中而四大部洲，無數的眾生，但一聽此敲動，無不人如燈明黑夜，個個似夢醒黃粱。」

〔註161〕 〔明〕祁彪佳：《遠山堂劇品》，《中國古典戲曲論著集成（六）》，北京：中國戲劇出版社，1959 年，頁 185。

〔註162〕 呂蓓蓓：「本劇以『逍遙』一意爲主旨，與《莊子》一書中，以『乘天地之正，而御六氣之辯，以遊於無窮。』那種逍遙物外的意思是不同的。」呂蓓蓓：《莊周夢蝶之戲曲研究》，臺北：中國文化大學中文研究所碩士論文，1996 年，頁 63。

　　《逍遙遊》中四個人物——莊子、骷髏、梁棟、道童——的角色創造，應與王應遴的人生體驗相關，處處可見他寄寓的批判和無奈。究竟劇作家在如何的背景之下創作出《逍遙遊》？再讓我們回頭看王應遴生平：

> 王應遴（？～1644），字董父，號雲萊，別署雲來居士。浙江山陰（今紹興）人。萬曆四十年（壬子，1612）應順天鄉試，中副榜貢生。四十六年（1618）以閣臣葉向高薦，授中書舍人，參修《玉牒》、兩朝《實錄》。晉大理寺評事。天啟初，輯真德秀《大學衍義》，首列「祖宗防近習」一款以獻，觸怒魏忠賢，廷杖一百，葉向高、韓爌力救之，削籍歸。崇禎改元，以閣臣徐光啟薦，起原職，與修《一統志》、《曆書》等。遷禮部員外郎。甲申（1644）於京邸自殺殉節。應遴工詩文，精通天文、曆法、旁及兵法、醫術、釋道。……王氏又長於戲曲，所撰雜劇《衍莊新調》一種，存；傳奇《清涼扇》一種，佚。或謂尚撰有《離魂記》一種，亦佚。〔註163〕

　　這當中有兩點值得注意：其一，仕途之迭宕起伏：天啟初（1621），王應遴將「祖宗防近習」列為首上獻給皇帝，卻因此觸怒了魏忠賢，遭到備受屈辱的廷杖之刑，可知其人懷抱理想，勇於諫言，敢於向當權者對抗的精神；其二，明王朝覆滅（1644），以身殉國。王應遴本人在面對改朝換代時，選擇了堅守自己的理想，以肉身之死，做為對抗的一種最激烈的手段，與《逍遙遊》雜劇中所闡發的超脫生死名利之道，呈現了強烈的對比。

　　日本早稻田大學國立公文書館藏《王應遴雜集》所收的《衍莊新調》，應為世間孤本，卷前附有常新道人《衍莊新調引》，其次為王應遴《自題衍莊新調》，再次為《凡例八則》，此三者為研究《逍遙遊》雜劇背景以及作者創作思想的重要資料。〔註164〕根據《自題衍莊新調》中可知，《逍遙遊》雜劇創作的時間為天啟六年（1626）秋，為路過蒙城有感而作，〔註165〕由此推得，《逍遙遊》當是王應遴在受廷杖被削籍之後的作品，因而在作者自題有「噫嘻，

〔註163〕 王應遴生平參考乾隆《紹興府志》卷五十七，志書原據《越殉義錄》節略；又嘉慶《山陰縣志》卷十四所載略同，轉引自王宣標：〈明王應遴原刻本《衍庄新調》雜劇考〉，《文化遺產》2012年第4期，頁33。

〔註164〕 三者完整收錄於王宣標：〈明王應遴原刻本《衍庄新調》雜劇考〉，《文化遺產》2012年第4期，頁35。

〔註165〕 原文為：「丙寅秋，恭謁泗鳳兩陵，道出蒙，即莊生夢蝶處也。」

余老矣。過去爾爾，前路若何？」之嘆。常新道人在《衍莊新調引》：「借骷髏爲小劇，眞非眞，幻非幻，所以警昏庸、振聾聵，悉出之明瞭解脫。」點出了王應遴創作的目的。而王應遴在《凡例八則》第一則更表明：「是編意專化俗，不特於名利明規。而插科打諢處多所譏諷，眞令人頳泚面赧，顧世不乏嫌醜惡鏡者，倘以此罪我，勿辭也。」劇中骷髏忘恩、道童嗜利、梁棟戀名之醜態，實爲王應遴有意之安排，以達到諷刺現實的效果，《凡例》最後又言：「至於據事原屬荒唐，擒詞亦盡遊戲，實實虛虛，爲周郎之顧者，付之一笑可也。」這豈非和《莊子》〈天下〉篇中「謬悠之說，荒唐之言」、「以天下爲沈濁，不可與莊語」的寓言精神相符合？而祁彪佳在《遠山堂劇論》將《逍遙遊》雜劇列爲雅品，並給予很高的評價：「於尺幅中解脫生死，超離名利，此先生覺世熱腸，竟可奪南華之席。」〔註166〕他認爲王應遴對現世滿腔的熱情和醒悟，又在莊子之上了。王宣標主張：「王應遴創作雜劇，借雜劇這一文體，來消解胸中之壘塊。」〔註167〕而明雜劇在歷史上有其獨特的地位，劇作家並非以創作爲職業，主要是藉著作品寄寓抒懷，以展現個人的情志和意向，其文人的色彩相當濃厚。因此，可知《逍遙遊》的創作有著王應遴深沉的寄託，與其文人生涯是密不可分的。

　　要之，可看到《逍遙遊》中骷髏的形象則有很大的轉變，從原文中論說生死之理的哲人到復活後忘恩負義之徒，最後又回歸於佛教的輪迴之說，已非「髑髏賦」當中用來作爲文人自身之喻了。王應遴在「嘆骷髏」系列的基礎上更進一步的「衍莊」，跳脫出道情的框架，強化了人物性格的刻畫以及舞台的表演效果，在當中有他個人對莊子思想的重新詮釋——將莊子融入三教合一的思維中，更藉以抒發自我的情志。然而，劇末的長篇大論反而抵消了先前的戲劇性情節，使得結局流於散漫，實爲可惜；就作品的思想而言，這樣的《逍遙遊》卻一點也不逍遙，不過是號稱三教合一，實際上乃是文人以度脫爲名的牢騷，〔註168〕未眞正擺脫時代和文人思想的框架和束縛。

〔註166〕〔明〕祁彪佳：《遠山堂劇品》，《中國古典戲曲論著集成（六）》，北京：中國戲劇出版社，1959 年，頁 166。

〔註167〕王宣標：〈明王應遴原刻本《衍庄新調》雜劇考〉，《文化遺產》2012 年第 4 期，頁 37。

〔註168〕林鶴宜教授指導。

二、謝弘儀《蝴蝶夢》傳奇：內儒外道

歷代有許多以「蝴蝶夢」作爲主題的文學創作，〔註169〕文人在詩文作品中亦常常運用這個典故。早在宋元之間有《蝴蝶夢》戲文，〔註170〕而元末陶宗儀《輟耕錄》名目亦載有《莊周夢》、《蝴蝶夢》之院本。〔註171〕。元雜劇中，更有無名氏《莊周半世蝴蝶夢》〔註172〕以及史九敬先《老莊周一枕蝴蝶夢》。到了明清時期，名爲《蝴蝶夢》的傳奇基本上就有三種：謝弘儀本、陳一球本、綴白裘本，皆以「試妻」爲主，且不離「度脫」的內容，自成一個系統。〔註173〕當中「髑髏夢」的改寫內容，通常只占當中一個環節，而非《蝴蝶夢》傳奇的主軸，如謝弘儀《蝴蝶夢》第11齣〈夢疑〉，陳一球《蝴蝶夢》第11齣〈點破塵緣〉，綴白裘《蝴蝶夢》第1齣〈嘆骷〉，就是「髑髏夢」的重寫文本。

謝弘儀《蝴蝶夢》現存明崇禎間挂笏齋刊本，前有署爲「友弟陸夢龍君啓題」的《蝴蝶夢敘》，接著有「鏡湖釣碣簡之甫漫識」的《蝴蝶夢凡例》，共2卷44齣。〔註174〕內容描述戰國時期莊周和惠施、監河侯三人交好，辭去

〔註169〕 如唐代賈餗《莊周夢爲蝴蝶賦》、張隨《莊周夢蝴蝶賦》，宋代李士表《莊子九論·夢蝶》、鄭思肖《莊子夢蝶圖》，元代劉因《莊周夢蝶圖序》、劉仁本《題莊周蝶夢序》，明代有徐有貞《題莊周夢蝶圖》等等。參見方勇：《莊子學史》第二冊，北京：人民出版社，2008年，頁714。

〔註170〕 今僅存殘曲三支，內容爲莊周外出不歸，田氏自傷之辭。〔宋元〕《蝴蜨夢》，收入錢南揚輯錄：《宋元戲文輯佚》，上海：上海古典文學出版社，1956年，頁234～235。

〔註171〕 載於元代陶宗儀《輟耕錄》卷二十五「諸雜大小院本」，然僅存名目，不知其內容，應與莊周夢蝶的主題相關。〔元〕陶宗儀：《南村輟耕錄》，北京：中華書局，1959年，頁308。

〔註172〕 元代無名氏《莊周半世蝴蝶夢》，今已佚。

〔註173〕 另有明代無名氏《山水鄰新鐫出像四大癡傳奇——色卷》，一般稱之爲《色癡》，其劇情內容與綴白裘本類同，綴白裘本作者疑爲石龐或嚴鑄。徐扶明：〈崑劇《蝴蝶夢》的來龍去脈〉，《崑劇史論新探》，臺北：國家出版社，2010年，頁358、365。

〔註174〕 謝弘儀《蝴蝶夢》共有44齣，分別爲：上卷〈標目〉、〈蝶夢〉、〈觀魚〉、〈會眞〉、〈貸粟〉、〈試劍〉、〈趙聘〉、〈誘度〉、〈如趙〉、〈說劍〉、〈夢疑〉、〈聘惠〉、〈辭家〉、〈相魏〉、〈試凡〉、〈遇師〉、〈秋懷〉、〈旁參〉、〈悟道〉、〈扇墓〉、〈彈鳥〉、〈宋聘〉、〈探內〉、〈丹訣〉；下卷〈托疾〉、〈誓殉〉、〈幻身〉、〈澆奠〉、〈賺貪〉、〈掃墓〉、〈迷幻〉、〈寄慨〉、〈詢幻〉、〈思幻〉、〈破幻〉、〈懺悔〉、〈讒妒〉、〈雙修〉、〈遭遷〉、〈謁惠〉、〈降眞〉、〈剖疑〉、〈歸圓〉、〈赴召〉。〔明〕謝弘儀：《蝴蝶夢》，《古本戲曲叢刊三集》，上海：文學古籍刊行社：上海商務印書館印刷，1957年，據明崇禎間挂笏齋刊本影印。

漆園令後，與妻子韓氏隱居於抱犢山中，僕忘鷗和馴鹿隨侍在側。一日上山尋春採藥，在樹蔭下入睡夢蝶。因薪米俱盡，向監河侯貸粟被拒，惠施聞之贈糧。趙王沉迷比劍，太子進言無用，聘請莊周前往勸諫。莊周說劍，使趙王幡然醒悟，然莊周功成而不受。西王母蟠桃會，因莊周根器不凡，長桑公子受命接引他修煉成道。莊周自趙返家，枕骷髏而臥，骷髏見夢言生死，並指引他尋找長桑公子。莊周返家後辭別韓氏，到衡山尋訪長桑公子，又隨之至青城峨嵋之間修煉而悟道，明白「諸幻皆空」之理，長桑公子授其金丹，因莊周塵緣未了，囑他接引韓氏、惠施、監河侯方能功德圓滿。莊周歸家途中，遇搧墳婦人，獲贈扇，莊周告搧墳之事測試韓氏道心，而韓氏道念甚堅。莊周裝死，使用金丹，變爲一美男子，改姓爲周，自稱其弟子前往吊奠，更自願廬墓三年。韓氏對周生動心，請周生宴飲，兩人成親，欲開棺查看莊屍，豈料莊周突然起身，韓氏羞愧，爾後與忘鷗在家專心修道，閉門不出，莊周復又雲遊而去。又，惠施爲魏相，胡撞、白扁打著莊周的名義匡騙監河侯之財，監河侯挾怨報復，故意誣指莊周要奪惠施相位。惠施下令大搜國中三天三夜。莊周謁見惠施，度他修道；莊周又見監河侯，並將胡撞、白扁抓來對質，監河侯亦隨莊周入道。莊周回家，與韓氏、忘鷗、馴鹿隨長桑公子拔宅飛昇。〔註175〕

第一齣〈標目〉由末上場，以一闋【西江月】說明其創作思想：

> 不住年光似箭，從來世事如棋。朝元有路最便宜，只在當身認取。
>
> 更向眞中認假，須知信處從疑。凡情汰盡逗玄機，穩踏朵雲龍轡。

說明了在不斷變化流轉的世界中，唯有擺脫人世間之情欲，勘破幻象，走向求道之途才能獲得解脫。接著，再以一首【沁園春】〔註176〕說明家門大意，最後以四句下場詩概括全劇之內容：

> 代相生嗔惠子授，因貪落賺監河侯。
>
> 痴情直了韓氏女，玄功立證莊子休。

〔註175〕內容大要參考自郭英德：《明清傳奇綜錄》，石家莊市：河北教育出版社，1997年，頁379。

〔註176〕「【沁園春】莊子名周，曁妻韓氏，慕道耽幽，感地司保奏，天仙接引，半生蝶夢，喚醒骷髏，雲水尋師，等閒悟道，乞與金丹返故丘。思廣度，攜妻及友，同赴瀛洲。　佳人銳意雙脩，爲恐塵情不耐勾。更驅神出舍，移名作姓，故相挑撮，重締鴛儔。半晌迷眞，這回破幻，苦煉勤參不掉頭。功圓後，全家輕舉，驂鶴玉宸遊。」上半闋爲上卷內容，下半闋爲下卷內容。

在此，點出了《蝴蝶夢》當中「度化」的主旨：戀棧功名的惠子（小生）、貪利的監河侯（淨）、痴情的韓氏（旦），莊周（生）在度化他們當中亦功成得道。

劇中包含了莊周「被度」與「度人」兩個部分：「被度」是指長桑公子（外）度化莊周的情節，而「度人」又分為兩個路線，度韓氏，主要集中在「試妻」的內容上；度惠子、監河侯則為次要的情節線。過程中反映出莊周與三人思想的矛盾和衝突，然最後指向同一個終點——得道成仙。度化莊周之路，從第4齣〈會真〉便開始舖陳，緣於莊周「道行清高，性地開朗」，西池王母命長桑公子前往接引；到了第8齣〈誘度〉，則有長桑公子交付骷髏度化莊周之事：「俺奉　上帝之命，接引莊周，他從趙國說劍而回，必然在此經過，你可將睡魔推在他身上，夢中將生死一事，伏他一個疑根。」在此，骷髏是以「陰魂」的形象出現，是做為點化莊子的手段。《蝴蝶夢凡例》中第一條寫道：「髑髏改為骷髏，諧俗也。」可清楚明白謝弘儀改「髑髏」為「骷髏」的動機。

「髑髏夢」原文的改寫集中在第11齣〈夢疑〉當中，大致上較忠於原文本，由2支【一江風】、3支【紅衲襖】、2支【宜春令】、2支【玉胞肚】，合計 9 支曲子所組成。莊周遇見骷髏，乃是在他如趙返家的途中，一旁有馴鹿（丑）相伴，兩人在樹蔭下歇息。接著，謝弘儀將〈逍遙遊〉中「樗樹」與〈人間世〉「杜樹夢」（「不材之木」）、〈山木〉「鳴雁」寓言巧妙地融入在〈夢疑〉中，做為其背景的舖墊：

> （丑）官人，這樹如何這等大？（生）此名樗樹，乃不材之木，無所用處，故得終其天年。（丑）官人又不是這等說，昨日店主人有兩隻鵝，一隻能鳴，一隻不能鳴，小廝問宰那一隻，主人說宰那不能鳴者。今道傍之木，以不材生，主人之鵝，以不材死，官人將何以處此？（生笑介）吾將處於材不材之間，這木呵，

【一江風】【前腔】 材不良，枝幹空尋丈，誰肯迴睬向。（這鵝呵，）喙脩吭，瘖者遭烹，鳴者翻無恙。木材遭斧斤，木材遭斧斤，禽材出鑊湯，教為禽與木也難憑仗。

可知謝弘儀熟知「樹」在《莊子》當中的隱喻，將枕髑髏而睡的莊周，和「逍遙乎寢臥其下」（〈逍遙遊〉）的莊周結合在一起。因為「不材」，所以能終其天年，因為「無用」，才能保全自身。這裡的「不材」和「無用」，意思是說不要淪為統治者役用的工具，更不因為世俗價值的需要，而殘害自己原本天然的本性，雖於世無所可用，然卻能安頓自我的身心靈，有大用於己

身，此為「無用之用」的精神，也是身為文人、讀書人在亂世當中保全自身
之道。謝弘儀《蝴蝶夢》筆下的莊子，「辭漆園吏歸隱」以及「如趙不仕」等
行為可見其「無用之用」思想的發揮。〔註177〕然而，在此使用的「鳴雁」之
喻卻只到了「教為禽與木也難憑仗」為止，停留在滿滿的疑惑和無奈，並未
解決「以不材生」、「以不材死」兩者間的弔詭，然而，在《莊子》原文中則
針對這個問題有更進一步的闡釋。〔註178〕

　　接著，莊周便看到了白晃晃的骷髏，一連用了三支【紅衲襖】展開了對
骷髏的嘆問：

　　　你莫不是覓蠅頭，做蛾兒，撲焰缸？莫不是戀蝸名，餂蜜在刀頭上？
　　　莫不是從征的，賣勇沙場葬？莫不是狗（徇）忠的，投荒道路長？
　　　你這副皮囊兒在何處藏？你這點靈心兒在誰行傍？空撇下朽不盡頭
　　　顱誰覓也。只好借淒雨寒泉當淚幾行。〔註179〕

　　　你莫不是抱沉痾向無常覓藥方？莫不是困饑寒，立槁的，墻間樣？
　　　莫不是遘強梁，還了還不盡冤業帳？莫不是遇豺狼，填了填不滿血
　　　肉腸？你是聰明的，心若波濤死怎降？你是懵懂的，形如土梗神先
　　　喪，都一樣衰草寒煙零落也，只好倩謝豹啼鵑替你哭一場。

　　　你莫不是遊俠的，輕一諾許了肝腸？莫不是縱橫的，憑單詞取了卿
　　　相？莫不是為墨的，跂離道德成悋悢？莫不是為儒的，竊鑿虛無破
　　　混茫？你是個貧賤的，怎少這一抔土裡藏？你是個富貴的，怎難保
　　　三尺墳無恙？雖孝子慈孫這面孔渾難認也。總義烈奸回，這朽骨誰
　　　分臭與香？〔註180〕

〔註177〕《莊子》有關「無用之用」的內容有不少，如〈逍遙遊〉「大瓠之種」、「樗樹」，
　　　　〈人間世〉「杜樹夢」、「不材之木」、「支離疏」、「山木自寇」，〈山木〉「鳴雁」、
　　　　〈外物〉「無用之用」等等。
〔註178〕《莊子》〈山木〉「鳴雁」原文：「周將處乎材與不材之間。材與不材之間，似
　　　　之而非也，故未免乎累。若夫乘道德而浮游則不然。無譽無訾，一龍一蛇，
　　　　與時俱化，而無肯專為：一上一下，以和為量，浮游乎萬物之祖：物物而不
　　　　物於物，則胡可得而累邪！」「材與不材之間」尚似是而非，若能「乘道德而
　　　　浮游」，順物而自然，精神獨立自主，不被外在的事物所役，則能免除其累患。
　　　　有關「鳴雁」的寓言可參見〔美〕愛蓮心著，周熾成譯：《嚮往心靈轉化的莊
　　　　子：內篇分析》，南京：江蘇人民出版社，2010年，頁185～191。
〔註179〕天地欄：「提掇夙生之因果，喚起隔世之笑啼，北邙朽骨應受生天福德。」這
　　　　裡提到的「北邙朽骨」，應是指明代葉憲祖《北邙說法》雜劇。
〔註180〕天地欄：「人生畢竟作此面孔，以骷髏嘆、骷髏觀者，作麼生解。」

當中皆以「莫不是」三字開頭，從「爲何淪落至此」的疑問一直到職業身家的調查：「趨利戀名、戰死殉忠、病沉饑寒、死於非命、聰明懵懂、遊俠卿相、儒墨、貧賤富貴、孝慈奸義」，顯然是受到說唱道情「嘆骷髏」的影響，也都能看到「髑髏夢」最初的痕跡，皆反應了「生人之累」與「人間之勞」。此外，在每支曲子中間還夾雜著馴鹿對莊周的譏諷，與《逍遙遊》雜劇中道童一角的調劑功能如出一轍。

嘆完骷髏，莊周枕骷髏而睡，隨即進入夢鄉，骷髏由末扮演，戴罩頭上場。值得注意的是，謝弘儀的《蝴蝶夢》仍保留了「入夢」的情節，從齣名〈夢疑〉二字便知此乃作者特意的設計，用來與第二齣的〈蝶夢〉對照。他更安排馴鹿先莊周一步睡著，故不會攪擾到莊夢的進行。在夢中，莊周向骷髏請教何謂「生不如死」之理，骷髏的回覆忠於「髑髏夢」原文本，又用一支【宜春令】進一步闡發：

> 生能幾，死較長，有誰逃無常這椿？淹膿臭腐把幻身拋卻還眞相。
> 討不來苦惱憂傷，管不著侯王君長。任徜徉，生盼出這血團胞脹。

骷髏認爲人活著的肉體爲「幻身」，死了才能回復原來的「眞相」，充份表達了以生爲幻，以死爲眞的思想。莊周不信，認爲人總是「惜生傷死」，又辯論道：

> 生堪惜，死最傷，萬千劫剛搬演這場。電光石火誰甘一暝沉黃壤？
> 總這回再得人身，渾不是舊日靈光。且徜徉，肯任他死生流浪。

同樣向骷髏提出了「上告司命，令子再生」的提議。然骷髏亦不願「捨南面王不爲而爲人」，他好不容易脫離了人世間的擾攘，如今怎肯再返回人間受苦呢？況且，脫離了人身，這些憂患悲傷將不復存在；最後，留下了一偈而離去：「滿眼貪生怖死期，死中有樂盡人疑，世間貿貿誰能解，除是長桑公子知。」在「髑髏夢」原文中，故事就到骷髏拒絕莊子復活的提議爲止，在這裡，還有後續的情節發展——莊子從夢境中醒來，我們明顯能看到夢境帶給莊子的啓發。骷髏所言「沒肌膚豈患傷，殘無骨肉那怕參商？」與莊周從中理解出來的「人生有患何身藏，我若無身患自亡」之理，反而在莊周的心中種下了一個疑根，而這一切問題的答案都指向長桑公子。爲世人最熟悉的綴白裘本《蝴蝶夢》，其中的〈嘆骷〉，亦保有這偈，〔註181〕然劇情卻只終結在莊周踏上尋訪長桑公子的求道之途，長桑公子始終不曾現身。

〔註181〕「滿眼貪生怕死期，死中樂處有誰知？先生要免無常路，除是長桑公子知。」出自綴白裘本第1齣〈嘆骷〉，然與謝弘儀《蝴蝶夢》有些不同

究竟，引導莊周的長桑公子是怎樣的一個人，他與莊子又有何淵源？《莊子》中並未提及莊子師承何處，根據楊儒賓的研究，〔註182〕唐代成玄英說莊子師承長桑公子〔註183〕，這個說法應是來自於南朝陶弘景的〈真誥敘錄〉：「莊子師長桑公子，受其微言，謂之莊子也。隱於抱犢山中，服北育火丹，白日昇天，補太極闈編郎。」可見他們把長桑公子與莊子當作是道教的仙人看待。〔註184〕這應是謝弘儀《蝴蝶夢》所改寫的依據之一。

在第16齣〈遇師〉當中，莊周確實找到了長桑公子，他對生死的疑問，也有了答案。他請長桑公子開釋骷髏所言的生死之道：

> 凡成仙了道之人，無生無死，亦無無生無無死，恬淡無為，一返自然。今子於死中妄求境界，是不恬也，以南面王為樂，是不淡也。這是子於世間幻生幻死中，妄尋著落，故有此魔耳。……
>
> 世間諸樂，皆是幻境，我有我之樂，爾有爾之樂，骷髏有骷髏之樂，仙真有仙真之樂，南面王有南面王之樂，各不相貸。以骷髏之樂與爾，爾未必樂，以南面王之樂與我，我未必樂，因汝欣厭未除，故認幻為樂，一真既湛，諸幻皆空。

長桑公子所言的生死之道，同時呼應了《莊子》中「魚樂」的寓言，從原本骷髏所言的「死之樂」（以生為幻，以死為真），到「世間諸樂，皆是幻境」（無論生死，都是幻）；世人因有其是非好惡得失之心，故而有所不見，乃執著於幻象，「認幻為樂」，唯有得道之人能從生與死中超脫，領略「無生無死」、「諸幻皆空」的境界。在此，謝弘儀對「髑髏夢」的再創造，顯然深深受到佛教的影響。

再者，謝弘儀在其他的地方也使用了「骷髏」做為比喻，如14齣〈相魏〉「夜夜沙場骷髏愁」，25齣〈托疾〉「精魂何苦與骷髏戀」、36齣〈懺悔〉「粉骷髏一霎成堆」、43齣〈歸圓〉「粉骷髏面目今番認」，可知「粉骷髏」的比喻已經被廣泛的流傳使用了。

真與幻的辯證幾乎貫穿了謝弘儀的《蝴蝶夢》傳奇，也是用來「度化」的手段和方法。〔註185〕謝弘儀除了運用「髑髏夢」寓言外，「蝴蝶夢」寓言更

〔註182〕楊儒賓：《儒門內的莊子》，台北：聯經，2016年，頁113～114。

〔註183〕成玄英《莊子疏序》：「其人姓莊名周，字子休，生宋國睢陽蒙縣，師長桑公子，受號南華仙人。」成玄英本人為唐初道士。

〔註184〕元代道士趙道一修撰的《歷世真仙體道通鑑》卷六，收有長桑公子、列子、莊子的傳記，是把三人視為得道真仙而言。

〔註185〕第一齣〈標目〉即點出了主題：「更向真中認假，須知信處從疑」。

是本劇的重心，而兩者皆與幻化的手法相關。在第 2 齣〈蝶夢〉中，莊周同妻韓氏，僕忘鷗馴鹿三人入山尋春採藥，莊周在樹蔭下睡著，接著夢見蝴蝶，醒後乃唱：「栩栩一夢，化蝶趁青郊，爲蝶爲周渾未曉，休將幻相認堅牢。」從蝴蝶之形變、骷髏之形變一直到自我之形變（莊周變爲周生），其目的都是爲了要破幻求眞，以求得道超升。「試妻」〔註186〕，便是「度妻」的過程，而關鍵在於長桑公子授莊周北育火丹，食之能使他分形變化（第 19 齣〈悟道〉），莊周因而能將元神化爲一位美貌少年（第 27 齣〈幻身〉），進而試探韓氏。〈幻身〉、〈迷幻〉、〈詢幻〉、〈思幻〉、〈破幻〉，齣名牽涉到「幻」字，均是與莊周的幻身相關，皆爲度化的手法。第 35 齣〈破幻〉，莊周眞身幻形合而爲一，直到韓氏領悟，才結束這場對妻子的試煉。值得注意的是，這裡沒有最讓人熟知的「劈棺」的情節，韓氏開棺只是確認莊周的生死，在知道眞相後，亦未羞愧自盡，而是讓她有修道得證的機會，作者在《蝴蝶夢凡例》第二點則清楚說明他對韓氏一角重新塑造的動機：

> 《古今小説》載，莊子妻田氏，竟齎愧以歿。今易田爲韓，醜之也。
> 然登伽尚證聲聞，田即淫，猶登伽等耳，何遽絕其愧悔自新之路？
> 恐玄律亦不若是之板。是編易以因愧得脩，因脩得證，非特收場了
> 局，不至索然，即質之柱下，亦應首肯。

莊子戲曲受到話本《莊子休鼓盆成大道》的影響，以「試妻」爲主要的情節線，幾乎脱離了莊書，然謝弘儀《蝴蝶夢》傳奇當中融入了許多《莊子》的典故，使故事不再完全聚焦在「試妻」當中，而回歸《莊子》原文本，參見《凡例》第三條：

> 編中多用南華事實，則説白不得不引用《南華》語。然《南華》文
> 辭玄奧，觀者尚未了然於目，聽者安能了然於耳？屢欲易以家常淺
> 近語而不能，抑且不敢。稍爲芟繁就簡，使聽者不盡解，或不甚厭
> 而已。

謝弘儀《蝴蝶夢》較接近莊子本眞的思想，有的地方還直接引述《莊子》中的字句，或化入對白，可説處處能見到與莊書對話的痕跡。〔註187〕謝弘儀《蝴

〔註186〕謝弘儀《蝴蝶夢》中的「試妻」情節，見於〈扇墓〉、〈探内〉、〈托疾〉、〈誓殉〉、〈幻身〉、〈澆奠〉、〈掃墓〉、〈迷幻〉、〈寄慨〉、〈詢幻〉、〈思幻〉、〈破幻〉。

〔註187〕如第 2 齣〈蝶夢〉則出自於〈齊物論〉「蝴蝶夢」，莊自報家門內容多從莊書和《史記》之記載化出，唯與妻子結廬在抱犢山隱居，則出自道教傳説和杜撰；第 3 齣〈觀魚〉出自〈秋水〉「濠梁之辯」；第 5 齣〈貸粟〉出自〈外

蝶夢》雖使用了大量莊書中的寓言典故，在莊子戲曲上有所新意，然因莊書的思想與文詞深奧難解，與一般平民審美的趣味有落差，較無法引發觀眾情感上的共鳴，故而沒有廣泛流行，目前還活躍在崑劇舞臺上的，乃是清代綴白裘本《蝴蝶夢》，「試妻」的情節為其重心，然而，此劇充滿了世俗和封建的色彩，無論在思想和故事上都與《莊子》有很大的不同。

在「度人」的部分，莊周還度化了惠施和監河侯，此二人都是莊書當中固有的人物，在劇中是做為莊周之對比：莊子選擇辭官修道，而惠施和監河侯都是選擇與當權者靠攏，汲汲名利。當中，莊周家貧，監河侯蓄意不借粟的嘴臉，以及惠施執著相位，害怕莊周奪取而大搜國中三天三夜的醜態，再再地突顯了彼此間的衝突。中國古代文人學而優則仕，然而官場險惡，人在其中載浮載沉，不得不向佛道尋求慰藉，內心嚮往求道隱逸之途。在此，呈現出儒與釋道，以及仕與隱彼此之間的矛盾。這類型的作品，其實也具有一定的時代意義。〔註 188〕

最後，在第 44 齣〈赴召〉中，玉帝敕玉冊金文，仙官宣詔莊周為太極闈編郎，韓氏為闈編郎夫人，忘鷗馴鹿隨侍，就此拔宅飛昇。這些被度者好不容易從名、利、情的幻象及迷惘中超脫，進而得道，但是，在劇末卻又收編到儒教團圓旌獎的傳統裡來了。呂蓓蓓提出，謝弘儀以宗教度世救俗，實際上是為了儒教所服務的，因為過盛的名利、情欲會對禮教人倫造成危害，因而需要依靠宗教度化的手段來維持一個完美的儒教社會。〔註 189〕因此，可以說謝弘儀《蝴蝶夢》是「內儒外道」的。明清傳奇的神仙道化作品，多不離這個程式，這顯示了傳奇體製的限制性，也突顯了時代對創作者的侷限。然而，謝弘儀還是從這些限制中有所創造，他大量援引了《莊子》典故進入作

物〉「莊周往貸粟於監河侯」的寓言：第 6 齣〈試劍〉、第 7 齣〈趙聘〉、第 9 齣〈如趙〉、第 10 齣〈說劍〉，則根據〈說劍〉一篇而寫成；第 11 齣〈夢疑〉出自〈山木〉「鳴雁」、〈至樂〉「髑髏夢」等寓言；第 21 齣〈彈鳥〉出自〈山木〉「彈鳥」（「螳螂捕蟬」）；第 25 齣〈托疾〉莊周佯死，則出自〈列御寇〉「莊子之死」；第 29 齣〈賺貪〉、第 37 齣〈讒妒〉、第 39 齣〈遭遷〉、第 40 齣〈謁惠〉，內容敷演「惠子相梁」的故事，大致依據〈秋水〉「鵷鶵」寓言重寫而成，其中〈謁惠〉又運用了〈列御寇〉「龍頷取珠」的典故。方勇：《莊子學史》第二冊，北京：人民出版社，2008 年，頁 712～722。

〔註 188〕徐均培、范民聲主編：《中國古典名劇鑑賞辭典》，上海：上海古籍，1990 年，頁 519。

〔註 189〕呂蓓蓓：《莊周夢蝶之戲曲研究》，臺北：中國文化大學中文研究所碩士論文，1996 年，頁 48、64。

品中，可見他對《莊子》的偏好，而這個現象確實值得觀注，應與他文人的生涯有所關連，我們可以試著從他的生平中找尋一些創作的脈絡和動機。

謝弘儀（約 1573～1647 以後）〔註 190〕為會稽人，清人謝家福《會稽孟葑謝氏宗乘》卷四世系表「謝弘儀」條下有小傳一則，錄之如下：

> 弘儀，字簡之，號寱雲。中萬曆己酉（1609）順天武解元，庚戌（1610）會元、狀元。山東統領京操都司僉事、都指揮僉事，山西掌印都司，宣府上西路左參將，神樞七營副總兵、統練通州民兵副總兵，五軍一營左副將，前軍都督府都督僉事，鎮守福建并浙江金溫地方總兵，調廣東總兵，皇清欽命廣東招撫部院、都察院右都御史。配童夫人。〔註 191〕

根據陸夢龍《蝴蝶夢敘》所載：「余友謝大將軍寱雲，大魁天下，歷歷南北，多所建豎，以韜鈐之餘，灑詞翰，以詞翰之餘，度為梨園法曲。」由此可知，謝弘儀身為武將，南征北討，在武功上頗有成就，戲曲創作則是他業餘的活動。〔註 192〕此外，根據小傳以及裴喆、黨月瑤對謝弘儀生平的考察中，有幾件事值得注意：其一，天啓三年（1623），擊退荷蘭人，收復澎湖，戰功可謂十分顯赫；其二，天啓六年（1626）三月被革職，〔註 193〕一直到崇禎十五年（1642），謝弘儀才重返仕途，當中約莫有十幾年閒居無職的光陰；其三，崇禎十七年（1644）在京降清，入仕清廷，被授以虛職，順治四年（1647）又因招撫廣西無功，再度被罷斥。〔註 194〕此外，謝弘儀雖然文武兼備，但是因

〔註 190〕謝弘儀生卒年不詳，據裴喆研究：「謝弘儀卒年在順治四年之後……据其仕清時已為『暮年』，當已在七十以上，其生年當在明萬曆（1573～1619）初年或隆慶（1567～1572）間。」裴喆：〈晚明曲家五考〉，《中國戲曲學院院報》第 34 卷第 4 期，2013 年 11 月，頁 68。

〔註 191〕謝弘儀小傳，出自〔清〕謝家福：《會稽孟葑謝氏宗乘》卷四，轉引自黨月瑤：〈族譜所見《蝴蝶夢》作者謝弘儀生平略〉，《文獻雙月刊》第 2 期，2016 年 3 月，頁 140～146。又據黨月瑤考查，一般以謝弘儀又名謝國，應為誤植。

〔註 192〕徐均培、范民聲主編：《中國古典名劇鑑賞辭典》，上海：上海古籍，1990 年，頁 517。

〔註 193〕《明熹宗實錄》卷六十九：天啓六年三月乙巳（二日），「以軍政拾遺……禦史遊鳳翔等亦疏糾侯世祿等，並原任榆林總兵官秉忠、原任福建總兵謝弘儀，兵部覆議：國柱、弘儀……俱革任閒住」轉引自裴喆：〈晚明曲家五考〉，《中國戲曲學院院報》第 34 卷第 4 期，2013 年 11 月，頁 67。

〔註 194〕族譜中寫道「卒於官」，與裴喆考證落職南還相矛盾。黨月瑤：〈族譜所見《蝴蝶夢》作者謝弘儀生平略〉，《文獻雙月刊》第 2 期，2016 年 3 月，頁 145。

不善治產理財，晚景可謂相當淒涼：「官顯而家無餘貲。卒之日，至不能殮。」
〔註195〕可見謝弘儀一生的仕途歷經了諸多的波折，而改朝換代更是難以抗拒
的巨大變動。

　　《蝴蝶夢》傳奇是在謝弘儀被革職後，閒賦在家之時的創作，當時《遠
山堂曲品》已著錄，因此推知劇作應寫於明天啓六年至崇禎四年（1626～1631）
期間。〔註196〕又，據陸夢龍《蝴蝶夢敘》中所言：「或謂英雄神僊，原無二道，
或謂予其感憤，寐雲此記，吾烏知其志所云，第以道心觀之，用世戲，出世
戲，無所等差。」在此點出了「英雄神仙」、「用世出世」均無差別，宗教度
化人的力量與儒家積極救世之心其實相同，而謝弘儀《蝴蝶夢》的創作，其
動機除了求眞解脫外，乃是因被革職後，欲抒發胸中不平憤懣之氣。祁彪佳
《遠山堂曲品》將《蝴蝶夢》列爲逸品，可見謝弘儀不僅在武功上的成績有
目共睹，而作品《蝴蝶夢》傳奇亦有不俗的造詣，曲文相當出彩：「寐雲功成
而不居，在世出世，特爲漆園吏寫照。舌底自有青蓮，不襲詞家淺瀋，文章
之府，將軍且橫槊入矣。」〔註197〕當中特別強調了謝弘儀「功成不居，在世
出世」的精神，乃爲「漆園吏」寫照，作品中深刻地呈現了儒道與仕隱相互
對話思考的特質；除此之外，明代茅元儀因觀看《蝴蝶夢》傳奇深深有感，
而寫下《觀大將軍謝簡之家伎演所自述〈蝴蝶夢〉樂府》〔註198〕，其中「命
意何寥廓，托詞非優俳」，也說明了觀者從作品中所看出的寄寓之意。因此，
可知《蝴蝶夢》的創作確實扣緊了作者所處的時代背景，他面對的仕宦生涯
的波動，而藉著傳奇的書寫，重新詮釋莊子的哲思，並加入佛教「幻」的思
想，進而自我梳理，自我度化，然始終不離儒學的羈絆和束縛。

　　總的說來，在謝弘儀《蝴蝶夢》當中，「髑髏夢」的重寫忠於莊書原文本，
保留了夢境的元素，然骷髏在此只是長桑公子度化莊周，使之破幻歸眞的工

〔註195〕謝家福：《會稽孟葑謝氏宗乘》卷一《世傳》，轉引自黨月瑤：〈族譜所見《蝴蝶夢》作者謝弘儀生平略〉，《文獻雙月刊》第 2 期，2016 年 3 月，頁 145。

〔註196〕裴喆：〈晚明曲家五考〉，《中國戲曲學院院報》第 34 卷第 4 期，2013 年 11 月，頁 67。

〔註197〕〔明〕祁彪佳：《遠山堂曲品》，《中國古典戲曲論著集成（六）》，北京：中國戲劇出版社，1959 年，頁 13。

〔註198〕全文如下：「我公宴笑餘，奴隸狼與豺。開尊出家伎，惠我忘形骸。煉音變時俗，出態如初芽。命意何寥廓，托詞非優俳。哀我勞生久，將與大道偕。我思漆園叟，語曠因心悲。」轉引自方勇：《莊子學史》第二冊，北京：人民出版社，2008 年，頁 714。

具之一，與文人本身的關聯性不大。而莊子對骷髏的嘆問，也明顯有著「嘆骷髏」系列作品的影響，最後則導向佛教「無生無死」、「諸幻皆空」的境界，這與王應遴《逍遙遊》雜劇中莊子悟出的「長生不若無生」佛教思想，有異曲同工之妙；此外，兩位劇作家文采斐然，都將大量莊書寓言與文字化入作品中，進而寄寓與傾訴自己的思想和情感，劇作反映了明代社會的現實，失意文人從釋道的思想中獲得安慰，具有相當的時代意義。

三、陳一球《蝴蝶夢》傳奇：封建色彩和現實主義

明代陳一球《蝴蝶夢》因未曾刊刻發行，戲曲典籍未著錄，故受到較少的關注，現存清初抄本。抄本的曲文爲大字，賓白爲小字雙行排列，評語用括號分隔。〔註199〕卷首有《蝴蝶夢自序》和林增志所作之《序》，卷末附有林啓亨、劉之屛、高誼《跋》，正文卷首上題「鍾伯敬先生批評，雁蕩非我道人編，孤嶼丹丘道人次」。〔註200〕《蝴蝶夢》凡 2 卷 32 齣。〔註201〕

本劇內容描述莊周自幼與其弟莊暴、表弟淳于髡、妻舅惠施交好，然志趣異同。惠施迷心仕途，聘爲梁相；淳于髡救齊有功，爲齊之賓客，並薦莊暴爲齊國大將軍。莊周避楚王之聘，周妻惠氏，再三勸導仍拒不出仕，因而夫妻反目。莊周原爲散仙蔡瓊轉世，因廣寒折桂，與玉眞有私情而被貶入凡間。老聃欲度化莊周，親自托夢，並遣尹喜點化，再命玉眞下凡與莊周了卻

〔註199〕 沈不沉：「清初抄本，原爲溫州市圖書館館長梅冷生先生所藏，上世紀六十年代捐贈溫州市圖書館，是目前國內唯一孤本。另有舊『永嘉鄉著會』以及黃群『敬鄉樓』的轉錄本。」以上資料出自〔明〕陳一球著，沈不沉編注：《蝴蝶夢傳奇》，《樂清文獻叢書》第 3 輯，北京：線裝書局，2013 年，頁 3～5。此外，陳一球《蝴蝶夢》則具有更明顯的地方色彩，清代的抄本記下了滾唱和曲牌體混合的戲曲劇本，滾唱參見 14 齣〈不囿樊籠〉和 23 齣〈蝴蝶蓬蓬〉。

〔註200〕 評語附在每一齣之後，然多爲因果循環，鮮少觸及要旨，筆觸又不類鍾惺，是否爲鍾惺所評仍有疑問，沈不沉認爲有可能是坊間書商爲抬高作品身價而假借名家評點。

〔註201〕 明代陳一球《蝴蝶夢》傳奇共 32 齣：上卷〈傳奇大意〉、〈放言不仕〉、〈朝野分途〉、〈不醉無歸〉、〈知魚之樂〉、〈莘野囂囂〉、〈簡中眞諦〉、〈誤入桃源〉、〈妒雨摧花〉、〈秘授丹經〉、〈點破塵緣〉、〈鏡鸞羞舞〉、〈薄言往愬〉、〈不囿樊籠〉、〈且盡金罍〉、〈千里畏人〉，下卷〈笑傲乾坤〉、〈宦海沉身〉、〈棟折花殘〉、〈沉沉黑業〉、〈苦海回頭〉、〈玉闕重登〉、〈蝴蝶蓬蓬〉、〈差認知音〉、〈不見復關〉、〈我死妻嫁〉、〈妻死我埋〉、〈一場笑話〉、〈難免輪迴〉、〈地府冥冥〉、〈回頭是岸〉、〈雞犬同升〉。

姻緣，以期重列仙班。莊周入山采蕨，受玉眞引誘，兩人成其好事。玉眞授莊周金丹，就此別過。尹喜以頑石化爲骷髏點化莊周，周乃別妻入山修道。因周一去不返，惠氏虐待莊妾如花，迫使她觸石墮胎，爾後二人投靠惠施。玉眞化一迷途女子試探周，周不爲所動，便告訴他已生一子靈生，更授金丹藥一丸，囑他施藥濟貧。另一方面，惠施被抄家，惠氏染瘋疾，莊暴和淳于髡落得一跛一病，四人向莊周化身的道人乞金求藥，三人皆悔改，唯惠氏執迷不悟，貪戀紅塵，莊周只好佯死以求得解脫。一日，楚王孫芋子陽前往弔孝，惠氏見之而心動，再三請蒼頭從中牽線，成其好事。惠氏與王孫成親之夜，王孫舊疾發作，需要活人的腦髓方能醫治。惠氏劈棺，欲取莊周腦髓，莊周坐起，惠氏方悟王孫乃莊周所化，羞慚不已。此時，如花與其子的鬼魂均來索命，惠氏自縊。惠氏來到地獄，受盡各種刑罰，莊周成仙後偕尹喜入地獄引度惠氏，最後一家團聚，同列仙班。此時，莊周又飄然而去。〔註202〕

第一齣〈傳奇大意〉由末上場說明劇旨：

> 【五月湖】世上百年長夜，人人酣睡堪憐，黃粱一熟總徒然。達人忙省悟，痴子尚貪眠。　幾個翻身警覺，醒時復打點鼾，快離枕衾脫塵緣。早奔前程路，思齊夢蝶仙。

本劇主旨乃是以「夢」喻人生，勸人早點從夢中醒悟，脫離凡塵，走向修眞求道之途，可知仍是以「度脫」爲主要的內容。接著，以一首【沁園春】〔註203〕闡明劇情大要，再用六句詩說明度化之旨：

> 好吃酒的淳于髡沉酣惹病；美姿容的惠氏女顏色爲殃；
> 極富貴的惠丞相沉身宦海；逞豪強的莊將軍一旦無常；
> 苦接引的玉眞女金丹傳授；躭空寂的莊周子名列仙鄉。

在此，已將劇中所度化之人全數陳列出，酒、色、財、氣正是全眞教教義當中所要戒除的，而世上的情欲均屬虛幻，更需勘破，才能順利得道成仙。

〔註202〕劇情大要參考自〔明〕陳一球著，沈不沉編注：《蝴蝶夢傳奇》，《樂清文獻叢書》第3輯，北京：線裝書局，2013年，頁3～4。

〔註203〕【沁園春】羽客莊周，玉眞月女，瑤島仙儔。爲蟾宮戲侮，轉劫凡流。邂逅靈芝，金丹傳授，產子靈生，會合瓊樓。夢中蝴蝶化莊周。最堪悲，惠氏迷墮，淫妒不知羞。　酒漢身軀不保，嬌妻顏色難留。縱有富堪敵國，一朝傾覆，盡付東流。那見馮河暴虎，瞞天氣慨，身委荒丘。唯有躭空莊子，拋名利、脫塵垢，悟卻眞空解，不與俗人儔。

　　陳一球《蝴蝶夢》同樣包含了莊周（生）「被度」與「度人」，「被度」主要是尹喜（末）與玉真仙女（貼）受命點化莊周的部分；而「度人」則爲莊周度化其弟莊暴（丑）、表弟淳于髡（淨）、妻舅惠施（外）與其妻惠氏（旦）四人，其中又以度化惠氏爲核心。在第 7 齣〈箇中真諦〉中，老聃即說明了度化莊周的動機和原因，〔註204〕莊周前世乃是「散仙蔡瓊再生」，可見得道昇天之途，對莊周來說只是一種回歸，這與謝弘儀《蝴蝶夢》莊周因「根器不凡」而被度化有所不同。又因其妻惠氏「夙性炎涼」，一心要莊周出仕爲官，老聃唯恐莊周受其迷惑，因此採用了一連串點化莊周的辦法：老聃親身托夢於莊周；接著，又遣玉真仙女和尹喜前往點化。

　　本劇第 11 齣〈點破塵緣〉，便是尹喜化石塊爲骷髏點化莊周的情節，主要改寫自《莊子》「髑髏夢」；骷髏，也同樣做爲度化莊子的一個工具。本齣主要由【金瓏璁】、【神伏兒】、2 支【瑣南枝】、4 支【孝順歌】所構成。莊周別了玉真仙女後，欲前往武當山訪友，奉請玉真仙女助他遁化：

　　　　（作法介）道香一柱，法鼓三通，奉請玉真仙女，莊周要化身到武
　　　　當山下，願借吹噓。（貼扮玉真高立舞拂科。生翻身云）好奇怪！果
　　　　然已經到武當山下了。

此遁化之法即爲瞬間移動，充滿了道教儀式的色彩。〔註205〕接著，唱完一支【神伏兒】後，就看到白骨嶙峋的骷髏，因而開始感嘆傷悲：

　　　　【瑣南枝】（生）驀然見，珠淚流，膚肉成灰骸骨朽。骷髏啊！必有
　　　　不善行，怕見爹娘妻子羞。豈有忘國事，斧鉞仇？爲甚的，喪殘生，
　　　　一命休？

這段「嘆骷髏」的重寫幾乎是遵照「髑髏夢」原文本。然而，骷髏無語，莊周便省下了詢問骷髏的意見，自作主張，再次召喚玉真仙女將骷髏給復活了：

　　　　不免將柳條兒押湊肋骨，蕉葉兒妝成皮膚，分水一口，書太元陽生
　　　　符，救蘇此人，多少是好！（裝束科）玉真仙女，急救此人，引手

〔註204〕「今有蒙人莊周皈依我教，此人乃散仙蔡瓊再生，因到廣寒折桂，與玉真月女兩下勾引牽情，玉皇聞而怒之，謫他兩人俱墮轉劫。蔡瓊今已轉世莊周，玉真不肯降生凡世，兩人欲緣未斷，應有三載夫妻姻緣，日後當生一子，各自修持，他日復登紫府。」。

〔註205〕戲曲中常常穿插道教儀式的表演，在明清時期的戲曲又更爲普遍，形式也更多樣化。倪彩霞：《道教儀式與戲劇表演形態研究》，廣州：廣東高等教育出版社，2011 年，頁 80～96。

動足，動頭！……人雖變成，尚不能言，不免吹氣一口。

讓骷髏復活的法術，也與道教儀式相關。值得注意的是，「髑髏夢」中莊周是請求「司命」，但在這裡是召喚「玉眞仙女」，這說明兩者皆需要借助外在的力量才能起死回生，若單憑一己之力則無法施行。骷髏復活之後，尚不能言，莊周吹氣一口，骷髏始得開口說話。原文本中，則是經由「夢境」讓髑髏能與莊周進行一場跨界的生死對談，在此，「復活」則取代了原文本的「入夢」的情節，而骷髏重返人世，才能開啓與莊周對話的機會。

透過與莊周的問答，可知骷髏名爲尹喜，家居在桃源口，從老子之教，修道多年，得道脫離凡身，事實上他就是尹喜的化身。上一段「骷髏復活」，爲原文中「吾使司命復生子形，爲子骨肉肌膚」的重寫，接下來，陳一球用了四支【孝順歌】演繹原文的「反子父母妻子、閭里、知識」，這也是骷髏向莊周所闡釋的生死之道：

> 調琴瑟，兩意稠，恩和愛，牽纏何日休？你道是鳳侶與鸞儔。我道是金枷和玉扭，此情難剖，此情難剖。俗緣未斷喬相守，緣盡頃刻相分手。你何不，及早回頭，早辦前程，各自尋門走。

> 爲子孫，貽厥謀，嘆浮生碌碌空自求。……你看夏桀與商紂，天下還存否？此情誰剖？此情誰剖？便是那子孝孫賢，瓜瓞綿綿不朽，誰識萬古，於今終無後？

> 名和利，暮夜求，最堪誇，是皇都得意秋。便做道金印懸如斗，聲勢非長久。此情誰剖？此情誰剖？多少童顏皓首？博不得金章紫綬。說甚麼萬戶侯，駒隙光陰，轉盼成何有？

> 英雄輩，翰墨流，那文陣光芒射斗牛。便是錦繡滿胸頭，骸骨終須朽。此情誰剖？此情誰剖？縱使讀盡五車書，生死跟前難相救。漫把才華誇口，道理源頭，誰識向眞空究？

然莊周尚有論辯之意，實不相信骷髏能捨得這些生之所欲——「夫妻、子孫、名利、文章」，故一再提出疑問，而這些說白，就穿插在曲文之中。然而，無論夫妻再怎麼恩愛、子孫滿堂、位高權重，更擁有滿腹的錦鏽文章，這些終是身外之物，轉眼就成空，而人，終究無法從死亡中逃脫，既知如此，何不早日走上修眞求道之途，從情欲和功名中超脫，這又與《蝴蝶夢》的主旨扣合在一起了。莊周聽完骷髏之道，他當下茅塞頓開，正待要問，尹喜就飄然而去了，徒留他一人在原地：

呀！骸骨依然在此，唔！骷髏，骷髏，非尹喜先生之骷髏矣！呀！看此骸骨，依然變化石塊。（笑介）正所謂幻中之幻，身外之身，七情俱假，五蘊皆空，莊周遇此，心胸豁然矣。

四大六塵皆妄幻，粃糠野馬總非身；

猛然悟得眞空解，待見眞空何處眞？

我們可以看到骷髏形變的過程：從石頭，變成骷髏，復活爲人，又變回骷髏，最後復歸於石頭，變化的層次更爲豐富了，「蝴蝶夢」寓言以蝴蝶之形變喻眞幻，在此，莊周也從骷髏形變的經過中悟道覺醒，人一生所追求、所愛、所欲，其實就是幻象，一場虛空，而求道飛昇之途才是眞實。值得注意的是，尹喜化石塊爲骷髏點化莊周的情節爲陳一球所獨創，並未出現在其他「骷髏夢」重寫文本中。〔註206〕此外，骷髏復活後闡發生死之理以度化莊周，其實跟「骷髏夢」中骷髏的角色類同，都是站在較高的位置向莊子說理，並沒有《逍遙遊》雜劇中忘恩負義的情節發展，然而，骷髏皆爲度化之工具，在背後均有一更高的主導者。而莊周從中所悟出的「幻中之幻，身外之身，七情俱假，五蘊皆空，四大六塵」等皆爲佛教用語，「粃糠野馬」則出於〈逍遙遊〉，可見在當時，佛教思想和道家哲思已互相滲透，難以絕然畫分了。

除了尹喜外，玉眞仙女更是促使莊周回歸仙界的關鍵人物，其度化莊周的過程也是陳一球《蝴蝶夢》所獨創的情節。第 8 齣〈誤入桃源〉中，莊周與玉眞仙女的邂逅，其實與中國古代遊仙情節相當類似，他的遇仙之路，實則爲一場艷遇。第 10 齣〈秘授丹經〉，玉眞臨走前授莊子九轉煉金丹，到了第 14 齣〈不圍樊籠〉則是玉眞幻化爲一迷途女子測試莊子道心是否堅定，並告訴他兩人已有一子靈生。由此可見，莊周既有艷遇，又獲金丹，既能得道，更有兒子傳宗接代，這又何嘗不是古代知識分子潛藏在心底的願望？但是，這跟劇中所宣揚的超脫人間情欲之道，其實有很大的牴觸，然這樣的矛盾卻並存此劇當中；而劇中不斷說明，這兩人的結合乃是「前緣注定」，是走上仙途的必經之路，並非一般的外遇苟且之事，但越是強調莊周遇仙求道合理性，越是反映出陳一球《蝴蝶夢》的封建特質。

與玉眞相對的是惠氏，乃惠施之妹；一個是幫助他入道的仙女，一個則是會妨礙他入道的存在。在第 21 齣〈苦海回頭〉中，沉迷於酒財氣的淳于髡、

〔註206〕〔明〕陳一球著，沈不沉編注：《蝴蝶夢傳奇》，《樂清文獻叢書》第 3 輯，北京：線裝書局，2013 年，頁 54～55。

惠施、莊暴受莊周點化已幡然悔悟，惠氏原本染上瘋疾，容貌復原後，卻執迷不悔，一心想找到莊周重修舊好，再勸他求取功名，莊周乃嘆惠氏爲「粉黛骷髏」，因而種下了「試妻」之種子。第 23 齣〈蝴蝶蓬蓬〉，出自莊子「蝴蝶夢」寓言，然莊周的夢中多了玉眞仙女派來的花神，要來點化莊周，斬斷他與惠氏情愛之絆，〔註 207〕莊周了悟，尸解而去，惠氏以爲他已死亡，悲痛不已。其「試妻」的情節，多半是循著話本小說《莊子休鼓盆成大道》而展開，見於〈差認知音〉、〈不見復關〉、〈我死妻嫁〉、〈妻死我埋〉、〈一場笑話〉五齣，唯無搧墳女的情節。莊周在揭開眞相之後所言：「那個是王孫，那個是莊子？正是：誰識幻中幻，怎知身外身？空中那見色，何苦戀囂塵。」正與他從骷髏所悟出之言「幻中之幻，身外之身，七情俱假，五蘊皆空。」如出一轍，彼此呼應。而惠氏在劇中下場凄慘，死前更遭到如花和其子索命，不得不自盡而亡，反觀謝弘儀《蝴蝶夢》，兩者雖都不出禮教的束縛，然韓氏尚能保留一條性命，進而修道得證，惠氏卻墮入地獄受盡折難，才得以被莊周接引升天。第 28 齣〈一場笑話〉，則是出自於「莊子鼓盆歌」的寓言，〔註 208〕莊周因妻死感嘆：「我莊周眼見得過去的骷髏，眼前的骷髏，那個不死於情欲之中？」，接著使用了【耍孩兒】帶五支煞曲鼓盆而歌，內容包括天地創化至情欲皆幻之說，隨後便乘鶴隨尹喜而去。由以上情節可見，莊周只許自己外遇、有妾，卻要求妻子在自己死後守貞，若有二心，則會受到嚴厲的懲罰，明顯的雙重標準，在兩者的對比之下，更加凸顯出劇中封建禮教的荒謬性。

此外，莊周所度化的尚有與他志趣各異的朋友們——其弟莊暴、表弟淳于髡、妻舅惠施，彼此最大的衝突點在於對仕途的追求上。〔註 209〕在第 2 齣〈放言不仕〉中，已經確立了「莊子不仕」的立場，〔註 210〕這三人與莊子不同，均追求功名，與莊子各分東西（第 3 齣〈朝野分途〉）。惠施是從《莊子》一書而來，然莊暴和淳于髡卻不見錄於莊書中，這兩人究竟是何來歷？莊暴

〔註 207〕 「蝴蝶栩栩，俄時蓬蓬，莫疑莊周，蝴蝶有分，悟來蝴蝶，即是莊周。你家妻子早晚來也，可速脫身，莫被凡眼瞧破。」
〔註 208〕 敷衍「莊子鼓盆歌」的戲曲尚有元代李壽卿《鼓盆歌莊子嘆骷髏》雜劇，今僅存【仙呂宮】一套：以及元明之際闕名《鼓盆歌》雜劇，今已佚。
〔註 209〕 這三人在第 21 齣〈苦海回頭〉被莊周化身的道人所救度點化。
〔註 210〕 《莊子》〈讓王〉篇中，有一個列子很窮，但拒絕出仕的寓言，其妻爲此頗有怨懟：「妾聞爲有道者之妻子，皆得佚樂，今有飢色。君過而遺先生食，先生不受，豈不命邪！」陳一球《蝴蝶夢》或許多少受此寓言的影響。

在歷史上確有其人，爲齊國之臣，更非莊周之弟；淳于髡，齊國人，與莊周無親戚關係；而這兩人恰巧都出現在《孟子》一書當中。〔註211〕此外，還有陳仲子，歷史上確有其人，爲齊國之隱士，同樣出現於《孟子》，〔註212〕也是做爲莊周劇中的對照組，他遠離群塵，然過於狷介自持，辟卻兄母，攜妻前往他國，最終未被莊周度化。可知陳一球的《蝴蝶夢》不僅從《莊子》中汲取養分，在人物塑造上更刻意與儒家做連結。在劇中，惠施迷於享樂而耽誤軍情，莊暴好勇鬥狠，逞一時之氣，淳于髡巧言多辯，沉緬酒池，這些類型化的人物皆反映了當時政治現況，沈不沉認爲：「這些人物似乎都可以從當時的權臣中找到生活原型，即使不是直接影射，也能叫人產生聯想。『楚雨含情皆有托』，《蝴蝶夢》傳奇雖然披著『神仙道化』的外衣，卻依然浸透著現實主義的精神。」〔註213〕

　　第32齣〈雞犬同升〉，莊周、玉眞仙女、其子靈生在天上團聚，而惠氏、如花、胎魂（如花之子）也一同封賞，陳一球《蝴蝶夢》仍是遵守明傳奇劇末團圓旌獎的程式。雖在當中對現世有所批判和諷刺，有強烈的現實主義的精神，然而，劇中封建思想亦如影隨形，這是劇作家難以跨越的時代與劇種的限制。劇末，有一現象值得關注：

　　（生）莊周去也！（先下）

　　（旦）莊生那裡去也？（貼）莊子爲何一時不見了？（小生）爹爹怎的飄然去也？（末）想他必先赴紫垣。（外）不是他先赴紫垣。

　　【尾聲】（外）還疑他不在蓬萊上，何處是莊周？色相空，色色空，祇堪作戲場。

莊周位列仙班之後卻消失不見了，把一切都指向「空」、「祇堪作戲場」，顯然深受佛教影響，更隱然流露出對仙界的團圓封賞的質疑。綜上所述，可說陳一球《蝴蝶夢》傳奇是封建色彩、現實主義、虛幻思想三者並存的作品。

〔註211〕莊暴，亦出於《孟子》〈梁惠王下〉，闡述君主應「與民同樂」的思想；淳于髡，亦出於《孟子》〈離婁上〉、〈告子下〉，生平事跡可見《史記》《滑稽列傳》，著名的事跡爲「以酒諫酒」。

〔註212〕陳仲子，出於《孟子》〈滕文公下〉。第17齣〈笑傲乾坤〉描寫陳仲子拒兄長之邀，與妻過著隱居的生活。當中更提及孟子，並對仁義加以批判。

〔註213〕沈不沉：〈明王朝最後一椿文字獄（代前言）——陳一球與《蝴蝶夢傳奇》〉，〔明〕陳一球著，沈不沉編注：《蝴蝶夢傳奇》，《樂清文獻叢書》第3輯，北京：線裝書局，2013年，頁8～9。

　　陳一球創作《蝴蝶夢》的動機，顯然與他的一生脫離不了關係，且看《浙江通志》所載之《陳一球傳》：

> 陳一球（1601～1654），字非我，號蝶庵，樂清（今慎江鎮樓下村）人。九歲通曉經籍，十四歲入邑庠，以博學爲知府何廷相、督學周耀光所讚賞。明崇禎八年（1635），上書浙江巡按御史趙繼鼎，痛陳時事二十條，趙看後嘆爲「東甌杰士」，轉奏朝廷，罷免一批貪官汙吏，人心大快。被罷官吏心懷怨恨，誣指一球著作《悟空編》爲左道，《蝴蝶夢》爲謗書，羅織成罪，拘囚四年。十三年，謫戍福建鎮東衛。……其後御史任天成巡按浙閩，得知冤情，力予平反，並加舉薦，厄於權奸，未能得志。甲申國變，清兵南下，順治二年（1645）閏六月，唐王即位於福建，黃道周、曹學佺等大臣交章推薦，授一球爲內閣中書。……次年，浙閩相繼被清兵攻破，一球遂歸鄉，築園於白岩山故居，名曰「灌園」，躬耕壟畝，飲酒賦詩，度其晚年。後十八年卒。遺著有《悟空編》、《松石亭詩集》等，今唯存《蝴蝶夢傳奇》二卷。〔註214〕

陳一球的字「非我」、「蝶庵」都與「莊子蝴蝶夢」寓言相關，而他所創作的《蝴蝶夢》傳奇，當中涵蓋了他的思想和人生體驗，此外，更因爲這部作品，改變了他的一生。天啓五年（1625），陳一球上京「伏闕陳情」，然而卻不受到重視，《蝴蝶夢》就是在這個背景之下所產生，裡頭包含著他政治理想的落空、懷才不遇等諸多複雜的情感。〔註215〕推測起來，《蝴蝶夢》成書的時間大約在天啓五年至崇禎六年（1625～1633）這八年之間。〔註216〕接著，他又再度上書痛陳時事，然被罷免官吏挾怨報復，指「《蝴蝶夢》爲謗書」，陳一球更因此入獄，後被貶至福建。陳一球《蝴蝶夢》傳奇與他兩次上書陳言的經

〔註214〕〔明〕陳一球著，沈不沉編注：《蝴蝶夢傳奇》，《樂清文獻叢書》第3輯，北京：線裝書局，2013年，頁161～162。

〔註215〕然而，陳一球的三篇傳記，包括康熙年間的范鑅《陳中翰一球公傳》、施元孚《陳蝶庵傳》，乾隆年間的《樂清縣志》本傳，都不見他上京陳言的記載，有可能出於疏忽或特意迴避。

〔註216〕陳一球《乙丑入都屢奏不對有感》一詩題目點出了寫於天啓五年（1625）；而林增志的序寫於1633年，故推測《蝴蝶夢》傳奇寫作時間大約在天啓五年至崇禎六年（1625～1633）這八年之間。沈不沉：〈明王朝最後一樁文字獄（代前言）——陳一球與《蝴蝶夢傳奇》〉，〔明〕陳一球著，沈不沉編注：《蝴蝶夢傳奇》，《樂清文獻叢書》第3輯，北京：線裝書局，2013年，頁5～8。

歷息息相關，都是出於文人積極用世的志向與熱情。然而，明朝大勢已去，陳一球只能退而求其次，隱居躬耕，他並未仕清，直到終老。

清順治七年（1650），陳一球在 50 歲時寫下了《蝶夢歌》，前有序言：「余因計憶五十年來一場大夢，遂賦《蝶夢歌》一百韻自壽。」可見《蝶夢歌》與《蝴蝶夢》傳奇，都是以人生為一場大夢為創作要旨。《蝶夢歌》清楚的說明了創作《蝴蝶夢》傳奇的經過，在此截錄一段如下：

> ……閒手《南華經》，神契濠梁澳，著成《蝶夢》編，不羨紛華煜。……
> 全思破鏡圓，拋擲鴛鴦襖。更憤時俗非，鳳喧濔雲毒。黎庶苦橫徵，
> 吏虐將軍酷，我抱杞人憂，不謀身禍福。抗疏叩銅環，碎首陳忠告。
> 乃賁閹者怒，群聲起謗讟，疑璧果難明，填寨宜岸獄，三木關一身，
> 囊澀無能贖。……〔註217〕

當中描述了陳一球目擊晚明社會亂象而產生的憂國憂民之心，為此他更奮不顧身，力陳時非，只期望統治者能夠聽到他的諫言，進而有所改變，然而，卻又使自己蒙上了不白之冤。除了悲憤感懷外，陳一球長期與原配鄭氏感情不睦，創作《蝴蝶夢》的目的也在於感化妻子（「全思破鏡圓，拋擲鴛鴦襖。」），可以從劇中對惠氏的刻畫看到其妻的原型。此外，後人也相當地理解陳一球創作《蝴蝶夢》的動機，見《林啟亨跋》：「《蝴蝶夢》者，陳非我先生感憤之作也。」《劉屏之跋》：「《蝴蝶夢》尤屈子之《離騷》、賈生之《鵩賦》也，豈僅悲琴瑟失調而已哉！」高誼跋：「《蝴蝶夢》傳奇，非我先生醒世之作也。」都映證了劇作家創作傳奇是有所寄託的。

陳一球《蝴蝶夢》使用了出自《莊子》原文的典故，如「蝴蝶夢」、「髑髏夢」、「鼓盆歌」等在劇中，其餘的則都化為文辭，分散在劇中，〔註218〕不像謝弘儀《蝴蝶夢》較完整地保留了《莊子》寓言的情節。在「髑髏夢」的重寫中，「入夢」的元素已消失，取而代之的是「骷髏復活」，骷髏即為尹喜之化身，莊周就在骷髏的形變中悟道。然而，無論是蝴蝶或是骷髏，在劇中都只是做為度化的一個工具，主要乃是在闡揚生死情欲如幻夢的思想，勸人早日修道醒悟，這已和莊子原本的物化思想有很大的距離。劇作家雖與劇中

〔註217〕〔明〕陳一球著，沈不沉編注：《蝴蝶夢傳奇》，《樂清文獻叢書》第 3 輯，北京：線裝書局，2013 年，頁 141～143。

〔註218〕如第 11 齣〈點破塵緣〉中莊周上場唱：「【金瓏璁】大樹何須有用？無能無累無求，虛遨遊，不繫舟。」是將莊書中的典故化入唱詞中。

「莊子不仕」的立場有所不同，然積極救世之熱忱，與宗教度化他人之懇切，兩者的精神有相通之處，可從中找到一個寄託自我情志的空間；然而，這是文人對現實無能爲力，退而從莊子和宗教中尋得的一種安慰和解脫。相較之下，陳一球《蝴蝶夢》有更多劇作家自我創作的情節，比刻意連結莊子的謝弘儀《蝴蝶夢》更加活潑、更有戲劇性，相對的，也更加的世俗化、更加迂腐、更具封建的特質；然而，劇作始終無刊刻印行，亦無演出的資料與紀錄，以致於今日乏人問津，不能不說這是種遺憾。

　　綜上所述，以上三部作品有其共通性，首先，三位劇作家所在約爲同時，且都是浙江人〔註219〕；再者，創作的時間也相當接近：王應遴《逍遙遊》作於天啓六年（1626）秋，當是王應遴在受廷杖被削籍之後的作品；謝弘儀《蝴蝶夢》是謝弘儀被革職後，閒賦在家時所作，寫作時間大約落於天啓六年至崇禎四年（1626～1631）；陳一球《蝴蝶夢》是在上京伏闕陳情失敗後有感而發的創作，成書的時間大約是在天啓五年至崇禎六年（1625～1633）期間。這些作品，都與他們在仕途上所遭遇的挫折相關，皆相當程度的反映了晚明政治的現況，劇作家在此都有所寄託和諷寓。在完成劇作之後，他們面臨晚明王朝的覆亡所採取的不同姿態：殉國、仕清、歸隱，也都引人深思。

　　這三個作品的背後都寄寓著創作者的思想和反映了時代的背景。從中可以看出，《莊子》的「寓言」和「戲曲」有著相同的特質，徐復祚《曲論》曾言：「要之傳奇皆是寓言，未有無所爲者，正不必求其人與事以實之也。」〔註220〕明代胡應麟《莊岳委談》中也提到：「凡傳奇以戲文爲也，亡往而非也。故其事欲謬悠而亡根也，其名欲顛倒而亡實也。」〔註221〕戲曲實受到《莊子》「寓言」手法的影響，兩者皆具備「故事性」、「寄託性」、「虛構性」三項特質。

　　其次，「度化」均爲其主旨，而所「度化」之人，在劇中做爲莊周之對比：《逍遙遊》中，梁棟爲「名」，道童爲「利」；謝弘儀《蝴蝶夢》中，惠子爲「名」，監河侯則爲「利」，韓氏爲「情」；陳一球《蝴蝶夢》中，淳于髡爲「酒」，

〔註219〕三位劇作者生卒年如下：王應遴（？～1644）、謝弘儀（約1573～1647以後）、陳一球（1601～1654）。

〔註220〕李漁《閒情偶寄》亦記載：「傳奇無實，大半皆寓言耳。」〔清〕李漁：《閒情偶寄》，《中國古典戲曲論著集成（七）》，北京：中國戲劇出版社，1959年，頁20。

〔註221〕陳多、葉長海選著：《中國歷代劇論選注》，長沙市：湖南文藝出版社，1987年，頁153。

惠氏爲「色」，惠施爲「財」，莊暴爲「氣」。「骷髏」在劇中都是做爲一個度化的工具、伎倆，〔註222〕當中所闡發的思想，如《逍遙遊》的「三教合一」，謝弘儀《蝴蝶夢》中的「無生無死」、「諸幻皆空」以及陳一球《蝴蝶夢》中的「四大六塵皆妄幻」等等，都深深的受到佛教的影響，可見佛教和道家的思想已彼此滲透融合，更成爲文人在困頓受阻之時的精神歸宿，無論是「髑髏夢」或是「蝴蝶夢」，失意文人都能在其中找尋到共鳴，因而不斷重寫創作，與時代和自我對話。但是，筆者以爲，時人或後人對這三個作品的評語頗有溢美之詞，三者雖皆有所寄託和諷刺，但用世俗化、類型化的人物來針砭時事，批判的力道畢竟還是薄弱的，仍無法突破時代和創作體裁的限制；再者，無論用何種思想來涵蓋作品，以度脫做爲全劇的主旨和最終的收束，終究是一種對現世的逃避。

值得一提的是，中國戲曲經常出現夢境的描寫，如湯顯祖之四夢，當中之《南柯記》與《邯鄲記》更是以人物的夢境爲中心的情節，其角色在夢中歷經了出將入相、宦海浮沉等內容，主旨在於說明現實政治或是個人之理想終究不過是虛幻，走向宗教之道才能真正得到解脫，就這個意義而言，名爲《蝴蝶夢》傳奇之要旨與此相同，都是否定現世而肯定出世。此外，我們注意到，莊子枕著髑髏和《邯鄲記》中盧生枕著磁枕的意象有相通之處，然而，劇作家卻未將枕髑髏的動作加以發揮，或是直接刪除，甚至「髑髏夢」當中夢境的元素都被取消了，說到底，「莊子髑髏夢」在傳奇當中並沒有真正的創發。

第四節　現當代的「髑髏夢」

一、新編戲曲中的「髑髏夢」：傳統印記與莊子哲思

現當代有不少新編莊子故事戲曲，主要跟隨傳統的腳步，受到清代綴白

〔註222〕三個作品的度化手法中，均不約而同的使用了仙丹：《逍遙遊》中的「方三元丹」，可使萬物回春，用來復活骷髏之用；謝弘儀《蝴蝶夢》中的「北育火丹」，乃長桑公子所授，食之能分形變化，莊周便以此變身爲周生，以試探韓氏；陳一球《蝴蝶夢》中的「九轉煉金丹」爲玉眞仙女所賜，可療癒人間百病，更可點石爲金，莊周更以此度化惠施、莊暴、淳于髡三人。值得注意的是，仙丹俱有神奇的功能，都與形變相關。

裘本《蝴蝶夢》〔註223〕的影響，還是圍繞在「試妻」的內容上，〔註224〕目前未出現以「髑髏夢」為主的改編創作，而是附屬在《蝴蝶夢》之下，「髑髏夢」並非劇情的中心，內容較無進一步的開展；此外，劇作家在創作時，皆有意識的將劇作與莊子思想做連結。新編戲曲中包含「髑髏夢」的作品如下：京劇有魏子雲的《新編蝴蝶夢》〔註225〕第一場〈嘆骷〉；崑劇有陳西汀的《新蝴蝶夢》〔註226〕第一場，以及古兆申整理改編的《蝴蝶夢》〔註227〕第一齣〈嘆骷〉。

在京劇方面，魏子雲（1918～2005）《新編蝴蝶夢》，是以清代綴白裘本《蝴蝶夢》為底本改寫，共分為以下六場：〈嘆骷〉、〈搧墳〉、〈撕扇〉、〈妙化〉、〈情孽〉、〈蝶夢〉。劇情以「試妻」內容為主軸，最大的改變在故事奠基於「莊周夫婦的恩愛」，並且注入了莊子的哲思。作者在劇中特別安排了三個夢境，第一個為「髑髏夢」，見於〈嘆骷〉，主要是藉由仙人化身骷髏點化莊周了悟生死物化之理；第二個夢見於〈妙化〉，為紙紮人變書僮、莊周變為楚王孫的內容；最後一個為「蝴蝶夢」，見於〈蝶夢〉，原來「試妻」的過程全是田氏的夢境，最後田氏大夢覺醒，了解男女情愛乃本於自然、人性，夫妻兩人與蝴蝶共舞，雙雙仙遊而去。〔註228〕

〔註223〕有關綴白裘本《蝴蝶夢》的內容詳見本論文第四章第三節第二小節〈崑劇《蝴蝶夢》中的「嘆骷」：從傳奇到折子、串全本〉。

〔註224〕新編莊子戲曲中，如越劇吳兆芬的《蝴蝶夢》、川劇徐棻、胡成德的《田姐與莊周》、高行健《冥城》，都在試妻的主題上翻轉出新意，然無「髑髏夢」的改編，在此故不討論。吳兆芬：《蝴蝶夢》，《上海藝術家》2001年03期，頁71～80。徐棻、胡成德：《田姐與莊周：一個大男子和一個小婦人無所稽考的荒唐故事》，《劇本》1988年04期，頁32～47。高行健：《冥城》，臺北：聯合文學出版社，2001年，頁7～98。

〔註225〕魏子雲：《新編蝴蝶夢》，《聯合文學》第41期，1988年3月，頁36～53。

〔註226〕陳西汀：《新蝴蝶夢》，《上海藝術家》第6期，1998年，頁16～23。

〔註227〕古兆申改編：《崑劇蝴蝶夢》，雷競璇編：《崑劇蝴蝶夢：一部傳統戲的再現》，香港：牛津大學出版社出版：臺北市：臺灣商務總代理，2005年，頁1～24。

〔註228〕魏子雲說明改編的內容：「雖說，我的《蝴蝶夢》是傳承了《綴白裘》的九場情節而來，但故事卻不同了。我這戲的故事奠基於莊周夫婦的恩愛。由於莊子的好學，疏淡了家庭間夫婦之愛，惹得田氏時生怨懟。然而莊子的悟道成分，也還未能到達忘我的物化之境。因而有『嘆骷』一場的無名氏來點化莊周再向深處遠處實處去悟解人生。知莊周夫妻恩愛情重，又有九天玄女化身寡婦搧墳，來點化莊周洞澈夫妻情愛的真諦。……於是，田氏領悟了人生中的一切，全是一場場虛幻的夢境，她醒覺來了。遂也興興頭頭地，跟隨丈夫一同修道去了。」魏子雲：〈莊周「夢蝶」與傳說「試妻」的人生哲思——自

第一場〈嘆骷〉仍保留了「度化」的內容，在幕啓時，「四骷髏一一翻上，演跌翻技藝介」，無名氏（骷髏）的出場也與四骷髏（雜扮）有所互動：「（末著儒服外罩骷髏形坎肩飄搖上）（介入四骷髏中舞介）」。此外，四骷髏的身段表演更不時地穿插在莊周（老生）和無名氏的對話中。莊周與無名氏的對話基本上與綴白裘本〈嘆骷〉相去不遠，骷髏臨走前留下四句話：「生時爲人要爲人，莫爲榮辱付虛情。宇宙本是自然體；超然物外自在身。」這與綴白裘本中的：「滿眼貪生怕死期，死中樂處有誰知？先生要免無常路，除是長桑公子知。」有很大的不同。雖將莊子的物化思想融入了「髑髏夢」當中，但在強調「眞齊物」、「眞逍遙」的同時，卻始終沒有跳脫出「度脫」的框架。

在崑劇方面，陳西汀（1920～2002）《新蝴蝶夢》於 1990 年演出，由上崑計鎮華、梁谷音主演，沈斌導演。架構來自於綴白裘本《蝴蝶夢》，以「試妻」爲主軸，然劇本和曲文內容都有很大的改變，共分爲五場，每場未標示名稱，第一場的情節出自綴白裘本〈嘆骷〉和〈搧墳〉；第二場出自〈毀扇〉、〈病幻〉；第三場出自〈弔孝〉；第四場出自〈說親〉、〈回話〉、〈做親〉；第五場出自〈劈棺〉。雖不脫「試妻」的範圍，但試妻的動機有所創新，莊周明白他與田氏志趣不同，一個志在逍遙，一個志在情愛，希望田氏能改嫁尋找自己的幸福。〔註229〕劇末田氏得知莊周和王孫乃同一人，不願讓他走，然莊周心意已決，斷然離開，田氏凝視著崑崙之墟，王孫復現。

「髑髏夢」的改寫出現在第一場，結合了〈嘆骷〉和〈搧墳〉的內容。莊周在蝴蝶圍繞中上場，突然「大風揚塵，骷髏吟嘯，蝴蝶飛散下」：

> 啊，曠野荒墟，何來吟嘯之聲？——那旁有一骷髏，莫非是風吹他的孔竅發出來的？——待我看來（抱過）看你風吹雨打，成了這個樣兒，倒還笑咪咪的，自在的很，我走得正好困倦，就勞你伴我歇息片刻吧。
>
> （莊周以骷髏爲枕，臥。）
>
> （大風揚塵。煙火中骷髏幻化，立於莊周之前，微笑。）

剖劇作《蝴蝶夢》的傳承與創新〉，《古典文學》第 10 集，臺北：臺灣學生書局，1988 年，頁 65～76。

〔註229〕第二場莊周說明了試妻的動機：「唉，世間萬物，各有本性，我是一個神仙，她是一個女人，神仙以逍遙爲樂，女人以歡愛爲樂。神仙叫女人守寡，於心難安，這……看起來，若不使出破釜沉舟之計，斷難使她割捨夫妻情愛，兩下分開！」

劇中描繪風從髑髏孔竅所發出來的聲音，其來源正是《莊子》〈齊物論〉：「夫大塊噫氣，其名為風。是唯無作，作則萬竅怒呺……」在莊子的夢中，髑髏的出場頗為迷幻精彩，接著，莊子和髑髏展開生死之辯，論及生人總是留戀「閨房之樂」、「嬌妻美妾」，兩人更一同上「荒唐嶺」看「荒唐事」──也就是孝婦搧墳的情節。劇作家這個設計相當的巧妙，使《新蝴蝶夢》又多了一個層次，以「戲中夢中戲」來取代長篇的生死論述和嘆骷內容，莊周更因此明白了「男女之間的奧妙」，觀眾也不會容易覺得劇情無聊、沉悶。陳西汀對「髑髏夢」的改寫，帶出了之後試妻的動機和內容，跟後面的劇情發展銜接地天衣無縫，這樣的舖排，在荒謬中寓有其新意。

古兆申（1945～）整理改編的崑劇《蝴蝶夢》，於 2005 年演出，由上崑計鎮華、梁谷音、劉異龍、侯哲主演，沈斌導演。古兆申《蝴蝶夢》則回歸了綴白裘本《蝴蝶夢》，力求保存崑劇的精華，包含以下 7 齣：〈嘆骷〉、〈搧墳〉、〈毀扇〉、〈弔奠〉、〈說親〉、〈回話〉、〈劈棺〉。全劇以「莊周」夢境貫穿，此為本劇的改編重點，乃是由幻化道人為了點化莊周所安排的一場夢，以「髑髏夢」始，至莊周「自劈天靈蓋」終。

第一場〈嘆骷〉〔註230〕在開頭即點名了「度化」之旨：

> （外扮幻化上）莊周好學上青宵，洞察世間已數遭，功名利祿皆看破，兒女情長實難拋。在下幻化是也，想那莊周，學道多年，名揚天下，如今又看破名利，怎奈他家中尚有美貌嬌妻，實難割括。待我速速點化於他，斷了這場情緣，助他早日成道也。

幻化道人下場後，莊周（生）嘆骷，接著進入夢境的骷髏，則是由丑所扮。劇中骷髏乃身著黑色披風，只露出頭顱，更以矮子功來表現骷髏的形象；此外，和莊周辯論生死之時，更有一段載歌載舞的表演：「運用矮子功碎步、抬腿步、滾腿步、滾雞蛋等身段技巧，把骷髏自由自在，超脫生命的感悟體現出來。」〔註231〕最後骷髏留下一言而離去：「先生要解生死結，搧墳孝婦解倒懸，我和你再會哉。」在劇末，莊周清醒後，了悟男女情愛為一場夢幻，乃拋妻求道而去。幻化道人又再度上場呼應劇首的度化之旨：「莊周夢已醒，孽

〔註230〕保留了綴白裘本《蝴蝶夢》〈嘆骷〉的 3 支曲子：【一江風】、2 支【解三酲】，其餘 3 曲已刪除。
〔註231〕沈斌：〈崑曲的演和導〉，雷競璇編：《崑劇蝴蝶夢：一部傳統戲的再現》，香港：牛津大學出版社出版；臺北市：臺灣商務總代理，2005 年，頁 39～40。

緣已了清。此夢是眞也是假，此夢是假也是眞。」整齣戲爲莊周夢境，便合理解釋田氏再嫁以及劈棺取腦的行爲，乃是莊周心理的投射，這個改編既保留了傳統的精髓，又增加了敘事的層次，〔註232〕更與莊子夢寓有所結合（「大聖夢」、「蝴蝶夢」）。然而，將一切的情節納入幻化道人的度化手段中，在創作的思想上似乎又走了回頭路。

除此之外，當代傳奇劇場在 2007 年推出的「崑曲風新歌劇」《夢蝶》，由吳興國與錢熠主演，共分爲七場：〈日蝕〉、〈搧墳〉、〈毀扇〉、〈守靈〉、〈試妻〉、〈劈棺〉、〈夢蝶〉，其場次架構的安排仍是繼承了綴白裘本《蝴蝶夢》，然而，《夢蝶》並非以劈棺作結，而是將結局收在鼓盆歌。編劇林秀偉提出了「男人求道，女人求愛」，這正是莊周與妻子的衝突之處，也是此劇改編的重點，如第五場〈試妻〉中「七夜」的試探，由莊周假扮的楚王孫不斷地挑逗田氏，同時，莊周也因爲自己的猜疑心而陷入天人交戰當中，田氏到第七夜終於穿上紅衣，決定追求自己的愛情。《夢蝶》全劇以夢貫穿，第一場〈日蝕〉莊周現身即言：「千年一覺蝴蝶夢，大化無情總是空。寂兮寥兮，周夢蝶兮，栩栩然兮，蝶夢周兮。」而田氏自劈時所言：「千年一覺蝴蝶夢，覺來又隔幾千重。」除了呼應了莊周開場所言外，更讓莊周從中醒悟，自己所追求之道不過如同幻夢一場。

骷髏與莊子的對話出現在第一場〈日蝕〉，骷髏不再只是單一的角色，而是一群骷髏，更融入了現代舞的元素，以意象的方式呈現，與單純論辯生死或是嘆骷髏的作品有很大的不同。而莊周所唱：「方生方死，方死方生，方其夢也，不知其夢也，大覺而後知大夢也。」正點出全劇之主旨，這段話同樣出現在劇末當中，有首尾呼應的效果。除了眾骷髏外，接著又加入了老子騎著牛並演唱道德經出場，隨後還有民眾抬著棺木上場，而舞臺上出現日蝕，結束了這一場的演出。〔註233〕當代傳奇嘗試以新的角度演繹莊子寓言，值得讓人肯定。

〔註232〕 古兆申：〈每朵花都會夢見一隻蝴蝶──《蝴蝶夢》改編感言〉，雷競璇編：《崑劇蝴蝶夢：一部傳統戲的再現》，香港：牛津大學出版社出版；臺北市：臺灣商務總代理，2005 年，頁 34。

〔註233〕 當代傳奇劇場：《夢蝶》節目冊，2007 年。吳岳霖：〈召喚「東方劇場」：作爲「中國傳奇」終章的《夢蝶》〉，《擺盪於創新與傳統之間：重探「當代傳奇劇場」（1986～2011）》，國立中正大學中國文學系碩士論文，2012 年，頁 205～231。

二、魯迅《起死》：荒誕隱喻與諷刺精神

　　《起死》〔註234〕，寫於 1935 年 12 月，收錄在魯迅（1881～1936）的最後一部短篇小說集《故事新編》當中，作為壓卷之作。〔註235〕在《故事新編》出版後一年，魯迅即離開了人世。《起死》是莊子「髑髏夢」的重寫文本，承續了戲曲和道情當中的「骷髏復活」情節，而以戲劇形式書寫的小說體例也值得讓人注意。小說的內容概要如下：

　　莊子往見楚王的途中，發現了一個髑髏，並召喚司命大神使他復活。司命大神現身，用馬鞭向蓬中一指，把髑髏給復活了──一個一絲不掛的漢子，名叫楊必恭，紂王時期人，他在探親時被強盜所殺，已經死去五百多年了。漢子向莊子討取衣服、包裹、雨傘，莊子不給，想要再次召喚司命前來，還漢子一死，無奈法術失效，漢子撲向前，揪住莊子不放，莊子吹警笛求救，一位巡士應聲而來。後來，巡士認出莊子，原來局長是莊子的崇拜者，莊子便成功脫身離去。漢子轉而向巡士要衣褲，緊緊糾住他，巡士掙扎，狂吹警笛。

　　《起死》的文體特殊，雖歸於小說，然全篇都以「對話」的方式來書寫，幾乎與「劇本」一般無二。魯迅在 1934 年曾翻譯西班牙作家巴羅哈的《少年別》，這是一部擬戲劇的對話體小說，《起死》的文體有可能是受此影響；此外，更不能忽略《起死》所承襲的一系列「髑髏夢」前文本：《皮囊記》散齣、《逍遙遊》雜劇、京劇《敲骨求金》、「嘆骷髏」道情〔註236〕，這些前文本都有復活情節，均是對話的形式，而魯迅曾研究《續金瓶梅》，應對當中「嘆骷髏」道情〔註237〕非常熟悉，因此，魯迅用戲劇的形式來創作小說，也可能與前文本的體裁有很大的關係。〔註238〕

〔註234〕　魯迅：《起死》，《故事新編》，北京：人民文學出版社，1973 年，頁 118～129。

〔註235〕　《故事新編》收錄了 1922～1935 年間創作的八篇短篇小說，包含《補天》、《奔月》、《理水》、《采薇》、《鑄劍》、《出關》、《非攻》、《起死》。各篇呈現「編年體式」的排列方式，讀者看到的不僅為歷史人物的時間流逝，也看到魯迅個人的生命片段。劉柏正：〈「歷史的小說」：《故事新編》的歷史意識與敘事策略〉，《東亞觀念史集刊》第 5 期，2013 年 12 月，頁 246。

〔註236〕　包括了杜蕙《莊子嘆骷髏南北詞曲》、《續金瓶梅》當中的道情。

〔註237〕　《續金瓶梅》中的「嘆骷髏」道情，詳見〔清〕丁耀亢：《續金瓶梅》，第 48回〈蓮淨度梅玉出家，瘸子聽骷髏入道〉，李增坡主編、張清吉校點：《丁耀亢全集中冊》，鄭州市：中州古籍出版社，1999 年，頁 369～378。

〔註238〕　此段參考自趙亞光：〈魯迅小說《起死》的文體選擇與重構〉，《南京師範大學文學院學報》第 1 期，2012 年 3 月，頁 62～67。

　　除了文本的「戲劇」的形式之外，內容亦暗示著「做戲」的性質。在小說裡，莊子出場時是「黑瘦面皮，花白的絡腮鬍子，道冠，布袍，拿著馬鞭」，模樣倒有幾分像做戲；接著，他遇到骷髏，用馬鞭撥開蓬草，一邊敲著，一邊詢問起骷髏來：

> 您是貪生怕死，倒行逆施，成了這樣的呢？（橐橐。）還是失掉地盤，吃著板刀，成了這樣的呢？（橐橐。）還是鬧得一塌胡塗，對不起父母妻子，成了這樣的呢？（橐橐。）您不知道自殺是弱者的行為嗎？（橐橐橐！）還是您沒有飯吃，沒有衣穿，成了這樣的呢？（橐橐。）還是年紀老了，活該死掉，成了這樣的呢？（橐橐。）
>
> 還是……唉，這倒是我胡塗，好像在做戲了。那裡會回答。

這一連串對骷髏的詢問，均出自「骷髏夢」原文，而多了「自殺是弱者的行為」〔註239〕。此外，用馬鞭敲擊的動作，並發出「橐橐」的聲響，也相當具有戲劇性，這裡是從「骷髏夢」原文中「撽以馬捶」而來，但是，卻不見於其他的重寫文本當中，被忽略了千年，直到魯迅才又重新將這個動作喚醒，注入了新鮮的血液。閱讀「骷髏夢」原文時，總是會對「撽以馬捶」這個動作百思不得其解，魯迅則為此做了詮釋：「好像在做戲了。」他藉由莊子之口，揭露出故事中「做戲」的特質，更預告了以下的情節發展，也是戲劇的一環，劇中人物莊子、漢子、巡士三人既是演員也是觀者。〔註240〕值得一提的是，原本是「入夢」的情節，魯迅在此做了翻轉，用「做戲」取代了「夢境」。此外，劉柏正提出：「《起死》最後選擇了劇本形式作為小說文體的一個嘗試，其意義當在於『做戲』與『歷史』之間的隱喻關係。」〔註241〕小說、歷史之

〔註239〕姜克濱指出，在當時因反對封建和統治而自殺的事件頻傳，而有些文人認為這是弱者的行為，魯迅則加以回擊；此外，魯迅於《且介亭雜文二集・論人言可畏》中言：「然而我想，自殺其實是不很容易，決沒有我們不預備自殺的人們所渺視的那麼輕而易舉。」姜克濱：〈荒誕與隱喻的重構——論《故事新編・起死》〉，《瀋陽師範大學學報（社會科學版）》第34卷，2010年第4期（總第160期），頁86～87。

〔註240〕「《起死》採取了劇本形式呈現，本身即具有「做戲」的文本狀態，讀者的閱讀過程充溢著莊子的「做戲」，以及隨之而來的莊子、漢子、巡士三人之「做戲」，讀者被預告了自己的「觀戲」行為，而在這場「戲」中，核心的命題顯然都圍繞著「做人」而展開。」劉柏正：〈「歷史的小說」：《故事新編》的歷史意識與敘事策略〉，《東亞觀念史集刊》第5期，2013年12月，頁252。

〔註241〕劉柏正：〈「歷史的小說」：《故事新編》的歷史意識與敘事策略〉，《東亞觀念史集刊》第5期，2013年12月，頁267。

間存在著不斷辯證的關係，而史實裡的莊子，與小說中所呈現的莊子，也一直在當中往覆來回對話著。

再讓我們回到小說的開頭，其背景環繞著「蓬草」而展開：「遍地都是雜亂的蓬草」、「用馬鞭在蓬草間撥了一撥」，其中，「蓬草」的意象是從莊書中「列子攖蓬」（〈至樂〉）的寓言而來，在此，魯迅將「髑髏夢」和「列子攖蓬」結合在一起了。〔註242〕「莊子之楚」，在這裡則被詮釋爲「見楚王」、「上楚國發財」等功利性質的原因，諷刺性十足。而小說篇名的「起死」二字，已點出了魯迅改寫的重心──「復活」，也就是一場表演、一齣戲，從原本的「夢境」走向了一場「鬧劇」。在小說中，莊子復活髑髏的動機並非出自憐憫、試探，而是莊子太無聊，希望能夠與髑髏「談談閑天」；談天，一個看似無關緊要的理由，不像先前的改編文本，復活就是要救度世人脫離苦海這麼地冠冕堂皇。然而，莊子第一次召喚司命請求髑髏復活就失敗了，反倒召來了一群鬼魂，更遭到鬼魂的訕笑，鬼魂所言：「死了沒有四季，也沒有主人公。天地就是春秋，做皇帝也沒有這麼輕鬆。」即是從「髑髏夢」原文中髑髏所言改寫而來。〔註243〕而第一次召喚司命未果，也埋下了後來召喚司命會失敗的因子。

在復活情節中，與前文本最大的不同處在於司命大神現身說法。爲何魯迅安排司命大神上場呢？我們可以看到，他的出場形象與莊子並沒有什麼不同，同樣都是道服的打扮，〔註244〕是做爲莊子的對照組出現，其意味著，莊子雖爲文士，骨子裡卻是不折不扣的道士，試看莊子召喚司命的咒語，乃從《千字文》、《百家姓》韻文雜抄而來，民間道教隨意附會現象已經非常普遍，還把莊子當成是道教的仙人崇拜，完全脫離了《莊子》思想的本意，魯迅曾於書信中論及：「中國根柢全在道教，此說近頗廣行。以此讀史，有多種問題可以迎刃而解。」莊子思想的道教化，乃是中國社會一直以來存在的問題，這正是魯迅所要批判的地方。〔註245〕

司命現身後，認爲莊子「又要鬧什麼玩意了」、「肚子還沒飽就找閑事做」、「認眞不像認眞，玩耍又不像玩耍」，且「死生有命」，豈能隨便就把人復活

〔註242〕金代趙秉文也同樣使用這兩個典故進行創作，寫下了《攖蓬賦》。
〔註243〕原文爲：「死，無君於上，無臣於下，亦無四時之事，從然以天地爲春秋，雖南面王樂，不能過也。」
〔註244〕小說中司命大神出場形象：「司命大神道冠布袍，黑瘦面皮，花白的絡腮鬍子，手執馬鞭，在東方的朦朧中出現」。
〔註245〕鄧國偉：〈《起死》：荒誕的遊戲及所諷喻〉，《中山大學學報（社會科學版）》第48卷（總214期），2008年4期，頁50～51。

呢？然莊子則舉了「蝴蝶夢」的例子，說我們怎麼能夠知道骷髏是生是死，要司命大神「隨隨便便，通融一點」把骷髏給復活。〔註246〕司命與莊子都擁有「馬鞭」，差別在於司命的馬鞭具有神奇的力量，同樣是打在蓬草上，司命的馬鞭卻擁有使骷髏復活的能力，一鞭下去，即展開了骷髏的新生——一個赤條條的漢子。〔註247〕

漢子〔註248〕，在此也是做為莊子的對照組，鄭家健認為：「在最表層的解讀上，可以把《起死》看做是魯迅對莊子哲學中的『齊物論』思想的一次絕妙的反諷。但是，在深層結構上，文本中卻隱藏著一個對立的意義結構：哲學家／漢子。我以為，這個對立結構是知識者／民眾這一意義結構的隱喻性表達。」〔註249〕漢子名叫楊必恭，來自楊家庄，三十三歲，紂王時期人，其目的是要探親，然復活後全身精光，反倒向莊子要起他的包裹和雨傘來；莊子則回應了：「鳥有羽，獸有毛，然而王瓜、茄子赤條條。此所謂『彼亦一是非，此亦一是非』……」小說中的莊子就是一個「無是非」觀念的人，他不過是從〈齊物論〉當中斷章取義，以做為自己想法的背書。然而，〈齊物論〉的思想並非是在宣揚「無是非」觀或是「相對主義」，文中的「彼亦一是非，此亦一是非」有其針對性質，是因應諸子百家學說爭辯不休，以致於是非不分而來的。在此，魯迅的本意不在嘲諷莊子，而是藉小說中的莊子形象，以諷刺1930年代打著莊子名號的「無是非」觀文人。〔註250〕顯然，莊子的回覆不能讓漢子滿意，漢子根本不管這些思想和詭辯，也顧不著他自己是什麼「人」，這些對他來說都太遙遠了，他一心只關注在活生生的現實層面：衣服、傘子、包裹，裡面還有「五十二個圓錢，斤半白糖，二斤南棗……」，如果沒有這些東西，他寧可一死了之；在這裡就可明顯看到知識分子和民眾的對立面。莊子又召喚司命，要將漢子還原為骷髏，然而，法術卻失靈，漢子還是漢子，並沒有變回骷髏。漢子又緊咬著莊子不放，莊子無可奈何之下，大吹警笛求援。此時，出現了小說中第四個重要的人物——巡士。

〔註246〕這裡則又與下文「此亦一是非，彼亦一是非」相呼應。

〔註247〕原文為：「司命用馬鞭向蓬中一指。同時消失了，所指的地方，發出一道火光，跳起一個漢子來。」

〔註248〕漢子初登場的形象：「大約三十歲左右，體格高大，紫色臉，像是鄉下人，全身赤條條的一絲不掛。」

〔註249〕鄭家健：《被照亮的世界》，福州：福建教育出版社，2001年，頁67。

〔註250〕鄧國偉：《〈起死〉：荒誕的遊戲及所諷喻》，《中山大學學報（社會科學版）》第48卷（總214期），2008年4期，頁48。

　　巡士以一個警察的形象出現，〔註251〕是一個威權的象徵，更是趨炎附勢，
一心想向統治階層靠攏之人。當他認出莊子後，態度乃一百八十度大轉變，
莊子去見楚王，他就認爲莊子「要上楚國發財」，有些油水可撈；此外，更提
到局長也是一名「隱士」，喜歡讀莊子的文章，像是〈齊物論〉中的「方生方
死，方死方生，方可方不可，方不可方可」，乃是上流的文章。莊子眼見自己
擁有特權，便趁此機會，趕快脫身。在這裡，魯迅除了再一次嘲諷了「無是
非」觀的文人外，更嘲笑了當時逃避現實，以隱者自居並且自命清高的文人。
此外，小說中的莊子只擁有一身的空談，然而，面對漢子暴力相向以及巡士
的羈押卻無可奈何，當中隱含著知識分子面對現實無能爲力的尷尬與衝突。
在莊子離開之後，漢子便纏住了巡士不放，向他討衣服和褲子，這時巡士的
角色已莊子的角色對調，他掙扎著摸出警笛，狂吹起來。值得讓人注意的地
方是魯迅對「馬鞭」和「蓬草」的運用，司命大神用馬鞭指向蓬草，髑髏從
中新生爲漢子；莊子在馬身上打了一鞭揚長而去，漢子又自蓬草中跳出來拉
住巡士，索取物質，這麼戲劇性的設計，形成一種循環的效果，似乎也預示
了結局的走向與安排，巡士成爲了莊子的替死鬼。魯迅對「髑髏夢」改編的
結局是開放式的，留給人更多思考與想像的空間。

　　由莊子、司命大神、漢子、巡士這四個角色可看出魯迅所展現的諷刺和
隱喻之精神，他希望能藉由荒誕不經的情節內容、滑稽漫畫般的人物塑造以
警醒世人。〔註252〕我們看到魯迅所嘲弄的對象：「無是非」觀的文人、自命清
高與明哲保身的隱士、面對現實卻一籌莫展的知識分子，以及道教化的莊子，
他所批判的，不見得是莊子的本眞思想，而是披上莊子之皮，假借莊子之名
而無其實的人，這些現象，都指向了中國「道教根柢」的社會背景。〔註253〕
魯迅對莊子相當之理解：「著書十餘萬言，大抵寓言，人物土地，皆空言無事
實，而其文則汪洋闢闔，儀態萬方，晚周諸子之作，莫能先也。」〔註254〕《起
死》呈現的諷刺和隱喻精神，豈不是莊子寓言精神的另一種詮釋和繼承嗎？
而魯迅在《起死》中則批判的假莊子之名的文人、道教，不也與莊書中力批

〔註251〕巡士出場形象：「一個魯國大漢，身材高大，制服制帽，手執警棍，面赤無鬚。」
〔註252〕魯迅《起死》曾被改爲連環畫，詳見圖十一。
〔註253〕鄧國偉：〈《起死》：荒誕的遊戲及所諷喻〉，《中山大學學報（社會科學版）》
　　　　第48卷（總214期），2008年4期，頁48～52。
〔註254〕魯迅：《漢文學史綱要》，《魯迅全集》第十卷，北京：人民文學出版社，1973
　　　　年，頁536。

假仁義道德的「假儒」、「俗儒」相同？此外，小說裡的荒誕情節，如「做戲」與「復活」等，也與莊子「謬悠之說，荒唐之言」一脈相承，雖是荒謬，但卻也最爲深刻與眞實。〔註255〕

　　試看「髑髏夢」寓言演變的過程，從原本探討生死哲思的對話性散文，到以宗教度化爲主的「嘆骷髏」戲曲和道情，直到針砭諷寓時事與社會的歷史小說《起死》，可知「髑髏夢」在不同時期都有新的詮解，反映了時代的潮流與思想。魯迅處於新舊文化交替的世代中，面對五四運動的浪潮，在傳統和現代中往覆穿梭著，對此有更進一步的思考與體認，他曾於《故事新編》的序言提及：「沒有將古人寫得更死」，以此做爲創作的依據，而名之爲《起死》，即爲借古喻今，更將古代的題材置於現代的語境裡，兩者在之中彼此對話、交流，《起死》小說的書寫，確實讓「莊子髑髏夢」再一次地重生復活了。

　　除了魯迅的《起死》之外，有兩個文本尚值得一提，其一爲郭沫若（1892～1978）的歷史小說《漆園吏遊梁》（原題名《鵷鶵》）〔註256〕，寫於1923年6月，收錄於《豕蹄》當中。〔註257〕《漆園吏遊梁》主要取材自《莊子》中「織屨」（〈列御寇〉）、「貸粟」（〈外物〉）和「鵷鶵」（〈列禦寇〉）三個典故，描寫「獨與天地精神往來」的莊子卻過著貧困不堪的生活，甚至淪落到了要吃草鞋充飢的階段，並受盡了人世間的冷暖。《漆園吏遊梁》雖然不是直接取材自「髑髏夢」，但小說中也使用了「髑髏」的元素，在小說上半段末，莊子向監河侯貸粟被拒，他想起了死去的妻子，一面咀嚼著麻屑，大聲叫喊出他「渴望著人的鮮味」的欲望，接著，「跑去抱起那個髑髏，熱烈烈地接了好幾個吻。」而在小說下半段，他想到他的唯一知己惠施，便提著髑髏走向大梁；然而，惠施卻誤以爲莊周要奪取他的相位，將他捉了起來，莊子已看透了人

〔註255〕　王瑤：「這一切是以最荒唐的形式表現出來的，卻包含了最爲深刻和眞實的內容。」轉引自姜克濱：〈荒誕與隱喻的重構──論《故事新編・起死》〉，《沈陽師範大學學報（社會科學版）》第34卷，2010年第4期（總第160期），頁87。

〔註256〕　郭沫若：《漆園吏遊梁》，《郭沫若全集文學編第十卷》，北京：人民文學出版社，1985年，頁143～151。

〔註257〕　魯迅的《故事新編》寫作時間爲1922到1935年，郭沫若《豕蹄》寫作時間爲1923到1936年，中間都經過13年；此外，魯迅的《出關》、《起死》以及郭沫若的《柱下史入關》、《漆園吏遊梁》都分別取材自老子、莊子，兩者筆下的老莊，無論在內容與形式上都各有千秋。楊芝明：〈《起死》與《漆園吏遊梁》細讀〉，《郭若沫學刊》2013年第4期（總106期），頁50。

性，「他舉起手中的髑髏向白雲流蕩著的青天擲去」，感嘆著：「人的滋味就是這麼樣！」我們可以看到莊子形象有很大的落差，在魯迅《起死》中，莊子是一個「無是非」觀、裝神弄鬼、空口說大話的文人；而在郭沫若《漆園吏遊梁》裡，莊子則是一個和現實環境產生巨大衝突的落魄文人。

　　另外一個文本則是德國的恩岑斯貝格（1929～）在 1978 年所寫下的廣播劇《死者與哲學家——根據魯迅版本改編的場景》，他是針對魯迅《起死》的重寫文本，而最大改變的地方在於警察出現之後。〔註258〕在此劇中，死者偷走了莊子的馬，警察要莊子冷靜，然而莊子卻憤怒不已，警察後來離開了，只留下了莊子一個人。莊子絕望，再次呼喚司命，向他要馬以及所遺失的包袱，如果沒有這些東西的話，他希望死掉算了。司命完成莊子的願望，直接將他變成死了五百年的白骨。接著，赤裸的死者騎著莊子的馬，看到了一堆衣服在骸骨上，他敲了敲頭骨，如同在故事開頭莊子所做的那樣，提出了相同的問題：「莫非你是因為自己的愚蠢而死的嗎？」然而沒人回應，他又自語：「空空作響，沒有回答。我想，除了我，還有誰是個蠢貨呢？人死了就是死了，死人又不能說話。」劇終。在《起死》中，最後莊子和巡士的身份對調了；在恩岑斯貝格的重寫下，劇末莊子與死者的身份互換，變成了真正的死者，死者又重覆了莊子先前的行為，劇作家有意藉由這樣的形變與〈齊物論〉的物化思想做連結，因而在魯迅《起死》的基礎之上，又翻轉出了新意。〔註259〕此外，魯迅於《故事新編》的序言曾明言：「其中也還是速寫居多……敘事有時也有一點舊書上的根據，有時卻不過信口開河。」〔註260〕這應是魯迅創作《起死》真實的情況，筆者認為，單從劇情大要來看，恩岑斯貝格的重寫文本顯然在《起死》之上。

　　「莊子髑髏夢」，最初為先秦時期探討生死至樂的哲理散文，經歷了長時間的演變，而展現了迥然不同的風貌，本章以「文人」所創作的文學作品為主要討論的對象，尤其是處於時代巨變之下的文人，特別衷情於「髑髏夢」的主題。在時代的巨烈變動之下，文人在仕隱、進退之中往覆盤旋，他們既有儒家積極用世的理想與抱負，又在現實的衝擊之下選擇了釋道的思想以明

〔註258〕魯迅《起死》中「警察」為「巡士」。
〔註259〕以上資訊出自卜松山著，曹一帆譯：〈誰是誰？——《莊子》、魯迅的《起死》和恩岑斯貝格對莊子的重寫〉，《文化與詩學》2014 年第 1 輯（總第 18 輯），頁 70～82。
〔註260〕魯迅：《起死》，《故事新編》，北京：人民文學出版社，1973 年，頁 3（序）。

哲保身，並尋求心靈上的歸宿；此外，莊子對於權貴的諷喻，與儒家敢言直
諫的精神，文人在這當中找到了一個融合點，也因此，莊子成爲後世文人不
仕之楷模與典範，雖然「身在江湖」而「心存魏闕」，念茲在茲的，還是國家
社稷天下蒼生。漢魏之交，文人從「髑髏夢」取材，創作了一系列以「髑髏
賦」爲名的作品，從中發揮他們對生死的看法，更將自身遭遇與髑髏之拒絕
復活做一連結，是直接對「髑髏夢」進行的改寫，如張衡《髑髏賦》、曹植《髑
髏說》、呂安《髑髏賦》，然三者最後對髑髏的祭奠，又回歸到了儒家以禮事
生死的思想中；此外，金代趙秉文《擾蓬賦》和明代樊鵬的《乞者賦》也是
對「髑髏夢」主題的繼承；而無名祭文當中對死者的詢問感嘆，都間接受到
莊子對髑髏提問的影響，如南朝謝惠連《祭古塚文》、北宋蘇軾《祭古塚文》、
《徐州祭枯骨文》、《惠州祭枯骨文》、明王守仁《瘞旅文》；要之，這些賦文
創作，與文人的仕宦生涯和個人生命歷程有著深刻的連結。在戲曲方面，也
能看到文人對「髑髏夢」的重新詮釋，然始終不離宗教度化的主軸，這與文
人所處的時代背景有很大關聯，晚明王應遴《逍遙遊》雜劇、謝弘儀與陳一
球的《蝴蝶夢》傳奇，都與時代和自身有所對話、寄寓，文人因現實環境受
挫，轉而從作品與釋道思想中找尋安身立命之處。從「莊子髑髏夢」主題的
重寫來看，《逍遙遊》雜劇有較多的發揮，然在文人傳奇當中，「髑髏夢」只
佔其中一小個篇幅，在內容上並未有眞正的創發，顯得較枯燥乏味。

值得一提的是骷髏形象的轉變，在中國傳統繪畫和筆記小說當中，髑髏
／骷髏的形象具有宗教和庶民文化的特質，而在漢魏的「髑髏賦」中，髑髏
與文人產生了連結，走入了雅文化的殿堂，在之後卻又再度回歸到了宗教和
庶民文化的懷抱中。〔註261〕然而，不乏有具強烈現實主義的作品，如明代馮
惟敏（1511～1578）用「骷髏」爲主題所創作的散套《骷髏訴冤》〔註262〕，
茲錄一曲如下：

> 【耍孩兒】【九煞】猛聽的一片聲，撲鼕鼕振地喧，鋼鍬鐵鏵團團轉。
> 又不是山衝水破重遷葬，又不是吉日良辰再啓攢，原來是官差一夥
> 喬公幹。霎時間黃泉曬底，白骨掀天。

〔註261〕 〔荷〕伊維德：〈繪畫和舞臺中的髑髏和骷髏〉，張廣保編，宋學立譯：《多重
視野下的西方全眞教研究》，濟南：齊魯書社，2013 年，頁 582～583。

〔註262〕 馮惟敏的散套《呂純陽三界一覽》、《骷髏訴冤》、《財神訴冤》都揭露了官場
的黑暗面，具有現實的戰鬥精神。〔明〕馮惟敏：《海浮山堂詞稿》卷四，上
海：上海古籍出版社，1981 年，頁 193～195。

骷髏原已入土爲安，沒想到卻又無端被開棺驗屍，更被取走墳中財寶，作者藉由骷髏之口揭露和控訴了貪官汙吏的罪行。這個作品批判的力道相當的強大，遠甚於晚明時期的文人「髑髏夢」。

現當代戲曲中的「髑髏夢」，延續傳統《蝴蝶夢》中〈嘆骷〉的敘事，劇作家更有意識地將莊子的物化思想融入其中，然劇情多不出「度脫」的模式。近代的魯迅，也關注到「髑髏夢」的主題，創作了歷史小說《起死》，採用了「做戲」形式，將「復活」的情節加以發揮，注入了嶄新的精神，從荒謬的情節中反映出最爲深刻的內容，使「髑髏夢」從古代的殘骸中再一次復活。

文人從「莊子髑髏夢」汲取了創作的養份，做爲他們對自身生命的思考和探索，而對髑髏的嘆問，漸漸地從文人走向了民間，染上了更多宗教和世俗的色彩，發展出以「嘆骷髏」爲主的戲曲與說唱藝術，進一步地走出了屬於自己的生命；民間和文人都持續演繹發揮這個主題，並交互影響著。下一個章節，將探討在宗教化和世俗化交互影響下的「集體髑髏夢」，與本章的「文人髑髏夢」做爲參照。

第四章　集體的髑髏夢：宗教與世俗的 「莊子嘆骷髏」

　　「莊子髑髏夢」的故事，一再出現被人改寫、傳唱演出的現象，值得讓人注意，董上德認爲，這種歷代相傳的故事可以稱之爲「集體共享型故事」，此外，「具有集體認同的可重複性的故事，必定與人們的生命歷程中較爲普遍的生存困惑與逆境相關。」〔註1〕而所謂「集體」，「是指某個時刻整個社會人人都有的。」〔註2〕「髑髏夢」中所涉汲生命與死亡的議題，我們生從何來，死從何去？生爲至樂，抑或是死爲至樂？從來就是人自古以來所探討的核心，《莊子》則從中提供了人們心靈的安頓和撫慰，以及生命獨立自主的逍遙境界。同時，莊子思想經過長時間流傳，也產生了很大的質變，在戲曲和說唱文學方面，影響最爲深遠的乃是「宗教化」和「世俗化」。首先，「莊子髑髏夢」最明顯的改變是故事情節從「髑髏訓莊子」變爲「莊子嘆骷髏」，這個轉變大概在元代已經完成，〔註3〕與全眞教用骷髏來宣揚教義的活動密切相

〔註1〕董上德：《古代戲曲小說敘事研究》，廣州：廣東高等教育出版社，2007年，頁123。

〔註2〕法國史學家菲莉普・阿里埃斯（Philippe Aries）在〈心態史學〉一文中，定義「集體無意識」：「集體的，是指某個時刻整個社會人人都有的。沒有意識，是說有的東西很少或絲毫未曾被當時的人們所意識，因爲這些東西是理所當然的，是自然永恆内容的一部分，是被人接受了的或虛無縹緲的觀念，是一些老生常談，禮儀和道德規範，要遵循的慣例或禁條，公認的必須采用的或不准使用的感情和幻想的表達方式。」〔法〕J.勒高夫、P.諾拉、R.夏蒂埃、J.勒韋爾主編，姚蒙編譯：《新史學》，上海：上海譯文出版社，1989年，頁195～196。

〔註3〕康保成認爲，髑髏教訓莊子，變成「莊子嘆骷髏」故事，在元代已經完成。

關；接著，又發展出了溢出莊書之外的「度脫」與「骷髏復活」情節。再者，莊子戲曲受到話本小說《莊子休鼓盆成大道》的影響，多半以「試妻」情節為主軸，「嘆骷」的內容退居二線，不再是敘事的中心，這也反映出，平民百姓關心的還是與自身相關的議題──男女情愛及夫婦之義。此外，來自通俗大眾的這些作品的作者通常身分不詳，或是無名氏，不像第三章的「文人髑髏夢」，作品與作者關係密切；然而，這些文本得以流傳至今，仍是需仰賴文人的記載，可見文人與民間文化彼此互涉的關係。本章不單只是為了與上一章「文人髑髏夢」有所區別，名為「集體的髑髏夢」，所涉及的範圍很廣，包括了民間與文人、雅俗文化、宗教與世俗等內容。而後，戲曲和說唱藝術日漸衰微，「嘆骷髏」的主題仍以不同的形式流傳在民間，它依附在道教的度孤儀式曲目當中，藉由超度亡靈的過程，予以生者和死者安慰。

第一節　莊子思想的質變

　　莊子思想在歷經「黃老思想」和「玄學化」、「儒學化」的過程中已有所質變，然而，在戲曲和說唱文學中，表現得最為明顯的乃是莊子思想的「宗教化」和「世俗化」，這兩者皆拓展了莊子的形象和故事內容，使莊子有機會走向民間，展開與通俗大眾對話的過程。

一、宗教化：宗教附會莊子思想

　　老莊均以「道」為核心思想，用來解釋萬物的根源，《莊子》〈大宗師〉內曾說：「夫道，有情有信，無為無形；可傳而不可受，可得而不可見。」道雖是真實的存在，但卻沒有形體，感官也無法認知，實是高深莫測；此外，〈知北遊〉中亦說出了道的難以捉摸的特性：「道不可聞，聞而非也；道不可見，見而非也；道不可言，言而非也。」道教便利用了「道」難以把握的特點，將道神秘化、人格化，同時又吸收了原始宗教巫術和秦漢以來的神仙方術，創建了中國土生土長的宗教。道教形成於東漢順帝以後，尊奉老子為教主，

康保成：〈《骷髏格》的真偽與淵源新探〉，《文學遺產》2003 年第 2 期，頁 103。
張澤洪：《道教唱道情與中國民間文化研究》，北京：人民出版社，2011 年，頁 175。「髑髏」變為全身的「骷髏」，這個轉變大約從全真教的創作開始。Idema, Wilt L. *The Resurrected Skeleton: From Zhuangzi to Lu Xun.* New York: Columbia University Press, 2014, 14.。

莊子此時尚未被道教所認可；到了魏晉南北朝，受到玄學的影響，人們習慣
合稱老莊，莊子才漸漸被納入道教當中。到了唐代，由於唐的國姓為李，和
老子李聃同姓，遂尊封老子為「太上玄元皇帝」，立道教為國教，道教因而獲
得極大的發展，儼然與佛教、儒教成為三足鼎立的局面。〔註4〕必須要釐清的
是，莊子和道教有著本質上的差異，一個是哲理思想，另一個則是宗教信仰，
道教主要是利用莊子思想來闡發其教義，以達成長生不老、得道成仙、度化
世人的目的，這與莊子原本的思想有很大的出入。道教對《莊子》資料的利
用和附會主要表現如下：

　　莊子重視人的精神修養，而悟道的過程，也被道教利用為修道成仙的方
法。《莊子》一書所記載：「夫恬惔寂寞，虛無無為，此天地之平而道德之質
也。」(〈刻意〉)〔註5〕等修養，都能夠在道教中找到映證，如葛洪所述：「學
仙之法，欲得恬愉澹泊，滌除嗜欲，內視反聽，尸居無心。……仙法欲靜寂
無為，忘其形骸。」(《抱朴子》〈論仙〉)當中的學仙之法，其中有很多是從
《莊子》一書中轉化而來。而莊子修煉身心的工夫「心齋」、「坐忘」、「喪我」
等等，也被道教用來闡發其修道和養生的理論。除此之外，道教中的「長生
久視」之道也多從老莊中所借鑑，有別於外丹派服食金丹成仙的途境，而是
與大道冥合為一，達到不死不生的境界，如《老子》：「深根固柢，長生久視
之道。」(〈第 59 章〉)；《莊子》：「必靜必清，無勞女形，無搖女精，乃可以
長生。目無所見，耳無所聞，心無所知，女神將守形，形乃長生。」(〈在宥〉)，
「朝徹，而後能見獨；見獨，而後能無古今；無古今，而後能入於不死不生。」
(〈大宗師〉)以上皆被道教用來宣揚長生不死的仙道理論。而我們在莊子戲
曲當中，也能看到道教儀式和煉丹術的痕跡，如服食金丹成仙、金丹度人的
情節，可見戲曲不僅從莊書中取材，也受到民間道教的影響，而將道家和道
教二者混淆。

　　《莊子》中的理想人格「真人」、「至人」、「神人」、「聖人」，他們被描述
為「其寢不夢，其覺無憂，其食不甘，其息深深」(〈大宗師〉)，「大澤焚而不
能熱，河漢沍而不能寒，疾雷破山、飄風振海而不能驚」(〈齊物論〉)，「不食
五穀，吸風飲露。乘雲氣，御飛龍，而遊乎四海之外」(〈逍遙遊〉)，「千歲厭

〔註4〕　資料來源自汪國棟：《莊子評傳——南華夢覺話逍遙》，南寧市：廣西教育出
　　　　版社，1997 年，頁 151～152。
〔註5〕　與〈天道〉篇記載類同：「虛靜恬淡，寂寞無為者，天地之平而道德之至」。

世，去而上僊，乘彼白雲，至於帝鄉。三患莫至，身常無殃」（〈天地〉），皆是用來表達人體道的最高境界——人的精神獨立自主，以及與天地宇宙的一體感。然這些理想人格，也被借來做為道教的神仙理論，《太平經》裡將神仙分為六個等級：「一為神人，二為眞人，三為仙人，四為道人，五為聖人，六為賢人」（《太平經合校》卷71），此外，道教還編出一套透過不斷地修道而能往上晉級的理論，使道教的神仙系統更加完整。在唐玄宗時，莊子被封為「南華眞人」〔註6〕，可見他是被當成第二個等級的神仙來看待的，在此，莊子由哲人變成了仙人，徹徹底底地被「神格化」了。

除了道教之外，佛教也利用莊子思想來闡揚自己的理論。佛教於西漢末年傳入中國，因為語言不通的關係，發展受到限制。南朝時，因長期的戰亂動蕩，統治者大倡佛教以安撫人心，佛教原本附庸於玄學，後來漸漸與玄學合流。佛教學者多以老莊思想來解釋佛典，如佛經中空有的概念，便是借用老莊思想中的「有」、「無」等來解釋，讓中國佛教徒能夠理解，這有助於佛教的中國化和傳播。而研究莊子的學者，也會用佛典的角度來解釋莊子的思想，因此，彼此的影響是交錯進行的。在莊子戲曲當中，也能看到佛教的思想，如明代《逍遙遊》雜劇劇末所闡釋的：「長生不若無生。此是佛教超於道教。」此外，還更進一步闡發了「三教合一」的理論。〔註7〕

金元時期全眞教盛行，莊子被附會為道教的神仙，以莊子為主題的雜劇內容多半不出度脫的程式，如史九敬先的《老莊周一枕蝴蝶夢》；此外，取材自「莊子髑髏夢」的戲曲，大都著重於「嘆骷髏」的描寫，與宗教信仰有深厚的淵源，佛教和全眞教都有用骷髏來宣教的形式，如佛教的「白骨觀」、全眞教的「骷髏觀」。由以上可知，無論是道教和佛教，均借用了莊子的思想來闡述自己的學說；而被宗教化、神格化的莊子，雖已遠離了莊子本眞的思想，然而卻提供了戲曲及說唱文學更多想像和創作的空間。〔註8〕

〔註6〕 唐玄宗時，詔封莊子、文子、列子、庚桑子分別為「南華眞人」、「通玄眞人」、「沖虛眞人」、「洞虛眞人」，還尊稱《老子》為《道德眞經》、《莊子》為《南華眞經》、《文子》為《通玄眞經》、《列子》為《沖虛眞經》，這四部書已成為道教的經典。

〔註7〕 資料來源自汪國棟：《莊子評傳——南華夢覺話逍遙》，南寧市：廣西教育出版社，1997年，頁151～153。方勇：《莊子學史》第一冊，北京：人民出版社，2008年，頁420～425、558～571。

〔註8〕 沈惠如：〈論戲曲題材的「再創造」——以莊周戲曲為例〉，《現代戲曲編劇舉例探討》，臺北：東吳大學中國文學系博士論文，2005年，頁142。

二、世俗化：明代市民文藝及人性解放思潮

　　莊子的形象由先秦的哲人轉爲宗教化的神人，又在世俗化的過程中轉變爲一個試妻之人，這個部分，更成爲了莊子戲曲的中心，被發揮得淋漓盡致。而莊子思想世俗化的過程與整個明代的社會背景息息相關。

　　明代前期，統治者施行嚴酷的文化禁令，君主雖信奉道教，然而目的只是用道教爲其政治服務。一直到了明代中葉以後，商業貿易興起，資本主義萌芽，政治經濟變化劇烈，衝擊了傳統儒家的價值，人們希望能從程朱理學的禁錮中擺脫，因此造就了明代心學興起。王守仁所倡導的心學，是對立於程朱理學而來的，他援引禪宗、老莊的思想，要將長期受到抑制的「人心」從「天理」的權威下解救出來，而一直到羅汝芳（1515～1588）「赤子良心」說、李贄（1527～1602）「童心」說，以儒學之異端出現，更進一步掀起了個性解放、近代化人文啓蒙之思潮。而「三教合一」的思想，在明代表現的更爲明顯，明代心學與佛禪、老莊思想合流，共同衝擊著官方程朱理學的地位。〔註9〕

　　而代表明清藝術的戲曲小說則是充滿著世俗人情。早在宋代已有以廣大市民爲對象的宋代平話，人民的審美取向逐漸產生轉移，從隸屬於文人的高雅文學過渡到供大眾消遣的市民文藝。〔註10〕到了明代中葉，由口頭說唱發展爲正式的書面文字，晚明三言二拍的出現，象徵著市民文學到達了最繁榮的頂點。在這個情形之下，人民對莊子的形象與思想也有世俗化的解讀，其中最爲代表性的乃是馮夢龍《警世通言》第2卷《莊子休鼓盆成大道》，即是他根據宋代話本所改寫而成的作品，〔註11〕當中既融入了《史記》對莊子的記載、莊子寓言、道教傳說，又加上了溢出莊書外的情節——「試妻」，以此

〔註9〕　資料來源自方勇：《莊子學史》第二冊，北京：人民出版社，2008年，頁331～344。

〔註10〕宋代平話，所涉及的題材範圍很廣闊，包含了「煙粉」、「靈怪」、「傳奇」、「公案」、「講史」等類別。李澤厚：《美的歷程》，桂林：廣西師範大學出版社，2000年，頁256。

〔註11〕明天啓四年（1624），馮夢龍（1574～1646）《警世通言》（亦名爲《古今小說》）初版，《莊子休鼓盆成大道》見於卷二，後又收錄於抱甕老人選輯《今古奇觀》卷二十。除了《警世通言》外，馮夢龍的通俗小說著作還有《喻世明言》、《醒世恆言》，三者合稱「三言」。「三言」主要由馮夢龍自作或是改寫自宋、元、明代的「話本」和「擬話本」，經過加工整理後，體例一致。「話本」即爲說書人的底本，「擬話本」則是文人摹仿話本的風格而創作出來的作品。

爲開端，幾乎影響了後世莊子戲曲的整個走向。儘管這些作品偏向市井小民的審美趣味，其內容多半較爲庸俗淺薄，然而作品富有民間的生命力，因此走出了一條屬於自己的康莊大道。此外，代表文人的雅文化和民間的俗文化這兩種具有衝突的審美價值，又都同時出現在明代的「傳奇」當中。莊子的思想就在這波人性解放的思潮之下再一次地復活，表現在莊子戲曲和說唱藝術上面，除了沿襲了宗教度脫的窠臼之外，則徹底的世俗化，符合了一般民眾的審美取向和趣味。

我們可以看到莊子思想質變的脈絡，從原本的哲理思想，歷經了爲統治者所服務的黃老無爲之術，再到玄學化、儒學化的過程，而宗教則附會了莊子的學說，使莊子由論說生死的哲人變爲能上天入地的神仙，又在世俗化的影響下，變成一個懷疑妻子忠貞的凡夫俗子。也因爲莊子思想的質變，提供了創作者揮灑的空間，而造就了莊子戲曲和說唱藝術更多不同的面貌。「莊子髑髏夢」在後代的改編作品中，夢的元素已消失，人們將重寫的焦點擺在莊子對骷髏的嘆問。這章主要探討的是在宗教和世俗影響之下的「莊子嘆骷髏」，而溢出《莊子》一書外的情節：「復活」、「度脫」和「試妻」，值得讓人深入探討。「宗教化」和「世俗化」這兩者又是交錯縱橫的展開在「莊子嘆骷髏」戲曲和說唱藝術當中，無法絕然畫分。

第二節　「嘆骷髏」模式的形成

「莊子髑髏夢」是如何演變爲戲曲和說唱文學中的「莊子嘆骷髏」？當中最明顯的改變，乃是說道者立場互換，從以探討生死哲理思想爲主的「莊子髑髏夢」轉變爲感嘆世態炎涼的「莊子嘆骷髏」。歷代的創作者從宗教中吸收了養份，原本只是對髑髏提出「爲何淪落至此」的詢問，後來衍伸爲長篇抒情的「嘆問」，從各種不同的角度和側面出發，包含了身分職業、功名隱逸、富貴貧賤、積善行惡等等內容，並且發揮到淋漓盡致，更成爲敘事的中心。這一大串問題都指向一個核心——人生在世，無論任何身分、階層、年齡、性別，終不免一死，「古今盡是一骷髏」。〔註12〕

〔註12〕 出自《金瓶梅》中的道情：「古今盡是一骷髏，拋露屍骸還不修。自是好心無好報，人生恩愛盡成仇。」謝易眞：〈論道教度孤曲目〈嘆骷髏〉的宗教意涵——由道情《莊子嘆骷髏》展開〉，《慈濟技術學院學報》第 13 期，2009 年，頁 224。

　　從漢魏之交文人「髑髏賦」系列創作開始，這時的文人乃是以髑髏做為自身之喻，對髑髏／己身流露出感傷的情感，〔註13〕戲曲說唱道情中的「嘆」應是受到賦的啟發，而這時期的創作，還未沾染上宗教的色彩。在佛教方面，早在南朝梁武帝時期所編之《經律異相》卷四十六《鬼還鞭其故屍》以及唐代《地獄變文》〔註14〕都有記載鞭屍之事，其中鬼魂對死屍的呵責與「莊子嘆骷髏」頗有相似之處；〔註15〕北宋時期，佛教僧人用大量的髑髏或骷髏的詩作來描述其思想，如「骷髏法」、「骷髏成就法」、「白骨觀」，都是藉由供養髑髏、觀想枯骨的修煉，更進一步將骷髏與宗教、文學做連結。〔註16〕而金元之際的全真教道士，受到佛教的影響，也創作了大量詠嘆骷髏的詩詞作品，用以宣揚全真教的教義，如王重陽【摸魚兒】：

> 嘆骷髏、臥斯荒野，伶仃白骨瀟灑。不知何處遊蕩子，難辨女男真假。拋棄也，是前世無修，只放猿兒傻。今生墮下，被風吹雨洇日曬（曬），更遭無緒牧童打。　余終待、搜問因由，還有悲傷，那得談話。口銜泥土沙滿眼，堪向此中凋謝。長曉夜，算論秋冬，年代春和夏。四時孤寡，人家小大早悟，便休誇俏聘風雅。〔註17〕

這闋詞顯然是受到「莊子髑髏夢」的影響，「嘆骷髏」的部分已經成為創作的核心。〔註18〕伊維德提出，「莊子嘆骷髏」的傳說之所以在明代道情中廣泛流

〔註13〕　張衡《髑髏賦》是從「悵然」到「為之傷涕」，曹植《髑髏說》是從「嘆」、「哀」到明白生死之理，呂安《髑髏賦》是從「俯仰咤嘆」到「感其苦酸」。

〔註14〕　〔唐〕《地獄變文》，收入王重民等篇：《敦煌變文集》，北京：人民文學出版社，1957年，頁761～763。

〔註15〕　王燁：〈明刊戲曲散齣《周莊子嘆骷骸》新探〉，《安徽大學學報（哲學社會科學版）》第29卷第1期，2005年1月，頁123。此外，佛典中之「叩髑髏知生處」、「鹿頭梵志」，皆是藉由叩打髑髏，聞聲即能得知此人是男是女，因何而死，死於何處等生前事蹟，與「嘆骷髏」頗為相同。

〔註16〕　相關作品舉例如下：釋慧空（1096～1158）所做《髑髏贊》、釋懷深（1077～1132）《枯骨頌》和釋宗杲（1089～1163）《畫髑髏頌》、饒節（1065～1129）《題骨觀畫》。衣若芬：〈骷髏幻戲——中國文學與圖象中的生命意識〉，《中國文哲研究集刊》第26期，2005年3月，頁90。

〔註17〕　〔金〕王重陽：《重陽全真集》卷三，收入白如祥輯校：《王重陽集》，濟南：齊魯書社，2005年，頁57～58。

〔註18〕　此外，王重陽【祝英台】《詠骷髏》、【七騎子】、【迷神引】，以及馬鈺【南柯子】、【滿庭芳】《嘆骷髏》、譚處端《崑崙山白骨圖并詩》等都是「嘆骷髏」的系列創作。〔金〕王重陽：《重陽全真集》卷五、卷十一、卷十二，收入白如祥輯校：《王重陽集》，濟南：齊魯書社，2005年，頁86、175、178。〔金〕馬鈺：《漸悟集》、《丹陽神光燦》，收入趙衛東輯校：《馬鈺集》，濟南：齊魯書社，2005年，頁185、232。

行，跟全眞教大肆宣講骷髏有密切的關係。〔註19〕可見在此時，「莊子嘆骷髏」的敘事型態已經在民間流傳開來。

而戲曲中的「嘆骷髏」最早可追溯自元雜劇李壽卿《鼓盆歌莊子嘆骷髏》，然目前僅存仙呂宮一套，14支曲子，其餘皆散佚，按仙呂宮多用在雜劇第一折，故此套曲應爲開篇的內容，主要表達莊子辭官學道的逍遙心境，曲詞中雖無「嘆骷髏」的內容，然從《錄鬼簿》所錄之題名「南華仙不朝趙天子，鼓盆歌莊子嘆骷髏」可知，應與「莊子不仕」、「鼓盆歌」、「嘆骷髏」的《莊子》故事相關。〔註20〕在元雜劇當中，也能看到使用「莊子嘆骷髏」的典故，如張國賓《羅李郎大鬧相國寺》，第一折【油葫蘆】：「想當初莊子嘆骷髏，一朝身死無人救，三寸氣在千般有。」；鄭廷玉《崔府君斷冤家債主》第二折【商調】【集賢賓】：「三十年一夢莊周。我恰便是俞陽般服藥酒，恰便似莊子嘆骷髏。」〔註21〕除此之外，在散曲中也能看到「莊子嘆骷髏」的運用，如馬致遠散套【雙調】【行香子】：「位至八府中，誰說百年後？則落得莊周，嘆打骷髏。」〔註22〕可見「莊子嘆骷髏」的故事在元代已經相當的普遍了。

明清時期，「莊子嘆骷髏」的故事以散曲、戲曲和說唱藝術的方式流傳。明代有呂景儒《莊子嘆骷髏》散套，以及無名氏《皮囊記》散齣《周莊子嘆骷骸》，皆以「莊子嘆骷髏」爲敘事的中心，疊用多支【耍孩兒】，兩者內容與明代「嘆骷髏」道情有許多重覆之處；在說唱藝術方面，晚明杜蕙《莊子嘆骷髏南北詞曲》道情則將「嘆骷髏」的內容推展到極致，清初丁耀亢《續金瓶梅》中的道情，也能看到與《莊子嘆骷髏南北詞曲》繼承的關係，由此可知，散曲、戲曲、道情「莊子嘆骷髏」在民間流傳中是彼此交互影響的。而明代傳奇因編制大，極盡曲折之能事，「莊子嘆骷髏」退居二線，不再是劇情的主軸，當中「嘆骷」與上述作品分道揚鑣。另外，「度脫」與「復活」均非「莊子髑髏夢」中故有之情節，究竟出現的淵源爲何？這兩個情節的出現，對「莊子嘆骷髏」戲曲和說唱文學有何影響？將在第三個小段分析探討。

〔註19〕 〔荷〕伊維德：〈繪畫和舞臺中的髑髏和骷髏〉，張廣保編，宋學立譯：《多重視野下的西方全眞教研究》，濟南：齊魯書社，2013年，頁588。

〔註20〕 〔元〕李壽卿：《鼓盆歌莊子嘆骷髏》仙呂宮一套，收入趙景深輯：《元人雜劇鉤沉》，上海：上海古典文學出版社，1956年，頁35～39。

〔註21〕 而元雜劇一人主唱的體製特色，恰恰能發揮莊子嘆問骷髏的內容。

〔註22〕 〔元〕馬致遠著，傅麗英選注：《馬致遠全集校著》，北京：語文出版社，2002年，頁253～255。

一、明代「莊子嘆骷髏」散套及散齣

　　「莊子髑髏夢」從「髑髏訓莊子」轉變為「莊子嘆骷髏」的模式，大約在元代之前已經完成。〔註23〕在明代的散曲和戲曲都可以看到敘事重心在「莊子嘆骷髏」的重寫文本，包括明代呂景儒作、寧齋添二曲之《莊子嘆骷髏》散套〔註24〕（圖十二），收錄於明嘉靖四年（1525）刊行的元明散曲、戲曲選集《詞林摘艷》當中；以及明代無名氏《皮囊記》散齣《周莊子嘆骷骸》〔註25〕（圖十三），收錄於明萬曆三十九年（1611）所刊行的戲曲選集《摘錦奇音》〔註26〕卷三下層中。

　　呂景儒《莊子嘆骷髏》散套，由【哨遍】以及 11 支【耍孩兒】和【尾聲】所組成，共計 13 支曲子，「嘆骷髏」的部分則全部使用【耍孩兒】曲牌所創作，錄之如下：

　　　　【哨遍】守道窮經度日，謝微官不受漆園吏，歸來靜裡用工夫，把南華參透玄機。戰國群雄搔擾，止不過趨名爭利，爭似俺樂比魚遊，笑談鵬化，夢逐蝶迷！青天為幬地為席，黃草為衣木為食，跳出樊籠，歷遍名山，常觀活水。

　　　　【耍孩兒】自從會得寰中意，清湛湛靈台似洗，鼓盆之後再無妻。任消遙南北東西，閒來時呼童添火燒黃篆，興到也與客攜壺上翠微。偶行過荒田地，見一箇個骷髏暴露，不由我感嘆傷悲。

　　　　【二煞】向前來細細看，退後來暗暗推，最可惜四肢五臟無蹤跡。飢鳥啄破天靈蓋，餓犬傷殘地閣皮，這模樣真狼狽。映斜陽眼眶中精散，受陰風耳竅內聲寂。

　　　　【三煞】骷髏呵！你莫不是巴錢財離故鄉？你莫不是為功名到這

〔註23〕康保成認為：「在元代以前，『莊子嘆骷髏』的故事已經形成。」康保成：〈《骷髏格》的真偽與淵源新探〉，《文學遺產》2003 年第 2 期，頁 103。

〔註24〕〔明〕呂景儒、寧齋增補：《莊子嘆骷髏》散套，收入〔明〕張祿輯：《詞林摘艷》卷 3，《續修四庫全書》1740 冊集部曲類，上海：上海古籍，2002 年，據明嘉靖四年刻本影印，頁 112～113。

〔註25〕〔明〕無名氏：《皮囊記》傳奇散齣《周莊子嘆骷骸》，收入〔明〕龔正我輯：《摘錦奇音》卷三下層，《善本戲曲叢刊第一輯》，臺北：學生書局，1984 年，頁 160～167。

〔註26〕《摘錦奇音》，明龔正我選輯，全名為《新刊徽板合像滾調樂府官腔摘錦奇音》，又名《時尚樂府摘錦奇音》，共六卷，分為兩欄，下欄為傳奇散齣，上欄包含小曲、酒令、燈謎、所轄之府州縣名等。

裡？你莫不是時乖運拙逢奸細？你莫不是蠱毒魘魅無人救？你莫不是暑濕風寒少藥醫？今日箇自作下誰來替？只落得鬧穰穰，朝攢著螻蟻，冷清夜伴著狐狸。

【四煞】骷髏呵！你莫不是寄綱常的大丈夫？你莫不是贊經綸的賢宰職？你莫不是三傑八俊并七貴？你莫不是干城舉鼎英雄將？你莫不是赴火投崖貞烈姬？你莫不是屠沽子刀筆吏？你莫不是勝漆膠朋友？你莫不是跳神鬼巫覡？

【五煞】骷髏呵！你莫不是工商醫卜人？你莫不是漁樵耕牧的？你莫不是飄蓬浪子烟花妓？你莫不是裁衣剪雪風流生？你莫不是剪徑剜墙放火賊？你莫不是僧與道奴與婢？你莫不是塞北過投降的胡虜？你莫不是粵南來進貢的蠻夷？

【六煞】骷髏呵！你也曾攜家遠避秦，你也曾籠車匡復齊，你也曾逞豪奢笑擊珊瑚碎，你也曾愛賢尊禮三千客，你也曾報國輸邊數萬石，你也曾出乎類拔乎萃，你也曾鴻門會怒撞玉斗，你也曾咸陽市酒換金龜。

【七煞】骷髏呵！你也曾解麥舟濟困窮，你也曾脫綈袍憐舊知，你也曾脩橋補路施仁義。你也曾一飡拯救王孫難，你也曾數斗哀矜孝子饑，你也曾助兒女成婚配。你也曾惡其死埋蛇當道，你也曾愛其生放雀高飛。

【八煞】你也曾仗義錢財誘世人，你也曾搧番子違天理，你也曾匿名帖子言人罪，你也曾奴顏婢膝呈乖醜，你也曾狗盜雞鳴喬樣勢，不知你君子流兒曹輩肯放寬前頭路子，先設下後日危基。

【九煞】骷髏呵！你也曾常懷著跋扈心，你也曾深藏著禍福機，你也曾蓄奸謀暗裡窺神器，你也曾抽戈迎輦將王刺，你也曾扯劍絕裾把母離，你也曾少公道多私意，你也曾聚斂上將無作有，你也曾刑法上以枉爲直。

【十煞】骷髏呵！你也曾貧居陋巷中，你也曾病居草澤裡，你也曾種瓜磨鏡編雙履，你也曾寒齋獨守義皇道，你也曾大樹深嗟黨錮危，你也曾止於信游於藝，你也曾養高志筆床茶竈，你也曾適閒情書畫琴棋。

【十一煞】骷髏呵！你也曾口雖言道誼交，你也曾心常將僥倖爲，
你也曾倚東風弄□輕狂勢，你也曾走炎涼路上無休歇，你也曾戀雲
雨鄉中不肯歸，你也曾撞太歲爲活計，你也曾駕空橋傷了德行，你
也曾使暗箭損了陰騭。

【尾聲】骷髏呵！南山竹書不盡你那愚共賢，北海波蕩不盡你那是
與非。我如今掘深坑埋你在黃泉内，教你做無滅無生自在鬼。

在開頭【哨遍】、【耍孩兒】即點出這是莊子辭官、喪妻之後的隱居生活（「謝
微官不受漆園吏」、「鼓盆之後再無妻」），又連續運用了「魚樂」、「化鵬」、「夢
蝶」等寓言，描繪了逍遙自在的景況，接著，才在荒蕪田地發現一個骷髏「感
嘆傷悲」，開啓了「嘆骷髏」的模式。當中皆以「骷髏呵」爲開頭，所感嘆詢
問的内容包含身分職業、積善行惡、功名隱逸等。然散曲以抒情爲主，只到
了埋葬骷髏爲止，並沒有「骷髏復活」的情節發展。而最後埋葬骷髏的内容，
應是受張衡《髑髏賦》和曹植《髑髏說》的影響，顯然是中國傳統「入土爲
安」思想的表現。〔註27〕

在明萬曆年間有大批的散齣選本，刊刻於明萬曆三十九年（1611）的《摘
錦奇音》卷三下層，收錄了無名氏《皮囊記》傳奇散齣《周莊子嘆骷骸》。
〔註28〕此外，此齣亦出現在晚明戲曲選集《樂府萬象新》〔註29〕當中，題名
爲《西子記》傳奇散齣《莊子因骷髏嘆世》〔註30〕（圖十四、十五），二者曲
詞科白相同。

在開頭，莊子「喪了山妻」，並且「打扮全眞模樣」，前往「洛陽城外」，
目的是要「訪道修行」。與散曲一樣，描述了一派逍遙的心情（「遊春賞玩」），
接著路過「荒郊地」，看到骷髏在路旁，開始悲嘆。散齣與散曲相同，也選用

〔註27〕 張衡《髑髏賦》中始出現祭奠髑髏的行爲（「酹於路濱」），到了曹植《髑髏說》
則發展爲埋葬髑髏（「爰將藏彼路濱」）。

〔註28〕 王安祈說明：「『散齣、單齣』爲全本中之片段，和全本之間只具備『部分與
全體』的關係，而『折子戲』則是表演有明顯特點，具有獨立藝術價值的戲。」
由此可知，折子戲是在散齣的基礎之上逐漸形成的。王安祈：《崑劇論集——
全本與折子》，臺北：大安出版社，2012年，頁2～3。

〔註29〕 《樂府萬象新》，明阮祥予編，全名爲《梨園會選古今傳奇滾調新詞樂府萬象
新》。

〔註30〕 〔明〕無名氏：《西子記》傳奇散齣《莊子因骷髏嘆世》，收入《樂府萬象新》
卷一上層時尚新調，〔俄〕李福清、〔中〕李平編：《海外孤本晚明戲劇選集三
種》收錄，頁90～104。

同一支曲牌的聯套方式來表現「莊子嘆骷髏」——【耍孩兒】帶 18 支煞曲，為了清晰呈現出「嘆骷髏」的模式，將全文引錄如下：

【耍孩兒】人生在世成何用，今見骷骸何嘆悲，四肢五臟無踪跡。鴉喰犬咬天靈蓋，氣化清風肉化泥，這模樣眞狼狽。我這裡從頭問你，你陰靈細說端的。

【十八煞】不知是男兒漢幷婦女，老公公，年少的，叫何名姓家何處？莫不是他鄉外郡風流客，百姓官員爲將的，因何死在荒郊地？那里有衣衾棺椁，可憐你暴露身屍。

【十七煞】莫不是患風寒幷暑濕，膏肓病無藥醫，癱瘓蠱脹難調治？莫不是痴聾喑啞成毒証，痰厥瘋顛氣怒疾，心疼吐瀉幷風疾？莫不是癰疽腫毒，疥癩瘡痍？

【十六煞】莫不是因貪盃喪了身，爲戀花害了己，爭田奪利傷心事？莫不是因奸毆打相爭死，賭賻輸錢忍餓饑，行肛（船）走馬將身墜？莫不是仇人陷害，道路強賊？

【十五煞】莫不是做牙商，折本錢，欠官糧，沒有賠，少人私債遭威逼？莫不是身罹王法逃軍匠，鬥勇爭財不服輸，投河落井身自縊？莫不是含冤負屈，連累官司？

【十四煞】莫不是推車漢，撐渡的，養馬夫幷趕驢，挑擔握籃背行李？莫不是造磚做瓦燒窯的，版築塗泥石匠隨，繩墨木斲幷油漆？莫不是裝船箍桶修磨人兒？

【十三煞】莫不是補毡襪，磨刀的，做裁縫，盔帽的，篦頭染網梳髮髻？莫不是補錫釘碗脩銅器，打鐵敲針洗鏡兒，銷金碾玉傾銀的？莫不是雕刊捏塑，打錫縫皮？

【十二煞】莫不是開剪裁，賣客衣，販傘笠，做經紀，開張古墓收屍的？莫不是背箱雜賣蘇州貨，針線香椒共扇兒，包頭盞筋幷梳篦？莫不是賣糖水菓，胭粉胭脂？

【十一煞】莫不是販綾羅，機戶人，擣金珠，換首飾，登山渡水飄洋的？莫不是磨房酒店香蠟戶，糴米支塩賣布疋，靴鞋筆硯幷書紙？不知你幾多貲本，財散人離？

【十煞】莫不是剝牛人，屠狗的，殺豬户并宰驢，鐓雞射鳥爲生意？莫不是擎鷹走犬傷禽獸，捉鼈撈蝦撒網的，張弓打彈爲活計？莫不是宰燒鵝鴨，販賣鮮魚？

【九煞】莫不是富貴人，喪了家，聰明漢，不遇時，貧窮患難無人濟？莫不是英雄豪杰眞君子，仗義施仁孝順兒，看經念佛修行的？莫不是弟兄無靠，父母分離？

【八煞】莫不是看星命，占卦人，會書符，能呪水，鑽龜相面通玄士？莫不是善看風水陰陽理，抄化雲遊賣藥的，觀枚起課并折字？莫不是沿街瞽目，唱曲人兒？

【七煞】莫不是做樵夫，種田的，打漁翁，放犢兒，山林隱者忘名利？莫不是彈琴寫字江湖客，作賦吟詩風月儒，傳神染盡丹青士？可惜你胸中錦繡，藏了萬斛珠璣。

【六煞】莫不是做生涯，剋剝人，利名心，公道虧，天平斗秤多瞞昧？莫不是煮鐵低銀街頭用，時價高擡買賣欺，損人利己成交易？你道人無報應，自有天知。

【五煞】莫不是騙人財，肥自己，欺他人女共妻，得人好處忘恩義？莫不是吞人田地，謀人產，霸占房廊與屋基，勢豪放債侵民利？只落得一堆白骨，日晒風吹。

【四煞】莫不是倚刀筆，公假私，走衙門，仗勢威，掌文主案多奸弊？莫不是教唆詞訟傷天理，飛詭錢糧任改移，卻將有罪番無罪？假若是人心似鐵，天網恢恢。

【三煞】想著你氣昂昂，人馬隨，穿綾羅換紵絲，肥井美味隨心喫。金銀財寶嬌妻妾，命盡無常伴土泥，紙錢一陌誰人祭。不是我叮嚀，嘆你想起來，兔死狐悲。

【二煞】莫不是富家人，賢德妻，使喚的，倚門接客烟花妓？莫不是謀死母，收生婦，逃難閨門室女兒，軍妻半路身抛死？莫不是道婆寡婦，孤獨僧尼？

【煞尾】莫不是有紀綱，女丈夫，不賢良，嫉妒妻，休書別嫁貪淫女？莫不是背夫私奔逃亡婦，辱罵公姑不孝的，小姑妯娌傷和氣？莫不是孤貧寡宿，八敗狼籍？

「嘆骷髏」皆以「莫不是」三字爲開頭，所感嘆的內容包含了男女姓名、〔註31〕職業、生病罪行、富貴隱逸、女性身分等，一連用了19支【耍孩兒】演唱，反覆渲染同一主題，可謂氣勢恢弘，在演出時應具有強烈的感染力。〔註32〕值得注意的是，散齣與散曲同樣是「嘆骷髏」的發揮，二者曲詞都重覆出現在杜蕙道情《莊子嘆骷髏南北詞曲》裡，可知散套及散齣的「嘆骷髏」應與道情「嘆骷髏」有深厚的淵源。

　　另外，散齣在「嘆骷髏」之後還有後續的情節，包含了「骷髏復活」、「誣告」以及「升堂斷案」、「棄官修行」等，但內容描繪地相對地簡略，整齣戲有如莊子的獨角戲，就連骷髏的念白都是由幕後所說（內），而梁縣主只有出現在以下二處：「梁縣主接了狀，便問莊子，莊子訴說度他活命之恩，歹行誆騙之心……」〔註33〕、「縣主一見便下拜也，待去棄職修行。」並無說白。而上述這些情節，在杜蕙的道情中則有更完整的發展。在下一個段落，將分析明清道情的「莊子嘆骷髏」，與散曲和散齣的異同，試圖探討戲曲與說唱文學之間交互影響的關係。

二、明清「嘆骷髏」道情

　　何謂「道情」？根據張澤洪所述：〔註34〕

　　　道情原是道士弘道、化緣時唱的道歌，後來逐漸發展爲一種民間說唱。道情以宣揚離塵脫俗思想爲特點，是道教弘道宣教的一種藝術形式。宋元明清以來，道情在中國社會頗爲流行，作爲宣揚道家思想的民間說唱藝術，因其濃郁的道教色彩而被稱爲「黃冠體」〔註35〕。

〔註31〕 有關於詢問男女姓名的內容，應是受東漢張衡《髑髏賦》中詢問骷髏「爲是女人，爲是丈夫」的影響。

〔註32〕 王璦：〈明刊戲曲散齣《周莊子嘆骷骸》新探〉，《安徽大學學報（哲學社會科學版）》第29卷第1期，2005年1月，頁124。

〔註33〕 這段話是用第三人稱的視角，與戲劇的代言體產生了矛盾，王璦則認爲這是由說唱道情轉變爲戲曲的痕跡。王璦：〈明刊戲曲散齣《周莊子嘆骷骸》新探〉，《安徽大學學報（哲學社會科學版）》第29卷第1期，2005年1月，頁123。

〔註34〕 張澤洪：〈道教唱道情所見的老莊思想——以《莊子嘆骷髏》道情爲中心〉，《商丘師範學院學報》第29卷第7期，2013年7月，頁11。

〔註35〕 「黃冠體」：「明代戲曲理論家程明善在《嘯余譜》中稱道情爲『黃冠體』，列樂府體式十五家之一。所謂『黃冠體』即黃冠道士的歌體，他從大的範圍說明這種藝術是從屬於道教的。」武藝民：《中國道情藝術概論》，太原：山西古籍出版社，1997年，頁2。

早在元代，燕南芝菴《唱論》已揭示了儒釋道三教所唱的特色：「三教所唱，各有所尚：道家唱情，僧家唱性，儒家唱理。」〔註 36〕在明代朱權《太和正音譜》的《詞林須知》中，對道情所演唱的內容有進一步的解釋：「道家所唱者，飛馭天表，遊覽太虛，俯視八紘，志在冲漠之上，寄傲宇宙之間，慨古感今，有樂道徜徉之情，故曰『道情』。」〔註 37〕這裡已點出「道情」演唱所追求的境界，然而，「道情」所尚之「情」指的是什麼呢？道教《洞玄經》敘述：「種種無名似苦海，苦根不離善根存，但憑人間元通力，跳出輪回無苦門，道有無情度有情，一切方便是修眞。」可知，這裡所謂的「情」，乃是指讓人產生種種苦難的人欲私情，情是萬苦之源，人要透過修養來泯除情欲（「無情」），才能夠擺脫這些苦難，進而得道成仙。〔註 38〕「無情」度「有情」，即為唱「道情」的目的所在。道情亦俗亦雅，受到社會各階層的人歡迎，流傳相當廣泛，後逐漸分為道士道情和民間藝人的道情。〔註 39〕此外，道情的內容從「抒情的道情」發展到「敘事的道情」。本節所討論的「莊子嘆骷髏」道情，便是「敘事的道情」。〔註 40〕

道情藝術的體制如下：（一）道具：漁鼓和簡板；（二）演出方式：唱一回，說一回的說唱相間形式；（三）音樂特徵：一部作品主要使用一種曲牌，這是從道教經席音樂繼承的特點，之後又發展出以節奏變化為特點的「板式音樂」。【要孩兒】為道情中常用的曲牌，如「莊子嘆骷髏」道情使用【要孩兒】做為主曲體。

武藝民在《中國道情藝術概論》中分析了【要孩兒】的結構：

> 【要孩兒】的詞式結構為八句三段體，第四、七句要求轉轍，以突出其段落規範。這支曲牌的獨特之處在於兩點，其一，是第一、二

〔註 36〕　〔元〕燕南芝菴：《唱論》，《中國古典戲曲論著集成（一）》，北京：中國戲劇出版社，1959 年，頁 159。

〔註 37〕　〔明〕朱權：《太和正音譜》，《中國古典戲曲論著集成（三）》，北京：中國戲劇出版社，1959 年，頁 49。

〔註 38〕　武藝民：《中國道情藝術概論》，太原：山西古籍出版社，1997 年，頁 3～6。在《莊子》中，莊子認為的「無情」，乃是：「言人之不以好惡內傷其身，常因自然而不益生也。」（〈德充符〉）。

〔註 39〕　張澤洪：《道教唱道情與中國民間文化研究》，北京：人民出版社，2011 年，頁 1、9。

〔註 40〕　趙景深：〈四川竹琴《三國志》序〉，《曲藝叢談》，北京：中國曲藝出版社，1982 年，頁 228。演唱莊子故事的道情除了「莊子嘆骷髏」外，趙景深還收藏有《莊子道情劈棺傳》，然筆者無緣得見。

　　段均爲三句式結構（由兩個上句和一個下句組成），藝人稱之爲「三
　　條腿」。其二，是第一段的前兩句爲六字句（每三字爲一詞組）。以
　　此形成該曲牌獨具特色的結構特徵。

【耍孩兒】又名《終南調》，就現有資料來看，【耍孩兒】原是道教經席音樂
中的一段歌贊，名《八仙贊》，其體式是在「八句三段」的基礎上續加了兩個
中段。〔註41〕不僅僅是道情，明代《莊子嘆骷髏》散套和《皮囊記》散齣《周
莊子嘆骷骸》皆使用【耍孩兒】做爲主體。

　　「莊子嘆骷髏」道情在明代相當流行，可從明代話本小說的記載中得知。
馮夢龍《醒世恆言》於明天啓七年（1627）初版，第38卷《李道人獨步雲門》
〔註42〕當中，即生動地描繪了道情演出的具體景況：

　　……次第敷演正傳，乃是「莊子嘆骷髏」一段話文，又是道家故事，
　　正合了李清之意。李清擠近一步，側耳而聽。只見那瞽者說一回，
　　唱一回，正嘆到骷髏皮生肉長，復命回陽，在地下直跳將起來。那
　　些人也有笑的，也有嗟嘆的，卻好是個半本，瞽者就住了鼓簡，待
　　掠錢足了，方才又說。此乃是說平話的常規。……

值得注意的是，裡頭亦包括了「骷髏復活」的情節，然正在精彩處，瞽者就
此打住，開始吊聽眾的胃口了，直到收足了錢才繼續表演下去，可見很受到
一般民眾的歡迎。目前所見的「莊子嘆骷髏」道情文本，分別爲明代杜蕙《莊
子嘆骷髏南北詞曲》以及清初丁耀亢《續金瓶梅》第48回《蓮淨度梅玉出家，
瘸子聽骷髏入道》當中的道情，同樣是以【耍孩兒】爲感嘆骷髏的中心曲牌，
以及皆有「骷髏復活」和「度脫」的情節內容，試析論如下：

　　杜蕙《莊子嘆骷髏南北詞曲》，全名爲《新編補評林莊子嘆骷髏南北詞曲》
〔註43〕，爲敘事講唱道情，凡二卷，萬曆年間（1573～1620）陳奎刊本，杜
穎陶舊有藏，現下落不明。目前日本大東急記念文庫藏有完本；京都大學藏
有殘本，存上冊，狩野直喜舊藏；東洋文化研究所藏有日本過錄鈔本，長澤

〔註41〕元雜劇中亦有【耍孩兒】的應用，參見武藝民對《西廂記》第四本第二折中
　　　　【耍孩兒】運用的分析。武藝民：《中國道情藝術概論》，太原：山西古籍出
　　　　版社，1997年，頁260～343。

〔註42〕〔明〕馮夢龍：《李道人獨步雲門》，《醒世恆言》38卷，《馮夢龍全集》第4
　　　　冊，南京市：江蘇古籍出版社，1993年，頁845～873。

〔註43〕〔明〕昆陵舜逸山人杜蕙：《新編補評林莊子嘆骷髏南北詞曲二卷》，據明萬
　　　　曆間陳奎刊本鈔錄，東京大學東洋文化研究所藏。

規矩也舊藏。卷首題「新編增補評林莊子嘆骷髏南北詞曲卷上」，題下署「昆陵舜逸山人杜蕙編、同邑仰文陳奎刊（卷下作書林明德書舍刊）」。〔註44〕中有插圖四幅，分別爲「莊子慕道修行」（圖十六）、「莊子嘆問骷髏」（圖十七）、「莊子詢問骷髏」（圖十八）、「縣主跪拜莊子」（圖十九）。據《元祿元年の唐本目錄》，元祿元年（1688）之前，此書即已東渡。〔註45〕

在卷首即點明了其創作的主旨：「錄莊子之寓言，勸世人之爲善」、「名利到頭都是空」，而卷末有「重編骷髏集」的詩作：「骷髏詞曲久差訛，夏暇重將校正過，增續詩詞成卷集，後賢深便助閑歌」，可看出杜蕙所撰必有所本，應是據民間流傳已久的「莊子嘆骷髏」道情改編而成。

其內容講述的是莊子喪偶棄職，隱居山林修道，之後攜道童下山遊訪，行經淮安府塩城縣，因縣尹梁棟居官清正，又有仙風道骨，莊子便決定前往拜訪，試探他道心如何。在途中，遇到一骷髏暴露荒野，又被牧童鞭打，莊子感嘆一番，便施法讓他復活。骷髏復活成人之後，向莊子要隨身包與傘，更將莊子與道童二人扭至縣衙，誣告莊子爲強盜，謀財害命。莊子遂將骷髏變回原形，梁棟因而被點化，也棄印離家，入山修道，後行滿功成，飛昇而去。〔註46〕

《莊子嘆骷髏南北詞曲》形式較爲複雜，不僅僅是「說一回，唱一回」的結構，整篇由「詩曰」、「說」、「歌曰」、「曲」、「詞曰」、「嘆詞」等交替而成。〔註47〕上卷連用了37支【耍孩兒】演唱「嘆骷髏」的部分，皆以「骷髏兒」、「莫不是」爲開頭，內容包含了（一）男女姓名、因何病死；（二）生前經營手藝；（三）諸子百家、九流藝業；（四）生前過失勾當；（五）女流所爲之事；都可以看到與散套和散齣重覆的曲詞內容，詳見下表一。在上卷末，最後的【尾】與《莊子嘆骷髏》散套的【尾聲】幾乎相同：

〔註44〕　王宣標：〈明王應遴原刻本《衍庄新調》雜劇考〉，《文化遺產》2012 年第 4
　　　　期，頁36。仝婉澄：〈日本藏稀見明刊道情《莊子嘆骷髏》考述〉，《曲藝》2013
　　　　年第 5 期，頁 20～21。

〔註45〕　黃仕忠：《日藏中國戲曲文獻綜錄》，桂林：廣西師範大學出版社，2010 年，
　　　　頁 440～441。

〔註46〕　內容概要據仝婉澄：〈日本藏稀見明刊道情《莊子嘆骷髏》考述〉，《曲藝》2013
　　　　年第 5 期，頁 20。

〔註47〕　仝婉澄：〈日本藏稀見明刊道情《莊子嘆骷髏》考述〉，《曲藝》2013 年第 5
　　　　期，頁 21。

【尾】骷髏兒，南山竹書不盡你的愚共賢，東海波洗不盡你的是與
非。我今日掘深坑埋你在黃泉內，骷髏，我教你做一個無滅無生，
快活的鬼。

【尾聲】骷髏呵！南山竹書不盡你那愚共賢，北海波蕩不盡你那是
與非。我如今掘深坑埋你在黃泉內，教你做無滅無生自在鬼。

上卷的敘事重心在於「嘆骷髏」，到了埋藏骷髏為止，骷髏既已入土為安，似
乎已自成一個段落，若沒有下卷的情節發展仍可當作一個獨立的作品看待；
下卷則又繼續感嘆骷髏，用了不同的曲牌來演唱，包括了【新水令】、【折桂
令】、【喬牌兒】、【沽美酒】、【得勝令】【鴈兒落】、【清江引】、【東五近】，感
嘆的內容為：（六）死後無人來看你；（七）生前造下冤和孽；（八）酒色財氣。
之後，便開展了骷髏復生的情節內容。〔註48〕

　　在這個作品中有明顯的時間線索，不像其他作品將故事發生的背景模糊
化。道情一開頭就說明莊子是戰國初之人，而莊子與道童遊春時，對他說：「我
在山中，累見天下紛紛，即今陳橋兵變，宋太祖登基，寬仁恭儉，賢孝溫良，
後有陳摶仙友，有詩道，從今天下都無事，我向山中睡得牢。」可以推知，《莊
子嘆骷髏南北詞曲》的故事背景是發生在宋初。此外，在梁棟審案時，聽得
莊子之名，乃說：「況莊子，又是戰國時人，成道久矣，至今千百年餘，焉有
莊子在世，休得胡說。」梁棟不相信一個人可以從戰國時期活到宋朝，歷經
千百年，道教長生不死的信仰已具體的顯現在作品當中。

　　而杜蕙道情當中還有更多細節的描述：梁棟見骷髏又被變回原形後，方
知莊子乃得道真仙，「急忙屏退左右，請師父到堂後靜樂軒中坐講」。〔註49〕
當中講述的乃是棄功名，學長生不老之道，更傳授了煉藥與修丹的秘訣。（「你
看煉藥細微須洞徹，修丹玄妙要深明。」）莊子語畢，便和道童騎仙鶴而去，
並勉梁棟誠心修持：「你若肯棄家修道，我保你名登紫府，位列仙班。」梁棟
便返家與其妻告別：「今日有緣遇一師父指點我迷途歸正，被他一句點開玄妙
鎖，片言指破死生機，我欲棄職修真保全身命，你可緊守家園，教謂子孫。」
夫人自然不肯答應，梁棟便趁夜摸黑離去。接著，道情又描繪了梁棟棄官離
家自在的隱居生活，呼應了上卷前半段，莊子辭官喪妻後，所演唱逍遙山林
生活之樂。最終，梁棟「行滿功成，飛昇而去」。

〔註48〕　有關骷髏復活、形變，請參照本節第三段〈溢出《莊子》外的情節：「度脫」
　　　　與「復活」〉。

〔註49〕　這段則被《逍遙遊》闡發為名利之理和三教合一的思想。

　　杜蕙的《莊子嘆髑髏南北詞曲》影響了王應遴《逍遙遊》的創作，〔註50〕兩者皆顯現了對功名的揚棄。王應遴的生平事跡尚錄於史書，《逍遙遊》雜劇中所呈現的官場現象應是他本人的親身經歷；然而，有關杜蕙的生平卻不見於記載，根據全婉澄的推斷：「杜蕙正是一個不中科舉、流落民間的普通文人。」因為現實進仕受阻，轉而在作品中寄託了對隱逸生活和求道成仙的嚮往。杜蕙在民間舊本「莊子嘆髑髏」道情的基礎上，加工改寫成《莊子嘆髑髏南北詞曲》，反映了民間文人的精神特質。〔註51〕也因為文人的重寫和再創造，讓流傳在民間的說唱文本得以保留下來。

　　清初丁耀亢（1599～1669）《續金瓶梅》原刊於清順治 17 年（1660），第48 回《蓮淨度梅玉出家，瘸子聽髑髏入道》〔註52〕中的道情，即是敷演「莊子嘆髑髏」故事。內容描寫了莊子喪妻棄職歸山，成其仙道。一日與道童下山至洛陽，看有何人可度，見路邊有一髑髏暴露在地，不由得感嘆傷悲，遂施法將他復活。髑髏還陽後向莊子索討銀錢、衣服，將莊子揪至縣府，誣告他下毒謀財害命。莊子又將髑髏變回原形，縣官欲拜莊子為師，一回頭，莊子已化清風而去。

　　《續金瓶梅》中的「莊子嘆髑髏」道情是屬於「敘事體道情」，由韻文和散文兩個部分所組成，〔註53〕分別用「說」、「唱」來標明。其中所用的詞牌和曲牌，包括【鷓鴣天】、【西江月】、【耍孩兒】等。「莊子嘆髑髏」疊用了 10支【耍孩兒】來表現，皆以「莫不是」、「髑髏兒」、「髑髏」為開頭，內容包含了下列四項：（一）男女姓名；（二）生前經營買賣；（三）君子六藝與九流百家；（四）罪過。下表以《續金瓶梅》中的道情為主，當中用【耍孩兒】曲牌演唱的「莊子嘆髑髏」（韻文）以及穿插在其中的「說」（散文）的部分，按順序排列，與明代《莊子嘆髑髏》散套、《皮囊記》散齣《周莊子嘆髑髏》、杜蕙《莊子嘆髑髏南北詞曲》做一整理比較：〔註54〕

〔註50〕　《逍遙遊》創作的時間為天啓六年（1626）秋。

〔註51〕　全婉澄：〈日本藏稀見明刊道情《莊子嘆髑髏》考述〉，《曲藝》2013 年第 5期，頁 21。

〔註52〕　〔清〕丁耀亢：《續金瓶梅》，第 48 回《蓮淨度梅玉出家，瘸子聽髑髏入道》，李增坡主編、張清吉校點：《丁耀亢全集中冊》，鄭州市：中州古籍出版社，1999 年，頁 369～378。

〔註53〕　張澤洪：《道教唱道情與中國民間文化研究》，北京：人民出版社，2011 年，頁 168。

〔註54〕　杜蕙道情與《續金瓶梅》道情所用的【耍孩兒】，並未標明【煞】，因此筆者在每一支曲子前面都標上了數字，以方便對照查詢。

表一　明清散曲、戲曲、道情「莊子嘆骷髏」比較表

	明散套	明傳奇散齣	明道情	清小說中的道情
題名	莊子嘆骷髏	皮囊記——周莊子嘆骷骸	莊子嘆骷髏南北詞曲	莊子嘆骷髏
作者	呂景儒作、寧齋補增	無名氏	杜蕙	丁耀亢
出處	詞林摘艷	摘錦奇音	據明萬曆間陳奎刊本鈔錄	續金瓶梅48回
骷髏	沒復活	復活後忘恩負義	復活後忘恩負義	復活後忘恩負義
姓名	無	張聰	武貴	武貴
籍貫	無	襄陽人氏	福建福州府福青縣人氏	福州府人氏
人物	莊子	莊子、骷髏、梁縣主	莊子、道童（師兄弟）、骷髏、梁縣主、梁夫人	莊子、道童、骷髏、縣官
嘆骷曲牌	11支【耍孩兒】	19支【耍孩兒】	上卷37支【耍孩兒】	10支【耍孩兒】
	【哨遍】守道窮經度日，謝微官不受漆園吏，歸來靜裡用功夫，把南華參透玄機。戰國群雄擾擾，止不過趨名爭利，爭似俺樂比魚遊，笑談鵬化，夢逐蝶迷！青天爲幙地爲席，黃草爲衣木爲食，跳出樊籠，歷遍名山，常觀活水。	【西江月】玉兔金烏西墜，江湖綠水東流，茫茫人世幾時休，萬古千秋依舊。壽夭貧窮是命，榮華富貴前修，不竟（免）白了少年頭，生死誰知先後？	【鷓鴣天】景物驚心嘆隙駒，百年傾覆後先車。雲山滿目眞堪樂，名利到頭都是虛。沽一醉，問樵漁，優游山谷更何如？閒將幾句莊生話，編作骷髏一卷書。	【鷓鴣天】景物驚心嘆隙駒，百年傾覆後先車。雲山滿目眞堪樂，富貴到頭總是虛。沽一醉，問樵漁，優遊山谷更何如？閒將幾句莊生話，編作骷髏一卷書。
	【二煞】向前來細細看，退後來暗暗推，最可惜四肢五臟無蹤跡。飢鳥啄破天靈蓋，餓犬傷殘地閣皮，這模樣眞狼狽。映斜陽眼眶中精散，受陰風耳竅內聲寂。	【耍孩兒】人生在世成何用，今見骷骸何嘆悲，四肢五臟無蹤跡。鴉飡犬咬天靈蓋，氣化清風肉化泥，這模樣眞狼狽。我這裡從頭問你，你陰靈細說端的。	2、骷髏兒，我向前來細細看，退後來暗暗思，可怜你四肢五藏無蹤跡。只見飢鴉啄破天靈蓋，餓犬傷殘地閣皮，這模樣眞狼狽。映夕陽眼眶中暗散，受陰風耳竅內聲嘶。	1、【耍孩兒】我向前細細尋，又退後默默思，可憐你三魂五臟無蹤迹。只見饑鴉啄破天靈蓋，餓犬傷殘地閣皮，模樣兒眞狼狽。映斜陽眼中睛陷，受陰風耳竅風嘶。

		【十八煞】不知是男兒漢并婦女，老公公，年少的，叫何名姓家何處？莫不是他鄉外郡風流客，百姓官員爲將的，因何死在荒郊地？那里有衣衾棺椁，可憐你暴露身屍。	4、骷髏兒，或是男兒漢、婦女身、老公公、年少的，住居何處何名姓？或是他鄉外郡風流客，百姓軍丁匠竈籍，因何死在荒郊地？皆因你自作自受，今日裡誰毀誰譽。	2、莫不是男子漢、女身、老公公、少小兒，住居何處何名氏？莫不是他鄉外郡風流客，百姓軍丁匠竈籍，因何死在荒郊地？也是你自作自受，今日裡誰哭誰知。
	【三煞】骷髏呵！你莫不是巴錢財離故鄉？你莫不是爲功名到這裡？你莫不是時乖運拙逢奸細？你莫不是蠱毒魘魅無人救？你莫不是暑濕風寒少藥醫？今日箇自作下誰來替？只落得鬧穰，朝攢著螻蟻，冷清夜伴著狐狸。		5、骷髏兒，你莫不是把錢財離故鄉，爲功名到這裡，時乖運寒逢奸細？莫不是持刀自刎人難救，發熱顛狂少藥醫，如今在此誰來替？只落得鬧攘攘，朝攢著螻蟻，冷清清，夜伴著狐狸。	3、莫不是把錢財離故鄉，爲功名到這裡，時乖運寒逢奸輩？莫不是持刀自刎因爭鬥，久病難調少藥醫，在此誰來替？只落得朝攢螻蟻，夜伴狐狸。
		【十六煞】莫不是因貪盃喪了身，爲戀花害了己，爭田奪利傷心事？莫不是因奸毆打相爭死，賭賻輸錢忍餓饑，行肛（船）走馬將身墜？莫不是仇人陷害，道路強賊？	7、骷髏兒，莫不是因貪盃喪了身，爲戀色害了己，分財競產閑爭氣？或是因姦鬧狠爭風死，賭賻（博）場中不伏輸，違條犯法遭因繫？莫不是成群結黨，遇陣臨敵？	4、莫不是因貪盃喪了生，爲戀色害了己，分財競產閑爭氣？或是因奸鬥恨風流死，賭博官司吃盡虧，或是犯法遭刑繫？莫不是饑寒少救，遇陣臨危？
			（說）骷髏兒，貧道將許多言語問你，男女姓名，因何病死，並無一言回答，我想是不著你的詳細。我再將你生前做經營手藝，問你幾句，看你如何答應。	（說）骷髏，將你男女姓名問道，並無一言回答，想是說不著其中詳細，將你生前經營買賣問你幾句。
	【十煞】骷髏呵！你也曾貧居陋巷中，你也曾病居草澤裡，你也曾種瓜磨鏡編雙履，你也曾寒齋獨守義皇道，你也曾大樹深嗟黨錮危，你也曾止於信游於藝，你也曾養高志筆床茶竈，你也曾適閑情書畫琴碁。		9、【耍孩兒】骷髏兒，莫不是貧居陋巷中，病居草澤裡，種瓜賣菜編雙履？莫不是寒齋獨守義皇道，掘壁摟墻壓死，伊止於信游於藝？你雖有養高之志，寂寞了書畫盡（畫）琴棋。	5、莫不是貧居陋巷中，藏身村野裡，種瓜賣菜編鞋履？莫不是讀書守分甘貧餓？莫不是買賣經商遇劫賊，或是遊客高人侶，辜負了陰陽占卜，收拾起書畫琴棋？

	【十二煞】莫不是開剪裁，賣客衣，販傘笠，做經紀，開張古墓收屍的？莫不是背箱雜賣蘇州貨，針線香椒共扇兒，包頭盞筋并梳篦？莫不是賣糖水菓，胭粉胭脂？	12、骷髏兒，莫不是收羊毛，換破靴，折舊房，賣舊衣，開張古董收零碎？莫不是搖鈴背籠攪雜貨，打皺敲鑼撮弄的，街前拘（拘）引兒童戲？你敢是賣香丸、肥皂、蜜蠟、臕（胭）脂？	6、莫不是換羊毛、修破靴，蓋新房、賣故衣，開張骨董收零碎？補鍋釘碗修銅匠，磨鏡敲針打錫的，土工木匠並油漆？莫不是做籮箍桶、打鐵縫皮？
		（說）骷髏兒，貧道將你百般經營手藝問你，又不答應，看你不是這等慵（庸）俗之人，必是個聰明智慧賢達之士，我如今再將諸子百家，九流藝業，問你幾句，看你如何答應。	（說）骷髏兒，貧道將諸般經營手藝問你，全不答應，想不是這庸俗之輩，或者是聰明智慧、諸子百家、富官貴客，迷失家鄉，再問你幾句。
	【四煞】骷髏呵！你莫不是寄綱常的大丈夫？你莫不是贊經綸的賢宰職？你莫不是三傑八俊并七貴？你莫不是干城舉鼎英雄將？你莫不是赴火投崖貞烈姬？你莫不是屠沽子刀筆吏？你莫不是勝漆膠朋友？你莫不是跳神鬼巫覡？	16、骷髏兒，莫不是繫綱常大丈夫，贊經綸賢宰職，三傑八俊并七貴？莫不是掄槍舉鼎英雄將，赴火投崖貞烈姬，屠沽子，刀筆吏？你敢是，勝膠漆朋友，跳神鬼巫師？	7、莫不是振朝綱大丈夫，贊經綸賢宰職，三傑八俊並七貴？莫不是拔山舉鼎英雄漢，作賦能詩道德師，深文刀筆蕭曹吏，風流才子，絕代名儒？
	【六煞】骷髏呵！你也曾攜家遠避秦，你也曾籠車匡復齊，你也曾逞豪奢笑擊珊瑚碎，你也曾愛賢尊禮三千客，你也曾報國輸邊數萬石，你也曾出乎類拔乎萃，你也曾鴻門會怒撞玉斗，你也曾咸陽市酒換金龜。	18、骷髏兒，莫不是攜家遠避秦，籠車匡復齊，逞豪奢咲（笑）繫（擊）珊瑚碎？愛賢尊禮三千客，報國輸邊數萬石，出乎類，拔乎萃。你莫不是鴻門會，怒撞玉斗，咸陽市，醉解金龜？	8、莫不是攜家遠避秦，籠車匡復齊？逞豪奢笑擊珊瑚碎，曉趨金殿拖朱履，夜擁紅妝醉酒杯？也有個凶和吉，那知道時衰命盡，福退災隨。

			（說）莊子道骷髏兒，我方纔將君子六藝，九流百家問你，尚不能答應，不知你端的是何等之人，罷罷。骷髏兒，貧道再將你生前過失勾當，略說幾般，你聽我道。	（說）骷髏兒，我將君子六藝、九流百家問你，全不答應，多是生前瞞心昧己，好色貪財，到此地位，我再把你的罪過略道幾句。
	【十一煞】骷髏呵！你也曾口雖言道誼交，你也曾心常將僥倖爲，你也曾倚東風弄□輕狂勢，你也曾走炎涼路上無休歇，你也曾戀雲雨鄉中不肯歸，你也曾撞太歲爲活計，你也曾駕空橋傷了德行，你也曾使暗箭損了陰騭。		26、骷髏兒，你口難言道義交，心常將僥倖爲，倚東風駕霧輕。狂勢走炎涼，路上無休歇，戀雲雨鄉中不肯歸，撞太歲爲活計。莫不是駕空橋，傷了些德行，使暗箭，損了些陰騭？	9、莫不是口頭言甜如蜜，壞良心黑似漆，調詞捏款多奸計，坑人騙債偏興訟，害眾成家倚勢爲？撞太歲爲生理，駕空橋把人愚弄，使暗箭袖手歡嬉！
		【五煞】莫不是騙人財，肥自己，欺他人女共妻，得人好處忘恩義？莫不是吞人田地，謀人產，霸占房廊與屋基，勢豪放債侵民利？只落得一堆白骨，日晒風吹。	27、骷髏兒，莫不是祖爲官多害民，父爲人不克己，倚強恃富誇豪勢？莫不是吞謀田土并家產，侵占墙垣興屋基，痴心造下千年計？遠只在兒孫身上，近還歸自己根基。	10、莫不是祖父上做貪官，本身上不克己，不忠不孝還不弟，吞謀田產侵鄰里，占路爭牆改屋基？癡心造下千年計，只落得頭南腳北，手指東西。
下場詩			人生如夢度春秋，似箭光陰易白頭。三寸氣在千般用，一旦無常萬事休。	古今盡是一骷髏，抛露屍骸還不修。自是好心無好報，人生恩愛盡成仇。

　　由上表可知，《續金瓶梅》道情所演唱的「莊子嘆骷髏」曲詞內容皆有所本，都重覆出現在杜蕙的《莊子嘆骷髏南北詞曲》當中，也與明代「莊子嘆骷髏」散套、散齣中部分的曲詞有很大的相似之處，可見四者有著親密的血緣關係，反映了戲曲和說唱道情在民間流傳時相互影響、交流的動態過程。

　　《續金瓶梅》道情當中的度化情節較簡單，前面先交代莊子下山的動機，他對道童說：「和你上洛陽走一道，看有何人可度」，並未清楚點出要度縣官。

〔註 55〕最終，故事只到了骷髏再度變回原形，縣官欲拜莊子為師，但莊子隨即「化清風而去」為止，並沒有深入擴展下去，不像在《莊子嘆骷髏南北詞曲》中，還有莊子向縣主釋道、縣主之後棄職離家、隱居修道的內容。此外，《續金瓶梅》道情還多加了骷髏誣陷莊子的唱，讓骷髏的形象又更加立體，強化他忘恩負義的性格，可以推測一般民眾更喜歡看復活以及誣陷的情節，可知小說中所保留的道情，比起杜蕙的道情，更符合民眾的審美趣味，內容更加地世俗化了。〔註 56〕

另外，清代「嘆骷髏」道情《韓湘子嘆骷髏傳》，全名為《新鐫韓湘子度文公嘆骷髏傳》〔註 57〕，作者不詳，題下有「武林陳雲衢梓」，與《韓湘子十二度韓文公藍關記》為合刊本，目前收藏於東京大學東洋文化研究所。當中莊子的角色變成了韓湘子，骷髏由一名變為二名。內容是描寫韓湘子度化韓文公之後（《藍關記》內容），迷失了韓文公之僕李萬、張千，來到峭壁，見到兩具骷髏，因而感嘆一番，然骷髏仍不還魂，最後才發現原來這是李萬張千之骨，韓湘子便施法讓他們復活，接著升天而去。

《韓湘子嘆骷髏傳》在《骷髏小引》即說明了其創作的動機：

> 觀莊子嘆骷髏之說，未曾博簡好處，不圖其報，反受其殃。莊子亦曰，眾生好度人難度，寧度眾生莫度人。又見藍關者，湘子度文公，進佛表，貶朝陽，藍關雪擁，迷失李萬張千，至彼岈處，九度成仙，仙家玄砂（妙），余謂之可愛耳。故以此為提綱，修成一冊，湘子嘆骷髏，所嘆者，李萬張千也，亦非莊子之所嘆乎。

可見《韓湘子嘆骷髏傳》是針對「莊子嘆骷髏」改寫的作品，而作者對於骷髏忘恩負義的行為頗不認同，因此將這個情節給刪除了。當中每一段皆採用了固定的形式：【道情】、【浪淘沙】、【清江引】、「詩曰」、「白」，接著是【耍孩兒】，也就是「嘆骷髏」的內容，均以「骷髏兒」為開頭，幾乎是每一支曲子就代表了一項行業或身分，曲子之前有標目，包含了「三教九流，士農工

〔註 55〕 縣官在《續金瓶梅》道情中沒有名字，不像杜蕙道情和王應遴《逍遙遊》雜劇中清楚的交代了他的姓名身份與個性。

〔註 56〕 小說中的道情除了記載了「莊子嘆骷髏」的內容之外，還有道情演出環境的描寫，與馮夢龍《醒世恆言》第 38 卷《李道人獨步雲門》當中所呈現「莊子嘆骷髏」道情的演出情形，都是研究明清道情演唱重要的資料。張澤洪：《道教唱道情與中國民間文化研究》，北京：人民出版社，2011 年，頁 167。

〔註 57〕 〔清〕無名氏：《新鐫韓湘子度文公嘆骷髏傳》，嘉慶中武林陳雲衢梓，《韓湘子十二度韓文公藍關記》合刊本，東京大學東洋文化研究所藏。

商，生涯買賣，娼優隸卒，三百六十行」等等，〔註58〕試舉儒、釋、道三曲如下：

　　士

　　　儒

髑髏兒，莫不是訓蒙童，入泮的，中舉子，撚春魁，官居極品身榮貴？封親蔭子君恩寵，青史名標世罕稀，前呼後擁人欽畏。方顯得文章有用，讀書人蓋世無虧。

　　　釋

髑髏兒，莫不是做和尚，出家人，命裏犯，華蓋星，削髮去把如來敬？皈依佛法僧三寶，投拜名師念佛經，燒香換水鳴鐘磬。入山門塵俗不染，朝夕裏參拜神明。

　　　道

髑髏兒，莫不是玄都觀，道士們，掌雷霆，驅鬼神，呼風喚雨真人令？踏罡步斗諸神護，使法書符速奉行，三清道教人欽敬。每日裏修齋設醮，誦幾句太上天尊。

由此可見，《韓湘子嘆髑髏傳》在「莊子嘆髑髏」道情的基礎上，將感嘆的內容又推展到了另一個極致，藉由對死者的感嘆，呈現了民間各行各業、熱鬧又紛雜的人間現實景況。

〔註58〕　參見《髑髏小引》：「蓋余以三教九流，士農工商，生涯買賣，娼優隸卒，計三百六十種為目，列有等例，詞唱道情，嘆曰，耍孩兒，每按一首，各有所屬，命諸梓焉。不敢仰于高名，為愚頑之一笑耳，謹此俗譚也。」感嘆的細目如下：
（一）三教九流（士）：儒、釋、道、醫、風水、山人、推命、看相、灼龜、琴士、畫士、書坊、寫字、刻字、鐫印章；
（二）漁樵耕牧（農）：漁、樵、耕、牧；
（三）匠作之人（工）：傾銀、打首飾、銅匠、錫匠、鐵匠、木匠、石匠、筆匠、墨匠、硯匠、漆匠、刷印、雕鑾匠、穿藤匠、機匠、帽匠、轎匠、皮匠、鋸匠、窯匠、染匠、車旋匠、箍桶匠；
（四）經營商賈之人（商）：商賈；
（五）生涯買賣之人（生涯）：買賣（共十五支【耍孩兒】）；
（六）嫖賭流人（娼優隸卒）：說媒婆、收生婆、尼姑、娼婦、私妸（婀）子（以上為女流之輩）；嫖、賭、更、書、門、皂隸、禁子、渡子、龜子、鴇兒。

三、溢出《莊子》外的情節：「度脫」與「復活」

「莊子嘆骷髏」的曲詞屬於「莊子髑髏夢」衍伸的內容，仍不脫《莊子》之文本，然戲曲和道情在發展的過程中已出現了溢出《莊子》文本外的情節——「度脫」和「復活」。

元雜劇深受全真教思想影響，目前所見莊子故事戲曲幾乎都不出「度脫」的模式的範圍，如史九敬先的《老莊周一枕蝴蝶夢》，乃是屬於「度脫劇」，莊子在當中是謫凡的神仙（「大羅神仙」），歷經了三度模式而又回歸於仙界，在此，莊子已被宗教化、神格化了。容世成認為「度脫劇」應包含幾種要素：

> 「度人者」和「被度者」（戲劇人物）；度人的行動（戲劇動作）；悟
> 道：成仙或獲得永恆的生命（結果）。用一句話將這些要素串連起來：
> 「被度者」通過「度人者」的幫助，經過度脫的過程和行動，領悟
> 生命的真義，最後得到生命的超升——成仙成佛。這就是「度脫劇」
> 的一般模式。〔註59〕

明代傳奇篇幅長，已不見元雜劇中的三度模式，而是呈現了一幕幕的度化考驗，〔註60〕如上一章提到謝弘儀、陳一球《蝴蝶夢》，劇情十分曲折漫衍，分為「莊子度人」和「莊子被度」兩個部分，「骷髏」在其中均被當作點化莊子的工具。此外，度脫劇中要勸人戒除的，都不離世人所留戀的名利或酒色財氣，酒色財氣是常人之所好，同時又害人不淺，因此世人往往引以為戒。〔註61〕

而「度脫」情節的出現更與文人的處境相關，么書儀認為：「棄俗入道的念頭，常由對人生的短暫，對生死輪迴的恐懼引起，而退隱山林的思想，則多是伴隨著追求進身，追求兼濟理想的破滅而產生。」〔註62〕文人仕途受挫，

〔註59〕 容世誠：〈度脫劇的原型分析〉，《戲曲人類學初探：儀式、劇場與社群》，桂林：廣西師範大學出版社，2003年，頁157。

〔註60〕 林智莉：《明代宗教戲曲研究》，臺北：國家出版社，2013年，頁50。

〔註61〕 宋代僧人釋懷深《枯髏酒色財氣頌》即描繪出酒色財氣之害，而全真教更是宣揚要徹底戒絕四害，才能走上修行之路，如王重陽【西江月】《四害》：「堪嘆酒色財氣，塵寰被此長迷。人人慕滯似醺雞，亂性昏神喪慧。」（《重陽全真集》卷八），此外，又以「一字至七字詩」分別論述酒色財氣之害（《重陽全真集》卷一）。元代雜劇中也能看到對四大戒的警惕，如《老莊周一枕蝴蝶夢》：「你戀酒呵，多敗少成；你戀色呵，色即是空；你戀財呵，那財中隱凶。都因氣送了人，到底成何用？誰知你有眼無瞳！」

〔註62〕 么書儀：《元人雜劇與元代社會》，北京：北京大學出版社，1997年，頁15。

往往寄情於創作以及老莊神仙思想，以抒發自我的情感，如《莊子嘆骷髏南北詞曲》梁棟棄官修道時唱出文人的心聲：「我棄功名，學道修行，願不受五花官誥，拜辭了龍樓鳳閣，再不聽黃宣召，脫下紫袍，穿一領破衲襖麻縧草屨，那怕傍人笑我。垢面蓬頭，也看雲山終日飽，逍遙遠紅塵，把富貴拋。」可知文人嚮往著遠離世俗的紛擾、官場的憂患沉浮與逍遙灑脫的隱逸生涯，並從中找到了一個精神歸宿。

　　然而，所有的「度脫劇」中都沒有嚴格的宗教意義，作品內容呈現了人間百態、世俗人情。〔註63〕郭英德提出，戲曲的宗教化和宗教的戲曲化之間產生了相反相成的運動，宗教精神已深入中國戲曲的骨髓中，使它的思想極為複雜，具有「多教化」、「世俗化」、「社會化」的三個特徵。〔註64〕由此可知，「度脫」情節主要還是來自於現實社會，是「宗教化」與「世俗化」交織作用下的結果。本節討論的文本當中，除了散套《莊子嘆骷髏》純是抒情外，散齣和明清二個「莊子嘆骷髏」道情均出現了「度脫」的情節——莊子度化縣主。

　　在「莊子髑髏夢」故事演化的過程中，最大的突破之一在於「骷髏復活」。〔註65〕事實上，「骷髏復活」也是莊子物化思想歷經宗教化與世俗化變形的結果。「骷髏復活」大都在莊子感嘆完骷髏後出現，過程皆充滿著道教儀式的色彩，戲曲舞台上表現由骷髏變為人的過程，也相當有可看性。在此，以本節討論的三個文本《皮囊記》散齣《周莊子嘆骷骸》、《莊子嘆骷髏南北詞曲》、《續金瓶梅》中的道情為主，析論「骷髏復活」過程的重覆與差異。

〔註63〕　么書儀：《元人雜劇與元代社會》，北京：北京大學出版社，1997年，頁15～16。

〔註64〕　中國宗教戲曲三個特徵的內容整理如下：一、「多教化」：元代神仙道化雜劇的思想與全真教密切相關，全真教思想體系正是三教合流的體現，是道教內丹派與佛禪和儒理三教圓融的產物。三教合一便成為中國宗教戲曲的特色。二、「世俗化」：宗教戲曲都是人們現實利益、現實需求、現實願望的反映，這就是中國戲曲宗教精神的世俗化、功利化的根源。三、「社會化」：戲曲中的神佛形象各有一定的地位和職掌，這是封建社會天羅地網式的官僚政治結構的虛幻的反映。郭英德：《世俗的祭禮——中國戲曲的宗教精神》，北京：國際文化出版公司，1988年，頁70～77、98。

〔註65〕　「莊子髑髏夢」改寫文本中含有「骷髏復活」情節的包括：無名氏《皮囊記》散齣《周莊子嘆骷骸》、杜蕙《莊子嘆骷髏南北詞曲》、丁耀亢《續金瓶梅》中的道情、王應遴《逍遙遊》、陳一球《蝴蝶夢》、京劇《敲骨求金》、川劇《南華堂（胡琴）》、魯迅《起死》等。有關「骷髏復活」的淵源參見本論文第三章第三節第一小節〈王應遴《逍遙遊》雜劇：戲劇性情節與三教合一思想〉。

《皮囊記》散齣《周莊子嘆骷骸》：

> 救人一命勝造七級浮屠，我要度你，怎奈少了四肢，不免將柳肢湊完，把仙丹放入他口中，叫你快醒來。

杜蕙《莊子嘆骷髏南北詞曲》道情：

> 正是救人一命，勝造七級浮圖，不免叫道童過來，你將那骷髏骸骨逐一擺轇，只少左脅下肢骨三根。莊子就將楊枝一根，截爲三段，補轇停當。莊子脫下道袍一領，將那骷髏蓋了，連忙葫蘆內取出一丸濟世仙丹，存挽死回生之力，放在骷髏口內，呼道童，藥囊內，將那仙瓢取浮水過來。莊子接水在手，照著骷髏一噴，對天祝告道，我出家人，慈悲爲本，方便爲門，路見骷髏暴露，不忍拋棄，度他成人，隨即諷誦眞言，急叫骷髏兒，你喫了此藥，我叫你仍歸陽世。頃刻之間，只見那骷髏，微微身動，莊子揭開道袍，一看見那骷髏，肌肉復生，容貌如初，復成人形。

丁耀亢《續金瓶梅》中的道情：

> 「……我出家人理當拔濟群生。我今大發慈悲，救他起死還魂！也見仙家手段。」即向葫蘆內取出一丸靈丹來，塡在骷髏口內，用仙氣一吹，脫下道袍蓋住屍骸，數了數他左肋下，少肋骨三條，忙叫道童向東南上取三枝楊柳，截成三段，口中念咒，用水一噴。那骷髏以氣生神，以骨生肉，得了先天元氣，早早回陽。

首先看到「復活骷髏」的動機，散齣《周莊子嘆骷骸》與杜蕙《莊子嘆骷髏南北詞曲》、丁耀亢《續金瓶梅》中的道情，都是本著「救人一命勝造七級浮屠」、「慈悲爲懷」的信念，感嘆骷髏的死亡，然後讓他復活。而「復活」的程序也有不同，散齣《周莊子嘆骷骸》中的描寫最爲簡單，其復活的要件只有湊完四肢的「柳枝」與「仙丹」；到了《莊子嘆骷髏南北詞曲》增加了更多的元素，「擺轇骸骨」、「楊枝三段」、「道袍」、「仙丹」、「噴水」、「祝告」；丁耀亢《續金瓶梅》中的道情則承襲了杜蕙的寫法，但內容較爲簡略，前後順序有所調整：「靈丹」、「仙氣一吹」、「道袍」、「楊柳三枝」、「念咒」、「噴水」。對照上一章文人筆下「髑髏夢」，王應遴《逍遙遊》也沿襲了杜蕙的道情：「排列骸骨」、「枯楊三枝」、「道袍」、「仙丹」、「噴水」、「祝告」，與其他文本最大不同之處，在於復活的過程中，穿插著道童的插科打諢，使復活過程生動有

趣。〔註66〕

此外，「骷髏復活」後的形象栩栩如生，也各自有差異，而三個文本都有骷髏忘恩負義、誣告的情節：〔註67〕散齣《周莊子嘆骷骸》的骷髏名為張聰，襄陽人氏，被人打死，先感謝莊子的復活之恩，隨後又向莊子要隨身包裹雨傘；《莊子嘆骷髏南北詞曲》中的骷髏名為武貴，家住福州城，為經商赴帝京，病危而死，亦先感謝莊子，之後也向莊子索討衣服、隨身包與傘；丁耀亢《續金瓶梅》道情的骷髏名武貴，福州府人氏，帶銀三百兩，來洛陽買貨，與之索討銀錢、衣服。值得注意的是，《續金瓶梅》道情裡，骷髏在升堂時有較多的發語權，更有四支曲子讓他發揮，內容不外乎誣陷莊子，把莊子將他復活的內容改為害他的證據，更強調他能重返人世，完全是因為平時行善積德之故，〔註68〕茲錄其中二首如下：

　　（唱）〔註69〕他葫蘆內百樣毒，使機謀把酒巡，頭昏腳軟先昏暈，臨危假落慈悲淚，怕醒還將法水噴。把財物搜尋盡，將骸拋在野外，那知道我又還魂。

　　（唱）五閻羅把我迎，崔判官把我親。他說我吃齋念佛多忠信，金橋來接純良客，地獄難留這好人，連忙送出酆都郡。他打折我三條左肋，現如今俱有疤痕。

莊子見骷髏變成人之後，仍執迷不悔，只好當堂施法，又將他變回一堆白骨。這是骷髏的第二次形變。散齣《周莊子嘆骷骸》：「如今再用靈丹噴水

〔註66〕　陳一球《蝴蝶夢》中則有「柳條」、「蕉葉」、「噴水」、「太元陽生符」、「祝告」、「吹氣」，前四個作品都是使用「仙丹」放在骷髏口中，在此則是畫「太元陽生符」施法使骷髏復蘇。「老子和徐甲」傳說也是畫符——「太玄眞符」復活骷髏，並未使用仙丹。此外，《韓湘子嘆骷髏傳》亦是使用仙丹復活骷髏，描述如下：「湘子道，骷髏，口中有氣難言語，不得還魂返故鄉。叫道馬趙溫關，與我將此仙丹一顆，放在骷髏口內，待我把營簟一擔，仙氣一吹，打動漁鼓，叫他醒來。四將答曰，謹遵仙聖。」
　　　　【浪淘沙】李萬張千，我度你回還，即忙甦醒聽吾言，同我一齊歸洞府，大羅眞仙。
　　　　湘子把營簟一擔，仙氣一吹，打動漁鼓，二人一齊甦醒還魂，起來互相觀看。
〔註67〕　陳一球《蝴蝶夢》雖有「骷髏復活」的情節，卻沒有骷髏忘恩負義的發展，而是骷髏復活後向莊周說道，使他了悟。
〔註68〕　Idema, Wilt L. *The Resurrected Skeleton: From Zhuangzi to Lu Xun*. New York: Columbia University Press, 2014, 152.
〔註69〕　文本中只有（唱），未標明曲牌。

一口，將他原身依舊變做一個骷骸。」；《莊子嘆骷髏南北詞曲》中的描述十
分生動：「莊子接水在手，望著骷髏一噴。那骷髏叫道，師父饒我性命，口中
吐出丹藥一丸，化火入地，雙神掩頭，撲倒墀前，不復有言，面朦灰土，漸
漸消形，儀容不可入目。良久，縣主喚人，扶起看他。只見衣服內，卸下枯
骨一堆，楊枝三段。」；丁耀亢《續金瓶梅》中的道情：「縣官即時取水與莊
子，用水將漢子一噴，仆地倒在塵埃，掀起衣來，卻是一堆骨襯，肋下三條
骨節還是柳枝。」此外，梁縣主親眼所見「骷髏復活」的過程而悟道，「度脫」
的情節也因此完成，在此「度脫」和「骷髏復活」有著因果關係。

　　溢出莊書外「度脫」和「復活」情節，增加了故事的可看性、可聽性，
這是這個故事走向通俗化的道路。此外，從骷髏復活為人，接著又變回白骨
的描寫，可對照道教科儀、法器，而骷髏的人物設計則加重了對人性貪婪的
刻畫。〔註70〕

　　由明代「莊子嘆骷髏」散套、散齣，以及明清「嘆骷髏」道情可以歸納
出「嘆骷髏」的模式如下：其一，對象皆為路旁無名的骷髏；其二，感嘆的
形式皆為問句，多以「莫不是」做為開頭，習用曲牌為【耍孩兒】；其三，感
嘆內容大都包含了：（一）骷髏死狀淒慘狼狽；（二）詢問死因；（三）嘆問其
姓名、男女、身份地位；（四）揣測骷髏落得此下場的罪過。「嘆骷髏」模式
的篇幅似乎可以無窮的擴大延伸，骷髏是否回應已經不是重點，其實問者早
已心知肚明，死者無言，只能任由生者提問甚至是呵責、數落其罪行。就算
之後出現了「骷髏復活」的情節，之前的問題也完全不算數。然而，與其說
這些問題的答案已失落，其實是從這些問題中具具體體的反映了現實人生，
看似否定現實世界，實則又從反面肯定了生者對現世的執著；其四，最終都
指向「古今盡是一骷髏」，勸人及早修道，具有警惕世人的作用。「嘆骷髏」
實與廣大庶民文化和宗教信仰息息相關，其模式的形成，便於記憶與傳承，
民眾藉由傳唱的過程一再品味，從中也獲得情感上的認同和療癒，「嘆骷髏」
模式已成為了民眾集體的一種生命體認。

　　此外，「嘆骷髏」中聲聲切切呼喚死者，以及其後的「骷髏復活」內容，
實與召喚死者還魂、轉生的「招魂」儀式相當雷同，上可追溯至《楚辭·大
招》當中的「魂兮歸來」。要之，做為敘事中心的「莊子嘆骷髏」與「度脫」
和「復活」情節，皆為宗教化和世俗化交互影響下的結果。

〔註70〕林鶴宜教授指導。

第三節　以「試妻」爲核心情節中的「嘆骷髏」

明清時期，莊子戲曲產生了不同的面貌，除了發展「嘆骷髏」的脈絡之外，又都受到話本小說《莊子休鼓盆成大道》的影響，以「試妻」爲主要的核心情節，此時，「嘆骷」已退居二線，只是做爲情節中的一環。在後世的莊子戲曲中，也承襲了明清莊子試妻戲的路線，刪除了傳奇中的枝枝蔓蔓，故事的衝突線更加集中；此外，新編莊子戲的劇作家多半意識到劇中的性別問題給予田氏更多的同情，虛構出來的田氏反而漸漸成爲戲中的主角。〔註71〕

「試妻」情節是怎麼出現的？往前追溯，在《莊子》〈至樂〉篇中，即有「莊子妻死，鼓盆而歌」的寓言，然而，何以莊子從一位「妻死」而悟生死之理者演變爲一位注重女性貞節的「試妻」者？〔註72〕當中變異的因素究竟爲何？以下先從話本小說《莊子休鼓盆成大道》開始討論，並著重分析「嘆骷」情節在以「試妻」爲核心的戲曲中所佔有的位置以及意義。

一、從馮夢龍《莊子休鼓盆成大道》說起

莊子故事傳說，從宋代已開始流傳，一直到明天啓四年（1624），馮夢龍的《警世通言》初版，卷二的《莊子休鼓盆成大道》確立了一個較完整的莊子故事型態，〔註73〕庶人說書的內容加上文人整理的結果，爲後世的創作者提供了情節的框架和人物塑造的基礎，而莊子思想和形象的世俗化，也明顯的展現在這篇小說當中，特別是「試妻」的情節。〔註74〕

此話本內容是描述莊周爲白蝴蝶轉世，老子點破前生，並授《道德經》五千言，莊周修習後遂能分形變化，自此辭去漆園吏，並拒絕楚王之邀，與妻田氏隱居於南華山。一日遇寡婦搧墳，一問之下方知寡婦急欲等墳乾再嫁，

〔註71〕　李雙芹：〈試論莊周故事劇的發展流變〉，《湖北社會科學 人文視野》2006 年第 2 期，頁 121。新編莊子戲曲的部分請見本論文第三章第四節〈現當代的「髑髏夢」〉。

〔註72〕　謝易真：〈試探莊周喪妻鼓盆寓言故事的變異與發展——由「妻死」到「試妻」展開〉，《慈濟技術學院學報》第 18 期，2012 年，頁 103～104。

〔註73〕　李良子：〈舊瓶新酒：淺談《三言》與戲曲之敘事關係——以《莊子休鼓盆成大道》故事流變爲例〉，《渭南師範學院學報》第 25 卷第 3 期，2010 年 5 月，頁 38。

〔註74〕　徐扶明認爲：「考其思想內容，似非宋元舊篇，可能是明人擬話本，因爲，試妻情節不見元代『莊子戲』以及散曲、曲藝作品。」徐扶明：〈崑劇《蝴蝶夢》的來龍去脈〉，《崑劇史論新探》，臺北：國家出版社，2010 年，頁 365。

莊周助其一臂之力，乃獲贈紈扇，歸家以告田氏，感嘆婦人薄情，惹得田氏抗辯，誓稱自己守節，並將紈扇扯得紛碎。莊周假死，幻化為楚王孫前來吊孝，田氏心動，與王孫成親。新婚之夜，楚王孫突然發病，田氏便劈棺，欲取莊周之腦髓以醫楚王孫。莊周復活，田氏羞愧自縊而死。莊周鼓盆而歌，火焚其居，隨老子學道而去。〔註75〕可知故事取材自《莊子》〈齊物〉「蝴蝶夢」、〈至樂〉「鼓盆歌」、《史記》莊周列傳以及民間莊子的傳說。〔註76〕此外，根據金榮華的研究，〔註77〕近年來發現的明朝無名氏話本小說集《啖蔗》，韓國漢城中央圖書館藏有鈔本，當中的《叩盆記》〔註78〕即是馮夢龍《莊子休鼓盆成大道》之所本。〔註79〕

　　莊子故事最大的轉變在於，因妻死而了悟的物化生死觀演變為一場妻子貞節的試驗。其中變異的因素為何？首先，出於一般民眾難以理解「莊子妻死，鼓盆而歌」的行為，莊子死生為一體的思想與世俗追求長生不死、惡死樂生的思想相牴觸；再者，人們最關切不是生死問題，反而是男女之情、夫妻之義，〔註80〕他們認為莊妻一定有什麼不對之處，莊子才會做出這麼違反人之常情的事情，也因此，給了人們在莊子和妻子之間大作文章的空間。

　　「莊周試妻」情節又與商業市場息息相關，民間說書人為了迎合民眾的喜好，內容多以男女情愛、精彩緊張、貼近庶民真實生活的情節為主，以便

〔註75〕　内容大要出自徐扶明：〈崑劇《蝴蝶夢》的來龍去脈〉，《崑劇史論新探》，臺北：國家出版社，2010年，頁365。沈惠如：〈論戲曲題材的「再創造」——以莊周戲曲為例〉，《現代戲曲編劇舉例探討》，臺北：東吳大學中國文學系博士論文，2005年，頁143。

〔註76〕　有關其源流可參考譚正璧：《三言兩拍源流考（上）》，《譚正璧學術著作集（六）》，上海：上海古籍出版社，2012年，頁300～306。

〔註77〕　金榮華：〈馮夢龍「莊子休鼓盆成大道」故事試探〉，《民間文學與中國文化國際研討會論文集》，臺北：國立編譯館，1997年，頁31～32。

〔註78〕　《叩盆記》和《莊子休鼓盆成大道》内容基本一致，然無開頭的勸世之言，亦無莊周的前世因緣和娶三任妻的描寫。無名氏：《叩盆記》，收入《啖蔗》，季羨林主編：《韓國藏中國稀見珍本小說》第1卷，北京：中國大百科全書出版社，1997年，頁223～230。

〔註79〕　然根據《啖蔗》中《校點後記》所言，《啖蔗》為朝鮮李朝時期的文人據中國明代《今古奇觀》的26篇作品改寫而成，推測《啖蔗》改寫的時間大約在《今古奇觀》傳入朝鮮後的十七、八世紀之交，時間應較馮夢龍晚。季羨林主編：《韓國藏中國稀見珍本小說》第1卷，北京：中國大百科全書出版社，1997年，頁274～277。

〔註80〕　雷競璇編：《崑劇蝴蝶夢：一部傳統戲的再現》，香港：牛津大學出版社出版；臺北市：臺灣商務總代理，2005年，頁31。

能開發市場，從中獲取利益，莊周故事中分形變化的幻術與「守節失節」、「詐死復生」的情節和民眾的審美趣味相合；況且，「三言」原本就是為了刊刻印行而編撰出來的作品，〔註81〕馮夢龍在《喻世明言》《敘》中曾明言乃是「因賈人之請」而作，說明了商業的目的，更強調了通俗小說具有撼動人心、教化民眾的力量。〔註82〕此外，強調婦女貞節的觀念從宋代已開始，到明代乃至達一個高峰，「試妻」的情節因符合當時的社會氛圍，受到民眾的歡迎，因而大大發展；而「試妻」、「戲妻」的情節，本來就是從西漢至唐代以來固有的故事型態，如「秋胡試妻」等，因此莊子故事從「妻死」變異為「試妻」，已有脈絡可循。〔註83〕

「試妻」情節最大的突破點在於莊周形象的世俗化和田氏一角的發展；而所謂「成大道」指的並非是莊子對生死的超脫，而是指對男女情愛的看破，然其要旨在於批判婦女誓稱忠貞節不二，卻心口不一。〔註84〕在小說中，莊子前世是隻白蝴蝶所托生，宿有仙緣；他除了是一位修道者外，更是一位丈夫，田氏不過是他第三任妻子；更且，他對田氏之死顯得異常冷漠，甚至沒有一個普通人的情感，〔註85〕相較於莊書原文中，他初面對其妻之死的態度：「是其始死也，我獨何能無概然！」以及面對摯友惠施之亡「無以為質、無與言之」的失落（〈徐無鬼〉），都能看到莊子所流露出人之所以為人最真切的

〔註81〕大木康：〈從出版文化的進路談明清敘事文學〉，《中國文史哲研究通訊》第17卷第3期，2007年9月，頁177。

〔註82〕馮夢龍《喻世明言》《敘》：「試今說話人當場描寫，可喜可愕，可悲可涕，可歌可舞；再欲捉刀，再欲下拜，再欲決脰，再欲捐金；怯者勇，淫者貞，薄者敦，頑鈍者汗下。雖小誦《孝經》、《論語》，其感人未必如是之捷且深也。噫！不通俗而能之乎？」

〔註83〕莊周「試妻」故事情節變異的可能因素，參考謝易真所歸納出來的七點，羅列如下：1、莊周死生一體的思想與世俗樂生惡死思想不符；2、庶民的誇飾與文人的賦詠；3、說唱演出或出版的市場需要；4、《莊子》一書中充滿可比附的素材；5、高張的封建夫權與獎勵守節的時代背景；6、文學間的感染與合流；7、男性書寫的性別取向。謝易真：〈試探莊周喪妻鼓盆寓言故事的變異與發展——由「妻死」到「試妻」展開〉，《慈濟技術學院學報》第18期，2012年，頁112～119。

〔註84〕金榮華：〈馮夢龍「莊子休鼓盆成大道」故事試探〉，《民間文學與中國文化國際研討會論文集》，臺北：國立編譯館，1997年，頁30。《小說考證》：「蓋以譏世俗婦女之侈談節烈，而心口不相應者。」譚正璧：《三言兩拍源流考（上）》，《譚正璧學術著作集（六）》，上海：上海古籍出版社，2012年，頁303。

〔註85〕張怡微：〈三言小說中承衍敘事研究——以莊子休鼓盆成大道等為例〉，《靜宜中文學報》第5期，2014年6月，頁133。

情感。而小說中原本稱莊妻爲「田氏」，在受楚王孫誘惑之後，敘述者就改稱她爲「婆娘」，明顯在主觀上對女性在夫死後追求新戀情有貶抑之意。在最終，田氏懸樑自縊，莊子鼓盆而歌，打破瓦盆，還放了一把火將自己的家燒成灰燼，後「遨遊四方，終身不娶」，唯獨《道德經》、《南華經》二書留存於世，原來，要得道超脫，必須斬斷所有在人世的情感牽絆，這條成仙之路，竟是這麼殘忍，讓人不忍卒睹。

莊妻田氏乃是後人所塑造出來的角色，我們在《莊子》原文中對她一無所知。這個角色其實塑造的十分鮮活，只是礙於當時「教化」的思想，使她的發展受到了很大的限制，她的結局多半是羞愧自盡，〔註 86〕最好的大概只能一輩子潛心修道，不問人間情事。〔註 87〕然這樣的結果反而讓許多人對田氏寄予同情和不平，因此產生了不少爲田氏發言的創作。

而「髑髏夢」在《莊子休鼓盆成大道》中已經被改寫成以下的內容：

> 一日，莊生出遊山下，見荒塚纍纍，嘆道：「『老少俱無辨，賢愚同所歸。』人歸塚中，塚中豈能復爲人乎？」咨嗟了一回……

之後，緊接著就是「寡婦搧墳」的情節了。從這段描述中可知，其改寫仍保留了「嘆」的元素，而感嘆對象是「荒塚」，而非「髑髏／骷髏」，意在說明人無論是何身分地位，終不免踏上死亡之途，與道情的主旨「古今盡是一骷髏」相同；而「髑髏夢」中詢問髑髏復活的內容，在後來的情節以莊周試煉妻子的幻術——詐死又復活——中出現。

戲曲與小說擁有共同的審美特徵——「通俗性」〔註 88〕與「故事性」，兩者爲敘事的「共生體」，〔註 89〕中國戲曲的故事通常有所本，戲曲自小說中取材已是非常普遍的現象。然而，兩者的敘事也因爲體裁的制約而產生了不同的特色，如話本小說採用了全知的視角，戲曲則是採用限知視角「代言體」；此外，戲曲創作必須考慮到實際演出的層面，〔註 90〕與民眾群體的關係更加

〔註 86〕沈惠如：〈論戲曲題材的「再創造」——以莊周戲曲爲例〉，《現代戲曲編劇舉例探討》，臺北：東吳大學中國文學系博士論文，2005 年，頁 146。

〔註 87〕如明代謝弘儀《蝴蝶夢》中的韓氏，便是誠心改過，最後修道昇天。

〔註 88〕沈新林：《同源而異派——中國古代小說戲曲比較研究》，南京：鳳凰出版社，2007 年，頁 114。

〔註 89〕董上德：《古代戲曲小說敘事研究》，廣州：廣東高等教育出版社，2007 年，頁 4、11。

〔註 90〕李良子：〈舊瓶新酒：淺談《三言》與戲曲之敘事關係——以《莊子休鼓盆成大道》故事流變爲例〉，《渭南師範學院學報》第 25 卷第 3 期，2010 年 5 月，頁 39。

的密切，因此也更加具有娛樂和教化性質。明清及後世的莊子戲曲多半深受《莊子休鼓盆成大道》的影響，以「試妻」為主要的骨架，當中以清代綴白裘本《蝴蝶夢》最為代表性，以下將集中討論這個文本。

二、崑劇《蝴蝶夢》中的「嘆骷」：從傳奇到折子、串全本

莊子戲曲命名為《蝴蝶夢》者數量不少，[註91] 明清以降，以《蝴蝶夢》為名的傳奇吸收了話本小說《莊子休鼓盆成大道》的故事，通常不出「莊周試妻」的內容，包含了明代謝弘儀、陳一球《蝴蝶夢》[註92]，以及清代綴白裘本《蝴蝶夢》。除了以上這三個文本之外，明代尚有敷演「莊周試妻」情節的傳奇，即為《山水鄰新鐫出像四大癡傳奇——色卷》[註93]，簡稱為《色癡》，今存明崇禎間山水鄰刻本，作者不詳，此劇共9齣：〈搧墳〉、〈毀扇〉、〈病訣〉、〈晤俊〉、〈露衷〉、〈決嫁〉、〈假塚〉、〈劈棺〉、〈陰妒〉，前8齣基本上是取材自《莊子休鼓盆成大道》而來，最後又增加了〈陰妒〉一齣，這齣主要是描寫田氏死後化為鬼魂，歸罪於搧墳婦，因而在迎娶途中大鬧一場，又化為一陣風而去。[註94]《色癡》對二位再婚的女子做了懲罰，[註95] 然在劇末，因花轎已折損，再婚新郎便背著搧墳女成親，又回歸於圓滿的結局。

〔註91〕　早在宋元時期，院本名目已有《莊周夢》、《蝴蝶夢》，然已失傳，無從可考；而宋元戲文《蝴蝶夢》存有殘曲三支，錢南揚認為佚曲與《元曲選》中關漢卿《包待制三勘蝴蝶夢》不符，當是「田氏唱，莊周出外不歸，自傷之辭。」然以上二者都無法證實是否有「試妻」的內容。徐扶明：〈崑劇《蝴蝶夢》的來龍去脈〉，《崑劇史論新探》，臺北：國家出版社，2010 年，頁 358。錢南揚輯錄：《宋元戲文輯佚》，上海：上海古典文學出版社，1956 年，頁 234～235。

〔註92〕　本論文第三章〈文人髑髏夢：文人對時代巨變的回應〉已有針對這兩個文本的討論，在此不再贅述。

〔註93〕　〔明〕《山水鄰新鐫出像四大癡傳奇——色卷》，收入《哈佛燕京圖書館藏齊如山小說戲曲文獻彙刊》第 31 冊，北京：國家圖書館，2011 年，據明末山水鄰刻本影印，頁 43～85。據此書中《山水鄰新鐫出像四大癡傳奇》提要：「此為雜劇劇本集。收酒、色、財、氣四雜劇。酒卷名酒懂，明李逢時撰……此劇述姜應召好飲酒而不好色，最終得以中舉的故事。共五折：色卷，計九折，用莊子扇墳，其妻劈棺事。作者不詳。後人改訂為《蝴蝶夢》傳奇；財卷，共六折，即用徐復祚之《一文錢》雜劇……；氣卷，計四折，演黃巢不第，因氣反唐事。即孟舜舉所作之《英雄成敗》雜劇。」亦見於《曲海總目提要》卷十一《四大癡》。

〔註94〕　徐扶明：〈崑劇《蝴蝶夢》的來龍去脈〉，《崑劇史論新探》，臺北：國家出版社，2010 年，頁 365～366。

〔註95〕　沈惠如：〈論戲曲題材的「再創造」——以莊周戲曲為例〉，《現代戲曲編劇舉例探討》，臺北：東吳大學中國文學系博士論文，2005 年，頁 158。

目前還活躍在現今崑劇舞台上的乃是清代無名氏綴白裘本《蝴蝶夢》〔註96〕。《綴白裘》為清代的戲曲劇本選集，收錄了當時經常演出的崑曲和花部亂彈的折子戲，由錢德蒼據玩花主人舊編本增刪改定，於乾隆二十八年至三十九年（1763～1774）陸續編成，選本具有「演出腳本」的特性。〔註97〕綴白裘本《蝴蝶夢》的作者一說為清初嚴鑄，一說為石龐，〔註98〕歷來有爭議，因此筆者在此選擇用無名氏來表示。此劇全本已佚，今僅存折子戲，綴白裘本共收錄了9折：〈嘆骷〉、〈搧墳〉、〈毀扇〉、〈病幻〉、〈弔孝〉、〈說親〉、〈回話〉、〈做親〉、〈劈棺〉，場次結構與《色痴》相同，唯多了第一折〈嘆骷〉，而無最後一齣〈陰妒〉，〔註99〕可以推測兩者間應有密切的血緣關係。〔註100〕綴白裘本《蝴蝶夢》基本上就是由「嘆骷」和《莊子休鼓盆成大道》的故事組合而成。

《色痴》根據《莊子休鼓盆成大道》的「嘆荒塚」而改寫成「嘆骷」，然而，只有出現在第一齣〈搧墳〉當中，做為背景的舖陳，所占的篇幅不多：

【北折桂令】（莊上）看行來南北山頭，祇見那遠樹鵾鷗，遍地骷髏。

正是：老少俱無辨，賢愚全所歸，人歸塚中，塚中豈復能為人乎？想著他掀天富貴，名世文章，傲世公侯。（指介）恁莫不是貪生忍辱，恁莫不是斧鉞誅求，壽盡春秋，笑生前鳴世驚人，免不得葬此荒坵。

綴白裘本《蝴蝶夢》延續《色痴》的敘事，同樣在遇到搧墳婦人之前即有一小段的「嘆骷」：

〔註96〕 〔清〕無名氏：《蝴蝶夢》，收入〔清〕玩花主人、錢德蒼輯，汪協如校：《綴白裘》6集卷3，臺北：中華書局，1967年，頁131～134。

〔註97〕 沈惠如：〈論戲曲題材的「再創造」──以莊周戲曲為例〉，《現代戲曲編劇舉例探討》，臺北：東吳大學中國文學系博士論文，2005年，頁162。

〔註98〕 據蔣瑞藻《花朝生筆記》記載，作者為清初嚴鑄，徐扶明則主張為清初石龐（1672～1704）所作。石龐著有《晦村初集》，記載六種傳奇著作：《梅花夢》、《南樓夢》、《鴛鴦夢》、《蝴蝶夢》、《姻緣夢》、《後西廂》。徐扶明：〈崑劇《蝴蝶夢》的來龍去脈〉，《崑劇史論新探》，臺北：國家出版社，2010年，頁370。譚正璧：《三言兩拍源流考（上）》，《譚正璧學術著作集（六）》，上海：上海古籍出版社，2012年，頁305～306。

〔註99〕 綴白裘本《蝴蝶夢》與《色痴》內容相同之處，羅列如下：〈病幻〉即〈病訣〉；〈弔孝〉即〈晤俊〉；〈說親〉即〈露衷〉；〈回話〉即〈決嫁〉；〈做親〉即〈假塚〉。此外，《色痴》的曲文內容較典雅，綴白裘本曲文內容較通俗，如蒼頭和書童使用了大量的蘇白。

〔註100〕 徐扶明：〈崑劇《蝴蝶夢》的來龍去脈〉，《崑劇史論新探》，臺北：國家出版社，2010年，頁371。

【折桂令】偶行來南北山頭，見幾種骷髏，遠衢休囚。

老少俱無別，賢愚全所歸；一入土塚內，豈復再回歸？

想著恁掀天富貴，名世文章，做甚麼公侯？莫不是貪生忍辱？莫不是斧鉞誅求？壽盡春秋，嘆生前名世驚人，〔死後吓，〕免不得葬此荒坵！

除了此處之外，綴白裘本《蝴蝶夢》卻特別將「嘆骷」獨立出來成為一折，究竟「嘆骷」情節在其中發揮了何種功用？

綴白裘本《蝴蝶夢》第一折〈嘆骷〉應是脫胎自謝弘儀《蝴蝶夢》第 11 齣〈夢疑〉，較接近《莊子》「髑髏夢」原文本，由【一江風】、2 支【宜春令】、2 支【解三酲】、【尾】，合計 6 支曲子所構成，所使用的曲牌和內容與謝弘儀本雷同。〔註101〕開頭即可看到由丑角〔註102〕扮演的骷髏身段表演：「丑扮骷髏上場，打觔斗，開四門跌打技藝完，朝上場中間跌倒介」，緊接著就是莊子（生）持摺扇唱【一江風】出場，並自報家門：「卑人姓莊，名周，字子休，乃楚國蒙邑人也。不受趙國之聘，辭別還鄉，隱跡山林，一心悟道。」當中並無話本小說中莊周乃白蝴蝶托生之說，〔註103〕所描述的「不受趙國之聘」，應也是從謝弘儀《蝴蝶夢》而來。本齣名為〈嘆骷〉，「莊子嘆骷髏」的部分首先出現在【一江風】下半段的曲辭當中：「想人生空自忙！想人生空自忙！〔骷髏吓骷髏，〕你的形藏在那廂？這一堆白骨倩誰收葬？」原本謝弘儀本 3 支嘆骷的【紅衲襖】已全被刪除；而「嘆骷髏」主要的部分則見於骷髏拒絕莊周復活提議後。

接下來，莊周便在樹蔭下睡著，骷髏來到他的夢中。這時骷髏的角色由

〔註101〕謝弘儀《蝴蝶夢》第 11 齣〈夢疑〉由 2 支【一江風】、3 支【紅衲襖】、2 支【宜春令】、2 支【玉胞肚】，合計 9 支曲子所組成。

〔註102〕謝弘儀本〈夢疑〉中的丑則是馴鹿而非骷髏。

〔註103〕《色痴》中莊周出場與話本小說的描述基本一致：「（生扮莊子上）大知閑閑，小知間間，大言炎炎，小言詹詹。小生姓莊名周，字子休，宋國蒙城人也。傲物玩世，矯俗經時，曾為漆園吏，棄職歸隱，師事李伯陽，大道通玄，蒙老師謂俺有仙風道骨，授以清靜無為之教，又把道德五千言的秘訣，傾缽而傳，誦習修煉，遂能分身隱形，出神變化。一日畫寢，意為蝴蝶，栩栩然蝴蝶也，俄而覺，則蘧蘧然仍周也。不知周之夢為蝴蝶歟，蝴蝶之夢為周歟？因此將世情得喪，看做流水行雲，萬念俱灰，一絲不掛，為有齊宋諸國遣聘相擾，挈妻田氏，隱於南華山中，夫耕妻織，頗自相宜。今日晴明，不免前往山下一遊，有何不可。」

丑變為末：「骷髏起打觔斗下」、「末繭褶幅巾插骷髏形上」〔註104〕，且稍微說明了自己的身分：「某白三，戰國無名氏骷髏是也。」〔註105〕在此用了 2 支【宜春令】展開了與莊周的一番生死論辯：

> （末）【宜春令】生能幾？死較長。有誰逃無常這椿？這腌臢臭腑，把幻身軀拋卻無真相。討得來富貴皮囊，只不過王侯尊長。
>
> 未歸三尺土，難保百年身；已歸三尺土，難保百年墳。
>
> 悲傷，怕提起，在生時，有萬千磨障！（生）
>
> 【前腔】生堪惜，死最傷，萬千傀儡扮演這場。似電光石火，一靈怎肯歸黃壤？縱然是再得人身，渾不似舊時形像。
>
> 正是敗壞不如豬狗相，人生莫作等閒看。
>
> 堪傷，賢愚富貴，少不得似這般模樣！

骷髏認為「生不如死」，莊周則是認為「死不如生」。之後，莊周又說出「再生人世」的提議，骷髏以「我為鬼如今已數秋，也無煩惱也無愁；先生叫我還陽去，只恐為人不到頭。」來拒絕。接著，則是從世本「嘆骷髏」所化出的內容，莊周問及骷髏「生前事業」、「何等樣人」等，以下骷髏和莊周各演唱了一首曲子：

> （生）請問足下，在生時作何事業？乞道其詳。（末）言之可傷，恐君不忍聞耳！
>
> （生）請教。（末）
>
> 【解三醒】俺也曾為功名勤勞鞅掌，為兒孫積下萬廩千箱；俺也曾珠圍翠繞在銷金帳；俺也曾為家園曉夜思量；俺也曾忘寢廢餐；寫不盡千年帳，做了一枕黃粱夢一場！
>
> （生）必竟是何等樣人？（末）
>
> 你我同一樣。你便問吾是何人，我便問你是誰行？（生）
>
> 【前腔】〔呀！〕聽說罷，令人悽愴。這言詞果不荒唐。臭皮囊，暫為人模樣；碎紛紛，把骨殖包藏。憑你經文緯武為卿相，少不得死後同登白骨場。承你開迷網，怎能個跳出輪迴，方免無常？

最後，骷髏留下一偈而離去：「滿眼貪生怕死期，死中樂處有誰知？先生要免無常路，除是長桑公子知。」讓莊周決定要辭別妻子，尋訪長桑公子而

〔註104〕謝弘儀本一開始骷髏未上場，之後才由末上場：「末單頭上」。

〔註105〕謝弘儀本的骷髏則無姓名、年代。

去。這偈以及長桑公子均出自謝弘儀本《蝴蝶夢》中〔註106〕，然而長桑公子本人始終不曾出現在劇中。

第二折〈搧墳〉中安排了眾神仙出現的過場戲，說明了度化莊周之旨：「下方有一醒世莊周與骷髏感嘆，故爾氣冲霄漢，實有仙風道骨之體。」然因「妻室孽債未完」故未能超脫，觀音便化身爲一搧墳婦人，目的是要點醒莊周。眾神仙欲度化莊周的內容，應是從明代《蝴蝶夢》傳奇而來，如謝弘儀本第 4 齣〈會眞〉、陳一球本第 7 齣〈箇中眞諦〉，而《莊子休鼓盆成大道》和《色痴》則沒有這麼濃厚的神仙度化色彩。

綴白裘本在舞台上共出現四次形變，第五折〈弔孝〉開頭即有兩隻蝴蝶變幻爲書童和蒼頭的表演，接著莊周又化身爲楚王孫，加上先前觀音變搧墳婦人，這三場形變均在幕前進行，舞台指示爲「場上放烟火」；此外，第一折〈嘆骷〉中尙有骷髏的變化（由丑變爲末），可知「變」、「幻化」乃是綴白裘本中很重要的因素，增加了演出的可看性。因此，〈嘆骷〉被獨立成爲一折，除了承繼前文本「嘆骷髏」的敘事，以及交待度化的功能之外，也是考量到表演和民眾的需求所設計的。

在話本小說和《色痴》裡，試妻的過程中均未說明楚王孫乃是莊子所化，直到最後一刻才拆穿，在綴白裘本中則一再提醒讀者、觀眾，「試妻」乃是他一手導演。〔註107〕而劇末，田氏自盡，莊周尋訪長桑公子去，直接騎蝶下，沒有話本小說和《色痴》中的鼓盆而歌，以及火燒屋舍，跟隨老子而去的內容。〔註108〕

《清宮升平署〔註109〕檔案集成》當中亦收錄了《蝴蝶夢（八齣、總本）》和〈幻化莊周〉〔註110〕，基本上同綴白裘本《蝴蝶夢》，然神仙道化的色彩更

〔註106〕謝弘儀本：「滿眼貪生怕死期，死中有樂盡人疑，世間貿貿誰能解，除是長桑公子知。」

〔註107〕如派蒼頭去窺探田氏，以及第九折〈劈棺〉莊周先上場唱出批評田氏不貞。

〔註108〕鼓盆歌乃是話本小說敘事的重點之一，仍保留在《色痴》當中，《色痴》乃疊用 4 支【耍孩兒】敷演鼓盆歌，陳一球本第28齣〈妻死我埋〉亦疊用【耍孩兒】以及 2 支【憶多嬌】演唱，發展到後來鼓盆歌多被刪除了。川劇《南華堂（胡琴）》第 11 齣〈火焚〉可見鼓盆歌；在新編的莊周戲當中，如高行健的《冥城》、當代傳奇的《夢蝶》都可看到鼓盆歌的演出。此外，話本小說中莊周追隨老子而去，在此卻變成尋訪長桑公子。

〔註109〕清宮昇平署：清代掌管宮廷戲曲演出活動的機構。道光七年（1827）直到宣統三年（1911），歷時 162 年。

〔註110〕所收錄之《蝴蝶夢（八齣、總本）》齣目如下：〈搧墳〉、〈毀扇〉、〈脫殼〉〈綴

加濃厚，如第 2 齣〈毀扇〉和第 3 齣〈脫殼〉（〈病幻〉）中間多了一段過場戲，由龍女唱出所贈莊周之「陰陽寶扇」的度化功用。而〈幻化莊周〉即為〈嘆骷〉，比綴白裘本多了用「甘露寶扇」搧骷髏的動作，〔註111〕以及【嘆骷髏】一曲：

> 【嘆骷髏】無主的骷髏吓，你莫非是王侯與卿相，駙馬與朝郎，公伯子男士農工商，來受我這甘露扇？莫非是貪官汙吏，陷害忠良？莫非是逆倫不孝，打罵爺娘？莫非是奸狡行凶，無仁無義，不循良？莫非是知恩不報，忘恩負義，恩將仇報，俱被天雷傷，來受我這甘露扇？敢則是貪淫酒色將身喪？敢則是因財被害，無處伸冤，因財氣，命無常，來受我這甘露扇？想來是溺水身亡，自□懸梁，橫死戳死（傷），付毒，斧砍刀傷，來受我這甘露扇？還有那沿街乞丐，叫化擂磚，途中餓孚，夭壽身亡，來受我這甘露扇？最苦的是孤苦零丁，無倚無靠，鰥寡孤獨，仗誰行，實可傷，來受我這甘露扇？
> 無主的骷髏吓，你的形容在那廂？這一堆白骨倩誰收葬？

可知這時〈嘆骷〉已從《蝴蝶夢》中獨立出來，成為了另一齣。此外，清同樂堂抄本《蝴蝶夢（全串貫）》，共 8 齣，〔註112〕收錄於《傅惜華藏古典戲曲珍本叢刊》，同綴白裘本《蝴蝶夢》，其中第 1 齣〈幻化〉，也就是〈嘆骷〉。

清乾隆年間，《蝴蝶夢》在崑劇舞台上有 9 折（綴白裘本），清末民初，蘇州全福班演出增添了〈收扇〉、〈訪師〉合計 11 折。20 年代初，崑劇傳習所學生於民國 15 年（1926）10 月 16 日在上海新世界首演《全本蝴蝶夢》，即為上述 11 折。此後，又成為新樂府、仙霓社崑班常演劇目。然 1949 年後，被列

〔註111〕 本「病幻」）、〈奠師〉（綴本「弔孝」）、〈說親〉、〈回話〉、〈重婚〉（綴本「做親」）、〈劈棺〉。〔清〕《蝴蝶夢（八齣、總本）》、〈幻化莊周〉，收入《中國國家圖書館藏清宮昇平署檔案集成》第 91 冊，北京：中華書局，2011 年，頁 53727～53742。

〔註111〕 「（白）你看這骷髏暴露在此，無人收葬，令人見之慘然，好不傷感人也！也罷，我不免將甘露寶扇，搧醒他來，與他辨論一番。天靈靈，地靈靈，甘露寶扇顯成靈；一祭天靈，二祭地靈，三祭百靈，我有百萬雄兵，逢山山平，逢地地行，逢樹削平，無主骷髏，速現原形。」然而卻搧不醒骷髏。

〔註112〕 所收錄之《蝴蝶夢（全串貫）》齣目如下〈幻化〉、〈搧墳〉、〈撕扇〉、〈病幻〉、〈弔孝〉、〈說親〉、〈成親〉、〈劈棺〉。〔清〕《蝴蝶夢（全串貫）》，收入《傅惜華藏古典戲曲珍本叢刊》第 131 冊，北京：學苑，2010 年，據清同樂堂抄本影印，頁 161～173。

爲禁戲，有一段時間不曾演出。〔註113〕劇名加上「全本」二字值得注意，從《蝴蝶夢》的演變中，可以印證了崑劇發展「從全本到折子」，又「從折子到全本」的過程。〔註114〕

在《蝴蝶夢》曲譜中，收錄〈嘆骷〉的有《集成曲譜》〔註115〕、《昆劇手抄曲本一百冊》〔註116〕，據曹安和整理，《異同集》尚有收錄，惜筆者未見。〔註117〕《集成曲譜》共收有四折，〔註118〕所錄之〈嘆骷〉，在開頭多了「睡魔神」和「夜遊神」助莊周黃梁一夢的情節，其餘與綴白裘本大致相同；《昆劇手抄曲本一百冊》則收有 14 折，〔註119〕較全福班《全本蝴蝶夢》多了〈金星〉、〈隱山〉、〈遣蝶〉3 折，〈金星〉和〈隱山〉二折是太白金星欲度化莊周，派遣日遊神、夜遊神、睡魔神、值日功曹付莊周一枕黃梁，下接〈嘆骷〉，三折合併，內容和《集成曲譜》〈嘆骷〉大同小異。

另外，筆者在《俗文學叢刊》中發現二個收有〈嘆骷〉的文本，年代與作者均不詳：其一，《蝴蝶夢（一）》〔註120〕，開頭有值日功曹、日遊神、夜遊神、睡魔神奉道德眞君法旨，引莊周與骷髏相遇，下接〈幻化〉（缺），和

〔註113〕全本 11 齣爲：〈嘆骷〉、〈搧墳〉、〈歸家〉、〈收扇〉、〈脫殼〉、〈訪師〉、〈吊奠〉、〈說親〉、〈回話〉、〈成親〉、〈劈棺〉。《蘇州戲曲志》，蘇州：古吳軒，1998年，頁 168。

〔註114〕王安祈：「至遲嘉靖年間單演散齣的情形已然出現……；到了萬曆年間，崑劇折子的資料還是很有限，『競演全本』仍是當時崑劇演出之主要風尚；一直要到明末天啓崇禎年間，才看得出崑劇折子漸趨普遍的跡象；而到了清乾嘉之世，折子戲之『蔚爲大觀』則已是不爭的事實了。乾隆以前，崑劇沿著『從全本到折子』這條順暢的途徑發展著……」王安祈：〈從折子到全本——民國以來崑劇發展的一種方式〉，《崑劇論集——全本與折子》，臺北：大安出版社，2012 年，頁 207。

〔註115〕《蝴蝶夢》，收入《集成曲譜》振集卷七，臺北：學藝出版社，1981 年，頁 1055〜1062。

〔註116〕《蝴蝶夢》，收入《昆劇手抄曲本一百冊》第 51 冊，揚州：廣陵書社，2009年，頁 3〜8。〈嘆骷〉亦見於《崑戲集存》。《蝴蝶夢》，收入周秦主編：《崑戲集存》甲編卷 3，合肥：時代出版傳媒，2011 年，頁 2379〜2384。

〔註117〕曹安和編：《現存元明清南北曲全折（齣）樂譜目錄》，北京：人民音樂出版社，1989 年，頁 58〜59。

〔註118〕《集成曲譜》所錄《蝴蝶夢》曲譜 4 折爲：〈嘆骷〉、〈搧墳〉、〈毀扇〉、〈吊奠〉。

〔註119〕《昆劇手抄曲本一百冊》所錄《蝴蝶夢》曲譜 14 折爲：〈金星〉、〈隱山〉、〈嘆骷〉、〈搧墳〉、〈毀扇〉、〈收扇〉、〈遣蝶〉、〈脫殼〉（綴本「病幻」）、〈訪師〉、〈祭奠〉（綴本「吊孝」）、〈說親〉、〈回話〉、〈成親〉（綴本「做親」）、〈劈棺〉。

〔註120〕《蝴蝶夢（一）》，《俗文學叢刊》第 59 冊，臺北：新文豐，2001 年，頁 279〜375。

上述曲譜的來源應相同；其二，《莊子遊春》〔註121〕，內容其實就是「嘆骷」，然曲文前所未見，抒情成份濃厚，更加具有文學性。

開頭唱出莊周逍遙自在的隱居生活，到了北芒山下景色蕭條，遇到暴露在外的骷髏，和開頭遊春的氣氛呈現很大的對比：

> 呀，你看那草叢中，白骨一堆，骷髏一具，不知何方人氏，暴露於此，又不知是男是女，為富為貧，為商為賈，為武為文，無人祭掃，誰為掩埋，待我攜取酒漿，試為一奠。

而莊子用酒祭奠骷髏的行為，可能是受到張衡《髑髏賦》的影響。因「有奠酒漿」，骷髏在夢中，主動將「生平事業」告訴莊周，從【新水令】至【尾】，〔註122〕一共使用了10支曲子，由「莊子嘆骷髏」變為「骷髏自嘆」了。在此錄骷髏所唱4曲如下：

> 【折桂令】讀詩書，遠法陶唐，秉阿衡協助商湯。想當初指望居卿相，又誰知今日裡為魁為魖，功在何方？名在何方？不能勾在生前三台五鼎，只落得死將來一枕黃梁，一枕黃梁。

> 【江兒水】曾觸君王怒，因為草諫章，犯逆鱗纔把身降，黃金白璧今何向？嬌妻幼子遭流放，一旦把家園離散，今日裡影隻形單，一路里無人依傍，無人依傍。

> 【雁兒落】俺也曾待漏坐朝堂，俺也曾侍晏隨仙仗，俺也曾聽著鳴鞭響，俺也曾身惹御爐香，俺也曾列館招賢士，俺也曾開晏出紅粧，軒昂自覺襟懷放誇張，俺也曾捧丹書，出建章。

> 【僥僥令】傍車悲泅鮒，岐路嘆亡羊，我好似行吟屈子沉波浪，有誰人弔憑忠魂下楚湘，只落得伴蓬蒿，棄道傍，棄道傍。

《莊子遊春》藉由骷髏之口，唱出了文人的心聲，主旨在於功名成敗轉瞬成空，甚以屈原自比，而沒有莊書原文中的「生死之辯」了。

總的來說，崑劇《蝴蝶夢》以「試妻」為主要的骨幹，經常上演的有〈說親〉、〈回話〉等，而〈嘆骷〉一折，雖在表演上加入了一些巧思，然與「試妻」情節無直接關連，刪除了也不影響劇情發展，因而漸漸地消失在戲曲舞台上了。

〔註121〕《莊子遊春》，《俗文學叢刊》第 59 冊，臺北：新文豐，2001 年，頁 165～180。

〔註122〕《莊子遊春》所用曲牌聯套如下：【點絳唇】、【混江龍】、【浪淘沙】、【新水令】、【步步嬌】、【折桂令】、【江兒水】、【雁兒落】、【僥僥令】、【叨叨令】、【園林好】、【沽美酒】、【尾】、【清江引】。

三、地方戲曲中的「嘆骷」：以京劇、川劇為例

地方戲曲的莊子戲多受到崑劇的影響，以「莊周試妻」為主要的演出內容，如京劇、漢劇、越劇、評劇有《大劈棺》；類此劇目，川劇有《南華堂》，湘劇、弋腔、徽劇、秦腔均有《蝴蝶夢》，河北梆子有《莊子搧墳》等。〔註123〕當中最有名的乃是京劇《大劈棺》〔註124〕，一名為《蝴蝶夢》，分為三場，劇情集中緊湊，直接從莊周返家見田氏開場，最後的結局乃是莊周離家，田氏沒死，獨自憂嘆，劇中已不見「嘆骷」的情節。〔註125〕京劇中的「嘆骷」已脫離了《蝴蝶夢》而獨立存在，以《幻化》、《敲骨求金》、《度白簡》這三齣戲為代表。《幻化》〔註126〕和綴白裘本《蝴蝶夢》〈嘆骷〉內容幾乎相同，故不再贅述；《敲骨求金》和《度白簡》雖是兩個劇目，實為一組，敷演「骷髏復活」、「公堂審案」、「度化白簡」等內容，劇情大要如下：

《敲骨求金》〔註127〕：商人張從為盜所殺，財物被劫，一盜遺落金錢於死者口中。有老少二行人，欲敲骨取之。莊周以言相責。二人允住手，但各向莊索金錢一枚。莊周點石成金，與之。二人貪得無厭，更索十枚。莊乃驅神虎將二人驚走，又以法術將張從救活。張從既蘇，不見行囊，疑為莊周所盜，控之於南華縣。〔註128〕

《度白簡》〔註129〕，又名《善寶庄》、《接骨換筋》，共分為 2 場，上半場為公堂審案，下半場則為白儉求道：張聰扭莊周至縣官白儉處控告。白儉

〔註123〕曾白融：《京劇劇目辭典》，北京：中國戲曲出版社，1989年，頁 71。

〔註124〕《大劈棺》，王大錯述考，鈍根編次，燧初校訂：《戲考》第 5 冊，臺北：里仁書局，1980年，總頁 810～821。

〔註125〕王安祈教授指出，京劇《大劈棺》中無骷髏，然而，出現在莊周靈堂上的紙紮人二百五，或許可以視為骷髏的轉化和變形；紙紮人被莊周點化為人，與莊周將骷髏起死回生的情節，二者似乎隱然相關；二百五雖和劇情無關，但在表演上卻大有可觀，如國光劇團版的《大劈棺》劇情更加緊湊凝煉，而田氏的結局與《戲考》所載不同，她舉斧自劈時，連不是活人的二百五見了也忍不住別過頭去。此外，筆者認為莊妻劈開天靈蓋的意象，與莊子鞭打髑髏以及重寫文本中「敲骨求金」的動作，可放在一起互為參照。

〔註126〕《幻化》，張伯瑾編：《國劇大成》第 1 集，臺北：臺灣中華書局，1969年，頁 471～473。

〔註127〕《劇學月刊》第一卷。

〔註128〕內容大要自曾白融：《京劇劇目辭典》，北京：中國戲曲出版社，1989年，頁 71。

〔註129〕《度白簡》，王大錯述考，鈍根編次，燧初校訂：《戲考》第 14 冊，臺北：里仁書局，1980年，總頁 2171～2177。

盤問再三，不能明真相。張聰竟堅請對莊周用刑，莊周怒斥之，揮以陰陽扇，張即倒地，頃刻間僅餘骸骨一堆。白因而悟道，願拜莊子為師，繳印棄官，負笈從遊。後被猛虎吞吃腹內，脫去凡身，隨莊周共登仙界。〔註130〕

可知劇情乃是脫胎自明代散曲、散齣、道情的「莊子嘆骷髏」和《逍遙遊》雜劇，骷髏名為張從（《敲骨求金》）、張聰（《度白儉》），乃是從《皮囊記》散齣《周莊子嘆骷骸》而來，事實上，張從是一具死屍而非骷髏，骷髏是他的字（「姓張名從字骷髏」），應是附會先前的文本而來；〔註131〕縣官則從鹽城縣的梁棟變為南華縣之白儉。

《敲骨求金》劇情緊湊，開場多了二強盜奪財害命的情節，接著又出現老少路人（外、丑）同爭張從口中含錢，欲敲碎取之的內容，有調劑劇情的功能，應是從《莊子嘆骷髏南北詞曲》以及《逍遙遊》所化出。京劇《敲骨求金》還增加了莊周「點石成金」、「遣動神虎」之術，除了表現老少路人貪得無厭的性格外，驅使神虎追人以及欲咬屍體的情節，在表演上應更有可看性。此外，「復活」過程充滿著奇幻的色彩，然卻較前文本群殘忍許多：首先，因張從「生前欠下猛虎債」，才被莊周召喚來的「神虎銜去咯骨三根」，莊周便用樹枝接骨；再來，死屍無心肝，莊周便殺死黃狗，取其心肝以救張從之命，然「為救一人，害一犬，背了上天好生之德」，莊周遂用黃土作犬心救活黃狗；可以說明死屍復活成人卻忘恩負義，實乃用了禽獸臟腑之故；〔註132〕最後，莊周取出「陰陽寶扇」三扇，使死屍還魂：「一扇君子把頭抬，二扇君子眼睜開，三扇君子四體擺，活來活去你快活來！」〔註133〕以上應是受到流傳在民間的道教術法所影響。張從清醒之後，誣賴莊周偷走他的行囊包裹，欲至南華縣告狀，在此順勢帶出度化白儉之旨：「聞得南華縣令，愛民如子，人品非凡，不免借會他一會」，劇情便到此完結。

〔註130〕 內容大要出自曾白融：《京劇劇目辭典》，北京：中國戲曲出版社，1989年，頁72。

〔註131〕 二強盜在殺了張從之後，聞得人聲，放棄爭奪金錢而離去。接著，老少路人便上場，老路人說：「原來是一死屍，口內還有一枚金錢」。故知劇中的張從非骷髏而為一死屍。

〔註132〕 「櫪老編考至此，恍然於張聰之復活為人，雖屬本來面目，而固有之天真早已消滅，易禽獸之臟腑，宜有禽獸之心思，固無足怪。」《度白簡》，王大錯述考，鈍根編次，燧初校訂：《戲考》第14冊，臺北：里仁書局，1980年，總頁2171。

〔註133〕 《大劈棺》莊周點化童男變成人：「一扇童男把頭抬，二扇童男眼睜開，三扇童男雙撒手，我四扇童男隨著師來。」可見扇子具有神奇的效用。

　　《度白儉》爲《敲骨求金》的後半段的劇情，亦有分開單演者。此劇最
早見於道光四年（1824）《慶升平班戲目》。〔註 134〕在公堂上，張聰一口咬定
莊周，要縣官白儉動用大刑逼他招認，莊周先感嘆張聰忘恩負義，遂用陰陽
寶扇將他變成了一堆白骨：

> 莊子　（白）　　張聰，我把你這畜生呀！
>
> 　　　（二簧原板）　小張聰生來命運低，　一心要穿錦繡衣。
>
> 　　綾羅緞匹任你取，一心又想美貌妻。
>
> 　　二八佳人陪伴你，你一心又想作官職。
>
> 　　七品郎官你作起，小官又怕大官欺。
>
> 　　當朝太宰封了你，你一心又想作皇帝。
>
> 　　萬里江山讓與你，你一心又想上天梯。
>
> 　　上天梯兒高搭起，一心又想作玉帝。
>
> 　　金童玉女服侍你，你豈不怕那五雷殛。
>
> 　　陰陽寶扇扇化了你，
>
> 白儉　（二簧搖板）　又只見白骨滿堂飛。
>
> 　　想必是冤家作了對，嚇得我三魂七魄飛。
>
> 　　　（白）　　爲何一時他化做白骨一堆？

原來將死者帶到公堂上是爲了要點化白儉，白儉問莊周住在何處，欲登門拜
訪，莊周闡述了「酒色財氣」之害，人若能解四害，便能得道成仙。〔註 135〕
第二場則描述了白儉辭官，拜莊周爲師，莊周爲試煉白儉，命他背其包裹行
囊引路，並走過底下是萬丈深坑的獨木朽橋，白儉顧其性命，乃反悔，不願
出家，要回去作官，莊周乃驅猛虎，將白儉吞吃腹內，白儉因凡身脫去，穿
上芒鞋，隨莊周共登仙界。在《敲骨求金》已出現莊周驅使猛虎的橋段，可
謂彼此呼應，而成仙之途多磨難，除了要捨得「紅塵世界」、「妻子家屬」之
外，還必須捨棄自己最寶貴的性命。《度白儉》跟杜蕙道情一樣有縣令辭官求
道之後的情節，然杜蕙道情中所描述的爲逍遙自在的山林隱居生活，梁棟憑

〔註 134〕曾白融：《京劇劇目辭典》，北京：中國戲曲出版社，1989 年，頁 72。

〔註 135〕酒酒酒，一杯就醉飲百鬥。一醉睡到千百年，醒來還要飲一口。
　　　　色色色，美貌佳人慣惹禍。紅粉依舊是骷髏，色即是空空即色。
　　　　財財財，金銀珍寶列滿台。好行善事積陰德，明去還能暗裡來。
　　　　氣氣氣，憂愁憤怒皆無益。聽天由命不妄求，死後焉能遊地獄。
　　　　山山山，山在虛無縹緲間。酒色財氣人能解，便是人間一老仙。

藉著自我、自發性的修煉而功行圓滿，飛昇成仙；相較之下，《度白儉》中，白儉沒有通過考驗，是由莊周「助他一臂之力」才得以成仙，這個過程乃是由主動轉變為被迫的。

以上二齣戲的角色行當如下：莊周為老生／末，白儉為老生，張從／張聰為小生。《度白儉》中，白儉做工多，莊子白口多，知名演員程長庚曾串白儉，後劉鴻聲則曾飾莊子，其提倡功不可沒，然自劉鴻聲逝世後，此劇便沉寂了。〔註136〕

除了京劇之外，在川劇的傳統劇目中尚可見「嘆骷」的情節。川劇中的莊子戲有兩種，《南華堂（高腔）》〔註137〕以「試妻」為主要的內容，「嘆骷」出現在第一場，然篇幅不多；《南華堂（胡琴）》〔註138〕內容十分豐富，主要是由「骷髏復活」加上「試妻」情節所組成，〔註139〕共12場：〈搶劫〉、〈搦屍〉、〈渡簡〉、〈搦墳〉、〈裝病〉、〈吵家〉、〈變化〉、〈弔孝〉、〈說親〉、〈劈棺〉、〈火焚〉、〈冥審〉以及附一場〈嘆骷〉。而附一場〈嘆骷〉基本上是沿襲了綴白裘本《蝴蝶夢》〈嘆骷〉的內容。

《南華堂（胡琴）》劇情是敘述吳仁經商返國途中，被強盜鮑前升奪走包袱，棄屍林中。莊周遇骷髏，使吳仁死回生。吳仁復活卻誣陷莊周，扭莊周至公堂。縣官白簡聽從莊周所言，將鮑前升緝拿歸案，莊周洗脫冤屈，然吳仁仍執意向莊周追問銀兩，莊周遂將他又變為骷髏，白簡因而悟道，掛印尋李伯陽去。中間「試妻」情節大抵同《莊子休鼓盆成大道》。劇末，莊周鼓盆而歌後，引田氏入冥府。閻王說明莊周和田氏的夙世姻緣，田氏劈棺有其因果，但淫行難饒，打為大雁，一世孤苦，莊周則前往函谷關赴李伯陽之約。

〔註136〕曾白融：《京劇劇目辭典》，北京：中國戲曲出版社，1989 年，頁 72。1985 年，仍可見《度白儉》的演出，由台灣著名老生周正榮飾莊周，其唱詞和唸白與《戲考》所載略有不同。此珍貴的影片資料由王安祈教授所提供。

〔註137〕《南華堂（高腔）》共7場：〈搦墳〉、〈扯扇〉、〈問病〉、〈搦童〉、〈弔孝〉、〈劈棺〉、〈冥判〉以及附1場〈佛說〉。《南華堂（高腔）》，川劇傳統劇本彙編編輯室編：《川劇傳統劇本彙編》第 15 集，成都：四川人民出版社，1959 年，頁117～152。根據四川省劇院收藏董少書、羅聲明、陳繼虞等集體口述本為主本校勘，同時參考省川劇院收藏本第 1154 號 605 號手抄本增補、校正。

〔註138〕《南華堂（胡琴）》，川劇傳統劇本彙編編輯室編：《川劇傳統劇本彙編》第 15 集，成都：四川人民出版社，1959 年，頁 153～198。根據四川省川劇院收藏本第 117 號為主，校勘同時，並參考聽秋主人抄本、耐寒主人抄本增補校正。

〔註139〕〈搶劫〉至〈渡簡〉演出「骷髏復活」等情節，而〈搦墳〉至〈冥審〉則是「試妻」的內容。

　　《南華堂（胡琴）》第一場〈搶劫〉與京劇《敲骨求金》的開場同樣都將強盜殺人奪財的情景搬到舞臺上來，交代了骷髏的死因；第二場〈扇屍〉，莊周（正生）出場承襲話本小說的內容，老子除了授道德經五千字，又賜「風火扇」使之能飛身隱形。接著，莊周在山中散步遊走，看到荒草中有一堆骷髏，開始感嘆起來，並使用「風火寶扇」將他復活：

> （唱【二流】）……（接唱）在生前說不盡拔山本領，講封王和拜相不稱其心。到頭來只落得骷骨行徑，可憐他百鳥啄蛆蟲喂身。（白）吾觀此骷髏，週身骨節，尚未有損，只少血筋一根，吾欲將他渡活，這又如何是好呢，這——，（浪子）吾不免用柳條接骨，以土安心，用吾師所賜風火寶扇，搧他三扇，看看此扇靈也不靈。有理。（接唱）在袖中取出了寶扇一柄，但不知此扇兒靈也不靈，手挽訣口唸咒一扇搧盡，骷髏動蛆蟲隱不見其形。二扇搧百節合像個人影，皮膚起眼唇動似覺有聲。用三扇管教他魂魄歸本，此扇兒果然是起死回生。

《敲骨求金》中亦是使用「陰陽寶扇」三扇，使死屍還魂；明清說唱道情和雜劇主要是用「仙丹」置入骷髏口中使之復活，在京劇、川劇中使骷髏回生的要素則從「仙丹」變為「寶扇」了，這個轉變，應是考慮到舞臺表演效果而來。〔註140〕

　　第三場〈渡簡〉，相當於京劇《度白儉》，即為「公堂審案」、「度化縣官」的情節，縣官之名「白簡」（小生）與京劇之「白儉」只有一字之差，而骷髏名為「吳仁」（丑），應是取其諧音「無仁」，指他忘恩負義的行為。審案過程中，白簡聞得莊周之名，態度乃一百八十度大轉變：「原來是莊老爺，下官聞名已久，請起看坐」〔註141〕；而在莊周洗脫冤屈之後，吳仁仍然執意向他追問銀兩：「財就是命，命就是財，無財你救我做啥。」而魯迅《起死》當中，也有類似的情節：漢子向莊子要衣傘包裹：「你把我弄得精赤條條的，活轉來又有什麼用？」；而當巡士認出莊周後，也開始攀親帶故、逢迎巴結：「咱們

〔註140〕散齣《周莊子嘆骷骸》、《莊子嘆骷髏南北詞曲》、《續金瓶梅》中的道情、《逍遙遊》使用「仙丹」放在骷髏口中，使之復活，陳一球《蝴蝶夢》則是畫「太元陽生符」施法使骷髏復甦。「寶扇」的使用從清代已經開始，如《清宮升平署檔案集成》所收錄《蝴蝶夢（八齣、總本）》、〈幻化莊周〉中，即有使用「陰陽寶扇」、「甘露寶扇」的內容；京劇《敲骨求金》則是使用「陰陽寶扇」，使死屍還魂。

〔註141〕京劇《度白儉》中，則是「與那一道家看座」。

的局長這幾天就常常提起您老，說您老要上楚國發財去了，也許從這裡經過的。」或許魯迅《起死》曾受到川劇《南華堂（胡琴）》的啓發。

因吳仁執迷不悟，因此又被莊周扇回骷髏；而強盜鮑前升謀財害命，被圍牆壓死，白簡則從中悟出一切善惡皆有果報，願辭官修道，拜莊周爲師。莊周勸白簡要「先盡天倫之責」，然白儉父母辭世，妻兒全無，早無牽掛；相較於杜蕙道情與京劇《度白儉》都是拋離家眷，才能走上修道之路，可知成仙的條件已有調整，並非拋下一切，而是要先回歸家庭倫理。爾後，莊周乃修書李伯陽，白簡便掛印雲遊，尋訪李伯陽去。白簡的劇情便到此爲止，沒有辭官之後的情節發展了。

接著，從〈搧墳〉至〈冥審〉主要敷演「莊周試妻」的情節。值得注意的是，第六場〈吵家〉將莊子拒楚王之聘搬到台前，顯示了莊周和田氏的矛盾除了節操外還有對仕途看法的歧異。此外，本劇除了第二場〈搧屍〉有「骷髏復活」的情節外，還表現在第七場〈變化〉，在綴白裘本《蝴蝶夢》中，蒼頭原本是蝴蝶變的，在此則是骷髏所化：

土　地　稟法師，前日有一老蒼頭，因酒醉而亡，現埋南山之下，未滿百日。

莊　周　既是如此，前面帶路。（過場）果有新塚一座，待吾顯動法力。（唱【倒板】）**風火扇搧開了一堆新土，**（轉【二流】）**一霎時搧活了棺內枯骨。再搧他四肢動站立岩府，開咽喉口能言也者之乎。**（老蒼頭活轉）

而劇中使骷髏復活的道具都是「風火寶扇」。第 11 場〈火焚〉，乃是田氏死後，莊周鼓盆而歌，火焚南華堂，基本上沿襲了話本小說的內容，但多了老君現身搶救眞經的情節，才得已使眞經保存下來。接著骷髏化作的蒼頭被保爲南華山的土地，莊周則化爲王孫模樣引田氏入冥府。第 12 場〈冥審〉，莊周要田氏「拋上刀山油鍋撲」，閻王阻止，說明莊周和田氏前世的因果：「田氏本是芙蓉花一樹，你本是老子殿前一白蚨，因你採他花心蕊，花謝葉落根又枯。今生轉劫爲夫婦，因此執斧劈你骨，淫奔之婦孤難恕，打爲大雁一世孤。」可知《南華堂（高腔）》和《南華堂（胡琴）》兩個劇本都有仙界度化，以及地獄審判的情節，〔註 142〕神仙迷信的色彩更加的濃厚。〔註 143〕

〔註 142〕《南華堂（高腔）》仙界度化、地獄審判的內容見第 1 場〈扇墳〉、第 7 場〈冥判〉；《南華堂（胡琴）》則見於第 4 場〈扇墳〉和第 12 場〈冥審〉。陳一球《蝴

　　附一場〈嘆骷〉（彭懷清藏本），基本上是沿襲了綴白裘本《蝴蝶夢》〈嘆
骷〉的內容，與謝弘儀《蝴蝶夢》〈夢疑〉一脈相承，都較忠於《莊子》「髑
髏夢」原文。內容皆有感嘆骷髏，骷髏入夢，以及生死之辯的內容，骷髏主
張了「生不如死」，〔註144〕接著，又進一步闡發了生死二字：

　　（唱【二黃一字】）莊先生坐土臺聽我細講，有骷髏把生死細說衷腸，
　　論富貴無非是封王拜相，百年後終難免無常。一任你家富豪萬般榮
　　享，氣不來管教你露骨道旁，在生時我皆與先生一樣，請問君你又
　　是何等形藏。

莊周聞罷，仍向骷髏說出了「轉歸陽世」的提議，亦被拒絕，又回歸到了世
本「嘆骷髏」的模式，莊周問骷髏「生前作何職業，又是何等人物」，骷髏則
回應：

　　（唱【扣板】）未開言不由人情慘心上，我把這生平事細說原章，俺
　　也曾效商家東奔西往，俺也曾爲國家保過朝堂。俺也曾珠環翠繞銷
　　金帳，俺也曾夫倡婦隨過時光，這就是生平事對君細講，臭皮囊只
　　落得這樣形藏。

用「俺也曾」三字做爲開頭，亦見於綴白裘本《蝴蝶夢》〈嘆骷〉【解三酲】、
《俗文學叢刊》《莊子遊春》【雁兒落】。骷髏臨行前贈莊周一偈：「滿眼貪生
怕死期，死中樂趣有誰知，世人若免輪迴路，但學長桑公子詩。」劇中仍保
留了長桑公子，而長桑公子始終不曾現身，顯然是謝弘儀《蝴蝶夢》所留傳
下來的痕跡。

　　綜上所述，《南華堂（胡琴）》包含了二次「骷髏復活」的情節，以及附
錄〈嘆骷〉，共有三次對於骷髏的改寫。京劇《敲骨求金》、《度白儉》劇情集
中緊湊，敘事主軸較清晰，川劇《南華堂（胡琴）》的內容則豐富繁瑣，不同
於傳奇、崑劇《蝴蝶夢》中單單結合了「嘆骷」和「試妻」的情節，而是將
「骷髏復活」、「公堂審案」、「度化縣官」和「試妻」情節合而爲一，又多附

────────────────

　　蝶夢》傳奇也有地獄審判的內容，見於〈難免輪迴〉、〈地府冥冥〉、〈回頭是
　　岸〉三齣。在新編莊子戲曲方面，高行健《冥城》（劇中無骷髏）下闋，就是
　　莊妻自盡後在地獄的經過，當中也有審判的情節，然而莊妻的處境更加淒慘，
　　最終還從腹中扯出寸寸柔腸。
〔註143〕此外，莊周助寡婦搧墳時請來了「風火神」（高腔）、「謁諦神」（胡琴），也凸
　　顯了劇中神仙道教的色彩。
〔註144〕「僕上無君父之責，下無妻兒所累，無憂感其心，無事勞其形。有動乎中，
　　必搖其精，奈何非金玉之質，欲與草木而爭榮。非仙非道，不生不滅，不死
　　不絕，任飄渺於兩間，得蕩颺於世外，縱然是帝王之樂，不過如此也。」

了一場「嘆骷」，這樣的組合相當罕見，〔註145〕但〈搶劫〉、〈搧屍〉、〈渡簡〉這三場與後面「試妻」的情節全不相干，在劇情的銜接上顯然有不足之處。

第四節　說唱藝術中的「嘆骷髏」：寶卷、子弟書

　　除了戲曲之外，流傳在民間的說唱藝術也從「莊子骷髏夢」的故事中吸收了養份，如道情、寶卷、子弟書，都能夠看到「嘆骷髏」的內容，這些說唱藝術又與戲曲之間呈現了交互影響的關係。〔註146〕在唐代的變文中即有與髑髏對話的故事，如《孟姜女變文》〔註147〕，內容描述孟姜女來到長城尋找丈夫的骸骨，找到之後，發現還有數個無名的髑髏，無人搬運：

> ……姜女悲啼，向前借問：「如許髑髏，佳俱（家居）何郡？因取夫迴，爲君傳信。君若有神，兒當接引。」
> 髑髏既蒙問事意，己得傳言達故里，
> 魂靈答應杞梁妻，我等並是名家子。
> 被秦差充築城卒，辛苦不襟（禁）俱役死。
> 鋪屍野外斷知聞，春冬鎮臥黃沙裏。
> 爲報閨中哀怨人，努力招魂存祭祀。
> 此言爲記在心懷，見我耶孃方便說。……

作品藉由骷髏對孟姜女的回覆，反映出對現實世界的控訴。此外，《地獄變文》〔註148〕中，有一段鞭打及呵責死屍的內容，與「髑髏夢」原文中莊子對髑髏

〔註145〕目前所知文本，尚有《莊子蝶夢骷髏寶卷》結合了「試妻」和「骷髏復活」的情節，惜筆者未見此文本，相關資料可參考 Idema, Wilt L. *The Resurrected Skeleton: From Zhuangzi to Lu Xun*. New York: Columbia University Press, 2014, 217～253.

〔註146〕有關「嘆骷髏」道情詳見本章第二節，在此不再贅述。

〔註147〕〔唐〕《孟姜女變文》，收入王重民等篇：《敦煌變文集》，北京：人民文學出版社，1957年，頁32～35。

〔註148〕〔唐〕《地獄變文》，收入王重民等篇：《敦煌變文集》，北京：人民文學出版社，1957年，頁761～763。此外，南朝梁武帝時期所編之《經律異相》卷四十六《鬼還鞭其故屍》亦記載了鬼鞭其屍事：「昔有外國人死。魂還，自鞭其屍。傍人問曰：『是人已死，何以復鞭？』報曰：『此是我故身，爲我作惡。見經戒不讀，偷盜欺詐，犯人婦女，不孝父母兄弟，惜財不肯布施。今死令我墮惡道中，勤苦毒痛，不可復言，是故來鞭之耳。』（出譬喻經）」出自丁福保：《佛學大辭典》。而佛典中之「叩髑髏知生處」、「鹿頭梵志」，皆是藉由叩打髑髏，聞聲即能得知此人是男是女，因何而死，死於何處等生前事蹟，與「嘆骷髏」頗爲相同。

「撻以馬捶」，以及流傳在民間的「嘆骷髏」有相似之處，茲錄一段如下：

> ……既將鐵棒，直至墓所，尋得死屍，且亂打一千鐵棒。呵責道：
> 恨你在生之日，慳貪疾妬（妒），日夜只是算人，無一念饒益之心，
> 只是萬般損害。頭頭增罪，種種造殃，死值三塗。號：菩薩佛子
> 在生恨你極無量，貪愛之心日夜忙；
> 老去和頭全換卻，少年眼也擬梳將。
> 百般放聖謾依著，千種爲難爲口糧；
> 在生憂他總恰好，業按眷屬不分張。
> 緣男爲女添新業，憂家憂計走忙忙；
> 盡頭呵責死屍了，鐵棒高撞打一場。……

可知對死者的慨嘆，也見於佛教當中，並非道教所獨有。而鞭打死屍的這個行爲，也出現在明代葉憲祖（1566～1641）《北邙說法》〔註149〕雜劇。《北邙說法》屬於佛教度脫劇，其內容是描寫土地至北邙山，見到一具枯骨和一軀死屍。枯骨是甄好善的，如今已做天神，死屍是駱爲非的，已作餓鬼。而這兩人剛好也到了北邙山，土地指出眞相，甄好善便拜枯骨，多虧他一生好善，勤苦修行，使他得已做天神；駱爲非則攀下柳條鞭打死屍，怪他積惡爲非，連累他做餓鬼。後來一位禪師本空和尚對他們闡釋佛法：「不分天人鬼獄，一時同證菩提。」三人恍然大悟，隨師入道而去。〔註150〕下引駱爲非鞭打與呵責死屍的內容：

> （淨）仇人仇人！我今攀下柳條，鞭打你一頓。（鞭介）因這臭皮囊，波波劫劫忙。
> 只知貪快樂，不肯暫回光。白業錙銖少，黃泉歲月長。直須痛棒打，此恨猝難忘！
> （丑）這也該打該打！
> **【南呂紅衲襖】【前腔】**（淨）只爲你騁風情、寵豔妝，只爲你愛肥甘、貪美釀，只爲你要錢多、狠使欺心帳！只爲你恃身強，專圖奪勝場。我如今嘯寒林、冥劫長，我如今吐炎煙、餓債廣，受不盡苦惱多般。是你坑人也！努力鞭笞恨未忘。

內容和曲牌與謝弘儀《蝴蝶夢》〈夢疑〉中對骷髏的嘆問頗爲類同。〔註151〕

〔註149〕〔明〕葉憲祖：《北邙說法》，收入〔明〕沈泰輯：《盛明雜劇》初集，《續修四庫全書》1764 冊集部戲劇類，上海：上海古籍，2002 年，據民國十四年董氏誦芬室刻本影印，頁 468～472。

〔註150〕內容大要出自曾永義：《明雜劇概論》，臺北：學海出版社，1979 年，頁 315。

〔註151〕謝弘儀《蝴蝶夢》〈夢疑〉用了三支【紅衲襖】來寫對骷髏的嘆問，其中一曲：

鞭打髑髏、死屍的行為，則與宗教信仰有所淵源，然在莊子戲曲和說唱藝術中並不常見。〔註152〕由以上可知，與死者和髑髏的對話，不侷限於「莊子髑髏夢」，乃是普遍存在的創作主題；然而，只能說上述兩個變文的內容與「嘆骷」情節有相似之處，無法證實彼此間的關係。

自宋代變文被禁止之後，說唱藝術朝著兩個方面發展：一是進入了勾欄瓦舍，導致了宋代話本的興盛；二是留在佛教寺院，演化為「說經」，後產生出了一種新的形式──「寶卷」。寶卷出現的時間大約在元末明初，與變文相同，初期都是以宣揚佛教為主，後來漸漸的成為了民間宗教的載體，又分為以闡發宗教教義為主的「前期寶卷」和宣揚佛道故事、民間傳說和戲曲故事的「後期寶卷」，形式上則承襲了變文俗講，散說夾唱。〔註153〕

而「嘆骷」的內容直接見於明清的寶卷當中。明代中葉，羅清（1443～1527）創立了無為教，為佛教的分支，所演述的「五部經」，於正德四年（1509）初次刊行，〔註154〕其中之一的《嘆世無為卷》卷末附有「嘆骷髏二十一首」〔註155〕，皆以「骷髏兒，嘆你／聽著」為開頭，在此使用的刻本卷末題「萬

「你莫不是覓蠅頭，做蛾兒，撲焰缸？莫不是戀蝸名，餂蜜在刀頭上？莫不是從征的，賈勇沙場葬？莫不是狗（苟）忠的，投荒道路長？你這副皮囊兒在何處藏？你這點靈心兒在誰行傍？空撇下朽不盡頭顱誰覓也。只好借淒雨寒泉當淚幾行。」之上的天地欄云：「提掇风生之因果，喚起隔世之笑啼，北邙朽骨應受生天福德。」所謂「北邙朽骨」，應是指《北邙說法》雜劇。兩者皆是對死者的喟嘆，所使用的曲牌相同，筆者推測彼此應有所關連。

〔註152〕目前所見的「髑髏夢」重寫文本中，唯有杜蕙《莊子嘆骷髏南北詞曲》（「牧童鞭打天靈蓋」）、《逍遙遊》（「碎骨取錢」）、京劇《敲骨求金》有鞭打破壞髑髏的行為。真正將「撾以馬捶」發揮的作品為魯迅的《起死》。

〔註153〕「寶卷一般由下列五種形式組成：一、寶卷一般是上下兩卷，卷下分品，或分、選、際、參。二、寶卷每卷開頭一般都有開經偈、焚（舉）香贊，結尾有收經偈。三、白文，即說白部分，在每品韻文之前，或在變換形式之間。四、十言韻文，即吟誦部分。……另外，還有七言韻文……。五、詞調（曲牌），即歌唱部分，多數在每品之末，一般為兩闋或四闋，但也有個別的翻至十數闋。」周燮藩主編；濮文起分卷主編：《中國宗教歷史文獻集成（五）民間寶卷》第101冊，合肥：黃山書社，2005年，頁2～8。

〔註154〕「五部經」即為《苦功悟道卷》，《嘆世無為卷》，《破邪顯正鑰匙卷》、《正信除疑無修正自在寶卷》、《巍巍不動泰山深根結果寶卷》，集民間宗教思想之大成，對當時和後世產生了巨大的影響。羅清的「五部經」，自從正德四年首次刊刻之後，直到清乾隆元年（1796），共刊印了十八次。可見當時寶卷刊刻的數量相當龐大。周燮藩主編；濮文起分卷主編：《中國宗教歷史文獻集成（五）民間寶卷》第101冊，合肥：黃山書社，2005年，頁2～4。

〔註155〕〔明〕羅清：《嘆世無為卷》，周燮藩主編；濮文起分卷主編：《中國宗教歷史

曆戊戌年仲秋吉旦（萬曆 26 年，1598 年）」，茲錄第五到第七首如下：

> 髑髏兒，嘆你：不知僧髑髏俗髑髏，或是宰相共王侯，或是男髑髏女髑髏。榮華富貴做髑髏，百年光景如撚指。髑髏兒，今朝一日無常到。髑髏兒，問你真人，真人在那里？

> 髑髏兒，嘆你：嘆殺我來嘆殺我，無常到來都一般，早早尋個出身路。拜明師求出路，無邊快樂元是祖，永無三災八難苦。髑髏兒，今朝一日無常到。髑髏兒，纜是好來求劫常是好。

> 髑髏兒，聽著：人人不免做髑髏，男女不免做髑髏，公侯宰相是髑髏，英雄好漢是髑髏，百年光景如撚指。髑髏兒，今朝一日無常到。髑髏兒，**擡**在荒郊，荒郊不免是髑髏。

其句式長短錯落，與一般寶卷的上下七字句或十字句不大相同。〔註156〕內容在說明無論何種身分地位、男女老幼，世人最終不免為髑髏，幾乎與說唱道情中的「嘆髑髏」一般無二。

　　除了明代的《嘆世無為卷》所附「嘆髑髏二十一首」外，清代《梁皇寶卷》的《附刊十髑髏》〔註157〕也可以看到「嘆髑髏」的內容。《梁皇寶卷》韻散相間，韻文的部分為七字句，內容敷演梁武帝髮妻郗皇后罪孽深重，死後墮為蟒蛇，梁武帝為超渡其妻而做《梁皇寶懺》；爾後梁武帝被首相侯景所害，坐困臺城，命在旦夕，其妻捨身相救，又變回蟒蛇，後觀音賜仙丹，使夫妻兩人重新相聚，一行人皆被敕封送往西天。後面的《附刊十髑髏》與正文的故事無關，全文如下：

> 老來年高心內愁，人生不免下場頭。我嘆老來無好處，早勸英雄一筆勾。

文獻集成（五）民間寶卷》第 101 冊，合肥：黃山書社，2005 年，頁 234～241。康保成〈《髑髏格》的真偽與淵源新探〉文中所用的乃是明萬曆二十九年（1601）的刻本，「嘆髑髏二十一首」題名為《嘆世警浮清音之詞髑髏二十一首》。

〔註156〕此外，康保成認為「明刊本寶卷中的《嘆髑髏》為二十一首，正與密宗的『髑髏法』念咒語二十一遍相合，應當不是偶然。」康保成：〈《髑髏格》的真偽與淵源新探〉，《文學遺產》2003 年第 2 期，頁 101～103。

〔註157〕〔清〕《附刊十髑髏》，《梁皇寶卷》，周燮藩主編；濮文起分卷主編：《中國宗教歷史文獻集成（五）民間寶卷》第 102 冊，合肥：黃山書社，2005 年，頁 331～333。

有朝一日無常到，死來難免做骷髏。上等之人不肯修，差奴使婢好風流。

姣妻美妾房房有，園林田地數千邱。雕梁畫棟堂多廳，死來難免做骷髏。

中等之人不肯修，日日放債在心頭。家有金銀籠箱滿，酒肉情當不斷喉。

琴棋書畫般般會，鋪設買辦趁風流。恣意遊戲無阻擋，死來不免做骷髏。

下等之人不肯修，三飡茶飯不能周。手挈竹棒黃砂罐，日夜哀聲叫街頭。

夜宿涼亭無被蓋，一身痛冷不自由。一日三飡求來喫，死來難免做骷髏。

八十婆娑不肯修，抱子領孫去閒遊。勞勞碌碌把家計，腰瘖背曲白了頭。

只道老來長在世，不想閻王出票勾。有朝一日無常到，死來難免做骷髏。

年少佳人不肯修，日日搽粉抹香油。頭目眉毛多清秀，紅裙綠襖配色周。

滿面春風人人愛，西施容貌好風流。雖然生得如花樣，死來難免做骷髏。

朝臣官員不肯修，紫袍玉帶做公侯。五色頭踏驚人怕，嚇得鄉民箇箇愁。

仕宦鄉紳多恭敬，好比神仙也罷休。不想有日官運滿，死來難免做骷髏。

陣上將軍不肯修，手挈弓箭用計謀。征了南邊又征北，只圖爵祿想封侯。

歷代帝皇爭世界，挂帥先鋒是我頭。殺人殺了千千萬，死後難免做骷髏。

二十後生不肯修，精學拳棒趁風流。相罵打人多高興，訐開喉嚨罵街頭。

有朝一日時運脫，苦在監中日夜愁。好箇英雄豪傑漢，死來難免做骷髏。

　　十箇髑髏嘆罷休，十一髑髏相對愁。前生不修今受苦，怨天恨地沒
　　來由。

　　富者前生多修善，貧者前生是不修。思想不修多受苦，勸人早修免
　　憂愁。

　　今日聞知不回頭，該受劫後火熬油。大眾及早行善道，好上西天脫
　　髑髏。

　　西方極樂無量好，永昌遐齡萬萬秋。

以「老來年高」、「上等之人」、「中等之人」、「下等之人」、「八十婆婆」、「年
少佳人」、「朝臣官員、仕宦鄉紳」、「陣上將軍、歷代帝皇」、「二十後生」共
九種人「不肯修」為開頭，最後以「死來難免做髑髏」作結，後接十、十一
個髑髏，勉人修行須趁早，才能登上西方極樂世界。值得注意的是，清代《梁
皇寶卷》的《附刊十髑髏》與明代《嘆世無為卷》的「嘆髑髏二十一首」一
樣，都是以附刊的形式出現，而非寶卷的主體。

　　清代煙波釣徒定稿之《善才龍女寶卷》〔註158〕中則出現了髑髏忘恩負義
的情節。此寶卷的形式同樣為韻散相間，韻文的部分同為七字句，內容是描
述唐朝時陳太史五十而膝下無子，觀音乃賜一子，後至麻姑洞修行，所賜法
名善才。善才趁師父不在時溜下山回家拜壽，途中聞得救命聲，原來是在瓶
中十八年的小蛇精，善才放出蛇精，蛇精變為身大十丈，反要吃了善才，善
才和蛇精約定，要問三人，世間若是通行恩將仇報就甘願被吃，若是恩將恩
報則不能奈何於他。善才遇到第一人是天上金牛星，乃說世人恩將仇報，第
二人則是莊子，亦說是恩將仇報；第三人是一位姑娘，說是恩將恩報，蛇精
卻反悔，執意要將二人吞吃入腹，姑娘原來是觀音所化，又將蛇精收入瓶中，
蛇精後化為龍女，善才與父母皆昇天。在此將莊子現身所說「恩將仇報」的
情節錄之於下：

　　我也非是別一個，西周莊子也有名。
　　曾拜太上學大道，傳我符訣救世人。
　　起死回生我都會，世間何曾報我恩。
　　今從南華山邊過，見堆白骨在亭中。

〔註158〕〔清〕煙波釣徒定稿：《善才龍女寶卷》，周燮藩主編；濮文起分卷主編：《中
　　　　　國宗教歷史文獻集成（五）民間寶卷》第110冊，合肥：黃山書社，2005年，
　　　　　頁422～437。

心中當發慈悲念，救他還魂轉家門。

奈何屍骨不完備，卻被狗拖狼來吞。

隨念真言召土地，追究狼狗借還心。

吩咐土地忙不住，追趕狼狗取肺心。

那土地把狼狗二物追到，俺就取了狼心狗肺，即將泥團掉入，使一道符水，那狼狗依然回山去了。還缺少一隻腿，就將桑枝爲骨，汙泥爲肉，一口法水，頃刻還魂，他就立將起來，兩手揉目，伸一個懶腰，便開口說道：「我這一覺是睡得久了，就把前後一看，噯喲喲，我這個行囊包裹雨傘到那裏去了？唯你這位先生，休要取笑，快快還我包裹行囊雨傘。前也無人，後也無人，不是你拿的卻是何人？你若不還，就拿你到衙門去見官。」拖拖扯扯，同到衙門，他就擊起鼓來，縣主就坐堂審問，如此如此，縣主不信，就拿法水來試驗，仍復一堆白骨桑枝汙泥，現出狼心狗肺，依然是一個骷髏，縣主始信爲真。我方纔脫身來此，這就叫做恩將仇報。

可嘆無情一骷髏，救他還陽作對頭。

慈心好發人難救，世間都是惡骷髏。

豬拖狗嚼鴉來啄，雨打風吹實可愁。

仍歸夜月照枯骨，白雲作蓋冷泉流。

不知骷髏名和姓，一片慈心反爲仇。

世上都是這般樣，狼心狗肺處處留。

「骷髏復活」的情節不僅出現在戲曲、道情當中，在寶卷中也能看到它的蹤跡，可見這個故事在民間流傳已廣。〔註159〕此外，寶卷當中以「狼心狗肺」代人心的復活情節，亦見於京劇《敲骨求金》中——以黃犬之心肺代人心。

寶卷的內容已經不限定於宣揚佛教的思想，尚有《莊子蝶夢骷髏寶卷》，爲道教的寶卷，結合了「試妻」和「骷髏」，中國社會科學院藏，惜筆者未見。雖與川劇《南華堂（胡琴）》都有「試妻」和「骷髏復活」等內容，然故事的順序卻有差異，是先有「試妻」再有「骷髏復活」、「縣官被度」等情節；此外，在縣官被度之後還有兩大段的勸世歌，爲寶卷的主體，主要是闡發「百

〔註159〕《善才龍女寶卷》中蛇精「恩將仇報」欲吃善才的情節，跟明代康海《中山狼》雜劇頗爲雷同，雜劇中的狼欲吃救他的東郭先生，同樣詢問了路過三人是否要吃掉他的問題。

善孝為先，萬惡淫為首」的內容。〔註160〕

　　「嘆骷」亦見於清代滿族說唱文學子弟書當中。子弟書，無說白，以唱為主，據清曼殊震均《天咫偶聞》卷七云：「舊日鼓詞有所謂子弟書者，始創於八旗子弟。其詞雅馴，其聲和緩，有東城調、西城調之分。西調尤緩而低，一韻縈紆良久。」〔註161〕子弟書是隸屬於上層社會、貴族業餘的活動，和民間職業的說唱有所區隔。子弟書之演唱，起自乾隆年代，訖於清末，共一百六七十載，至民初猶有餘韻。〔註162〕其形式如下：（一）以七個字為一句，中間襯字不少；（二）開端為「詩篇」，又稱「頭行」；〔註163〕（三）每二句協韻，每回換一韻；（四）篇幅長的由數回以至二十餘回，短者不分回；（五）音調一板三眼，所以能極婉轉之能事；（六）取材明清小說和戲曲中的故事。〔註164〕

　　子弟書《蝴蝶夢（一）》，作者春樹齋，清光緒十九年盛京文盛堂本（1893），共四回，頭回〈幻化〉〔註165〕，基本上是參照綴白裘本《蝴蝶夢》〈嘆骷〉改寫而成，「頭行」的八行詩最後二句已概括了其主題：「睡模糊猛然參透蝴蝶夢，寫一段骷髏幻化嘆骷髏。」骷髏進入了莊子休的夢中，其形象為「蒼髯白髮相貌清幽」，在夢中跟莊子論生死和復活之事，接著，莊子又問及「生前事業」、「到底是何人」：

> 莊子說你在生前作何事業，骷髏說欲對君言言之又羞。我也曾緯武經文高官厚祿，我也曾輕裘肥馬美味珍饈。我也曾桂子蘭孫嬌妻美妾，我也曾尋花問柳楚館秦樓。亂哄哄千年的帳目也難清算，到頭來脫去了皮囊就露出骨頭。悔當初三寸氣在千般用，喜今朝一旦無常萬事休。莊子說你生前到底是何人也，那骷髏呵呵大笑復又點頭。

〔註160〕 Idema, Wilt L. *The Resurrected Skeleton: From Zhuangzi to Lu Xun.* New York: Columbia University Press, 2014, 217～253.

〔註161〕 〔清〕曼殊震均：《天咫偶聞》，臺北：廣文書局，1970年，頁27。轉引自曾永義：《俗文學概論》，臺北：三民書局，2003年，頁745。

〔註162〕 〈前言〉，張壽崇主編：《滿族說唱文學：子弟書珍本百種》，民族出版社，2000年，頁1。

〔註163〕 子弟書主要由「詩篇」和「曲文」兩部分所構成，「詩篇」一般多為八句七言詩，只吟誦不唱，「曲文」則為子弟書之主體。

〔註164〕 出自曾永義：《俗文學概論》，臺北：三民書局，2003年，頁745。

〔註165〕 春樹齋《蝴蝶夢（一）》共4回：〈幻化〉、〈搧墳〉、〈說情〉、〈劈棺〉。〔清〕春樹齋：《蝴蝶夢（一）》，張壽崇主編：《滿族說唱文學：子弟書珍本百種》，民族出版社，2000年，頁13～19。

你問我我是何人何人是我，我問你骷髏是哪個哪個是骷髏。莊子休猛然參透了骷髏的話，不猶如醍醐灌頂棒打當頭。忙追問脫這皮囊求何人指教，骷髏說向長桑公子問根由。莊子想道德真君何人能見，欲再問骷髏轉步不回頭。滴溜溜一陣陰風飄然去，莊先生雖然夢魂還是口喊骷髏。適才間有來有去言談洽，一霎時無影無形色相收。

歸去也滿腹狐疑還思夢景，遙望見個扇墳的少婦體態風流。

從曲文內容都可看到直接來自綴白裘《蝴蝶夢》〈嘆骷〉的影響。第4回〈劈棺〉最後則點出了作者創作的思想和內容：「考正史莊子何嘗有此事，這都是梨園演就的戲荒唐。借荒唐以荒唐筆寫荒唐事，欲喚醒今古荒唐夢一場。」除了將聽者從幻覺中拉回了現實之外，又進一步與《莊子》原文中「謬悠之說，荒唐之言」有所對話和連結。〔註166〕

綜上所言，可知明清寶卷中的「嘆骷髏」與明清道情的「莊子嘆骷髏」在內容和形式上非常相近，皆是藉由對骷髏的喟嘆，來呈現出對人世無常的感慨；此外，骷髏復活後忘恩負義的情節也出現在佛教的故事當中，可知佛道二教在民間流傳時已交互影響、密不可分了。而子弟書中的「嘆骷」情節則是對綴白裘本《蝴蝶夢》的直接繼承，其文人色彩較為濃厚。

結　語　穿越到現代的莊子與骷髏

本論文從「莊子」與「髑髏」為對話的起點，分析「莊子髑髏夢」原文本的意涵，接著論及莊子的文學表現手法──「三言」，以及莊書當中生死和夢的寓言，其中更以「莊子本人」的寓言為主要探討的對象。與「髑髏夢」相對之「蝴蝶夢」，不斷為不同時代的創作者改寫，在此特別探究其中「物化」和「有分」之意，用來對比後代改編的「蝴蝶夢」當中以「人生如夢似幻」為主旨的內容。〔註167〕無論是三言的形式或是所承載的哲理，在莊書中都同

〔註166〕子弟書中，除了春樹齋《蝴蝶夢（一）》外，尚有三個文本亦是敷演「莊周試妻」故事，然當中無「嘆骷」：一、〔清〕惠亭：《蝴蝶夢（二）》，張壽崇主編：《滿族說唱文學：子弟書珍本百種》，民族出版社，2000年，頁20～26；二、〔清〕《搧墳》，北京市民族古籍整理出版規畫小組輯校：《清蒙古車王府藏子弟書》，北京：國際文化出版公司，1994年，頁364～366；三、〔清〕《蝴蝶夢》，北京市民族古籍整理出版規畫小組輯校：《清蒙古車王府藏子弟書》，北京：國際文化出版公司，1994年，頁671～674。

〔註167〕舉例來說，以「蝴蝶夢」為名的戲曲經過宗教化和世俗化過程的洗禮，多半

樣重要，無法偏廢。在第二章最後，將焦點放在與莊子相對的「髑髏／骷髏」上，我們對莊子的形象有一個基本的輪廓，他是一個哲人、一個文人、或被賦予神性成爲一個超凡入聖的神仙，或被描述爲一個封建道德的代言人、一個試妻者；我們卻對與莊子對話的骷髏形象所知甚少，本章從中國傳統繪畫和筆記小說當中所形塑的骷髏形象著手討論，發現骷髏從來就不屬於主流文化的範圍，其形象具有宗教和庶民文化的特徵，與深植在中國文化中的儒家、道家思想之間有無限對話的空間。

　　第三章與第四章爲本論文的重心，以「莊子髑髏夢」重寫文本爲主。筆者不以文體，乃是以文人和流傳在民間的作品爲主要分類的依據，試圖找出雅俗文化在傳播中交互對話與共構的特性，並凸顯出其差異。

　　第三章爲「文人髑髏夢」，以創作者爲主體，這些文人選擇「髑髏夢」作爲創作之素材，除了對莊子生死觀有所闡發之外，多半對自身和所處時代有所回應。在進入文本的分析之前，本章先從莊子和文人著手討論，莊子遠離政治的姿態，表現在「莊子不仕」的寓言當中，然莊子絕非消極棄世的隱遁者，從《莊子》中對生命和世俗的觀點可知，他實是一個對世間深刻的理解者。此外，莊子思想亦無法逃過儒家主流文化的輻射，而呈現了「儒學化」的特質，也表現在以「髑髏夢」爲主題的創作中。東漢張衡的《髑髏賦》，是中國文學史上首次改寫自「髑髏夢」的文學作品，自此，文人與髑髏即結下了不解之緣。漢魏之交的文人，因身處時代動亂，作品呈現對人生的感嘆以及對政治社會的憂患意識，他們受到老莊思想的影響，產生了一系列「髑髏賦」的文學創作，除了東漢張衡的《髑髏賦》外，還有魏曹植的《髑髏說》、呂安《髑髏賦》，這些作品在結尾時均加上了對髑髏的祭奠或埋葬，又從道家的生死觀回歸到儒家以「禮」事生死的現世精神當中；此外，金代趙秉文《擾蓬賦》和明代樊鵬的《乞者賦》，都是對「髑髏夢」的改寫與承繼，這些賦文創作皆透露了文人在仕與隱以及儒道思想中的矛盾和衝突。而後代無名祭文，如南朝謝惠連《祭古塚文》、宋蘇軾《祭古塚文》、明王守仁《瘞旅文》，一連串對無名死者的嘆問，則受到莊子詢問髑髏「爲何淪落至此」問句的間接影響，然而，這是生人一廂情願對死者的傾訴，生死之間並無對話，死者

已遠離莊子的本意，「蝴蝶夢」往往反映了「人生如夢似幻」的主題，否定了人現世所追求的一切，然而，越是刻意否定，實則越反襯出人對現世的追求和執著。

已永遠沉默，無名祭文的關懷指向，仍是回歸於現世和生者。

　　晚明戲曲則具有明顯文人的特質，皆受到莊子寓言精神的啟發，劇作家在作品中皆有所寄託和諷寓，然而劇作中棄俗入道的念頭，多半是由於對現實政治的失望和理想的幻滅而來，作品的思想始終無法跨越時代與文體的侷限，如晚明王應遴《逍遙遊》雜劇，謝弘儀的《蝴蝶夢》傳奇，以及陳一球《蝴蝶夢》傳奇，當中的「髑髏夢」只是做為度化的一個手段。新編戲曲雖然對傳統《蝴蝶夢》有不同詮釋的視角，意識到時代變遷下觀眾的審美觀點已改變，創作者關注到性別權力的議題，或是盡力將莊子思想融合在作品中，提高作品的思想與深度，「試妻」的內容多有翻轉，但有關「莊子髑髏夢」的情節並沒有太大的突破，仍延續傳統脈絡，本文以包含「嘆骷」情節的戲曲作品為例：京劇的部份有魏子雲的《新編蝴蝶夢》第一場〈嘆骷〉，崑劇方面有陳西汀的《新蝴蝶夢》第一場，以及古兆申整理改編的《蝴蝶夢》第一齣〈嘆骷〉。

　　最後，值得一提的是魯迅的新編歷史小說《起死》，是「文人髑髏夢」中較具有主體精神的作品，雖歸為小說，通篇以對話的方式呈現，已具備了劇本的特質。魯迅將「骷髏復活」的情節注入了新的血液，繼承了莊子的諷刺和批判精神，從荒謬的情節中反映出最真實的內涵，使「莊子髑髏夢」在現當代再一次復活了。除此之外，尚有郭沫若的《漆園吏遊梁》，與魯迅《起死》兩篇都是以莊子為題材創作的歷史小說，雖風格迥異但各有千秋，可以互為參照；德國恩岑斯貝格在 1978 年所寫下的廣播劇《死者與哲學家——根據魯迅版本改編的場景》，在魯迅《起死》的基礎上又翻轉出新意。這場莊子與髑髏的對話，不僅跨越了文體、跨越了時代，更跨越了不同的國家，其意義不容小覷。

　　第四章為「集體的髑髏夢」，以廣大庶民文化為代表，和文人做一對照比較。值得注意的是，從全真教用「骷髏」宣揚教義的詩詞創作開始，〔註 168〕《莊子》原文本中的「髑髏」，多半改以「骷髏」取代。戲曲和說唱藝術方面，在「宗教化」和「世俗化」的影響之下，產生了「莊子嘆骷髏」模式，使得原本高居於哲學殿堂的莊子，有機會走到平民百姓的生活當中。本章從莊子對骷髏提問的形式（句式、修辭）以及內容（感嘆死狀淒慘、死因、身份地位、罪過等等）中，試著歸納出「莊子嘆骷髏」模式所具備的特質，此乃生

〔註 168〕 Idema, Wilt L. *The Resurrected Skeleton: From Zhuangzi to Lu Xun*. New York: Columbia University Press, 2014, 14.

者對死者單方面的嘆問，死者並無回應，然而，無論是生者的嘆問或是骷髏還陽的傳說，都與喪悼儀式中的「召魂」有共通之處，往上可追溯自《楚辭》中的「魂兮歸來」。目前最早看到的戲曲改寫作品，是元代李壽卿所作雜劇《鼓盆歌莊子嘆骷髏》，然今僅存仙呂宮一套，其餘皆散佚。明代的呂景儒《莊子嘆骷髏》散套，以及無名氏所作《皮囊記》傳奇散齣《周莊子嘆骷骸》，和明清的說唱藝術道情，包括明代杜蕙的《莊子嘆骷髏南北詞曲》及清代丁耀亢小說《續金瓶梅》第 48 回〈蓮淨度梅玉出家，瘸子聽骷髏入道〉中的道情，都將「莊子嘆骷髏」的內容發揮到極致，如《莊子嘆骷髏南北詞曲》甚至連唱了 37 支【耍孩兒】。以「莊子嘆骷髏」為主題的系列創作，主要以【耍孩兒】這個曲牌唱出「嘆骷髏」的內容，曲詞上面重覆性極高，可看出散曲、戲曲和道情在傳播流行中交互影響。而清代的道情《新鐫韓湘子度文公嘆骷髏傳》，雖由莊子變為韓湘子，仍是延續了「嘆骷髏」模式而加以發揮，呈現了人間熱鬧紛雜的百景圖。散齣和明清二個「莊子嘆骷髏」道情更發展了溢出《莊子》文本之外的「復活」和「度脫」情節，是「莊子嘆骷髏」故事敘事的一大改變。要之，「莊子嘆骷髏」已在民間廣泛流傳，而溢出莊書之外的「骷髏復活」和「度脫」情節，更證實了「莊子髑髏夢」已漸漸地走向世俗化的道路，與廣大的民眾接軌。

　　此外，以莊子為主題的戲曲在世俗化的影響之下又發展出了「試妻」的情節。明清傳奇因編制大，並沒有以「莊子髑髏夢」為主軸的戲曲，而是莊周寓言故事改編的合輯，大多命名為《蝴蝶夢》〔註 169〕，這些傳奇更從話本《莊子休鼓盆成大道》吸收了養份，「試妻」的情節反而成為作品的核心，與說唱道情「嘆骷髏」分流，而自成一個系統。〔註 170〕這些傳奇，通常只有其中一齣演出「髑髏夢」的情節，如清代《蝴蝶夢》傳奇，作者不詳，疑為嚴鑄或石龐，為同名《蝴蝶夢》傳奇中最為通行的作品，現今仍活躍在崑劇舞臺上，常見的折子有〈說親〉、〈回話〉，本文以《綴白裘》所收錄的版本為主，《綴白裘》為清代戲曲演員的演出底本，保存了當時演出最真實的狀況。《綴白裘》本《蝴蝶夢》第 1 齣〈嘆骷〉即是敷演「莊子髑髏夢」故事。目前《集

〔註 169〕 尚有謝惠《玉蝶記》傳奇，今已佚，然據祈彪佳《遠山堂劇品》所評：「漆園吏嘆髑髏數折，雖襲之雲萊道人者，終不能掩其他曲之陋。」可知亦有「嘆骷髏」的情節。〔明〕祈彪佳：《遠山堂曲品》，《中國古典戲曲論著集成（六）》，北京：中國戲劇出版社，1959 年，頁 97。

〔註 170〕 徐扶明：〈崑劇《蝴蝶夢》的來龍去脈〉，《崑劇史論新探》，臺北：國家出版社，2010 年，頁 364〜365。

成曲譜》和《昆劇手抄曲本一百冊》都保有〈嘆骷〉一折的完整曲譜，亦為研究崑劇表演藝術珍貴的資料，可同時參照。〔註171〕地方戲曲亦從中汲取了養份，在京劇的部分，《幻化》與綴白裘本《蝴蝶夢》〈嘆骷〉內容出入不大；而《敲骨求金》、《度白儉》，則是著重在「骷髏復活」、「度脫」的情節；川劇方面，《南華堂（胡琴）》則結合了「骷髏復活」、「度脫」和「試妻」的內容，此外還有附一場〈嘆骷〉。其中的「嘆骷」情節也受到說唱道情的影響，然內容亦不出度化的範圍，發展到後來，為適應廣大民眾的需求，清楚可見道教科儀的痕跡，神仙迷信的色彩更加濃厚。要之，「集體的髑髏夢」乃投射出中國廣大庶民的信仰和生死觀點。

　　說唱文學的發展與戲曲並行不悖，除了道情外，在寶卷、子弟書都能發現「嘆骷髏」的蹤跡。唐代變文雖無直接改寫自「髑髏夢」的作品，但已有與髑髏對話的情節，如《孟姜女變文》、《地獄變文》，亦值得參考。寶卷的部分，則有明代羅清《嘆世無為卷》卷末所附「嘆骷髏二十一首」、清代《梁皇寶卷》中的《附刊十骷髏》、煙波釣徒定稿《善才龍女寶卷》，都可以看到「嘆骷髏」的內容。清代子弟書中，春樹齋之《蝴蝶夢》頭回〈幻化〉，即是敷演「嘆骷」的情節。無論在散曲、戲曲、道情、寶卷等說唱藝術當中都能看到「嘆骷髏」的蹤跡，可見影響範圍之廣大與深遠。要之，無論是文人筆下的「莊子髑髏夢」或是宗教和世俗意義之下的「莊子嘆骷髏」，其最終的指向仍是生者，都給予人精神上很大的安慰和社會上的歸屬感。

　　然而，在現代化的衝擊之下，戲曲與說唱藝術逐漸式微，「嘆骷髏」卻並未因此消失，而保留在道教的度孤科儀當中。〔註172〕宗教儀式與戲曲說唱在演變的過程是交互影響的，而戲曲說唱藝術中「嘆骷髏」最初的來源有可能是流傳在民間已久的宗教「嘆骷髏」科儀。〔註173〕道教是一個救贖性質相當強烈的宗教，所觀照的不只是我們生人的世界，更將救度關懷延伸到死後的

〔註171〕　《清宮昇平署檔案集成》與《清同樂堂抄本》中所載之《蝴蝶夢》，亦同級白裘版《蝴蝶夢》，然「嘆骷」則名為「幻化莊周」和「幻化」。

〔註172〕　謝易真：〈論道教度孤曲目〈嘆骷髏〉的宗教意涵——由道情《莊子嘆骷髏》展開〉，《慈濟技術學院學報》第 13 期，2009 年，頁 213。

〔註173〕　佛教有「放焰口」，又稱為「瑜伽焰口」，為一種施食餓鬼的法事；道教則有「嘆骷髏」，乃是超度亡靈的科儀。此外，全真教的「骷髏觀」則是受到了佛教「白骨觀」的影響，都是藉由供養觀想髑髏、枯骨的修煉，應與「嘆骷髏」有所關連。衣若芬：〈骷髏幻戲——中國文學與圖象中的生命意識〉，《中國文哲研究集刊》第 26 期，2005 年 3 月，頁 89～91。據康保成的考證，道教的「嘆骷髏」應來自佛教的「放焰口」。康保成：〈《骷髏格》的真偽與淵源新探〉，《文學遺產》2003 年第 2 期，頁 102。

世界，包含了孤魂野鬼的超拔救渡。〔註174〕據謝易眞研究，現今我們在中國或台灣中元普渡、廟宇齋醮活動、喪葬場合，看到道士唸誦經文用以超度亡魂的曲目之一即爲〈嘆骷髏〉。目前台灣道教孤魂諦聽曲目〈嘆骷髏〉共有 6 首，最初的來源不詳，在此錄 4 首如下：

2、昨日荒郊去玩遊，忽覩一副白骨骷髏，矗然無語臥荒坵，冷啾啾，風吹敗葉滿徑堆愁。骷髏，骷髏，眷屬無音，恩愛全丟，雨打風篩今幾秋，恨愁愁，不聞人語，惟聽溪流。骷髏，骷髏，半世形藏，恍似浮漚，富貴功名怎到頭，枉營謀，金珠萬斛難續咽喉。骷髏，骷髏，一旦無常萬事全休，想是前生總欠修，廣怨尤，光陰迅速頃刻難留。奉勸人生急早修，莫悠遊，早求解脫，同赴瀛洲。（這首爲金骷髏）

3、昨日荒郊去玩遊，忽睹一個大德骷髏，荊棘叢中草墓坵，冷颼颼，風吹荷葉倒愁。骷髏，骷髏，你在滴水河邊臥灑清風，翠草爲毯月作燈，冷清清，又無一個來往弟兄。骷髏，骷髏，你在路旁邊，這君子，是誰家一個久遠先亡，風吹雨灑似雪霜，淚汪汪，痛肝腸。骷髏，骷髏，看你只落得一雙眼眶，堪嘆人生能幾何，莫蹉跎，金烏玉兔來往如梭，百歲光陰一剎那，似南柯，早求出離苦海劫磨。今宵修設冥陽會，金爐內纔焚上寶香，廣召靈魂赴壇場，消災障，受沾法力，送往仙鄉（這首爲銀骷髏）。

5、曠野閒遊，觸目傷心，疊疊黃沙，層層白骨，卻原來是個種種骷髏，又不知餐霜吃露幾多愁。骷髏，骷髏，你也曾蘭陵酣美酒，汝也曾柳巷耍風流，你也曾求財千裏外，汝也曾鬥氣逞英雄。骷髏，骷髏，好教人難分富與貴，好教人莫辨貧和賤，只落得春秋杏祭，晝夜乏光。今宵齋主廣設冥陽會，施爾等飽煖一場，勸骷髏，骷髏急早皈依，速成正果，唵阿彌陀佛如來，接引往西方。

6、骷髏哀哉，聽我道來，莫不是當身業債？莫不是夙世怨尤？莫不是良心悼喪？莫不是執性癡迷？莫不是遭冤掛誤？莫不是惡念倡狂？骷髏，骷髏，汝看春雨淋漓，夏木繁蔭，一片青山幾萬里，路迢迢，有誰伴爾，只落得奚鼠狐狸同處遊。今宵齋主修設冥陽會，金爐內纔焚寶熱香，廣召幽魂赴道場，消災障，受沾福利，速往西

〔註174〕黎志添：〈道教施食煉度科儀中的懺悔思想：以當代四種廣東與江浙道教科本作爲中心考察〉，《中國文化研究所學報》第 57 期，2013 年 7 月，頁 278。

方，勸骷髏，勸骷髏，急早皈依，速成正果。〔註175〕

第2、3首與清康熙年間《全真正韻》〔註176〕所錄之「金骷髏」、「銀骷髏」曲文大致相同；而這些〈嘆骷髏〉曲目又與流傳至今的全真教的詩詞頗有相似之處，以馬鈺【滿庭芳】《嘆骷髏》為例：

> 攜筇信步，郊外閒遊。路傍忽見骷髏。眼裡填泥，口內長出臭蕕。瀟灑不堪重說，更難為、再騁風流。想在日，勸他家學道，不肯回頭。　恥向街前求乞，到如今，顯現白骨無羞。若悟生居火院，死墮陰囚。決裂灰心慷慨，捨家緣、物外真修。神光燦，得祥雲襯步，直赴瀛洲。〔註177〕

其內容都包含了：（一）閒遊偶遇骷髏；（二）感嘆詢問骷髏死狀淒慘；（三）勸人修道趁早，同赴瀛洲。〔註178〕都能夠再次印證「嘆骷髏」與全真教之間的血緣關係。而第5首與明代呂景儒《莊子嘆骷髏》散套開頭都使用了「你／汝也曾」；第6首則使用了「莫不是」為開頭，「莫不是」為「嘆骷髏」常見的疑問用語，無論在內容和句式上，都可清楚看到道教〈嘆骷髏〉曲目與散曲及道情之間密切的關連。筆者將金代全真教馬鈺【滿庭芳】《嘆骷髏》、王重陽【摸魚兒】〔註179〕，台灣道教〈嘆骷髏〉度孤曲目，以及清初「莊子嘆骷髏」道情做一對照，希望能夠更全面的理出〈嘆骷髏〉度孤曲目與兩者間的關係：

〔註175〕標點符號為筆者所加。參見《禪林道場讚頌集》頁281～294；680～682。（本集子無版權頁）轉引自謝易真：〈論道教度孤曲目〈嘆骷髏〉的宗教意涵——由道情《莊子嘆骷髏》展開〉，《慈濟技術學院學報》第13期，2009年，頁228～229。

〔註176〕《全真正韻》為全真道所通用的經韻譜輯，於清熙年間彭定求編修，清末賀龍驤、彭瀚然等人於四川成都二仙庵刊行，收入了經韻56首。1990年，閔智亭道長將《全真正韻》解讀並傳唱於世，並整理、編印為《全真正韻譜輯》行世。閔智亭（傳譜）：《全真正韻譜輯》，讀取日期：2017/6/15，http://www.greatman.com.tw/tao3.htm。

〔註177〕〔金〕馬鈺：《丹陽神光燦》，收入趙衛東輯校：《馬鈺集》，濟南：齊魯書社，2005年，頁232。

〔註178〕黎志添：〈道教施食煉度科儀中的懺悔思想：以當代四種廣東與江浙道教科本作為中心考察〉，《中國文化研究所學報》第57期，2013年7月，頁290。

〔註179〕原文參見本論文第四章第二節〈「嘆骷髏」模式的形成〉。〔金〕王重陽：《重陽全真集》卷三，收入白如祥輯校：《王重陽集》，濟南：齊魯書社，2005年，頁57～58。

表二　〈嘆骷髏〉度孤曲目與全真教「嘆骷髏」、「莊子嘆骷髏」道情對照表

		全真教「嘆骷髏」詩詞	〈嘆骷髏〉度孤曲目	「莊子嘆骷髏」道情
路遇骷髏		攜筇信步，郊外閒遊。路傍忽見骷髏。（馬鈺）	2、昨日荒郊去玩遊，忽覩一副白骨骷髏，矗然無語臥荒垺，冷啾啾，風吹敗葉滿徑堆愁。（金骷髏）	行至洛陽地方，荒郊野外，只見一堆骸骨暴露在地，不由莊子傷心感嘆。
嘆問內容	死狀淒慘	眼裡塡泥，口內長出臭蘁。（馬鈺）	3、骷髏，骷髏，看你只落得一雙眼眶，堪嘆人生能幾何……（銀骷髏）	【耍孩兒】（唱）我向前細細尋，又退後默默思，可憐你三魂五臟無蹤迹。只見饑鴉啄破天靈蓋，餓犬傷殘地閣皮，模樣兒眞狼狽。映斜陽眼中睛陷，受陰風耳竅風嘶。
	詢問死因	不知何處遊蕩子，難辨女男眞假。（王重陽）	3、骷髏，骷髏，你在路旁邊，這君子，是誰家一個久遠先亡……（銀骷髏）	第二至四支：莫不是男子漢、婦女身、老公公、少小兒，住居何處何名氏？……
	猜測身份地位	瀟灑不堪重說，更難爲、再騁風流。（馬鈺）	5、骷髏，骷髏，你也曾蘭陵酣美酒，汝也曾柳巷耍風流，你也曾求財千裏外，汝也曾鬥氣逞英雄。	第五至八支：莫不是貧居陋巷中，藏身村野裡，種瓜賣菜編鞋履？……
	揣測罪過	想在日，勸他家學道，不肯回頭。恥向街前求乞，到如今，顯現白骨無羞。（馬鈺）	6、莫不是當身業債？莫不是夙世愆尤？莫不是良心悼喪？莫不是執性癡迷？莫不是遭冤掛誤？莫不是惡念倡狂？	第九至十支：莫不是口頭言甜如蜜，壞良心黑似漆，調詞捏款多奸計，坑人騙債偏興訟，害眾成家倚勢爲？……
勸人修道趁早		神光燦，得祥雲覘步，直赴瀛洲。（馬鈺）	2、奉勸人生急早修，莫悠遊，早求解脫，同赴瀛洲。（金骷髏）	古今盡是一骷髏，拋露屍骸還不修。自是好心無好報，人生恩愛盡成仇。
備　註		出處：金代馬鈺《嘆骷髏》、王重陽【摸魚兒】	最早紀錄：清康熙年間《全眞正韻》「金骷髏」、「銀骷髏」	出處：清初丁耀亢《續金瓶梅》第48回《蓮淨度梅玉出家，瘋子聽骷髏入道》中的道情

目前所見道教〈嘆骷髏〉曲目資料最早的來源是在清康熙年間，比起明清流行的「莊子嘆骷髏」道情還晚，然而，「莊子嘆骷髏」道情的內容篇幅比起全眞教「嘆骷髏」詩詞和道教〈嘆骷髏〉曲目有更多的舖陳和描述，從文

學的生發由簡到繁的歷程可推測出，明清的「莊子嘆骷髏」道情有可能是脫胎自民間流傳已久的道教〈嘆骷髏〉曲目。此外，道教成立於東漢末年，〈嘆骷髏〉曲目流行的時間應該非常早，只是流傳在民間而沒有文字記載，道情的說唱藝人在宣揚道教時，從道教〈嘆骷髏〉曲目中取材加工也是自然之事。〔註180〕從上表中，筆者大膽推測三個文本成立的時間順序應該是：金代全真教「嘆骷髏」詩詞，道教〈嘆骷髏〉曲目，最後才是明清「莊子嘆骷髏」道情。〔註181〕

此外，台灣〈嘆骷髏〉度孤曲目中第 2 首「金骷髏」曲文與流傳於廣東地區的道教科儀《先天斛食濟煉》、香港正一派道士使用的《青玄煉》所記載之「嘆骷髏」大同小異，當是來自於同一個源頭。〔註182〕下錄《先天斛食濟煉》的「嘆骷髏」，其記載多了「主白」的部分：

> 主白：
>
> 汝等眾魂，既已病安疾愈，得返原形，向因久滯陰司，尚恐愁煩未釋，滿胸熱惱，難謁高真，本壇述一小詞，眾魂少開積悶。昔南華真人，遨遊楚國，見一骷髏，嚚然仰臥，遂作嘆詞一首，大眾述而歌之。
>
> 眾和：
>
> 昨日荒郊去玩遊，忽觀一副白骨骷髏，嚚然無語臥荒坵，冷啾啾，風吹敗葉，滿徑堆愁。骷髏骷髏，四體摧殘，無個人收，雨打風篩經幾秋，恨悠悠，不聞人語，惟聽溪流。骷髏骷髏，眷屬無音，恩愛全休，想是生前總欠修，廣愆尤，光陰迅速，頃刻難留。骷髏骷髏，半世行藏，恍似浮漚，富貴功名怎到頭，枉營謀，金珠萬斛，難續咽喉。奉勸人生急早修，莫優游，早求解脫，同赴瀛洲。

〔註180〕謝易真：〈論道教度孤曲目〈嘆骷髏〉的宗教意涵——由道情《莊子嘆骷髏》展開〉，《慈濟技術學院學報》第 13 期，2009 年，頁 233。

〔註181〕筆者是以目前所見文本來推論，道教的〈嘆骷髏〉的來源可能更早，只是目前並未發現更早的文本。

〔註182〕當前流傳於廣東、香港、澳門地區道教宮觀的施食煉度科儀為《先天斛食濟煉》，現存最早的刊本是廣州三元宮清同治元年（1862）刻板。香港大多數正一派道士所用的施食煉度科儀是《青玄煉》，現存最古老的版本是出於廣州東來經閣於清光緒乙酉年（1885）重刻的藏板。黎志添：〈道教施食煉度科儀中的懺悔思想：以當代四種廣東與江浙道教科本作為中心考察〉，《中國文化研究所學報》第 57 期，2013 年 7 月，頁 281、289。

主白：

　　大眾歌罷嘆詞，幽魂愁懷頓釋，各生歡喜，靜聽良言。〔註183〕

以「嘆骷髏」勸人勿貪戀人世及早醒悟的主題而言，黎志添認爲：「『嘆骷髏』，
凸顯了道教的罪觀與懺悔思想。人死後如白骨骷髏的荒涼境況，與其生前的
罪過愆尤有直接的因果關係。」若未算盡死者生前之惡，便會禍及生人子孫，
因此，不僅要細數生前的罪行，亡靈更要誠心懺悔、謝罪，最後才能超脫，
獲得救贖。〔註184〕道情中「嘆骷髏」的嘆問內容包括了男女姓名、生平事業、
生前罪行等等細目，然而，與其說是嘆問，不如說像是責難其過失，責難死
者使自己淪落到曝屍荒野的下場，也無怪乎「嘆骷髏」的篇幅能夠擴展地那
麼大，其實與道教欲超度無名死者、孤魂野鬼升天的目的息息相關。而從「骷
髏復活」卻忘恩負義的下場來看，也印證了亡者若不眞心悔悟，終究無法超
脫升天，也反映了善惡有報的因果思想。〔註185〕

　　除此之外，上海正一派道教亦保留有「嘆骷髏」科儀，旨在超渡亡靈脫
離地獄上升天堂。「嘆骷髏」中的「骷髏」亦作「亡靈」解，又稱爲「嘆亡靈」，
其唱詞內容並無「骷髏」二字，而是以「亡靈」表示；科儀程序共有十三節：
設宴〔註186〕、召魂、首七、二七、三七、四七、五七、六七、七七、六十日、
百日、過十殿、超升；自首七到過十殿，乃是以亡靈的視角經歷地獄的歷程，

〔註183〕《先天斛食濟煉幽科》，頁二五上至二六上。轉引自黎志添：〈道教施食煉度
　　　　科儀中的懺悔思想：以當代四種廣東與江浙道教科本作爲中心考察〉，《中國
　　　　文化研究所學報》第 57 期，2013 年 7 月，頁 288。
〔註184〕「嘆骷髏」（宣講嘆骷髏眞言）只是道教施食煉度科儀中的其中一個部分，在
　　　　感嘆完骷髏之後，接下來還有「亡靈懺悔」（懺悔文），是以亡靈的角度來哀
　　　　求懺悔。黎志添：〈道教施食煉度科儀中的懺悔思想：以當代四種廣東與江浙
　　　　道教科本作爲中心考察〉，《中國文化研究所學報》第 57 期，2013 年 7 月，
　　　　頁 291～293。
〔註185〕在明代杜蕙道情中，花了很大的篇幅在「嘆骷髏」，然而，骷髏復活後卻忘恩
　　　　負義，又被變回一堆白骨，而且沒好下場：「梁縣主忙叫手下將這骷髏骨收拾
　　　　出去，不許埋葬，丟棄荒郊野外，仍受犬鴉之報。前立鄉碑一道，刻寫骷髏
　　　　事情，使後人見了，改惡從善。」
〔註186〕設宴爲齋主設宴，款待亡靈，內容如下：
　　　　（眾唱）一簾香霧影飄飄，片片殘霞落晚潮。樓館寥寥愁呂帝，江村碌碌五
　　　　漁樵。花陰寂寂亭亭彩，月色溶溶步步橋。有色有情來此夜，同歡同樂在今宵。
　　　　（師念）念齋主△△△體見虛皇之妙典，設六道款待斛筵前，忠心召請四生
　　　　五（六）道、九野三途、男女傷亡、兵戈陣死、飢荒流蕩、沈溺愛河、魂斷
　　　　他鄉、魄歸泉壤。淒淒慘慘，星月早臨荒郊；杳杳冥冥，風雨隨於長夜。先
　　　　亡後化，眾等孤魂，是夜今宵來臨法會。

其十殿的內容，和宣揚的因果循環，更是出自佛教的觀念。〔註187〕拜做科儀約十人：一法師，六道士，三樂師。樂師分工：鼓板一人，大鑼、碰鈴一人，笛一人；二胡、板胡、中胡、三絃、琵琶由做法事的道士兼。〔註188〕據朱建明的研究：

> 為要超度亡靈，法師、道士同時要外修真行，積德行善，使其魂魄成為善魂；亡靈若要超度，生前需行善事，死後化為善魂。用法師、道士的善魂去超度亡靈的善魂，才能兩魂合一，達到真正的昇華，成為天仙。此後，亡靈可以轉世獲得新生，法師、道士將返人間，脫胎換骨。〔註189〕

由此可知，無論是法師、道士，或是亡靈皆要行善積德，才能達到兩魂合一的境界，而度者與被度者、生人與死者在這個過程當中都能夠獲得昇華。

雖然戲曲與說唱藝術中的「嘆骷髏」已經逐漸沒落消亡，然而「嘆骷髏」仍存在道教度孤曲目及儀式當中，可見傳統藝術實與傳統禮俗共生、共存。〔註190〕左傳記載：「鬼有所歸，乃不為厲。」人們害怕未埋葬的死者會侵擾活人的世界，因此透過「掩骴」以及「祭拜」的方式使死者得到真正的安息；謝易真認為，「嘆骷髏」儀式的存在，實與人的「生之欲求」相關——生命需要安慰以及社會需要安定的深沉需求。以「嘆骷髏」為主題的戲曲說唱藝術和宗教儀式，流傳至今日，實具有永恆、普遍而深刻的生命和社會意義。〔註191〕此外，這當中內涵了佛教的善惡果報思想、道教的科範儀式與超拔救度精神以及儒教所重之「禮」對整套儀式的規範，乃是民間三教合一思想的具體呈現。而由〈嘆骷髏〉曲目和明清戲曲說唱道情之間密切的血緣關係，以及從

〔註187〕康保成認為這一科儀明顯是從佛教的焰口而來，第一節的「設宴」相當於焰口的「施食」。康保成：〈《骷髏格》的真偽與淵源新探〉，《文學遺產》2003年第2期，頁101。

〔註188〕朱建明：〈上海正一派道教嘆骷髏科儀及存魂法術〉，《民俗曲藝》第118卷，1999年3月，頁235～236。

〔註189〕朱建明：〈上海正一派道教嘆骷髏科儀及存魂法術〉，《民俗曲藝》第118卷，1999年3月，頁254。

〔註190〕柴廣育、郭威：〈晉東道情音樂現況研究〉，《惠州學院學報》第28卷第4期，2008年，頁123～124。轉引自謝易真：〈論道教度孤曲目〈嘆骷髏〉的宗教意涵——由道情《莊子嘆骷髏》展開〉，《慈濟技術學院學報》第13期，2009年，頁237。

〔註191〕謝易真：〈論道教度孤曲目〈嘆骷髏〉的宗教意涵——由道情《莊子嘆骷髏》展開〉，《慈濟技術學院學報》第13期，2009年，頁237。

莊子故事「骷髏復活」的情節可以印證，民間戲曲實深受道教科儀的影響，目前已有不少學者認爲，戲劇爲宗教儀式世俗化的產物，如郭英德、胡志毅等都有此主張。〔註192〕

　　到今日，除了在〈嘆骷髏〉度孤科儀曲目還能看到「嘆骷髏」的痕跡外，發源於清代初葉的太平歌詞，流行於北京，是屬於相聲曲藝的一種，最初是從丐歌演變而來，內容以「警世規善」爲主。太平歌詞亦汲取了「骷髏復活」情節，發展出〈骷髏嘆〉〔註193〕，目前可見的版本是由相聲大師郭德綱所演唱：

> 莊公打馬下山來，遇見了骷髏倒了塵埃。
>
> 那莊子休一見發了惻隱，身背後摘下個葫蘆來。
>
> 葫蘆裡拿出了金丹一粒，那一半兒紅來一半兒白。
>
> 紅丸兒治的是男兒漢，那白藥粒兒治的是女裙釵。
>
> 撬開牙關灌下了藥，那骷髏骨得命站起了身來。
>
> 伸手拉住了高頭馬，叫了聲先生聽個明白。
>
> 怎不見金鞍玉鐙我那逍遙馬，怎不見琴劍書箱我那小嬰孩。
>
> 這些個東西我是全都不要，那快快快還我的銀子來。
>
> 莊子休聞聽這長嘆氣，那小人得命又要思財。
>
> 我一言唱不盡這骷髏嘆，我是願諸位那闔家歡樂是無禍無災。

這裡的「骷髏嘆」，嘆的是骷髏復活卻忘恩負義的內容，而不是針對無名骷髏的嘆問了。總之是「唱不盡」，還是回歸到生者在現世「闔家歡樂」、「無禍無災」的祝福和期望中。

　　文藝復興時期，英國莎士比亞的《哈姆雷》（Hamlet），也遙遙與莊子和髑髏進行了一場跨時空的對話：

> 當初我吻過不知多少遍的嘴唇就是掛在這個地方。你的譏嘲現在哪裡去了？你的跳躍呢？你的歌唱呢？你那能使滿座歡笑的詼諧天才呢？現在一句話都沒有了，來嘲笑自己的狂相？垂頭喪氣了嗎？你如今到女人的閨閣裡去，告訴她，隨她臉上塗一寸厚的脂粉，到頭來她也要變成這個樣子，讓她笑笑吧。（5.1）〔註194〕

〔註192〕倪彩霞：《道教儀式與戲劇表演形態研究》，廣州：廣東高等教育出版社，2011年，頁2。

〔註193〕太平歌詞〈骷髏嘆〉，讀取日期：2017/7/7，http://baike.baidu.com/item/%E9%AA%B7%E9%AB%85%E5%8F%B9。標點符號爲筆者所加。

〔註194〕〔英〕莎士比亞著，梁實秋譯：《哈姆雷特》，北京：中國廣播電視出版社，2001年，頁259。

　　無論是弄臣的詼諧的口才、或是女人的美貌，最終都會消逝，變成一個空枯的骷髏；而這段臺詞，也不斷地再現於舞臺之上，與死者的對話，可見古今中外皆然。另有清光緒年間道士杜教仁之《琴音劍氣譜》之琴曲〈悲骷髏〉〔註195〕，亦是對「莊子髑髏夢」故事的演繹，哀嘆的琴音至今仍迴響在現代，回歸到筆者最初看到此寓言的原點，從中感受到的詭異性、藝術性，以及哲思，對生命和死亡的探索，盡在不言中。

　　當我們意識到死亡的時候，同時也強烈地意識到自己存在的事實。人活在這個世上，畢竟是孤獨的，孤獨的面對死亡，那從來就是個人的課題。而人類如何面臨不可抗拒的死亡困境？我們既然無法了解死亡的真相，只能從生的角度來面對死亡，生與死乃一體兩面，談死亡，只是為了找出一條通往生存的路。莊子的學說、思想以及衍伸出來的文藝創作，是要跟活著的人對談、交流，是活生生的有機體，有著延續性的歷史，延續性的生命力，無論歷代的學者、文人、一般民眾等是用什麼角度來重述莊子與髑髏的故事，和死者對話只是一種想像、是一種詮釋，我們都知道，那其實是講給活人聽的，不管透過何種表達的形式，死亡總是說不盡的，生命亦然。本文藉由與「莊子髑髏夢」多重文本的對話，燭照人此時此刻在歷史中的座標和定位；在這個過程中，我們不僅訴說，也傾聽著，不僅呼喊，也回應著，人的主體性就在這當中浮現，生命也因此開展而豐富。

〔註195〕　〈悲骷髏〉一曲出自清光緒年間道士杜教仁之《琴音劍氣譜》，上卷是琴譜，下卷是劍譜。〈郭關講古琴（四）：當《流水》遇《悲骷髏》〉，讀取日期：2017/7/7，http://xw.qq.com/rufodao/20140701043731/RUF2014070104373100

圖　版

圖一　南宋　李嵩《骷髏幻戲圖》北京故宮博物院藏〔註196〕

〔註196〕袁杰主編：《故宮博物院藏品大系：繪畫篇3宋》，北京：紫禁城出版社，2008年，頁42。

—217—

圖二　北魏　莫高窟 254 南壁《降魔變》壁畫〔註 197〕

圖三　北魏　莫高窟 254 南壁《降魔
　　　變》壁畫　局部〔註 198〕

圖四　南北朝壁畫(約畫成於六世
　　　紀初期)〔註 199〕

〔註 197〕段文傑主編：《敦煌石窟藝術：莫高窟第二五四窟附第二六○窟（北魏)》，江
　　　　蘇：江蘇美術出版社，1995 年，頁 72～73。
〔註 198〕段文傑主編：《敦煌石窟藝術：莫高窟第二五四窟附第二六○窟（北魏)》，江
　　　　蘇：江蘇美術出版社，1995 年，頁 80。
〔註 199〕轉自莊申：〈羅聘與其鬼趣圖──兼論中國鬼畫之源流〉，《中央研究院歷史語
　　　　言研究所集刊》1972 年 44（3）期，圖版五。

圖五　元　山西永樂宮重陽殿北壁壁畫〔註200〕

圖六　金大定二十三年（1183）《崑崙　　　圖七　清　羅聘　霍氏本《鬼趣
山白骨圖並詩》（拓片）〔註201〕　　　　　　圖》之八　乾隆三十七
　　　　　　　　　　　　　　　　　　　　　　年（1772）
　　　　　　　　　　　　　　　　　　　　　　〔註202〕

〔註200〕　《永樂宮壁畫選集》，北京：文物出版社，1958年，頁109。
〔註201〕　作者不詳：（金世宗大定二十三年十一月十六日），主要題名：〈金崑崙山白骨
　　　　　圖并詩〉，《數位典藏與數位學習聯合目錄》。http://catalog.digitalarchives.tw/
　　　　　item/00/1b/91/df.html，讀取日期：2016/04/16。
〔註202〕　張郁明：《揚州畫派書畫全集 4：羅聘》，天津：天津人民美術出版社，1999
　　　　　年，圖224。

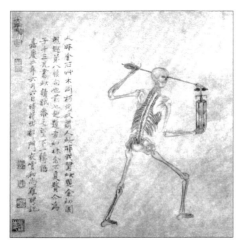

圖八　清　羅聘　盧白齋藏《鬼趣圖》局部　嘉慶二年（1797）〔註203〕

圖九　明　王應遴《逍遙遊》插圖　梁棟撞見道童與復活後的骷髏扭打〔註204〕

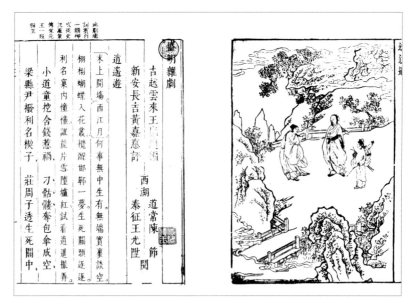

圖十　明　王應遴《逍遙遊》插圖　莊子向道童與梁棟說法〔註205〕

〔註203〕　《盧白齋藏書畫選》，東京都：二玄社，1983年，頁204。

〔註204〕　〔明〕王應遴：《逍遙遊》，收入〔明〕沈泰編：古本《盛明雜劇》2集，北京：中華書局，2015年，頁2265。

〔註205〕　〔明〕王應遴：《逍遙遊》，收入〔明〕沈泰編：古本《盛明雜劇》2集，北京：中華書局，2015年，頁2266～2267。

圖十一　魯迅《故事新編・起死》連環畫選刊〔註206〕

───────
〔註206〕出自《魯迅研究動態》1987年6期。

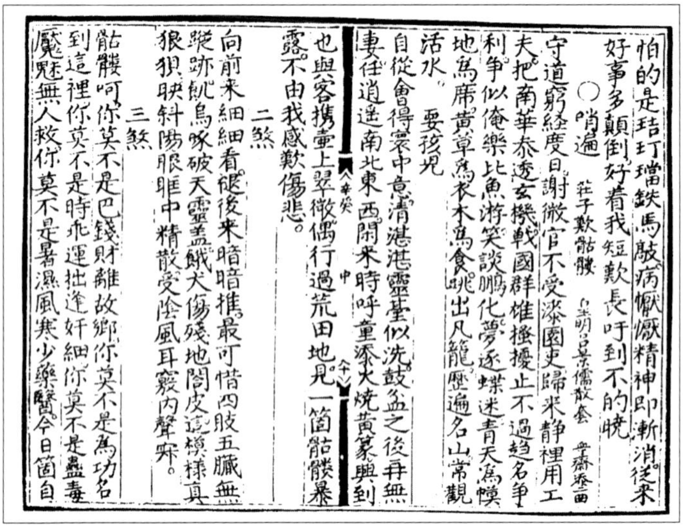

怕的是琱玎瑙鈇馬肢病懨懨精神即斬消徒來
好事多顛倒紛着我短歎長吁到不的恍
○嗩遍
〔莊子歎骷髏　呂景儒散套〕
守道窮經度日謝微仔不受漆園吏歸來靜裡用工
夫把南華泰透玄機戰國群雄攘攘止不過趁名爭
利爭似俺樂比魚游鵬化夢逐蝶迷青天為幌
地為席黃草為衣木為食蛻出凡籠壁遍名山常觀
活水　要孩兒
自從會得囊中意清港港靈童似洗鼓盆之後弄無
妻徑逍遙南北東西開來時呼童添火燒黃粱興到
也與容攜靈上翠微儡行過荒田地見一箇骷髏暴
露不由我感歎傷悲。
○二煞
向前來細細看從後來暗暗揣最可惜四肢五臟無
踪跡就烏啄破天靈蓋賊犬傷殘地閫皮逡檷樣真
狼狽映斜陽眼眶中精散受陰風耳竅內聲吟
○三煞
骷髏呵你笑不是巴錢財離故鄉你笑不是為功名
到這裡你竟不是時乖運批逢奸細你莫不是暮慘
魔魎無人救你莫不是著濕風寒少樂賢今日箇自

圖十二　明　呂景儒《莊子嘆骷髏》散套〔註207〕

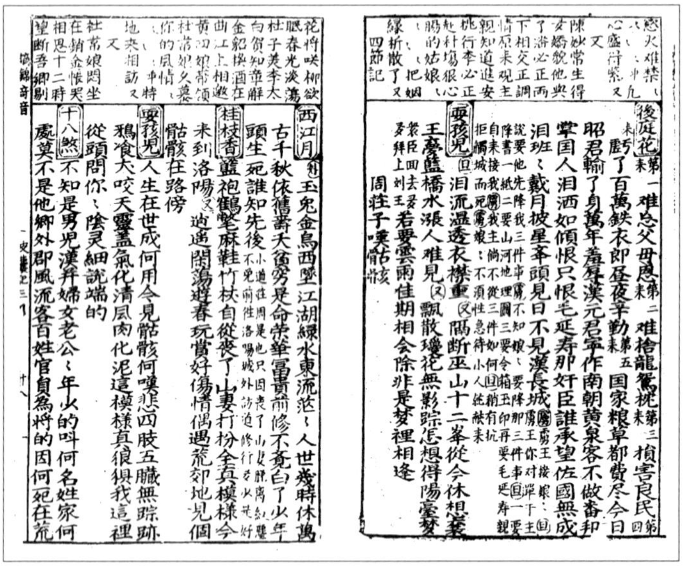

圖十三　明　無名氏《皮囊記》散齣《周莊子嘆骷骸》〔註208〕

〔註207〕〔明〕呂景儒、寧齋增補：《莊子嘆骷髏》散套，收入〔明〕張祿輯：《詞林摘艷》卷三，《續修四庫全書》1740冊集部曲類，上海：上海古籍，2002年，據明嘉靖四年刻本影印，頁112～113。

〔註208〕〔明〕無名氏：《皮囊記》傳奇散齣《周莊子嘆骷骸》，收入〔明〕龔正我輯：《摘錦奇音》卷三下層，《善本戲曲叢刊第一輯》，臺北：學生書局，1984年，頁160～167。

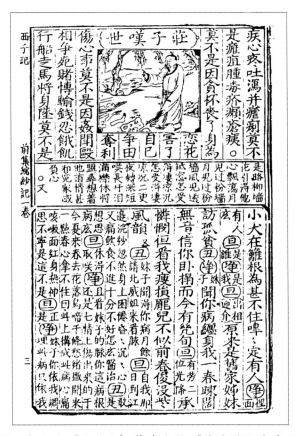

圖十四　明　無名氏《西子記》傳奇散齣《莊子因骷髏嘆世》〔註209〕

圖十五　明　無名氏《西子記》傳奇散齣《莊子因骷髏嘆世》插圖

〔註209〕　〔明〕無名氏：《西子記》傳奇散齣《莊子因骷髏嘆世》，收入《樂府萬象新》
　　　　　卷一上層時尚滾調，〔俄〕李福清、〔中〕李平編：《海外孤本晚明戲劇選集三
　　　　　種》收錄，頁93。

圖十六　莊子慕道修行　　　　　　圖十七　莊子嘆問骷髏

圖十八　莊子詢問骷髏　　　　　　圖十九　縣主跪拜莊子

明　杜蕙《莊子嘆骷髏南北詞曲》插圖〔註210〕

〔註210〕　〔明〕昆陵舜逸山人杜蕙：《新編補評林莊子嘆骷髏南北詞曲二卷》，據明萬
　　　　　曆間陳奎刊本鈔錄，東京大學東洋文化研究所藏。

參考書目

一、**研究文本**（依年代排序）

（一）「髑髏夢」文本

1. 〔戰國〕《莊子》〈至樂篇〉，陳鼓應注譯：《莊子今注今譯》，北京：中華書局，2013 年，頁 488～490。

2. 〔戰國〕《列子》〈天瑞篇〉，蕭登福注譯：《列子古注今譯》，臺北：新文豐，2009 年，頁 35～36。

3. 〔漢〕張衡：《髑髏賦》，張震澤校注：《張衡詩文集校注》，上海：上海古籍出版社，2009 年，頁 247～248。

4. 〔魏〕曹植：《髑髏說》，趙幼文校注：《曹植集校注》，北京：人民文學出版社，1998 年，頁 524～528。

5. 〔魏〕曹植：《髑髏說》，〔清〕嚴可均輯：《全三國文（上）》卷 18，北京：商務印書館，1999 年，頁 183。

6. 〔魏〕呂安：《髑髏賦》，戴明揚校注：《嵇康集校注》，北京：人民文學出版社，1962 年，頁 431。

7. 〔魏〕呂安：《髑髏賦》，〔清〕嚴可均輯：《全三國文（下）》卷 53，北京：商務印書館，1999 年，頁 550。

8. 〔魏〕李康：《髑髏賦》，〔清〕嚴可均輯：《全三國文（下）》卷 43，北京：商務印書館，1999 年，頁 447。

9. 〔唐〕員峴：《妄心賦》，〔清〕董誥等編：《全唐文（全十一冊）》卷 405，北京：中華書局，1983 年，頁 4142。

10. 〔金〕趙秉文：《擬蓬賦》，《閑閑老人滏水文集二十卷，補遺一卷》，上海：商務印書館，1937 年，頁 19～20。

11. 〔元〕李壽卿：《鼓盆歌莊子嘆骷髏》仙呂宮一套，收入趙景深輯：《元人雜劇鈞沉》，上海：上海古典文學出版社，1956 年，頁 35～39。

12. 〔明〕呂景儒、寧齋增補：《莊子嘆骷髏》散套，收入〔明〕張祿輯：《詞林摘艷》卷 3，《續修四庫全書》1740 冊集部曲類，上海：上海古籍，2002 年，據明嘉靖四年刻本影印，頁 112～113。

13. 〔明〕羅清：《嘆世警浮清音之詞骷髏二十一首》，《嘆世無爲卷》，周燮藩主編；濮文起分卷主編：《中國宗教歷史文獻集成（五）民間寶卷》第 101 冊，合肥：黃山書社，2005 年，頁 234～241。

14. 〔明〕無名氏：《皮囊記》傳奇散齣《周莊子嘆骷骸》，收入〔明〕龔正我輯：《摘錦奇音》卷 3，《善本戲曲叢刊第一輯》，臺北：學生書局，1984 年，頁 160～167。

15. 〔明〕無名氏：《西子記》傳奇散齣《莊子因骷髏嘆世》，收入《樂府萬象新》卷 1 上層時尚新調，〔俄〕李福清、〔中〕李平編：《海外孤本晚明戲劇選集三種》收錄，頁 90～104。

16. 〔明〕王應遴：《逍遙游》，收入〔明〕沈泰輯：《盛明雜劇》2 集，《續修四庫全書》1765 冊集部戲劇類，上海：上海古籍，2002 年，據民國十四年董氏誦芬室刻本影印，頁 265～275。

17. 〔明〕昆陵舜逸山人杜蕙：《新編補評林莊子嘆骷髏南北詞曲二卷》，據明萬曆間陳奎刊本鈔錄，東京大學東洋文化研究所藏。

18. 〔明〕陳一球：《蝴蝶夢傳奇》，第 11 齣〈點破塵緣〉，《樂清文獻叢書》第 3 輯，北京：線裝書局，2013 年。

19. 〔明〕謝弘儀：《蝴蝶夢》，第 11 齣〈夢疑〉，《古本戲曲叢刊三集》，上海：文學古籍刊行社：上海商務印書館印刷，1957 年，據明崇禎間挂笏齋刊本影印。

20. 〔清〕丁耀亢：《續金瓶梅》，第 48 回〈蓮淨度梅玉出家，瘋子聽骷髏入道〉，李增坡主編、張清吉校點：《丁耀亢全集中冊》，鄭州：中州古籍出版社，1999 年，頁 369～378。

21. 〔清〕無名氏：《新鐫韓湘子度文公嘆骷髏傳》，嘉慶中武林陳雲衢梓，《韓湘子十二度韓文公藍關記》合刊本，東京大學東洋文化研究所藏。

22. 〔清〕春樹齋：《蝴蝶夢（一）》，張壽崇主編：《滿族說唱文學：子弟書珍本百種》，民族出版社，2000 年，頁 13～19。

23. 〔清〕煙波釣徒定稿：《善才龍女寶卷》，周燮藩主編；濮文起分卷主編：《中國宗教歷史文獻集成（五）民間寶卷》第 110 冊，合肥：黃山書社，2005 年，頁 422～437。

24. 〔清〕《附刊十骷髏》，《梁皇寶卷》，周燮藩主編；濮文起分卷主編：《中國宗教歷史文獻集成（五）民間寶卷》第 102 冊，合肥：黃山書社，2005 年，頁 331～333。

25. 〔清〕《蝴蝶夢》，第 1 齣〈嘆骷〉，〔清〕玩花主人、錢德蒼輯，汪協如校：《綴白裘》6 集卷 3，臺北：中華書局，1967 年，頁 131～134。

26. 〔清〕《蝴蝶夢（八齣、總本）》、〈幻化莊周〉，收入《中國國家圖書館藏清宮昇平署檔案集成》第 91 冊，北京：中華書局，2011 年，頁 53727～53742。

27. 〔清〕《蝴蝶夢（全串貫）》，第 1 出〈幻化〉，收入《傅惜華藏古典戲曲珍本叢刊》第 131 冊，北京：學苑，2010 年，據清同樂堂抄本影印，頁 161～173。

28. 《蝴蝶夢》，〈嘆骷〉，收入《集成曲譜》振集卷七，臺北：學藝出版社，1981 年，頁 1055～1062。

29. 《蝴蝶夢》，第 2 齣〈嘆骷〉，收入《昆劇手抄曲本一百冊》第 51 冊，揚州：廣陵書社，2009 年，頁 3～8。

30. 《蝴蝶夢》，〈嘆骷〉，收入周秦主編：《崑戲集存》甲編卷 3，合肥：時代出版傳媒，2011 年，頁 2379～2384。

31. 《莊子遊春》、《蝴蝶夢》，《俗文學叢刊》第 59 冊，臺北：新文豐，2001 年，頁 165～484。

32. 《幻化》，張伯瑾編：《國劇大成》第 1 集，臺北：臺灣中華書局，1969 年，頁 471～473。

33. 《度白簡》，王大錯述考，鈍根編次，燧初校訂：《戲考》第 14 冊，臺北：里仁書局，1980 年，總頁 2171～2177。

34. 《敲骨求金》，《劇學月刊》第一卷。

35. 《南華堂（胡琴）》，川劇傳統劇本彙編編輯室編：《川劇傳統劇本彙編》第 15 集，成都：四川人民出版社，1959 年，頁 153～198。

36. 郭沫若：《漆園吏遊梁》，《郭沫若全集文學編第十卷》，北京：人民文學出版社，1985 年，頁 143～151。

37. 魯迅：《起死》，《故事新編》，北京：人民文學出版社，1973 年，頁 118～129。

38. 魏子雲：《新編蝴蝶夢》，《聯合文學》第 41 期，1988 年 3 月，頁 36～53。

39. 陳西汀：《新蝴蝶夢》，《上海藝術家》第 6 期，1998 年，頁 16～23。

40. 古兆申改編：《崑劇蝴蝶夢》，雷競璇編：《崑劇蝴蝶夢：一部傳統戲的再現》，香港：牛津大學出版社出版：臺北：臺灣商務總代理，2005 年，頁 1～24。

（二）莊周故事文本

1. 〔宋元〕《蝴蝶夢》，收入錢南揚輯錄：《宋元戲文輯佚》，上海：上海古典文學出版社，1956 年，頁 234～235。

2. 〔元〕史九敬先：《老莊周一枕蝴蝶夢》，徐徵等主編：《全元曲》第 4 卷，石家莊：河北教育出版社，1998 年，頁 2876～2904。

3. 〔明〕馮夢龍：《莊子休鼓盆成大道》，《警世通言》2 卷，《馮夢龍全集》第 3 冊，南京：江蘇古籍出版社，1993 年，頁 13～23。

4. 〔明〕馮夢龍：《李道人獨步雲門》，《醒世恆言》38 卷，《馮夢龍全集》第 4 冊，南京：江蘇古籍出版社，1993 年，頁 845～873。

5. 〔明〕《山水鄰新鐫出像四大癡傳奇——色卷》，收入《哈佛燕京圖書館藏齊如山小說戲曲文獻彙刊》第 31 冊，北京：國家圖書館，2011 年，據明末山水鄰刻本影印，頁 43～85。

6. 〔明〕蘇漢英：《呂眞人黃粱夢境記》，《古本戲曲叢刊初集》第八函，上海：商務印書館，1954 年，據北京圖書館藏明繼志齋刊本影印。

7. 無名氏：《叩盆記》，收入《啖蔗》，季羨林主編：《韓國藏中國稀見珍本小說》第 1 卷，北京：中國大百科全書出版社，1997 年，頁 223～230。

8. 〔清〕王鑨：《雙蝶夢》，朱傳譽主編：《全明傳奇續編》，臺北：天一，1996 年，紅藥壇影印本。

9. 〔清〕惠亭：《蝴蝶夢（二）》，張壽崇主編：《滿族說唱文學：子弟書珍本百種》，民族出版社，2000 年，頁 20～26。

10. 〔清〕《搧墳》，北京市民族古籍整理出版規畫小組輯校：《清蒙古車王府藏子弟書》，北京：國際文化出版公司，1994 年，頁 364～366。

11. 〔清〕《蝴蝶夢》，北京市民族古籍整理出版規畫小組輯校：《清蒙古車王府藏子弟書》，北京：國際文化出版公司，1994 年，頁 671～674。

12. 〔清〕《蝴蝶夢》，收入怡庵主人編輯：《崑曲大全》第 3 集第 3 冊，上海：上海世界書局石印出版，1925 年。

13. 〔清〕章鴻釗：《南華夢雜劇》，《綏中吳氏藏抄本稿本戲曲叢刊》第 2 冊，北京：學苑出版社，2004 年，頁 103～149。

14. 《大劈棺》，王大錯述考，鈍根編次，燧初校訂：《戲考》第 5 冊，臺北：里仁書局，1980 年，總頁 810～821。

15. 《南華堂（高腔)》，川劇傳統劇本彙編編輯室編：《川劇傳統劇本彙編》第 15 集，成都：四川人民出版社，1959 年，頁 117～152。

16. 奚淞：《蝴蝶夢》，《聯合文學》第 19 期，1986 年 5 月，頁 124～160。

17. 徐棻、胡成德：《田姐與莊周：一個大男子和一個小婦人無所稽考的荒唐故事》，《劇本》1988 年 04 期，頁 32～47。

18. 汪曾祺：《大劈棺》，《汪曾祺全集七戲劇卷》，北京：北京師範大學出版社，1998年，頁406～442。

19. 陳牧：《夢蝶劈棺》，《劇本》1998年06期，頁76～79。

20. 吳兆芬：《蝴蝶夢》，《上海藝術家》2001年03期，頁71～80。

21. 高行健：《冥城》，臺北：聯合文學出版社，2001年，頁7～98。

22. 蔣勳：《莊子與蝴蝶》、《大劈棺》，《新編傳說（原書名：新傳說）》，臺北：聯合文學，1999年，頁108～115，頁146～157。

（三）其他

1. 〔唐〕《孟姜女變文》，收入王重民等篇：《敦煌變文集》，北京：人民文學出版社，1957年，頁32～35。

2. 〔唐〕《地獄變文》，收入王重民等篇：《敦煌變文集》，北京：人民文學出版社，1957年，頁761～763。

3. 〔南朝宋〕謝惠連：《祭古塚文》，〔梁〕蕭統編，〔唐〕李善等注：《六臣注文選（全三冊）》卷60，北京：中華書局，1987年，頁1122～1124。

4. 〔宋〕蘇軾：《祭古塚文》，孔凡禮點校：《蘇軾文集（全六冊）》卷63，北京：中華書局，1986年，頁1962～1963。

5. 〔明〕王守仁：《瘞旅文》，〔清〕吳楚材、吳調侯選：《古文觀止》，北京：中華書局，1959年，頁556～559。

6. 〔明〕樊鵬：《乞者賦》，〔清〕黃宗羲編：《明文海》卷37，北京：中華書局，1987年，頁273。

7. 〔明〕葉憲祖：《北邙說法》，收入〔明〕沈泰輯：《盛明雜劇》初集，《續修四庫全書》1764冊集部戲劇類，上海：上海古籍，2002年，據民國十四年董氏誦芬室刻本影印，頁468～472。

二、傳統文獻

1. 〔漢〕王充：《論衡》，劉盼遂《論衡集解》本，北京：古籍出版社，1957年。

2. 〔漢〕司馬遷：《史記》（點校本二十四史修訂本），北京：中華書局，2014年。

3. 〔魏〕曹植著，曹海東注譯：《新譯曹子建集》，臺北：三民書局，2003年。

4. 〔晉〕干寶：《搜神記》，臺北：木鐸出版社，1985年。

5. 〔晉〕陶潛：《搜神後記》，臺北：木鐸出版社，1985年。

6. 〔唐〕李冗：《獨異志》，北京：中華書局，1983年。

7. 〔宋〕李昉等編：《太平廣記》，北京：中華書局，1986 年。

8. 〔宋〕洪邁：《夷堅志》，臺北：明文書局，1982 年。

9. 〔宋〕孟元老：《東京夢華錄》，北京：中國商業出版社，1982 年。

10. 〔宋〕吳自牧：《夢梁錄》，北京：中國商業出版社，1982 年。

11. 〔宋〕耐得翁：《都城紀勝》，北京：中國商業出版社，1982 年。

12. 〔宋〕周密：《武林舊事》，北京：中國商業出版社，1982 年。

13. 〔金〕王重陽著，白如祥輯校：《王重陽集》，濟南：齊魯書社，2005 年。

14. 〔金〕馬鈺著，趙衛東輯校：《馬鈺集》，濟南：齊魯書社，2005 年。

15. 〔金〕譚處端等著，白如祥輯校：《譚處端、劉處玄、王處一、郝大通、孫不二集》，濟南：齊魯書社，2005 年。

16. 〔金〕丘處機著，趙衛東輯校：《丘處機集》，濟南：齊魯書社，2005 年。

17. 〔元〕馬致遠著，傅麗英選注：《馬致遠全集校著》，北京：語文出版社，2002 年。

18. 〔元〕陶宗儀：《南村輟耕錄》，北京：中華書局，1959 年。

19. 〔元〕燕南芝菴：《唱論》，《中國古典戲曲論著集成（一）》，北京：中國戲劇出版社，1959 年。

20. 〔明〕李昌祺：《剪燈餘話》，臺北：世界書局，1959 年。

21. 〔明〕張溥著，殷孟倫注：《漢魏六朝百三家集題辭注》，北京：中華書局，2007 年。

22. 〔明〕劉基著，傅正谷評註：《郁離子評註》，天津：天津古籍出版社，1987 年。

23. 〔明〕瞿佑著，周夷校注：《剪燈新話》，上海：古典文學出版社，1957 年。

24. 〔明〕馮夢龍：《警世通言》，《馮夢龍全集》第 3 冊，南京：江蘇古籍出版社，1993 年。

25. 〔明〕馮夢龍編撰：《古今譚概》，《馮夢龍全集》第 6 冊，南京：江蘇古籍出版社，1993 年。

26. 〔明〕馮夢龍評輯：《情史》，《馮夢龍全集》第 7 冊，南京：江蘇古籍出版社，1993 年。

27. 〔明〕馮惟敏：《海浮山堂詞稿》，上海：上海古籍出版社，1981 年。

28. 〔明〕朱權：《太和正音譜》，《中國古典戲曲論著集成（三）》，北京：中國戲劇出版社，1959 年。

29. 〔明〕祁彪佳：《遠山堂曲品》，《中國古典戲曲論著集成（六）》，北京：中國戲劇出版社，1959 年。

30. 〔明〕祁彪佳:《遠山堂劇品》,《中國古典戲曲論著集成(六)》,北京:中國戲劇出版社,1959 年。

31. 〔清〕李漁:《閒情偶寄》,《中國古典戲曲論著集成(七)》,北京:中國戲劇出版社,1959 年。

32. 〔清〕曹雪芹:《紅樓夢》,北京:中華書局,2001 年。

33. 〔清〕蒲松齡:《聊齋志異》,長沙:岳麓書社,1998 年。

34. 〔清〕袁枚:《子不語》,《袁枚全集》第四冊,江蘇:江蘇古籍出版社,1993 年。

35. 〔清〕袁枚:《續子不語》,《袁枚全集》第四冊,江蘇:江蘇古籍出版社,1993 年。

36. 〔清〕紀昀:《閱微草堂筆記》,北京:中國華僑出版社,1994 年。

37. 〔清〕樂鈞:《耳食錄》,濟南:齊魯書社,2004 年。

38. 〔清〕俞樾:《右臺仙館筆記》,濟南:齊魯書社,2004 年。

39. 〔清〕和邦額著,王一工、方正耀點校:《夜譚隨錄》,上海:上海古籍出版社,1988 年。

40. 〔清〕郭慶藩撰,王孝魚點校:《莊子集釋》,北京:中華書局,1961 年。

41. 隋樹森編:《全元散曲》,北京:中華書局,1964 年。

三、近人論著 (依姓氏筆劃遞增)

1. 《永樂宮壁畫選集》,北京:文物出版社,1958 年。

2. 《盧白齋藏書畫選》,東京都:二玄社,1983 年。

3. 《蘇州戲曲志》,蘇州:古吳軒,1998 年。

4. 么書儀:《元人雜劇與元代社會》,北京:北京大學出版社,1997 年。

5. 方勇:《莊子學史》,北京:人民出版社,2008 年。

6. 王人恩:《古代祭文精華》,蘭州:甘肅教育出版社,1993 年。

7. 王安祈:《崑劇論集——全本與折子》,臺北:大安出版社,2012 年。

8. 王利器輯錄:《元明清三代禁毀小說戲曲史料(增訂本)》,上海:上海古籍出版社,1981 年。

9. 王叔岷:《莊子校詮》,臺北:中央研究院歷史語言研究所,1988 年。

10. 王新民:《莊子傳》,石家莊:花山文藝出版社,1992 年。

11. 王德威:《抒情傳統與中國現代性:在北大的八堂課》,北京:生活‧讀書‧新知三聯書局,2010 年。

12. 余英時:《士與中國文化》,上海:上海人民出版社,1987 年。

13. 吳光明:《莊子》,臺北:東大圖書,2015 年。

14. 李玉平：《互文性：文學理論研究的新視野》，北京：商務印書館，2014年。

15. 李澤厚：《美的歷程》，桂林：廣西師範大學出版社，2000年。

16. 汪國棟：《莊子評傳——南華夢覺話逍遙》，南寧：廣西教育出版社，1997年。

17. 沈新林：《同源而異派——中國古代小說戲曲比較研究》，南京：鳳凰出版社，2007年。

18. 周育德：《中國戲曲與中國宗教》，北京：中國戲劇出版社，1990年。

19. 林智莉：《明代宗教戲曲研究》，臺北：國家出版社，2013年。

20. 武藝民：《中國道情藝術概論》，太原：山西古籍出版社，1997年。

21. 姜亮夫：《姜亮夫全集（八）楚辭學論文集》，昆明：雲南人民出版社，2002年。

22. 段文傑主編：《敦煌石窟藝術：莫高窟第二五四窟附第二六〇窟（北魏）》，江蘇：江蘇美術出版社，1995年。

23. 倪彩霞：《道教儀式與戲劇表演形態研究》，廣州：廣東高等教育出版社，2011年。

24. 孫克強、耿紀平主編：《莊子文學研究》，北京：中國文聯出版社，2006年。

25. 徐子方：《明雜劇研究》，臺北：文津出版社，1998年。

26. 徐均培、范民聲主編：《中國古典名劇鑑賞辭典》，上海：上海古籍，1990年。

27. 徐華龍：《中國鬼文化》，上海：上海文藝出版社，1991年。

28. 祝宇紅：《「故」事如何「新」編——論中國現代「重寫型」小說》，北京：北京大學出版社，2010年。

29. 袁杰主編：《故宮博物院藏品大系：繪畫篇3宋》，北京：紫禁城出版社，2008年。

30. 張郁明：《揚州畫派書畫全集 4：羅聘》，天津：天津人民美術出版社，1999年。

31. 張澤洪：《道教唱道情與中國民間文化研究》，北京：人民出版社，2011年。

32. 張默生：《莊子新釋》，濟南：齊魯書社，1993年。

33. 曹安和編：《現存元明清南北曲全折（齣）樂譜目錄》，北京：人民音樂出版社，1989年。

34. 郭于華：《死的困擾與生的執著：中國民間喪葬儀禮與傳統生死觀》，北京：中國人民大學出版社，1992年。

35. 郭英德：《世俗的祭禮──中國戲曲的宗教精神》，北京：國際文化出版公司，1988 年。

36. 郭英德：《明清傳奇綜錄》，石家莊：河北教育出版社，1997 年。

37. 陳文新：《中國筆記小說史》，臺北：志一出版社，1995 年。

38. 陳多、葉長海選著：《中國歷代劇論選注》，長沙：湖南文藝出版社，1987 年。

39. 陳鼓應：《老莊新論》，北京：商務印書館，2008 年。

40. 陳鼓應：《莊子哲學》，臺北：臺灣商務，1992 年。

41. 陳鼓應注譯：《老子詮釋及評介》，北京：中華書局，2013 年。

42. 陳蒲清：《中國古代寓言史》，臺北：駱駝出版社，1987 年。

43. 傅惜華：《明代雜劇全目》，北京：作家出版社，1958 年。

44. 曾永義：《明雜劇概論》，臺北：學海出版社，1979 年。

45. 曾永義：《俗文學概論》，臺北：三民書局，2003 年。

46. 曾白融：《京劇劇目辭典》，北京：中國戲曲出版社，1989 年。

47. 黃裳：《舊戲新談》，北京：北京出版社，2003 年。

48. 黃仕忠：《日藏中國戲曲文獻綜錄》，桂林：廣西師範大學出版社，2010 年。

49. 楊儒賓：《儒門內的莊子》，台北：聯經，2016 年。

50. 葉程義：《莊子寓言研究》，臺北：文史哲出版社，1993 年。

51. 葉慶炳：《中國文學史》，臺北：臺灣學生書局，1987 年。

52. 董康：《曲海總目提要》，北京：人民文學出版社，1959 年。

53. 董上德：《古代戲曲小說敘事研究》，廣州：廣東高等教育出版社，2007 年。

54. 董小英：《再登巴別塔：巴赫金與對話理論》，北京：生活、讀書、新知三聯書店，1994 年。

55. 雷競璇編：《崑劇蝴蝶夢：一部傳統戲的再現》，香港：牛津大學出版社出版；臺北：臺灣商務總代理，2005 年。

56. 劉榮賢：《莊子外雜篇研究》，台北：聯經，2004 年。

57. 滕守堯：《對話理論》，臺北：揚智文化，1995 年。

58. 鄭家健：《被照亮的世界》，福州：福建教育出版社，2001 年。

59. 魯迅：《中國小說史略》，《魯迅全集》第九卷，北京：人民文學出版社，1973 年。

60. 魯迅：《漢文學史綱要》，《魯迅全集》第十卷，北京：人民文學出版社，1973 年。

61. 盧潤祥、沈偉麟主編：《歷代志怪大觀》，上海：三聯書店，1996 年。

62. 譚正璧：《三言兩拍源流考（上）》，《譚正璧學術著作集（六）》，上海：上海古籍出版社，2012 年。

63. 譚學純：《人與人的對話》，合肥：安徽教育出版社，2000 年。

64. 樂保群：《捫風談鬼錄》，上海：上海文藝出版社，2010 年。

65. 〔法〕J.勒高夫、P.諾拉、R.夏蒂埃、J.勒韋爾主編，姚蒙編譯：《新史學》，上海：上海譯文出版社，1989 年。

66. 〔法〕喬治・巴代伊（Georges Bataille），賴守正譯注：《情色論》，臺北：聯經，2012 年。

67. 〔美〕愛蓮心著，周熾成譯：《嚮往心靈轉化的莊子：內篇分析》，南京：江蘇人民出版社，2010 年。

68. 〔英〕莎士比亞著，梁實秋譯：《哈姆雷特》，北京：中國廣播電視出版社，2001 年。

69. 〔瑞〕卡爾・榮格（Carl G. Jung）主編，龔卓軍譯：《人及其象徵》，臺北：立緒文化，1999 年。

70. Idema, Wilt L. *The Resurrected Skeleton: From Zhuangzi to Lu Xun*. New York: Columbia University Press, 2014.

四、單篇論文（依姓氏筆劃遞增）

（一）期刊論文

1. 丁三省：〈何景明與明弘正信陽作家群〉，《信陽師範學院學報（哲學社會科學版）》，1991 年第 3 期，頁 50～57。

2. 丁若木：〈惺惺漢，皮囊扯破，便是骷髏——從吳鎮畫骷髏說起〉，《宗教學研究》1996 年 01 期，頁 41～62。

3. 卜松山著，曹一帆譯：〈誰是誰？——《莊子》、魯迅的《起死》和恩岑斯貝格對莊子的重寫〉，《文化與詩學》2014 年第 1 輯（總第 18 輯），頁 70～82。

4. 大木康：〈從出版文化的進路談明清敘事文學〉，《中國文史哲研究通訊》第 17 卷第 3 期，2007 年 9 月，頁 175～178。

5. 王立：〈20 世紀主題學研究的價值定位〉，《廣東社會科學》，2011 年第 1 期，頁 185～191。

6. 王燮：〈明刊戲曲散齣《周莊子嘆骷骸》新探〉，《安徽大學學報（哲學社會科學版）》第 29 卷第 1 期，2005 年 1 月，頁 121～125。

7. 王人恩：〈試論謝惠連的《祭古塚文》〉，《龍岩學院學報》第 25 卷第 5 期，2007 年 10 月，頁 10～15。

8. 王宣標：〈明王應遴原刻本《衍庄新調》雜劇考〉，《文化遺產》2012 年第 4 期，頁 33～37。

9. 王璦玲：〈導言：有關「明清敘事理論與敘事文學」研究之開展——從近年敘事學研究之新趨談起〉，《中國文哲研究通訊》17 卷 3 期，2007 年 9 月，頁 113～126。

10. 仝婉澄：〈日本藏稀見明刊道情《莊子嘆骷髏》考述〉，《曲藝》2013 年第 5 期，頁 20～21。

11. 朱建明：〈上海正一派道教嘆骷髏科儀及存魂法術〉，《民俗曲藝》第 118 卷，1999 年 3 月，頁 235～254。

12. 衣若芬：〈骷髏幻戲——中國文學與圖象中的生命意識〉，《中國文哲研究集刊》第 26 期，2005 年 3 月，頁 73～125。

13. 宋圓圓：〈漢魏髑髏賦所反映的士人心態〉，《內蒙古農業大學學報（社會科學版）》2011 年第 6 期（第 13 卷總第 60 期），頁 291～293。

14. 李生龍：〈後世對莊子形象之解讀和重構〉，《湖南師範大學社會科學學報》2013 年第 6 期，頁 91～98。

15. 李良子：〈舊瓶新酒：淺談《三言》與戲曲之敘事關係——以《莊子休鼓盆成大道》故事流變爲例〉，《渭南師範學院學報》第 25 卷第 3 期，2010 年 5 月，頁 38～40。

16. 李谷鳴：〈莊子與波特萊爾幻想中的骷髏世界〉，《安慶師範學院院報》1991 年第 2 期，頁 100。

17. 李建民：〈中國古代「掩骴」禮俗考〉，《清華學報》新 24 卷第 3 期，1995 年 9 月，頁 319～343。

18. 李建民：〈屍體、骷髏與魂魄：傳統靈魂觀新論〉，《當代》第 90 期，1993 年 10 月，頁 48～65。

19. 李雙芹：〈試論莊周故事劇的發展流變〉，《湖北社會科學 人文視野》2006 年第 2 期，頁 120～123。

20. 杜正勝：〈生死之間是連繫還是斷裂——中國人的生死觀〉，《當代》第 58 期，1991 年 2 月，頁 24～41。

21. 宗明華：〈張衡《髑髏賦》解析——莊子對漢魏抒情賦的影響〉，《煙台大學學報（哲學社會科學版）》第 21 卷第 4 期，2008 年 10 月，頁 64～67。

22. 易永姣：〈論古代文學作品中骷髏意象之嬗變〉，《湖南大學學報（社會科學版）》第 27 卷第 3 期，2013 年 5 月，頁 92～96。

23. 林童照：〈曹植《髑髏說》之創作時期考辨〉，《石油大學學報（社會科學版）》第 21 卷第 3 期，2005 年 6 月，頁 82～85。

24. 姜克濱：〈荒誕與隱喻的重構——論《故事新編‧起死》〉，《瀋陽師範大學學報（社會科學版）》第 34 卷，2010 年第 4 期（總第 160 期），頁 84～87。

25. 姜克濱：〈試論「莊子嘆骷髏」故事之嬗變〉，《北京化工大學學報（社會科學版）》2010 年第 2 期（總第 70 期），頁 29～33。

26. 徐春根：〈試解莊周髑髏夢〉，《廣西大學學報（學學社會科學版）》第 34 卷第 6 期，2012 年 12 月，頁 102～108。

27. 徐聖心：〈「莊子尊孔論」系譜綜述——莊學史上的另類理解與閱讀〉，《臺大中文學報》第 17 期，2002 年 12 月，頁 21～66。

28. 馬卿：〈如幻如戲生與死——再看李嵩《骷髏幻戲圖》〉，《藝苑》第 8 期，2009 年第 8 期，頁 16～18。

29. 康保成：〈《骷髏格》的真偽與淵源新探〉，《文學遺產》2003 年第 2 期，頁 99～106。

30. 康保成：〈補說《骷髏幻戲圖》——兼說「骷髏」、「傀儡」及其與佛教的關係〉，《學術研究》2003 年第 11 期，頁 127～129。

31. 張怡微：〈三言小說中承衍敘事研究——以莊子休鼓盆成大道等為例〉，《靜宜中文學報》第 5 期，2014 年 6 月，頁 123～150。

32. 張澤洪：〈道教唱道情所見的老莊思想——以《莊子嘆骷髏》道情為中心〉，《商丘師範學院學報》第 29 卷第 7 期，2013 年 7 月，頁 11～19。

33. 莊申：〈羅聘與其鬼趣圖——兼論中國鬼畫之源流〉，《中央研究院歷史語言研究所集刊》1972 年 44（3）期，頁 403～434。

34. 陳曉娟、肖豐：〈從羅聘《鬼趣圖》看異文化的圖像挪用〉，《文藝研究》2013 年第 3 期，頁 107～114。

35. 陶子珍：〈泰山北斗斯文權——金代趙秉文詞之情感意涵及創作心態析論〉，《淡江中文學報》第 27 期，2012 年 12 月，頁 91～118。

36. 程章燦：〈一場同題競賽的百年雅集——讀南海霍氏藏本羅聘《鬼趣圖卷》題詠詩文〉，《文藝研究》2011 年第 7 期，頁 70～79。

37. 程章燦：〈莊子見鬼——「鬼話連篇」之十一〉，《文史知識》2009 年第 11 期，頁 131～136。

38. 程章燦：〈畫鬼容易嗎？——「鬼話連篇」之十二〉，《文史知識》，2009 年第 12 期，頁 124～130。

39. 楊芝明：〈《起死》與《漆園吏遊梁》細讀〉，《郭若沫學刊》2013 年第 4 期（總 106 期），頁 50～52。

40. 葉舒憲：〈「鬼」的原型——兼論「鬼」與原始宗教的關係〉，《淮陰師範學院學報》第 20 卷，1998 年第 1 期，頁 85～89。

41. 廖奔：〈骷髏幻戲圖與傀儡戲〉，《文物天地》，2002 年第 12 期，頁 24～27。

42. 裴喆：〈晚明曲家五考〉，《中國戲曲學院院報》第 34 卷第 4 期，2013 年 11 月，頁 66～77。

43. 趙亞光：〈魯迅小說《起死》的文體選擇與重構〉，《南京師範大學文學院學報》第 1 期，2012 年 3 月，頁 62～67。

44. 劉杰：〈主題學對中國敘事文學研究方法創新的借鑒意義〉，《東方論壇》2011 年第 5 期，頁 76～80。

45. 劉柏正：〈「歷史的小說」：《故事新編》的歷史意識與敘事策略〉，《東亞觀念史集刊》第 5 期，2013 年 12 月，頁 227～272。

46. 蔡璧名：〈大鵬誰屬——解碼〈逍遙遊〉中大鵬隱喻的境界位階〉，《中國文哲研究集刊》第 48 期，2016 年 3 月，頁 1～58。

47. 蔣文燕：〈形骸爾何有生死誰所戚——張衡和他的《骷髏賦》〉，《古典今讀》，2004 年 12 月，頁 80～84。

48. 鄧國偉：〈《起死》：荒誕的遊戲及所諷喻〉，《中山大學學報（社會科學版）》第 48 卷（總 214 期），2008 年 4 期，頁 48～52。

49. 魯亮：〈生爲附贅縣疣 死爲決肒潰癰——從髑髏作品的流變看道家的生死觀〉，《蒙自師範高等專科學校學報》第 3 卷第 3 期，2001 年 6 月，頁 23～26。

50. 黎志添：〈道教施食煉度科儀中的懺悔思想：以當代四種廣東與江浙道教科本作爲中心考察〉，《中國文化研究所學報》第 57 期，2013 年 7 月，頁 277～298。

51. 賴錫三：〈《莊子》的死生隱喻與自然變化〉，《漢學研究》第 29 卷第 4 期，2011 年 12 月，頁 1～34。

52. 賴錫三：〈《莊子》的夢寓書寫與身心修養：魂交、無夢、夢中夢、蝶夢、寫夢〉，《中正漢學研究》，第 1 期（總第 19 期），2012 年 6 月，頁 77～110。

53. 賴錫三：〈「格格不入」的鵷鶵與「入遊其樊」的庖丁——《莊子》兩種回應「政治權力」的知識份子〉，《政大中文學報》第 19 期，2013 年 6 月，頁 155～192。

54. 賴錫三：〈從《老子》的道體隱喻到《莊子》的體道敘事——由本雅明的說書人詮釋莊周的寓言哲學〉，《清華學報》新 40 卷第 1 期，2010 年 3 月，頁 67～111。

55. 賴錫三：〈道家的自然體驗與冥契主義——神秘・悖論・自然・倫理〉，《臺大文史哲學報》第 74 期，2011 年 5 月，頁 1～49。

56. 賴錫三：〈論先秦道家的自然觀——重建老莊爲一門具體、活力、差異的物化美學〉，《文與哲》第 16 期，2010 年 6 月，頁 1～44。

57. 謝易真：〈試探莊周喪妻鼓盆寓言故事的變異與發展——由「妻死」到「試妻」展開〉，《慈濟技術學院學報》第 18 期，2012 年，頁 103～126。

58. 謝易真：〈論道教度孤曲目〈嘆骷髏〉的宗教意涵——由道情《莊子嘆骷髏》展開〉，《慈濟技術學院學報》第 13 期，2009 年，頁 213～244。

59. 黨月瑤：〈族譜所見《蝴蝶夢》作者謝弘儀生平考略〉，《文獻雙月刊》第 2 期，2016 年 3 月，頁 140～146。

（二）文集論文

1. 沈不沉：〈明王朝最後一樁文字獄（代前言）——陳一球與《蝴蝶夢傳奇》〉，〔明〕陳一球著，沈不沉編注：《蝴蝶夢傳奇》，《樂清文獻叢書》第 3 輯，北京：線裝書局，2013 年，頁 1～11。

2. 金榮華：〈馮夢龍「莊子休鼓盆成大道」故事試探〉，《民間文學與中國文化國際研討會論文集》，臺北：國立編譯館，1997 年，頁 29～34。

3. 容世誠：〈度脫劇的原型分析〉，《戲曲人類學初探：儀式、劇場與社群》，桂林：廣西師範大學出版社，2003 年，頁 151～181。

4. 徐扶明：〈崑劇《蝴蝶夢》的來龍去脈〉，《崑劇史論新探》，臺北：國家出版社，2010 年，頁 358～375。

5. 陳靜：〈夢迷與覺悟：《莊子》的夢〉，《諸子學刊》第三輯，上海：上海古籍出版社，2009 年，頁 113～127。

6. 陳鵬翔：〈主題學研究與中國文學〉，收入《主題學研究論文集》：臺北：東大圖書，2004 年，頁 13～38。

7. 趙景深：〈四川竹琴《三國志》序〉，《曲藝叢談》，北京：中國曲藝出版社，1982 年，頁 227～231。

8. 樂蘅軍：〈中國原始神話變形試探（上）、（下）〉，《中國古典文學論叢——冊三：神話與小說之部》，臺北：中外文學月刊社，1976 年，頁 1～29。

9. 蕭麗華：〈髑髏文學：空海和尚的九相詩〉，《東亞漢詩及佛教文化之傳播》，臺北：新文豐，2014 年，頁 73～98。

10. 魏子雲：〈莊周「夢蝶」與傳說「試妻」的人生哲思——自剖劇作《蝴蝶夢》的傳承與創新〉，《古典文學》第 10 集，臺北：臺灣學生書局，1988 年，頁 65～76。

11. 〔美〕宇文所安著，鄭學勤譯：〈骨骸〉，《追憶：中國古典文學中的往事再現》，北京：生活・讀書・新知三聯書店，2014 年，頁 40～57。

12. 〔荷〕伊維德：〈繪畫和舞臺中的髑髏和骷髏〉，張廣保編，宋學立譯：《多重視野下的西方全真教研究》，濟南：齊魯書社，2013 年，頁 573～601。

（三）會議論文

1. 吳淑慧：〈戀物、招魂與幻滅——國光劇團實驗劇《幻戲》〉，第十屆「兩岸韻文學學術研討會」，2017 年。

（四）學位論文

1. 吳岳霖：《擺盪於創新與傳統之間：重探「當代傳奇劇場」(1986～2011)》，國立中正大學中國文學系碩士論文，2012 年。

2. 呂蓓蓓：《莊周夢蝶之戲曲研究》，臺北：中國文化大學中文研究所碩士論文，1996 年。

3. 沈惠如：《現代戲曲編劇舉例探討》，臺北：東吳大學中國文學系博士論文，2005 年。

4. 林芷瑩：《試／戲妻戲曲的演出發展及其意涵研究——以京劇盛行年代為主要析論範圍》，新竹：清華大學中文所碩士論文，2001 年。

5. 邱子謙：《臺灣京劇小劇場研究：以國光劇團四部作品為例》，臺北：中國文化大學戲劇學系碩士論文，2017 年。

6. 施莉亞：《李嵩《骷髏幻戲圖》研究》，南京：南京師範大學美術學碩士論文，2012 年。

7. 孫玉珠：《謝惠連研究》，山東：山東大學中國古典文獻學碩士學位論文，2010 年。

8. 康韻梅：《中國古代死亡觀之探究》，臺北：國立臺灣大學出版委員會，國立臺灣大學中國文學研究所博士論文，1994 年。

9. 張芬蘭：《當代「莊子試妻」故事之研究——以奚淞、魏子雲、吳兆芬、高行健的劇本為例》，屏東：國立屏東教育大學中國語文學系碩士論文，2007 年。

10. 張啓文：《金農、羅聘、黃慎的神鬼魅像研究》，桃園：國立中央大學藝術學研究所碩士論文，2004 年。

11. 聶子健：《李嵩《骷髏幻戲圖》合理性與荒誕性研究》，西安：西安美術學院美術碩士研究生學位論文，2014 年。

五、網路資料

1. 作者不詳：(金世宗大定二十三年十一月十六日)，主要題名：〈金崑崙山白骨圖并詩〉，《數位典藏與數位學習聯合目錄》。http://catalog.digitalarchives.tw/item/00/1b/91/df.html，讀取日期：2016/04/16。

2. 閔智亭（傳譜）：《全真正韻譜輯》，讀取日期：2017/6/15，http://www.greatman.com.tw/tao3.htm。

3. 太平歌詞〈骷髏嘆〉，讀取日期：2017/7/7，
   http://baike.baidu.com/item/%E9%AA%B7%E9%AB%85%E5%8F%B9

4. 〈郭關講古琴（四）：當《流水》遇《悲骷髏》〉，讀取日期：2017/7/7，
   http://xw.qq.com/rufodao/20140701043731/RUF2014070104373100